CURTISS ANN MATLOCK

Le tourbillon des jours

Traduction française de
FRANÇOIS DELPEUCH

BestSellers
FÉMININS

Titre original :
COLD TEA ON A HOT DAY

HARPERCOLLINS FRANCE
83-85, boulevard Vincent-Auriol, 75646 PARIS CEDEX 13
Service Lectrices — Tél. : 01 45 82 47 47

www.harlequin.fr

ISBN 978-2-2804-2941-2

J'exprime ma reconnaissance à toutes les personnes qui m'ont soutenue jour après jour, dans ma vie de romancière comme dans ma vie tout court :

Leslie Wainger, Dianne Moggy et Kathleen Adler, qui m'ont encouragée et ont amené mes livres sur les présentoirs.

Un ami écrivain, Cait London, qui m'a appris que la vie avance et nous entraîne, qu'on soit prêt ou non.

Mes chers amis Lou et Barb, et ma sœur Sue disparue depuis longtemps — en particulier certains jours où j'aurais voulu rester au lit, la tête sous les couvertures.

Et les lecteurs dont les lettres pleines de gentillesse m'encouragent à continuer à écrire.

Merci à tous

« Nul ne connaît les secrets les mieux cachés des vies ordinaires. »

TATE HOLLOWAY

1.

Une nouvelle journée au paradis

Dans le halo vaporeux des premières lueurs de l'aube, un coupé Mercedes rouge à la capote relevée était rangé sur le bord de la route. Le moteur tournait au ralenti, et les phares éclairaient le gazon pelé et les herbes sauvages de la campagne alentour.

Le chauffeur se tenait affalé sur son siège, en position de repos, comme s'il faisait la sieste. Il était mort.

Près de lui était étendu un chien, la tête sur sa cuisse. Cela faisait un certain temps qu'il était couché ainsi, par loyauté et respect envers son maître.

Dans un arbre à proximité, une alouette lança un appel matinal perçant.

Dressant les oreilles, le chien s'assit et alla passer sa truffe humide par la vitre ouverte. L'homme avait profité de la fraîche nuit de printemps pour baisser la vitre côté passager afin que l'animal puisse s'amuser à présenter sa gueule au vent.

Pratiquement sûr que l'homme ne remarquerait plus qu'il était seul, le chien bondit par la fenêtre avec une aisance gracieuse et atterrit sur l'herbe mouillée par la rosée.

Après avoir humé un instant l'air humide et piquant, il partit au trot vers l'est, dans la direction que suivait auparavant la voiture. Il faisait bon sous la lumière fraîche de l'aurore. Un peu plus loin sur la route, il tomba sur un tatou qui venait d'être écrasé. Il le renifla, puis poursuivit son chemin. Il n'était pas près de s'abaisser à manger des victimes de la circulation. Un hibou perché sur un poteau de clôture eut l'amabilité de lui signaler qu'il y avait juste derrière la colline une ville où il pourrait sans doute trouver un petit déjeuner.

De fait, quand il parvint au sommet de la colline, une ville s'étendait devant lui. Il s'assit et la contempla. Le soleil du matin commençait à peine à apparaître au-dessus de l'horizon et projetait ses lueurs rosées sur ce monde d'humains. Là où jadis s'ébrouaient des familles de bisons et passaient de grands troupeaux de bestiaux en route vers les marchés tapageurs du Kansas, se trouvait désormais une agglomération jaillie de la prairie avec des rues bordées d'arbres, des bâtiments en briques et des maisons au toit de bardeaux.

Le chien était venu jusqu'ici comme il se rendait partout : en suivant la direction que lui indiquait son cœur. Le jour où il s'était approché de l'homme aux lunettes sur le grand parking de béton, il avait su que c'était auprès de lui qu'il devait remplir sa mission de compagnon fidèle.

Et maintenant, en contemplant la ville en contrebas, il savait que son nouveau foyer était là et qu'un autre humain requérait ses soins.

Il se mit à descendre la colline, embrassant du regard l'étendue du paysage, prêt à saisir toute occasion qui se présenterait à lui.

Alors que les bennes à ordures commençaient leur première tournée, les lève-tôt allumaient leur radio pour entendre les prédictions météorologiques et sortaient sous leur véranda afin de hisser les couleurs et permettre ainsi à Valentine de garder son titre de Ville des Drapeaux des Etats-Unis.

Trop excitée par la venue prochaine de son premier ex-mari, Fayrene Gardner ne dormit pas longtemps et vint au Main Street Café avec une heure d'avance. Elle sortit du bar-restaurant et installa le drapeau des Etats-Unis dans son support.

Quelques mètres plus loin, aux portes du *Valentine Voice*, Charlotte Nation faisait de même, un peu dépitée d'avoir été devancée. Elle estimait important que le *Voice* sorte son drapeau le premier, en tant que guide de la communauté.

Une fois le drapeau installé, elle se hâta de rentrer pour apporter une tasse de café à Leo Senior avant qu'il s'en aille faire ses livraisons. C'était lui qui avait remplacé leur responsable de la distribution, parti trois semaines plus tôt. Charlotte en était enchantée, car elle le voyait désormais tous les matins au journal. Il assignait d'abord à chaque livreur son lot de copies, puis s'en allait à son tour faire sa tournée.

— Merci, Charlotte, dit-il en buvant une gorgée du café qu'elle lui avait préparé. Bon, j'y vais, maintenant.

— Oui… puisqu'il le faut.

Elle l'accompagna jusqu'à l'entrée et resta sur le seuil à le regarder s'éloigner au volant de la camionnette de livraison, telle une femme amoureuse d'un homme qu'elle ne pourrait jamais avoir.

En haut de Church Street, Winston Valentine se félicitait de pouvoir sortir de chez lui à l'aide d'une canne, deux drapeaux pliés sous le bras. L'une de ses pensionnaires, un bout de tartine entre les dents, lui emboîtait le pas.

— Ça va, Mildred, lui lança-t-il avec une irritation mal maîtrisée. Tu ne peux pas m'aider et manger ta tartine en même temps !

Elle avait déjà laissé couler de la confiture sur sa généreuse poitrine; Winston ne voulait pas qu'elle salisse en plus ses drapeaux. Il éprouva quelque remords en se surprenant à penser que si elle venait à tomber raide morte, il l'enjamberait avec joie. Heureusement, elle semblait se soucier plus de sa tartine de confiture que de lui.

Il descendit le perron et se dirigea vers le mât à drapeaux, sur lequel il installa l'étendard confédéré puis la bannière étoilée. Non seulement il pouvait encore hisser ses drapeaux tout seul — merci, Seigneur —, mais il ne pissait toujours pas dans son pantalon. La journée démarrait donc sous les meilleurs auspices.

En face, son voisin Everett Northrupt, son cadet de plus de dix ans, hissait lui aussi ses drapeaux, sauf qu'à son mât la bannière des U.S.A. — de bonne taille — surmontait celle de la Confédération — plus petite. Everett venait du nord.

Les deux hommes se mirent au garde-à-vous tandis qu'un mélange de « Dixie » et de « The Star Spangled Banner » était hurlé par leurs amplificateurs respectifs. Winston, qui ne voulait le céder en rien à son voisin, se tint aussi droit que possible et salua les drapeaux ainsi que la nouvelle journée qui commençait.

Puis, comme la plupart des matins, il vit Parker Lindsey descendre la rue en courant. Parker, un célibataire doté d'énergie à revendre, partait habituellement de sa clinique vétérinaire située en bordure de la ville, coupait à travers la cour de l'école pour prendre un sentier écarté qui débouchait à l'est de la maison des Blaine, puis empruntait Church Street jusqu'à Porter Street, rejoignait la nationale et obliquait enfin vers l'est afin de rentrer chez lui. Le tout représentait une distance de huit kilomètres. Quand il passa devant lui, Winston s'amusa à jauger son niveau d'énergie sexuelle d'après le dynamisme de sa foulée.

— 'jour, toubib, lui cria-t-il tout en repensant au temps où il était lui-même dans la force de l'âge.

Ce matin-là, Parker Lindsey courait à une allure qui forçait l'admiration, songea-t-il.

— 'jour.

Tout en soufflant en cadence, Parker lui fit signe de la main et poursuivit son chemin.

De la direction opposée arriva Leo Junior, ses jambes d'adolescent pompant sur le pédalier de son V.T.T.

— 'lut, monsieur Winston ! lança-t-il tout en envoyant un exemplaire roulé du journal qui atterrit à deux pas de l'interpellé.

— Bingo !

Winston lui rendit son salut de la main, puis se pencha prudemment vers le journal, considérant cela comme de l'exercice. Quand il se releva, il vit une femme habillée en rose fluo se diriger vers la ville sur sa bicyclette pourpre. C'était sa nièce, Leanne. Cavalière émérite, spécialiste de la course aux tonneaux, elle veillait à entretenir les muscles de ses jambes soit en courant, soit en pédalant.

— 'lut, oncle Winston !

Il la salua de la main tout en détournant les yeux. Leanne portait une de ces tenues légères tellement à la mode chez les femmes de maintenant et, étant son oncle, il jugeait malpoli de la regarder. Certes, c'était un joli spécimen, mais elle aimait un peu trop le montrer. A son avis, les femmes d'aujourd'hui avaient perdu le sens de la spiritualité. Ce qui, d'ailleurs, ne l'empêchait pas de regarder les émissions de gymnastique à la télévision.

La démarche raide mais quand même content de marcher, il longea la maison et coupa des fleurs des rosiers de sa défunte femme. « Je tiens le coup, Coweta. » Son épouse lui manquerait jusqu'à la fin de ses jours.

Plus haut sur Church Street, Vella Blaine, revêtue d'un tablier à fleurs lilas et d'un grand chapeau de paille sur ses cheveux grisonnants, était sortie dans son jardin de derrière. Elle aussi cueillait ses roses et portait chacune d'entre elles à son nez pour en humer le parfum délicieux et apaisant. Ses préférées entre toutes étaient les fleurs jaunes des Graham-Thomas. Elle était si fière de ses roses ce printemps-ci.

Entendant une voiture, elle releva les yeux et vit son mari derrière le volant de sa grosse Lincoln noire des années 80 qui s'éloignait pesamment, l'emportant vers sa journée de douze heures au drugstore.

Perry n'avait pas pris la peine de lui dire au revoir. Une fois de plus.

Tout en serrant ses roses si fortement que les épines lui écorchèrent les mains, Vella remonta le perron d'un pas décidé et rentra dans la cuisine préparer un pot de café frais pour elle-même et Winston. Ce dernier, avec l'arrivée de ce doux printemps, avait recommencé à venir bavarder avec elle en début de matinée. Elle sortit le mazagran en céramique bleue qu'il semblait apprécier, et, devant le miroir accroché à l'intérieur de la porte du placard, elle marqua une pause pour se mettre du rouge à lèvres.

En bas de Porter Street, le soleil projetait à présent ses rayons dorés sur le toit d'une petite maison datant des années 40 que les agents immobiliers appelaient un bungalow. Dans le lit de la chambre du fond, Marilee James, qui n'était vraiment pas matinale, fut réveillée par son fils de huit ans.

— Maa-man…

Elle réussit à entrouvrir une paupière.

— Maa-man…

Il scruta son visage, ses yeux bleus agrandis par les verres épais de ses lunettes.

Marilee essaya d'accommoder sa vision afin de distinguer les chiffres affichés par la pendule. Willie Lee n'avait tout bonnement aucun sens de l'heure. Il se réveillait quand il se réveillait, et se couchait quand il se couchait, sans jamais se soucier du reste du monde… ni de sa mère, qui n'avait pas eu une nuit de sommeil digne de ce nom depuis que Mlle Porter lui avait confié les rênes du journal sur un coup de tête avant de prendre le large avec un mari.

C'était quoi, ce chiffre rouge, un cinq ou un six ? Elle allait devoir s'acheter un réveil plus gros. A cette pensée, elle referma les yeux.

— Maa-man, est-ce que je peux a-voir un chien ?

Willie Lee s'exprimait dans un chuchotement et prononçait toujours chaque mot avec lenteur et soin.

— Pas tout de suite, parvint-elle à articuler de cette voix rauque qui lui était coutumière quand elle avait trop fumé de Virginia Slims.

Elle prit son courage à deux mains et s'approcha de la pendule. Les chiffres rouges lui apparurent avec plus de netteté. Il était 6h10. Laissant échapper un gémissement, elle roula sur le flanc et songea qu'elle ne pouvait pas se lever. Voilà, c'était aussi simple que ça : elle n'allait pas se lever, un point c'est tout.

— Je veux le chien sur cette i-mage.

Willie Lee lui brandit un livre sous le nez.

Marilee, incapable de lui adresser la moindre réponse sous quelque forme que ce soit, contempla avec des yeux brouillés le dessin d'un chien tacheté dans l'un des livres d'images de son fils.

Aucunement décontenancé par son mutisme, l'enfant s'assit en tailleur et déclara :

— Je vais prier Dieu pour ce chien.

Marilee leva son regard ensommeillé et le posa sur lui. Il avait la tête penchée sur son livre d'images. Ses courts cheveux d'un blond cendré rebiquaient dans tous les sens, comme d'habitude.

Son Willie Lee… qui avait livré un âpre combat pour venir au monde et en était sorti avec un traumatisme cérébral compromettant ses chances de pouvoir un jour mener un semblant de vie normale sans quelqu'un pour veiller sur lui.

Boum… boum… boum… Marilee sentir son cœur se gonfler et résonner plus fort dans ses oreilles. Des tintements de vaisselle provenaient de la cuisine, où Corrine était sans aucun doute en train de dresser la table du petit déjeuner, comme elle le faisait chaque matin depuis qu'elle était venue vivre avec eux.

Tandis que l'arôme du café flottait jusqu'à elle, Marilee s'imagina la frêle silhouette de sa jeune nièce, onze ans, devant le comptoir. Elle avait dû tirer une chaise et monter dessus pour remplir la cafetière.

Et tous les deux, ces deux petites âmes, dépendaient d'elle, Marilee — une femme seule.

Cette idée l'effraya tellement qu'elle repoussa aussitôt les couvertures et bondit sur ses pieds à la manière de toutes ces générations de femmes qui avaient lutté contre l'envie pressante de s'enfuir en hurlant pour aller se jeter sous les roues de la benne à ordures. A ce mal, un seul remède : se lancer tête la première dans cette nouvelle journée, en se dévouant pour ceux qui avaient besoin d'elle.

Elle souleva Willie Lee dans ses bras, ce qui le fit rire aux éclats.

— Allons t'habiller, mon gars !

— Il est temps de fi-ler, articula-t-il en répétant le refrain habituel de sa mère.

— Oui… il est temps de filer.

Quand elle se consacrait ainsi aux besoins de son entourage, elle n'avait pas à affronter ses besoins à elle.

— Tiens, les voilà, déclara Corrine en lui tendant ses clés de voiture, comme chaque matin à 7 h 30 — et à tout autre moment, en fait.

— Merci, ma chérie... Bon, filons maintenant...

Les enfants se rassemblèrent dehors, puis s'entassèrent à sa suite dans la Jeep Cherokee. Cinq minutes plus tard, Marilee les déposait sur le large trottoir devant le long et bas édifice en briques de l'école.

Contrairement aux autres écoliers qui hurlaient et criaient dans la cour, Corrine — la plus grande, très mince — et Willie Lee — le plus petit, tout frêle — demeurèrent l'un à côté de l'autre sur le trottoir et la regardèrent s'éloigner avec un air désespéré.

Marilee, en les apercevant dans le rétroviseur, se sentit comme une traîtresse abandonnant son précieux fardeau.

Pourtant, elle appuya fermement sur l'accélérateur et se concentra sur la route tout en se répétant qu'elle était une mère laborieuse, comme un million d'autres mères laborieuses essayant de garder un toit au-dessus de leur tête, et que ses enfants devaient apprendre à affronter la vraie vie.

Elle longea le bâtiment qui abritait le *Valentine Voice* et s'inséra sur sa place de parking habituelle. Brusquement, elle prit conscience que cela faisait plus de sept ans qu'elle accomplissait le même rituel. Où passaient les années ? Quand vingt et un ans s'étaient-ils transformés en quarante ?

La responsable de ce trouble, c'était Mlle Porter. Si cette dernière n'avait pas eu l'idée de recommencer une nouvelle vie, rien de tout cela ne serait arrivé, songea-t-elle avec irritation. Hissant la bride de son lourd sac en cuir sur son épaule, elle eut l'impression déconcertante qu'elle commençait à ressembler à son ancienne patronne et laissa retomber la lanière afin de reprendre son sac à la main.

Elle eut à peine posé le pied dans la salle principale que Tammy Crawford lui emboîta le pas.

— Mon micro est mort, lui annonça celle-ci.

— Appelle le réparateur, répliqua Marilee en jetant son sac sur son bureau déjà encombré.

Elle ramassa l'édition du jour du *Voice* qu'elle n'avait pas eu le temps de lire à la maison. Elle n'avait de temps pour rien depuis des semaines.

— Mme Oklahoma va visiter le lycée ce matin, lui apprit Reggie. Le principal a oublié de nous appeler… J'y vais tout de suite.

— D'ac'.

Pourquoi tout le monde lui rapportait-il ainsi ses activités ? Ce n'était vraiment pas nécessaire…

Charlotte s'approcha avec une brassée de messages.

— Voici les premières plaintes matinales au sujet des derniers articles… Et Roger, le nouveau type qu'ils ont engagé à l'imprimerie, veut que vous le rappeliez… Et ça, c'est un message du maire pour les « Nouvelles locales » de demain. La mairie a perdu les drapeaux qu'ils pensaient avoir gardés.

Marilee prit les messages et s'affala dans son fauteuil.

June, qui remplaçait leur maquettiste en chef depuis une semaine, vint la voir à son tour au sujet d'une publicité.

— Je n'arrive pas à lire les chiffres que Jewel a mis sur cette pub. Tu crois que c'est un 2 ou un 5, ça ?

— Appelle le concessionnaire Ford pour le lui demander. Je ne pense pas qu'il apprécierait qu'on décide au jugé.

— O.K. Je m'en occupe, repartit June qui avait généralement besoin de se convaincre de la nécessité d'agir.

Marilee se laissa retomber dans son fauteuil avec un grand soupir, puis elle ouvrit le journal afin d'examiner cette première édition et voir si elle n'allait pas être obligée d'émettre rétractations et excuses les plus plates. Elle commençait à savoir joliment bien s'aplatir.

— Une nouvelle journée au paradis, lança-t-elle à la cantonade.

The Valentine Voice
Nouvelles locales
par Marilee James

A ceux qui l'ignoreraient encore, je signale que Mlle Muriel Porter, ex-directrice du *Valentine Voice*, et M. Dwight Abercrombie, qui se sont connus l'année dernière au cours d'une croisière dans les Caraïbes, se sont mariés hier après-midi dans l'intimité à l'église épiscopale de St. Luke. Aussitôt après, ils sont partis tous deux pour un tour du monde qui devrait, d'après eux, durer dix-huit mois. Après son tour du monde, le couple projette de s'installer soit à Daytone soit, peut-être, à Majorque, en Espagne. Mme Porter-Abercrombie tient à ce que tout le monde sache qu'elle restera toujours une Valentinienne, aussi loin que ses pas la porteront.

« Valentine sera toujours mon foyer, a-t-elle déclaré. Les liens que j'y ai noués me sont aussi indispensables qu'un thé glacé par une journée de canicule. »

Le nouveau directeur et rédacteur en chef du *Valentine Voice*, Tate Holloway, est attendu ce week-end pour reprendre officiellement les rênes du journal. M. Holloway est le cousin de Mme Porter-Abercrombie. Journaliste chevronné, il a exercé ce métier trente ans durant dans les rédactions des quotidiens les plus en vue de la nation.

Une journée portes ouvertes sera organisée lundi en l'honneur de M. Holloway dans les bureaux du *Voice*. Gâteaux et café y seront servis gracieusement par la boutique Sweetie Cakes de Main Street. Passez donc saluer M. Holloway, ou adressez-lui vos réclamations.

Jusqu'à lundi, je continuerai à assurer ma fonction de chef de la rédaction. C'est à moi que doit être signalé tout nouveau sujet d'article. Vous pouvez par ailleurs me joindre à mon domicile au 555-4743, l'après-midi et le soir jusqu'à 20 heures. Veuillez garder vos plaintes pour M. Holloway.

Autres informations à noter :

La première réunion du Valentine Rose Club se tiendra ce soir à 19 heures au foyer de l'église méthodiste. Elle sera présidée par Vella Blaine, qui tient à souligner que toutes les confessions sont les bienvenues et qu'il n'y aura pas de quête.

Jaydee Mayhall s'est officiellement porté candidat au Conseil municipal. Jusqu'à présent, il est le seul en lice pour le siège laissé vacant par le conseiller de longue date Wesley Fitzwater, qui déclare être las de ce travail ingrat. M. Mayhall convie quiconque désire l'entretenir des besoins de la ville à venir lui rendre visite à son cabinet sur Main Street.

Enfin, la mairie dispose de dix drapeaux aux couleurs de la ville, à l'attention de tous ceux qui souhaiteraient en accrocher un à la façade de leur maison ou de leur commerce. Ces drapeaux sont gratuits; la seule condition à leur cession est la possession d'une hampe appropriée, d'une hauteur suffisante afin que le drapeau ne touche pas le sol.

2.

Où l'on ne cherche pas au bon endroit

— Depuis quand est-il absent ? demanda la principale Blankenship à l'enseignante debout devant elle.

— Depuis la récréation de midi, répondit Imogene Reeves en se tordant les mains. Il a beau être attardé et avoir une figure d'ange, il sait comment filer en douce. Il ne s'est pas égaré.

La principale grimaça en entendant le mot « attardé ». Il y avait tant de termes et d'expressions jugés incorrects de nos jours qu'elle n'arrivait plus à suivre — mais elle était quasi certaine que le mot « attardé » tombait dans la catégorie des termes inacceptables. Consultant sa montre, elle s'aperçut qu'il était près de 13 heures.

Elle sortit de son bureau d'un pas vif.

— Est-ce que quelqu'un est allé voir M. Starr ? A-t-on fouillé les débarras ?

Peut-être l'histoire se répétait-elle, songea-t-elle pour se rassurer. Une fois, c'était M. Starr, le concierge, qui avait retrouvé Willie Lee. L'enfant était resté tout le temps dans un débarras de l'école à jouer avec une souris. C'était déjà ennuyeux — et un peu inquiétant, car la souris aurait pu le mordre et lui transmettre une infection —, mais la fois suivante avait été pire. Le garçon était alors sorti de l'enceinte de l'école et avait marché jusqu'au cabinet du vétérinaire, à plus de six cents mètres de là. Pour le coup, la principale Blankenship avait été contrainte d'appeler sa mère, puisque le vétérinaire était un *ami* de cette dernière.

Oh, elle préférerait ne pas avoir à la rappeler. Marilee James travaillait au journal, et cette histoire pouvait prendre des proportions fâcheuses.

En pensant à ce que son père, principal lui-même, aurait dit ou plutôt *hurlé* en apprenant cette nouvelle, la principale faillit en mouiller sa culotte.

Les débarras furent inspectés et M. Starr, le concierge, consulté. Absorbé par le remplacement des ballons d'eau chaude, il n'avait pas vu Willie Lee depuis le début de la matinée. Les placards furent fouillés ainsi que les toilettes des garçons, et les débarras visités une deuxième fois.

En dernier recours, la principale téléphona au cabinet du vétérinaire.

— Non, je n'ai pas vu Willie Lee, lui apprit la jeune réceptionniste. Et le Dr Lindsey est parti avant midi vacciner du bétail.

Gagnée par l'abattement, la principale parcourut les couloirs de sa petite école pour jeter un œil dans chaque salle de classe et inspecter les visages des élèves, les mains jointes convulsivement, espérant et priant le ciel de voir Willie Lee réapparaître.

Au fond d'elle-même, elle savait que l'enfant avait de nouveau franchi l'enceinte de l'école, mais elle ne voulait pas envisager une telle défaillance de la part d'un de ses enseignants — ou d'elle-même. Et puis, sincèrement, elle ne voulait pas non plus qu'il arrive quoi que ce soit à l'enfant.

Comme elle aurait aimé qu'il puisse aller dans une autre école !

Finalement, courbant ses épaules osseuses, elle se résigna à lancer un appel par les haut-parleurs de l'établissement :

« A tous les enseignants et à tous les élèves : si vous avez vu Willie Lee depuis la récréation de midi, veuillez en informer le secrétariat. »

Dans la classe de CM2 de Mlle Norwood, Corrine Pendley entendit soudain le nom de son cousin transmis par le haut-parleur. Relevant vivement la tête, elle fixa l'appareil suspendu au-dessus de la porte. Puis elle vit tous les regards se tourner vers elle.

Elle rougit. Penchant la tête sur son cahier, elle concentra son attention sur le papier quadrillé posé devant ses yeux et s'efforça de devenir invisible.

L'institutrice appela plusieurs fois son nom, en vain. Corrine ne releva les yeux que lorsque Christy Grace lui chuchota, en lui enfonçant son stylo dans le dos :

— C'est toi qu'elle appelle.

Elle reporta son regard sur l'enseignante, qui lui demanda si elle avait vu Willie Lee.

— Non, m'dame, répondit-elle.

Elle ne comprenait pas la raison de cette question. Peut-être l'institutrice était-elle un peu sourde. Ou alors elle la soupçonnait de cacher la vérité.

Pourquoi tout le monde ne s'occupait-il pas de ses propres affaires et ne la laissait-il pas tranquille ? pensa-t-elle.

Se penchant de nouveau sur son problème de mathématiques, elle traça les chiffres avec soin, essayant de se concentrer sur son travail mais songeant malgré elle à son cousin. Willie Lee n'avait que huit ans, et il était petit pour son âge.

Il était lent, ce qui ne voulait pas dire qu'il ne savait rien. En tout cas, il savait au moins une chose : c'était comment s'en aller quand il en avait envie. Et elle aurait bien voulu partir avec lui.

Son angoisse s'accrut. Elle se sentait responsable. Elle aurait dû veiller sur lui, parce qu'elle était plus âgée et qu'il n'avait ni frère ni sœur, tout comme elle.

Toutes sortes de noirs scénarios défilèrent dans son esprit. Elle espérait qu'il ne s'était pas fait écraser. Ni qu'il était tombé dans un ruisseau boueux où il avait fini par se noyer. Ni qu'il avait été enlevé par un inconnu.

La pointe de son crayon se brisa, la faisant sursauter.

Elle reposa précautionneusement le crayon, se leva et, de la démarche la plus silencieuse possible, afin de ne pas trop se faire remarquer, se rendit au bureau de l'institutrice pour demander, dans un murmure précipité, l'autorisation d'aller aux toilettes.

Dans la pièce carrelée qui sentait fort le détergent, elle se servit des cabinets, puis se lava les mains tout en ne cessant de penser à la porte de l'école. Une fois sortie des toilettes, au lieu de tourner à droite, elle prit à gauche, parcourut le couloir et franchit la double porte de l'établissement. Elle accomplit cela sans aucune intention consciente, obéissant uniquement à une impulsion.

Durant tout le temps qu'il lui fallut pour remonter l'allée principale, elle eut la certitude qu'un hurlement allait retentir derrière elle. Mais il n'en fut rien. Elle prit bientôt ses jambes à son cou, fuyant l'école et se fuyant elle-même, terrorisée à l'idée d'avoir commis une faute très grave qui mettrait tout le monde en colère contre elle.

Elle devait retrouver Willie Lee. Si elle le retrouvait, plus personne ne lui en voudrait. Le soleil lui chauffait le haut de la tête et la brise rafraîchissait ses joues.

A cet instant même, alors que retrouver son cousin et devenir une héroïne lui semblaient une tâche totalement impossible, elle avisa, au bout de la rue, la jeep Cherokee d'un blanc éclatant de sa tante Marilee qui approchait.

Les chromes de la jeep brillaient si intensément qu'elle dut plisser les yeux. Elle n'en aperçut pas moins sa tante derrière le volant. Elle s'arrêta net et eut l'impression que tout son sang la quittait par les orteils.

Elle allait certainement y avoir droit, maintenant, se dit-elle. Et elle le mériterait. A croire qu'elle était incapable d'agir correctement.

Le véhicule se gara à côté d'elle, et la vitre teintée se baissa.

— Où vas-tu comme ça ? s'enquit tante Marilee.

Corrine ne sut déchiffrer son ton égal ni son expression neutre.

— On a annoncé que Willie Lee manquait à l'appel, répondit-elle lentement. Je suis partie le chercher.

— Eh bien, nous sommes deux dans ce cas. Allez, grimpe. Il faut d'abord que j'aille voir la principale.

Corrine ouvrit la portière et se glissa sur son siège comme si elle voulait y disparaître. Puis elle referma soigneusement la portière. Durant le court trajet jusqu'au parking de l'école, elle tenta de discerner les sentiments de sa tante, en vain. Jamais elle ne lui avait vu un tel air. Elle essaya désespérément de deviner ses pensées, afin d'être prête à dire et faire ce qu'il fallait.

Mais quand elles arrivèrent devant l'école, Marilee se contenta de lui dire :

— Rentre avec moi. Tu vas devoir aller récupérer tes affaires en classe.

Elle l'accompagna dans sa classe et prévint Mlle Norwood qu'elle la ramenait plus tôt à la maison. Accoutumée à déménager en quelques minutes seulement, Corrine n'avait pas pour habitude d'accumuler des objets superflus. Elle fourra donc dans son sac à dos tous les livres et cahiers posés sur sa table en à peine une minute. Quand elle rejoignit la porte de la classe, elle sentit tous les regards posés sur elle, mais elle s'en moquait. Elle s'en allait — au moins pour aujourd'hui.

Les talons des bottes de cow-boy de tante Marilee claquèrent sèchement sur le sol du couloir menant au bureau de la principale.

— Assieds-toi là, lui enjoignit-elle une fois qu'elles furent dans le secrétariat. Je ne voudrais pas te perdre également.

Corrine obtempéra sans un mot tandis que sa tante disparaissait dans le bureau de la principale.

La secrétaire, les cheveux d'un blond décoloré d'une hauteur ahurissante, se mit à la dévisager. Corrine parcourut la pièce du regard tout en balançant ses pieds qui effleuraient à peine le sol.

Tante Marilee n'avait pas complètement refermé la porte. Même si elle l'avait fait, cependant, les éclats de voix se seraient entendus de l'extérieur. Elle parlait de ce ton furieux qui était habituellement le sien quand elle se disputait avec sa sœur. Corrine l'imaginait très bien, les pieds légèrement écartés et les yeux comme des rayons laser — signe qu'elle ne rigolait pas.

Tante Marilee désirait savoir comment des personnes diplômées en pédagogie pouvaient perdre la trace d'un petit garçon chez lequel la médecine avait diagnostiqué des difficultés d'apprentissage et un âge mental de cinq ans. La principale répliqua que l'école n'était pas une prison et qu'elle ne disposait pas de gardiens.

— Nous nous efforçons d'adapter Willie Lee au mieux de nos compétences, poursuivit-elle. Nous ne perdons pas d'enfants normaux, auxquels on a appris à participer.

Corrine retint son souffle, craignant que sa tante ne révèle qu'elle l'avait trouvée dans la rue. D'ailleurs, se dit-elle, puisqu'elle était partie — et qu'elle avait même tenté de s'enfuir —, peut-être n'était-elle pas tout à fait normale elle-même.

— Nous faisons de notre mieux avec vos enfants, madame James, ajouta la principale à voix basse.

Corrine vit le regard de la secrétaire aux cheveux en brosse se braquer sur elle, comme si elle pensait : « Tu n'es qu'une fauteuse de troubles. » Elle balança ses pieds et contempla le mur tout en sentant le vide qui creusait sa poitrine grandir jusqu'à menacer de l'engloutir.

— Nous chamailler ainsi ne nous ramènera pas Willie Lee. Je vous prie de m'excuser. Bon, dites-moi maintenant quand et où mon fils a été vu pour la dernière fois.

Elle avait maintenant une voix si calme et si ferme que Corrine put reprendre son souffle.

— Je vais te dire, déclara tante Marilee quand elles revinrent à la Cherokee. Willie Lee savait exactement ce qu'il faisait. Il n'est certainement pas aussi nigaud que les gens le croient.

Elle ferma la portière si violemment que tout le véhicule trembla.

— Il est seulement nigaud pour certaines choses, commenta Corrine.

Sa tante parut ne pas l'entendre. Elle démarra en trombe, le regard braqué sur le pare-brise.

— Oh, Willie Lee…

Sa voix se brisa au point que Corrine crut un instant qu'elle allait se mettre à pleurer. Déconcertée, elle tourna les yeux vers sa vitre, estimant qu'elle devait impérativement retrouver Willie Lee. Elle devait tout arranger pour sa tante.

Elles se dirigèrent lentement vers la clinique vétérinaire, jetant des coups d'œil au passage dans les jardins. Elles pénétrèrent ensuite dans le cabinet du vétérinaire, où deux personnes attendaient avec leur chien — un petit terrier couinant et un Labrador tremblant.

La réceptionniste leur apprit que le Dr Lindsey avait passé presque toute la journée en rendez-vous, qu'il s'occupait pour le moment d'un cheval malade dans un ranch du voisinage mais qu'il devait revenir d'un instant à l'autre.

Le Dr Lindsey était le petit ami de Marilee. Parker Lindsey — un prénom que Corrine trouvait adorable — était aussi un bel homme, toujours soigné et bien mis. Et puis il leur souriait, à Willie Lee et à elle. Il souriait à tout le monde, et il avait des dents très blanches et très régulières. Parfois, bien qu'elle ne l'eût avoué pour rien au monde, Corrine rêvait d'avoir un petit ami exactement comme Parker Lindsey.

Tante Marilee ne voulut pas se fier à l'avis de la réceptionniste selon lequel Willie Lee n'était pas là. Corrine, qui ne s'était jamais fiée à l'avis de quiconque, alla fouiller avec elle le chenil attenant à la clinique ainsi que les corridors et les enclos à bestiaux. Elle appela même Willie Lee à voix basse, songeant qu'il viendrait d'abord à elle, étant donné que tante Marilee commençait à être dans tous ses états. Mais leurs recherches se révélèrent infructueuses.

Elles regagnèrent donc la Cherokee et partirent inspecter quelques-unes des rues entourant l'école. Tante Marilee déclara qu'elles devraient pouvoir repérer les cheveux blonds de Willie Lee sous le soleil. Elles s'arrêtèrent et demandèrent aux personnes qu'elles aperçurent dans leur jardin si elles avaient vu Willie Lee. Devant une maison délabrée, un homme en maillot de corps était assis sur son perron, en train de boire de la bière. Tante Marilee descendit aussitôt de voiture pour aller l'interroger au sujet de Willie Lee. Corrine demeura vissée à son siège, l'œil aux aguets; elle veillait à ne jamais s'adresser aux hommes qui tenaient une bière à la main.

Puis tante Marilee décida de retourner chez eux.

— Peut-être est-il sur le chemin de la maison.

Corrine, qui commençait à être réellement inquiète pour son cousin, pour sa tante et pour sa vie entière, se rapprocha du pare-brise jusqu'à ce qu'elle soit assise sur l'extrême bord de son siège, les yeux braqués sur la route.

Le trajet jusqu'à la maison était long à pied mais ne prenait que cinq minutes en voiture. Peut-être Willie Lee connaissait-il le chemin et n'aurait-il pas à traverser la nationale ni rien, pensa-t-elle. Cela dit, il n'y avait aucun moyen de savoir où il avait pu aller, et toutes sortes de visions terribles recommencèrent à hanter son esprit. Elle s'imagina des voitures roulant sur le corps menu de son cousin, des serpents rampant hors de leur trou pour le mordre, voire une grosse veuve noire comme dans les films. Elle le vit enlevé par un homme méchant, maltraité par une bande de voyous…

— Willie Lee n'aime pas l'école, lâcha-t-elle au bout d'un moment. Certains de ses camarades le taquinent et le traitent d'idiot et de débile, et puis il a du mal à rester assis toute la journée.

Elle ne voulait pas que sa tante force le garçon à retourner à l'école.

— Je sais, commenta cette dernière.

— Je n'aime pas l'école non plus, poursuivit Corrine de cette petite voix calme qu'ont les enfants quand ils expriment ouvertement leurs sentiments tout en craignant que les adultes ne les écoutent pas.

Puis sa gorge devint toute sèche, et elle se détesta d'être stupide au point de risquer ainsi d'irriter sa tante. Elle mourrait si elle se mettait en colère contre elle.

— Nous en reparlerons plus tard, répliqua Marilee, le regard fixé sur le pare-brise.

Quelques instants plus tard, elle murmura :

— Mon Dieu, aidez-nous à retrouver Willie Lee…

Elles parcoururent les rues qui menaient à leur pavillon, en suivant l'itinéraire de l'école. De nouveau, tante Marilee interrogea plusieurs personnes qui se trouvaient dehors.

— Ouais, Marilee, lui répondit un homme en train de couvrir une maison, je l'ai aperçu là-bas, à l'angle de la rue. Je suis désolé, mais je ne me suis pas rendu compte sur le coup que c'était ton garçon. Et je n'ai pas vu quelle direction il prenait.

Au moins, songea Corrine, quand il avait aperçu Willie Lee, celui-ci n'était pas encore mort.

Tante Marilee effectua le reste du trajet jusqu'à la maison. Une fois arrivée, elle se rendit immédiatement dans le jardin de derrière et vérifia que Willie Lee n'était pas là avec ses lapins ou dans sa cabane en haut de l'arbre. Corrine grimpa à l'échelle pour y jeter un coup d'œil, bien qu'elles n'aient reçu aucune réponse à leur appel.

— Il n'est pas là.

Marilee revint dans le jardin de devant et se mit à crier :

— Willie Lee ! Willie Lee !

Toujours pas de réponse.

Ouvrant la porte de la maison, elle entra et se précipita vers le répondeur posé sur son bureau, dans l'angle du séjour. Aucun message. Elle décrocha alors le téléphone et appela l'école afin de savoir si Willie Lee avait été retrouvé. Ce n'était pas le cas. Elle téléphona alors au bureau du shérif pour demander de l'aide.

Puis elle reposa sèchement le combiné et regarda Corrine.

— Il va bien. Dieu veille sur nous tous, et plus particulièrement sur les petits comme Willie Lee.

Corrine, qui avait des raisons de douter que Dieu veillait sur eux, se dit que sa tante cherchait surtout à se rassurer elle-même. Elle regretta aussitôt cette pensée.

— Bon, nous avons fait tout ce que nous pouvions, reprit tante Marilee en se redressant. Nous allons attendre ici et nous en remettre à Dieu.

Elle s'en remit à Dieu le temps qu'il lui fallut pour préparer du thé, en verser une tasse avec beaucoup de sucre pour Corinne et chercher son paquet de cigarettes — qu'elle ne retrouva pas —, puis elle redécrocha le téléphone.

Assise à la table d'où elle avait une vue dégagée jusqu'à la porte d'entrée, Corrine regardait sa tante tenir le combiné contre son oreille tout en arpentant la pièce avec de longues enjambées qui soulevaient sa jupe marron, et un désespoir noir l'envahit.

3.

Ta vie se passe maintenant

Tate Holloway arriva dans Valentine par l'est, après avoir emprunté de petites routes défoncées. Il avait pris un mauvais tournant et s'était perdu. Pour être honnête, il n'avait jamais eu un très bon sens de l'orientation. Ses anciens chefs de rédaction détestaient l'envoyer sur une affaire de dernière minute de peur qu'il se retrouve dans un autre Etat.

En approchant de la ville, il ralentit sa BMW jaune. L'appréhension lui oppressait la poitrine. Il passa devant le magasin d'aliments pour animaux avec son grand monte-charge, la station de lavage de voitures et l'épicerie IGA. Sur le fronton de l'IGA, une enseigne proclamait qu'il s'agissait du foyer originel de la chaîne.

Cette ville allait devenir son propre foyer, pensa-t-il.

Poursuivant sa route, il s'engagea dans Main Street et avisa le bâtiment du *Valentine Voice*. Il ne lui accorda qu'un coup d'œil et réduisit encore sa vitesse pour enregistrer tout ce qui se trouvait du côté gauche de la rue. Puis il effectua un demi-tour à l'autre bout de la ville et procéda de même avec le côté droit de Main Street.

Il n'avait pas revu la ville depuis ses neuf ans et, à sa grande surprise, elle ne semblait pas avoir beaucoup changé. Il y avait toujours des voitures garées en épi dans la large artère, la banque, dont les vitres avaient été remplacées et la façade soigneusement ravalée, le cinéma, qui s'appelait maintenant « The Little Opry » — le P'tit Opéra —, le fleuriste… et le drugstore, avec son climatiseur qui gouttait. L'engin était toujours là, mais Tate n'aurait su dire s'il gouttait ou non étant donné que ce mois d'avril était trop frais pour qu'on eût besoin de le mettre en marche. Mais sans doute gouttait-il encore, pensa-t-il.

Divers étendards agrémentaient les devantures des boutiques : la bannière des Etats-Unis, celle de l'Etat d'Oklahoma, ce qui semblait être le drapeau de la ville de Valentine, et, à sa grande surprise, quelques oriflammes confédérés. Cela dit, il était vrai que les gens de l'Ouest avaient tendance à se montrer parfois individualistes. Il y avait un drapeau orné de fleurs devant la boutique du fleuriste ainsi qu'un drapeau texan. Sans doute le propriétaire ou l'un de ses employés était-il Texan, conclut-il.

Finalement, tous ces étendards donnaient un air sympathique à la rue. Tate remarqua les bancs placés à intervalles réguliers tout en songeant qu'une chose manquait : des arbres. Il aimait les trottoirs ombragés par les ramures des arbres.

De retour devant le bâtiment du *Valentine Voice*, il gara sa BMW en épi sur le parking. Il ôta ensuite lentement ses lunettes de soleil et resta assis à contempler l'édifice pendant quelques minutes. Celui-ci se dressait telle une immense pierre angulaire de la ville, immeuble de briques rouges aux menuiseries grises. Une plaque en granit gravée du nom du journal était apposée près de la double porte d'entrée.

L'émotion lui souleva la poitrine tandis que des larmes lui brûlaient même les yeux.

Voilà, c'était *son* journal.

Diriger leur propre quotidien était le rêve de nombreux journalistes des grandes villes, un rêve que Tate nourrissait lui-même depuis longtemps — le rêve de pouvoir exprimer librement ses idées sans être entravé par les hésitations et les préjugés de chefs moins enclins à prendre des responsabilités qu'à rester politiquement correct pour ménager la susceptibilité de leurs annonceurs. Le rêve d'un journal à l'ancienne mode, avec ses responsables de rubrique hauts en couleur qui buvaient du whisky dans des flasques d'un demi-litre en fumant des barreaux de chaise, n'éprouvaient nulle crainte pour leur emploi ou leur retraite et n'étaient animés que par la recherche obsessionnelle de la vérité.

Cet aspect positif des temps anciens, voilà ce que Tate avait l'intention de ressusciter. Ici même, dans ce coin modeste du vaste monde, il s'attacherait à parler à cœur ouvert, à donner du courage à chacun et à laisser de temps à autre libre cours à la fantaisie la plus débridée rien que pour le plaisir.

Oh, oui, songea-t-il, il était bien parti, bon sang de bois !

Il sauta de la BMW, claqua la portière et franchit le trottoir en une seule enjambée. Une clochette tinta quand il poussa la porte en verre épais. Otant son chapeau, il s'avança et embrassa l'entrée d'un regard avide : un mur en briques sur le côté gauche, des bureaux, un haut plafond où étaient accrochés des lampes et des ventilateurs. Un décor vieux, terne, délabré… mais prometteur. Une salle de rédaction, une vraie.

— Puis-je vous aider ?

La femme qui s'adressait ainsi à lui était assise derrière le bureau de la réception. Eclairée par la lumière du jour que déversaient les grandes baies vitrées, elle semblait du genre pragmatique avec ses cheveux marron foncé rassemblés dans une queue-de-cheval et ses yeux noirs fermes derrière ses lunettes à monture sombre. Une Cheyenne, songea-t-il.

— Bonjour. Je suis Tate Holloway, répondit-il en la gratifiant de son sourire le plus charmeur.

— Vous n'êtes pas Tate Holloway.

Cette réplique le déconcerta.

— Eh bien, si, m'dame, jusqu'à plus ample informé.

Il rit et se tapa la cuisse avec son chapeau.

Elle s'était levée derrière son bureau et Tate, qui mesurait un mètre quatre-vingts, s'aperçut avec surprise que ses yeux étaient au même niveau que les siens.

— Vous n'êtes pas censé arriver avant samedi.

— Euh, oui, c'est exact.

Il se tripota l'oreille. Il s'était attendu à être *accueilli*, qu'il y ait au moins du monde dans les locaux du journal — or la grande salle était vide.

— Mais je suis là, reprit-il en tendant la main. Et à qui ai-je l'honneur ?

Il avait employé un ton enjôleur. Après tout, n'avait-il pas la réputation de charmer même les bêtes sauvages ?

Cependant, cette grande femme élancée était d'un bois qui ne pliait pas. Elle considéra sa main durant trois bons battements de cœur avant de la serrer dans la sienne — une main menue mais solide.

— Charlotte Nation.

— Ah… Ravi de vous rencontrer, mademoiselle Charlotte.

Elle cilla.

— Oui… heureuse de faire votre connaissance, monsieur Holloway, répondit-elle avant de s'humecter les lèvres. Je vous prie de m'excuser de ne pas vous avoir d'abord salué. Simplement, vous ne deviez pas arriver avant samedi d'après Marilee, ajouta-t-elle sur un ton qui exprimait de nouveau le reproche. Nous ne sommes pas préparés à votre venue. Nous…

Elle jeta un coup d'œil à la salle par-dessus son épaule et parut chercher ses mots.

— En fait, tout le monde travaille à l'extérieur.

— Je suis ravi de le constater. Je ne m'attendais pas à un comité de réception.

Un léger doute altéra le regard de la jeune femme, qui se remit à ciller.

— Je suppose que vous savez que Chet Hamon, Harlan Buckles et Jewel Luttrell ont tous démissionné au cours du mois dernier, expliqua-t-elle. C'est June Redman qui se charge maintenant de la maquette, mais elle est partie chercher sa mammographie cet après-midi. De toute façon, elle ne travaille qu'à mi-temps. Imperia est allée voir des annonceurs. Leo, Reggie et Tammy sont en reportage, et Marilee a dû partir à la recherche de son petit garçon.

Elle marqua une pause avant de préciser :

— Zona est là, naturellement.

— Marilee James ? Son petit garçon a disparu ?

Il se rappelait la voix de cette femme au téléphone — une voix chaude et douce, comme du beurre tiède. Il avait espéré la voir et son absence le décevait un peu. En réalité, prétendre qu'il ne voulait pas d'un comité de réception était une blague, comme son interlocutrice l'avait d'ailleurs deviné. Il avait au contraire espéré être accueilli en grande pompe… ou du moins avec quelque enthousiasme.

Charlotte hocha la tête.

— Willie Lee. Il s'est à nouveau échappé de l'école. Il a huit ans mais souffre de difficultés d'apprentissage.

— Je vois.

— Il est doux comme un agneau mais un peu dans la lune. Et puis il ne se méfie de personne. C'est bien là le problème… Tant d'étrangers de la grande ville passent par ici de nos jours.

Tate se sentit vaguement coupable, venant lui-même d'une grande ville.

— Bon, je jetterai un coup d'œil dans les environs.

Charlotte battit des cils, comme sous le coup de la surprise.

A cet instant s'ouvrit la porte d'un bureau, un peu plus loin sur la gauche. Une personne — une petite femme — apparut sur le seuil et, apercevant le nouveau venu, rentra aussitôt en refermant le battant derrière elle. Tout se passa si vite que Tate n'en garda que l'image d'une sorte de petite souris aux cheveux gris.

Tate interrogea Charlotte du regard.

— C'est Zona Porter — aucun lien de parenté —, notre comptable.

Il demeura silencieux quelques secondes, l'œil fixé sur les fenêtres du bureau de la petite souris, occultées par des stores. Son espoir d'en savoir plus et peut-être d'être présenté à cette femme fut bientôt déçu. Le téléphone de la réception sonna, et Charlotte décrocha immédiatement le combiné.

— *Valentine Voice*, Charlotte à l'appareil.

Elle écouta son interlocuteur, les doigts serrés sur le combiné.

— Je demanderai à Marilee de vous rappeler, déclara-t-elle au bout d'un instant. Elle a dû partir à la recherche de Willie Lee. Il s'est à nouveau échappé de l'école.

Son regard se posa soudain sur Tate.

— Oh, attendez ! s'exclama-t-elle. M. Holloway, le nouveau directeur, est là. Vous pouvez lui parler. Patientez un moment, le temps que je vous bascule sur une autre ligne... Oui, c'est le nouveau propriétaire, le cousin de Mlle Porter... Je sais bien qu'on n'est pas encore samedi, il est arrivé en avance. Bon, je vous le passe.

Elle se tourna vers Tate.

— C'est le maire. Ils ont finalement donné leur autorisation pour la construction du centre de détention, et il veut vous raconter toute l'histoire.

Il la fixa des yeux sans bouger; elle lui rendit son regard. Puis une sonnerie retentit dans une pièce située derrière elle.

— Allez prendre l'appel dans le bureau de Mlle Porter, lui ordonna-t-elle en l'encourageant du geste. Je dois garder cette ligne libre au cas où quelqu'un appellerait au sujet de Willie Lee.

Tate tourna les talons et franchit le grand hall de la réception afin de gagner le bureau qui, dans son souvenir, était encore celui de son oncle. Il rejoignit en deux enjambées l'énorme table de travail en noyer. Dans le même mouvement, il se débarrassa de son chapeau et décrocha le combiné tout en sortant carnet et stylo de la pochette de sa veste en jean marron.

Ses instincts de journaliste venaient de se mettre en branle. Il était propriétaire d'un journal, bon sang de bois.

Le maire, un homme effacé mais franc, aux doigts et aux cheveux extrêmement fins, mena Tate jusqu'au site destiné au nouveau centre de détention. L'établissement devait embaucher cent personnes d'un coup.

Ce projet avait suscité bien des controverses, avoua l'élu tout en butant sur ce dernier mot. Tate écouta ses explications, comprenant à demi-mot : beaucoup de gens ne souhaitaient pas avoir à côté de chez eux ce qu'ils estimaient être une prison.

Ensuite, le maire le conduisit un peu partout, lui offrant une visite guidée de la ville et de ses environs. Il l'emmena au Main Street Café où il le présenta à tout le monde, puis au Blaine's Drugstore où Tate fit la connaissance de M. Blaine, la seule personne alors présente dans le magasin. Le pharmacien parut rechigner à quitter des yeux son poste de télévision et son seul commentaire sur le centre de détention fut :

— Ils vont avoir besoin d'une pharmacie, ces gamins.

Ensuite, toujours en compagnie du maire, qui lui demanda timidement de l'appeler Walter, Tate parcourut la rue d'un bout à l'autre, dans les deux sens, tandis que son cicérone le présentait aux divers commerçants.

— Salut, Walter, lançait-on au maire avant d'échanger avec lui des tapes amicales dans le dos.

Tate put ainsi constater que le maire était en général apprécié.

Lorsqu'il revint enfin au journal après avoir poliment décliné une invitation à dîner du maire, Charlotte s'apprêtait à partir.

— Je suis contente que vous soyez de retour. Il est plus de 17 heures, et c'est l'heure pour moi de rentrer. Leo a emporté chez l'imprimeur les disquettes pour l'édition de demain matin. Nous avons estimé que nous ne pouvions pas vous attendre, ajouta-t-elle de ce ton légèrement réprobateur que Tate commençait à reconnaître. C'était Harlan qui s'en occupait avant. Depuis sa démission, on le remplace tous plus ou moins.

Cette dernière remarque exprimait également une certaine attente.

— C'est parfait. Je ne m'étais pas aperçu qu'il était plus de 17 heures. Je suis désolé de vous avoir retenue.

— Je n'étais pas sûre que vous aviez les clés et je ne voulais pas vous enfermer à l'extérieur, expliqua-t-elle tout en sortant de sous le bureau un sac à main aussi vaste qu'une valise.

Un peu gêné, Tate s'abstint de lui avouer qu'il n'avait pas de clés du tout. Elle contourna alors son bureau d'une démarche décidée. Il s'écarta aussitôt, craignant qu'elle ne lui marche dessus, mais elle poursuivit son chemin jusqu'au bureau de sa cousine — jusqu'à *son* bureau —, pénétra dans la pièce et alla ouvrir un tiroir de la table de travail. Elle en sortit des clés qu'elle lui tendit.

Elle était à mi-chemin de la porte d'entrée, quand une question lui traversa l'esprit.

— A-t-on retrouvé le petit garçon de Marilee James ?

Elle le considéra par-dessus son épaule.

— Non. Je vais justement chez elle lui apporter un poulet rôti.

La porte se referma derrière elle et Tate, à travers la grande baie vitrée, la regarda marcher sur le trottoir et tourner à l'angle de la rue. Charlotte portait une jupe incroyablement courte et des talons incroyablement hauts pour une femme aussi propre sur elle. Et elle ne marchait pas; elle allait de l'avant.

Il regagna sa BMW qu'il avait laissée avec la capote baissée, son ordinateur bien en vue. Il avait pensé qu'on pouvait se permettre ça à Valentine.

Au prix de plusieurs voyages, il transporta l'ordinateur, le moniteur ainsi que quelques cartons dans son nouveau bureau. Puis il resta debout à se frotter la nuque, songeant qu'il aurait sans doute dû participer aux recherches pour retrouver Willie Lee James. Cependant, il se sentait impuissant en ce domaine : ne connaissant ni l'enfant ni la ville, il ne voyait pas en quoi il aurait pu être utile.

Il laissa les cartons empilés et commença à brancher son ordinateur, avant de s'apercevoir qu'il était impatient de voir sa nouvelle maison. Mieux valait découvrir ce qui deviendrait son foyer à la lumière du jour. Il ferma donc la porte du journal et commençait à descendre l'escalier quand il s'arrêta soudain, se souvenant de la petite femme grisonnante qu'il avait entraperçue tantôt. Etait-elle encore dans le bâtiment ?

Probablement pas, puisque Charlotte ne lui en avait pas parlé. Cependant, saisi d'un doute, il revint sur ses pas pour inspecter les locaux.

Sur la porte vitrée du bureau était inscrit : « Zona Porter, Aucun lien de parenté, Comptable. » Pas un bruit ne provenait de la pièce. Tate frappa à la porte. Pas de réponse. Il tourna tout doucement la poignée et passa la tête à l'intérieur. La pièce, très petite et très propre, presque austère, était vide.

Bon, tant mieux, songea-t-il, rassuré.

Une fois de retour sur le perron, il verrouilla la porte de *son* journal, se demandant si cette précaution n'était pas complètement superflue dans une telle ville. Il rejoignit en sifflotant sa BMW et sauta derrière le volant. Puis, sortant la voiture de son emplacement, il dut aller jusqu'à l'autre bout de la ville avant de pouvoir tourner et revenir au croisement de Main Street et de Church Street. La maison de sa cousine Muriel, qu'il avait achetée sans l'avoir revue, se dressait à l'angle de la première rue donnant sur Church Street.

Il entendait encore la voix sèche de Muriel lui indiquant la route par téléphone.

La ville ressemblait à une image de carte postale. Sous la lumière du soleil déclinant, les bâtiments et les drapeaux, les maisons et les grands arbres brillaient comme de l'or. Les forsythias avaient déjà perdu presque toutes leurs fleurs, mais les glycines pourpres et les spirées étaient en plein épanouissement.

Tate s'étonna de connaître aussi bien le nom des fleurs, et songea qu'il avait sans doute appris deux ou trois choses de son ex-femme. Il éprouva un élan de regret aussi bref qu'aigu pour ce qu'il avait laissé passer dans sa vie. Jamais il ne s'était soucié de maisons ni de jardins au cours de son mariage; jamais il n'avait accordé de valeur à la construction d'un foyer et d'une famille.

Puis il se rappela bientôt ce qu'il avait vécu à la place et estima qu'il n'avait pas trop à se plaindre. Lucille le lui avait d'ailleurs bien dit :

— Ta vie, c'est le journalisme, Tate, pas le mariage.

Curieusement, cela faisait longtemps qu'il n'avait pas repensé à elle. Il n'en gardait qu'une image floue, et sa voix n'était plus qu'un murmure ténu émergeant du tréfonds de sa mémoire. C'était une femme d'exception, mais ils n'étaient pas faits l'un pour l'autre. Une fois libre, elle s'était épanouie dans ses activités de psychologue, de mère et de militante.

« Il y a un temps pour chaque chose et tout vient à point à qui sait attendre », songea-t-il tandis que son regard s'éclairait en tombant sur la grande demeure Porter qui venait d'apparaître à sa vue — la demeure *Holloway*, corrigea-t-il en lui-même.

Il avait trop attendu, pensa-t-il tout en garant la BMW dans l'allée. Le temps était venu pour lui de prendre racine. Oui, bon sang de bois, il en était là, enfin, à l'âge de cinquante et un ans. Il y avait de quoi intimider un homme d'une autre trempe que lui.

Il s'avança vers la maison d'une démarche ample et souple, grimpa les marches du perron deux à deux et déverrouilla la porte qui avait besoin d'un coup de neuf. Elle grinça bruyamment quand il l'ouvrit.

Il pénétra dans un grand vestibule où flottait un agréable parfum de vieilles boiseries, puis traversa les pièces en jetant un coup d'œil rapide sur les lieux. Le parquet en chêne grinça à plusieurs reprises sous ses pas. Environné par une odeur de renfermé, Tate termina son tour en notant avec une certaine stupéfaction que sa cousine avait quasiment tout laissé en l'état.

Lorsqu'elle avait décidé de partir, elle avait vraiment décidé de *partir.*

Il entrebâilla la porte de la cuisine, dont la moustiquaire avait bien besoin d'être remplacée, passa brièvement la tête dehors, puis parcourut plus lentement la pièce qui n'avait pas été repeinte depuis vingt ans. Sa cousine n'était pas du genre casanier, pas plus que lui. De là, il se rendit dans la salle à manger et ouvrit la porte-fenêtre pour s'avancer sous la véranda panoramique. Bon sang de bois, il *adorait* cette véranda ! Il allait passer ici tous les après-midi de canicule à fumer des cigares et déguster des thés glacés remplis de sucre.

Ensuite, son regard se posa sur le canapé en rotin, où il vit un petit garçon endormi.

Un petit garçon, un chien et un gros chat orange. Tate eut l'étrange impression d'être de trop quand le chat le contempla d'un air irrité.

4.

Les vastes étendues du cœur

Dès que le pick-up bleu de Parker, aux portières ornées de l'emblème blanc et or de la Lindsey Veterinary Clinic, apparut dans l'allée, Marilee se hâta d'aller à sa rencontre. Peut-être lui ramenait-il Willie Lee.

Elle vit immédiatement que ce n'était pas le cas.

— J'ai appris au sujet de Willie Lee. Il est rentré, maintenant ? s'enquit Parker en contournant le capot du véhicule pour venir la rejoindre.

— Non… Tout ce temps dehors, Parker…

Ses bras s'écartèrent d'eux-mêmes de ses flancs et se tendirent vers lui.

Il la prit dans ses bras et la serra contre lui. Puis, tandis qu'il la ramenait vers la maison en la tenant par les épaules, Marilee lui rapporta sa conversation avec la principale ainsi que ses recherches dans le voisinage. Elle lui annonça qu'elle avait appelé le shérif Oakes et, la gorge serrée, lui avoua le sentiment d'impuissance qu'elle éprouvait à devoir ainsi se contenter d'attendre. En revanche, elle ne lui parla pas de sa peur d'apprendre que cette fois-ci Willie Lee avait vraiment disparu — une peur qui n'avait cessé de la hanter depuis qu'elle lui avait donné naissance avant terme, petit prématuré bleu et suffocant.

— Il doit être en train de creuser dans un fossé pour trouver des écrevisses ou de suivre une colonne de fourmis ou de s'amuser à un autre jeu de gamin, la rassura Parker avec le plus parfait bon sens.

Mais, dans son for intérieur, Marilee ne s'en reprochait pas moins d'avoir failli à ses devoirs de mère et se sentait honteuse et dégoûtée d'elle-même.

Une des qualités de Parker était sa solidité en cas de crise. Sans doute cela lui venait-il de son métier qui l'obligeait à affronter régulièrement la maladie et la mort. Les crises ne l'effrayaient pas mais semblaient au contraire solliciter le meilleur de lui-même. Dans ces cas-là, il pouvait se montrer ouvert et généreux, alors qu'en temps ordinaire il restait sur son quant-à-soi et se cuirassait derrière une amabilité de façade.

— Tu as des cigarettes sur toi ? lui demanda-t-elle.

— Non. Pourquoi en aurais-je ?

— Tu n'en gardes pas en réserve, juste au cas où ?

— J'ai arrêté de fumer il y a trois ans, et toi aussi, tu te souviens ? lui rappela-t-il avec une sévérité qu'elle trouva déplacée dans les circonstances actuelles.

Agacée, elle s'apprêtait à le prier d'aller lui en chercher un paquet quand le téléphone sonna.

Plusieurs personnes avaient déjà appelé pour lui témoigner leur sympathie. Chaque fois, elle bondissait sur le combiné, espérant qu'il s'agissait d'une bonne nouvelle. Ayant été déçue à trois reprises, elle signifia du geste à Parker de répondre à sa place.

Puis Charlotte Nation arriva dans sa petite Grand Am rouge. Assise à la fenêtre, Marilee vit la jeune femme déplier ses longues jambes hors de la voiture et parcourir prestement l'allée, les bras chargés de sacs en papier marron. Charlotte avait acheté des barquettes de poulet frit et de salade de pommes de terre au Quick Shop qui avait ouvert un rayon traiteur.

On aurait dit un repas de funérailles, songea Marilee en contemplant la nourriture avec écœurement.

Charlotte lui apprit que June avait réussi à corriger à temps l'annonce de Ford ainsi que celle d'IGA avant que Leo n'emporte les disquettes chez l'imprimeur. Et lui annonça également que leur nouveau directeur, Tate Holloway, était arrivé en avance.

— Ah bon ? dit Marilee en essayant vaguement de s'intéresser à cette nouvelle.

— Ne t'inquiète pas pour lui, la rassura Charlotte avec un geste négligent de la main. C'est lui qui a décidé de débarquer avant la date prévue, alors il n'a à s'en prendre qu'à lui-même. Quand Willie Lee sera rentré, tu risques d'être claquée. Reste au lit demain et ne viens au travail que lorsque tu te sentiras en forme.

Quand Willie Lee sera rentré…

Marilee regarda la Grand Am de Charlotte s'éloigner, puis resta à la fenêtre, éprouvant le besoin de faire le guet. Elle fut consternée de voir la Cadillac de sa mère se ranger devant chez elle. Le second mari de Norma — Carl Cooper — possédait une solderie d'appareils électroménagers, une de ces boutiques qui envahissent le petit écran d'un fatras de réclames vulgaires. La voiture même portait une plaque d'immatriculation personnalisée, affichant « CCoopers ». Malgré cela, ce mariage avait permis à Norma d'accéder à la célébrité.

En la voyant, petite femme aux cheveux teints en blond, au trottinement vif, Marilee eut envie de courir se cacher ailleurs, mais, tel un lapin piégé par la lumière des phares, elle demeura figée sur place.

Sa mère lui demanda sans préambule de venir l'aider à acheter des pneus neufs, car elle ne pouvait pas compter sur son mari pour obtenir ceux qu'elle désirait.

— Carl ne veut pas prendre le temps de s'en occuper, poursuivit-elle. Il s'obstine à vouloir aller chez le revendeur du coin afin d'y prendre les pneus les moins chers… et peu importe qu'ils soient équilibrés ou non.

— Maman, l'interrompit Marilee, je ne peux pas parler de ça avec toi pour l'instant. Willie Lee a disparu.

A cette nouvelle, Norma devint très agitée. Tout dans son attitude se mit à exprimer le pessimisme le plus noir, à tel point que Marilee était oppressée rien qu'en la regardant.

Puis elle se lança dans des commentaires lugubres.

— N'importe quoi peut lui arriver, là-dehors, avec tous les pervers qui traînent… Ce petit est bien trop gentil et fraie trop facilement avec les inconnus. J'espère qu'il n'est monté dans la voiture de personne… Et puis, d'abord, tu n'aurais jamais dû le mettre à l'école. Il est incapable de suivre une scolarité normale… Tu sais, ajouta-t-elle dans un chuchotement qui n'en était pas un et que Parker pouvait parfaitement entendre, tu devrais épouser Parker. Comme ça, tu resterais à la maison avec le petit.

C'était ainsi qu'elle appelait invariablement Willie Lee : « le petit ».

— Il a un nom, maman. Il s'appelle *Willie Lee*.

— Oui, je sais bien, répliqua Norma, l'air plus perdu, plus douloureux et plus angoissé que jamais.

Marilee se sentit misérable mais ne s'excusa point.

— Norma, intervint Parker qui ne supportait aucune forme de conflit, désirez-vous du café ?

Marilee tourna les talons et alla s'enfermer dans la salle de bains où elle se contempla un long moment dans le miroir de l'armoire à pharmacie, posant à elle-même et à Dieu toutes sortes de questions inintelligibles.

Finalement, ayant recouvré quelque peu ses esprits, elle ouvrit l'armoire à pharmacie et se mit à la fouiller méthodiquement. Il devait sûrement lui rester quelques comprimés du temps où Stuart l'avait plaquée. Oui, il devait bien en rester quelques-uns. Oh, doux Jésus, elle avait l'impression de tomber en morceaux…

On frappa à la porte. Se demandant si on n'avait pas eu des nouvelles de son fils, elle ouvrit la porte d'un coup et se retrouva face à la grande et robuste silhouette de sa tante Vella.

— Bonjour, ma chérie. Désolée, mais ce n'est pas Willie Lee.

Le regard de sa tante, empreint de compassion, se porta au-delà d'elle, vers le lavabo dans lequel s'étaient accumulés les médicaments.

— Que fais-tu ? s'enquit-elle.

— Je cherchais un de mes anciens comprimés. Mais il n'y en a plus. J'ai dû tous les jeter.

— Tu les as effectivement tous jetés. J'étais là. Bon, écoute, j'ai ce qu'il te faut : un grand milk-shake au chocolat.

— Au chocolat ?

— Oui, ma chérie… Tu le trouveras dans la cuisine.

— Bénie sois-tu !

Marilee se jeta au cou de sa tante, qui la serra fort contre elle et garda ensuite un bras autour de ses épaules en la raccompagnant à la cuisine. Norma se renfrogna à ce spectacle. Le courant n'était jamais très bien passé entre la mère menue de Marilee et sa sculpturale tante Vella — la sœur de son père.

Marilee se dégagea de l'étreinte de sa tante et s'assit à la table de la cuisine où elle prit le grand gobelet en carton et commença à déguster l'épais lait glacé à la petite cuillère. Sa tante Vella et son oncle Perry étaient les propriétaires du Blaine's Drugstore and Soda Fountain, et tante Vella savait exactement comment Marilee aimait ses milk-shakes au chocolat : avec une giclée supplémentaire de chocolat liquide.

Marilee s'aperçut alors que Corrine avait également eu droit à son milk-shake. Les yeux noirs de sa nièce se levèrent un instant vers elle, et elle réussit à lui adresser un de ces sourires que les mères gardent toujours en réserve pour ceux qu'elles aiment. Elle avait délaissé sa nièce et tenait à se rattraper. Cette enfant avait été suffisamment délaissée comme ça dans sa vie.

Mais Corinne détourna rapidement le regard, comme si elle éprouvait le besoin de se protéger.

— Bon, il faut que j'y aille, déclara Norma. Je dois préparer le dîner de Carl.

— Ça va... De toute façon, tu ne peux rien faire ici.

Plût à Dieu que le dîner de Carl ne soit pas gâché, songea Marilee avec aigreur. Elle inspira profondément.

— Appelle-moi dès que tu auras des nouvelles..., reprit sa mère avant de se diriger vers la porte. Et puis je peux toujours repasser.

Elle se tourna vers Parker.

— Content de vous avoir vu, Parker. Appelez-moi si Marilee a besoin de moi.

Il hocha poliment la tête, préférant sagement ne pas se compromettre.

— Contente de t'avoir vue, Vella.

— Norma...

Aussi différentes que le jour et la nuit, les deux femmes ne faisaient que se tolérer mutuellement.

Pendant un moment, Norma parut hésiter, puis elle tapota le bras de sa fille et se tourna vers Corrine afin d'écarter des cheveux de son front.

— Ma chérie, tu devrais vraiment aller chez le coiffeur. Tu as des cheveux plein les yeux !

Marilee vit sa nièce continuer à siroter tranquillement son milk-shake, tandis que sous la table ses jambes battaient à toute allure.

— Bon, je te rappellerai ce week-end au sujet des pneus, ajouta Norma à l'attention de sa fille avant de tourner les talons.

Elle pouvait aller se fourrer ses pneus dans le derrière, songea Marilee, bien que honteuse à cette pensée. Elle agita nerveusement son milk-shake avec sa paille.

Eprouvant le besoin de se montrer polie, Vella masqua soigneusement l'irritation que provoquait en elle la présence de sa belle-sœur, et, se levant, la raccompagna jusqu'à la porte d'entrée — histoire de s'assurer de son départ. Tout en la regardant monter dans sa voiture, elle ressentit comme un échec cuisant le fait qu'après tant d'années et la mort de son frère, Norma ait encore le don de lui taper sur les nerfs.

Quand elle revint dans la cuisine, Parker était en train de masser les épaules de Marilee et de plaisanter avec Corrine, arrachant un sourire exceptionnel à l'enfant. Bien qu'elle ait toujours trouvé Parker un peu mou, Vella admirait réellement sa capacité à alléger l'atmosphère quand besoin était.

— Tu n'as pas la réunion du Rose Club ce soir ? lui demanda Marilee.

— Oui, mais j'ai encore du temps devant moi. Perry n'aura qu'à aller dîner au café-restaurant, et je peux me rendre directement à la réunion en sortant d'ici.

Perry allait toujours au café-restaurant lorsque, en rentrant le soir, il constatait qu'elle n'était pas là et que le dîner n'était pas sur la table. Après quoi, il revenait à la maison, allumait la télévision et s'endormait dans son fauteuil inclinable.

Vella s'approcha du comptoir et commença à déballer des provisions achetées au supermarché, dont des cookies au chocolat et des bananes. Selon elle, cela suffisait pour survivre. Elle remarqua alors, posés sur le comptoir, un grand récipient de poulet frit et une barquette de salade de pommes de terre. Légèrement alarmée par la possibilité d'une intoxication alimentaire, elle remisa la salade au réfrigérateur.

Le téléphone sonna brusquement, et tous les quatre sursautèrent. C'est Parker qui atteignit le combiné en premier.

— Maison James, répondit-il sur un ton sec, inhabituel de sa part.

Tout le monde le regardait en retenant son souffle.

— Hmm... O.K., dit-il avant de raccrocher et de se retourner vers les autres. C'était Neville. Il m'a dit qu'on n'avait pas encore retrouvé Willie Lee, mais qu'ils avaient parlé à plusieurs personnes qui l'avaient vu dans l'après-midi et que, d'après elles, il se dirigeait effectivement par ici.

Marilee aurait bien aimé parler elle-même au shérif, ou du moins l'entendre de vive voix. Puis elle l'imagina lui rapportant qu'ils étaient en train de fouiller tous les canaux de drainage des environs...

— Mais *où* est-il ?

Tous la regardèrent d'un air impuissant. Elle pivota sur elle-même, poussa la moustiquaire et descendit les marches du perron, à peine consciente de ce qu'elle faisait.

« Je vous en prie, Seigneur, ramenez-moi mon bébé. Je ferai tout ce que vous voudrez. Je vous en prie, Seigneur, je vous en prie. Comment pourrai-je supporter que vous me l'enleviez ? S'il lui arrive quoi que ce soit... »

Heureusement, les autres la connaissaient assez pour respecter sa solitude. Elle se rendit au pied de l'arbre qui abritait la petite cabane qu'elle avait construite avec Willie Lee et leva les yeux. Elle ne pleura pas; elle ne pleurait jamais en cas de drame. Comme elle l'avait constaté, pleurer ne changeait jamais rien, bien au contraire. Si elle pleurait, tout serait perdu.

Elle se dirigea vers les cages à lapins et s'aperçut que l'heure du repas pour les deux lapins était dépassée depuis longtemps. Elle alla donc chercher leur nourriture dans le garage, remplit leur gamelle, puis changea leur eau, tout en repensant à l'amour de son fils envers les animaux. Il semblait plus à l'aise avec eux qu'avec les gens.

Alors qu'elle contemplait les cages, il y eut un grincement… Le grincement familier du portail ménagé dans la barrière au fond du jardin.

Elle se retourna et vit un homme s'avancer. Un homme de haute taille… Charlotte, se souvint-elle, lui avait appris que Tate Holloway…

Elle s'interrompit soudain dans ses pensées en apercevant, debout à côté de l'inconnu, la silhouette bien plus menue de son garçon.

— Cet enfant prétend habiter ici, déclara l'homme.

— Oh, mon Dieu… *Willie Lee* !

Ce n'est qu'à cet instant, en voyant le visage enfantin levé vers elle, qu'elle se rendit compte qu'elle avait vraiment commencé à croire qu'elle ne le reverrait plus jamais vivant, et que ce qui l'avait tourmentée en secret durant toutes ces heures était la vision de son petit corps inanimé tiré de quelque fossé boueux.

Mais il était là, devant elle, ses cheveux blonds en bataille et ses yeux bleus la fixant calmement derrière les verres épais de ses lunettes.

— Bon-jour, maa-man.

Elle l'avait pris dans ses bras. Il s'écarta d'elle et, posant une main sur sa joue, la scruta intensément.

— Pour-quoi tu pleures, maa-man ?

— Parce que tu m'as manqué…

Elle pleurait si fort qu'elle pouvait à peine parler.

— Je ne savais pas où tu étais, j'ai eu tellement peur que tu te sois perdu.

Elle le serra encore une fois contre elle.

— Je n'é-tais pas per-du, répliqua-t-il en se reculant de nouveau pour la regarder de ses yeux d'un bleu profond. Je ren-trais à la mai-son.

— Oh, mon chéri…

Elle caressa ses chers cheveux indisciplinés, heureuse de les sentir sous sa paume.

— Ça fait un long chemin depuis l'école. Tu n'aurais pas dû rentrer tout seul.

— Je n'é-tais pas tout seul. J'a-vais Mun-ro a-vec moi.

Confuse, Marilee songea un instant qu'il parlait de l'homme à côté de lui, mais il tendit alors la main pour amener devant lui un chien. Un petit chien de berger à long poil.

— Mun-ro, lui présenta-t-il d'une voix joyeuse.

L'homme était bien Tate Holloway, ce qui était un peu surprenant mais pas trop — Marilee avait reconnu son accent traînant du Sud. Il lui rapporta que c'était en visitant la maison de sa cousine qu'il avait découvert Willie Lee endormi dans la véranda avec le chien et un gros chat orange qui, selon les termes mêmes de Holloway, « avait filé plus vite qu'un cochon qui dérape sur une plaque de verglas ».

Tate Holloway avait la même voix qu'au téléphone — profonde et voilée — et il articulait chacune de ses paroles comme s'il les goûtait avec délectation.

— Bub-ba, intervint Willie Lee en levant vers eux un regard soucieux. J'al-lais nour-rir Bub-ba. Il n'a plus de nour-ri-ture, mais il a fui.

Marilee comprit alors ce qui avait pu amener Willie Lee à rentrer à la maison par le chemin qui menait au portail du jardin.

— Nous traversons cette barrière chaque soir pour aller donner à manger à Bubba sur le perron de la cuisine, expliqua Marilee. Bubba est — ou plutôt *était* — le chat de Mlle Porter. C'est nous qui l'avons nourri jusqu'à votre arrivée. Elle nous a dit que vous auriez le chat avec la maison.

— Bub-ba a besoin de nour-ri-ture, ajouta Willie Lee.

— Nous allons donner un peu de poulet frit à M. Holloway pour Bubba, proposa Marilee.

Tous s'assirent ensuite autour de la grande table en chêne de la cuisine afin de manger le repas apporté par plusieurs amies. On aurait vraiment dit une fête. Marilee gardait Willie Lee sur ses genoux pour pouvoir le toucher encore et encore. A sa droite elle avait installé d'office Corrine, qui souriait incroyablement plus que de coutume, et à sa gauche, un bras posé sur le dossier de sa chaise, était assis Parker. Tante Vella dominait la tablée, veillant au confort de chacun. Marilee jouissait de ce moment de bonheur et de sécurité après les craintes qu'elle avait éprouvées.

— J'allais vous appeler, déclara Tate Holloway.

Il leur avait déjà raconté avec force fioritures que *Mlle* Charlotte l'avait mis au travail pour le récompenser d'être arrivé avant la date prévue, et il avait enchaîné sur sa surprise de découvrir un petit garçon endormi sur le canapé de sa véranda.

— J'avais votre numéro de téléphone, mais Willie Lee ici présent, poursuivit-il en désignant ce dernier avec une cuisse de poulet, m'a répondu qu'il allait me montrer le chemin. Quel chemin ? Je me le demandais bien quand il m'a conduit parmi les cèdres, là-bas — et, bon sang de bois, voilà qu'il y avait effectivement une porte au beau milieu de ces rosiers grimpants, exactement comme il l'avait dit !

Tout en picorant le poulet chaud avec ses doigts, Marilee regardait Tate Holloway échanger des sourires avec son fils. Il avait un sourire charmant.

— Je con-nais-sais le che-min. Je n'é-tais pas per-du, affirma l'enfant.

Puis il se tourna vers sa mère et plissa un œil derrière ses épaisses lunettes.

— Enfin, je me suis per-du une fois, avoua-t-il, mais Mun-ro m'a ra-me-né.

Prenant un petit pain dans son assiette et dans celle de Marilee, il descendit de ses genoux et alla nourrir le chien couché sur la carpette devant l'évier — l'animal en avait gagné le droit en protégeant son petit maître.

Le chien mangea dans sa main avec une délicatesse qui émut Marilee. Mais elle se sentit soudain abattue.

— Mon chéri, Munro doit appartenir à quelqu'un. Il a un collier.

— Non, répliqua Willie Lee. C'est moi qu'il cher-chait, pour vivre avec moi. J'ai dit à Dieu que je le vou-lais. Tu te rap-pelles ?

Elle consulta Parker du regard.

— Je ne crois pas avoir jamais vu ce chien auparavant, répondit-il. Mais tous les gens du voisinage ne m'apportent pas leurs animaux domestiques. La plupart, mais pas tous. Et puis il n'est pas tatoué... Peut-être n'est-il pas vacciné contre la rage, crut-il bon de préciser.

Tout le monde contempla le chien, dont les yeux affectueux se mirent à ciller.

— Vous ne pouvez pas séparer un chien et un petit garçon une fois qu'ils se sont choisis l'un l'autre, déclara Tate.

Puis, se tournant vers Willie Lee :

— Le vrai secret de la vie, c'est un bon chien, ajouta-t-il avec un clin d'œil.

— Pourquoi l'as-tu appelé Munro, Willie Lee ? s'enquit alors tante Vella.

— Par-ce que c'est son nom.

Cette réponse de bon sens fit rire tout le monde, sauf Corrine. Elle était en train d'aider tante Vella à débarrasser la table quand elle lança à la cantonade :

— C'est marqué Munro sur son collier.

Tous les regards se tournèrent vers elle.

— C'est imprimé en blanc, précisa-t-elle. M-U-N-R-O.

Parker dégagea le collier des poils du chien pour y jeter un coup d'œil.

— Ouais, acquiesça-t-il, c'est bien ça. Munro.

Il tapota la tête de l'animal.

Marilee contempla son fils, ébahie.

— Qui t'a dit son nom ?

— C'est Mun-ro qui me l'a dit, répondit l'enfant avec le plus grand sérieux tout en caressant le chien.

— Est-ce qu'il t'a dit aussi s'il avait eu ses piqûres de vaccination ? demanda Parker en adressant un clin d'œil à Marilee.

Willie Lee contempla un instant le chien.

— Il ne veut pas de pi-qûres, lâcha-t-il enfin.

Tout le monde s'esclaffa. Marilee étudia plus attentivement le chien, qui lui fit un joyeux sourire. Elle devait admettre que son nom lui allait à la perfection.

On prévint le shérif, les amis, les voisins et Norma de l'heureux dénouement de l'histoire et du retour de Willie Lee à la maison sain et sauf. Vella, qui avait passé la majorité des coups de fil, les quitta pour aller présider la première réunion du Rose Club. La disparition du garçon n'étant plus qu'un mauvais souvenir, elle partit à toute allure dans sa Crown Victoria.

Tate Holloway décida pour sa part de rentrer chez lui par la rue.

— Je crois que je vais aller visiter encore un peu le quartier.

Marilee le raccompagna à la porte, avec Parker. Elle prit alors conscience qu'au cours de toutes les années où elle avait travaillé pour Muriel Porter, alors même que leurs deux maisons n'étaient séparées que par la barrière couverte de rosiers, pas une fois sa voisine ne lui avait rendu visite. Or voilà que Tate Holloway, dès son arrivée en ville, non seulement était venu la voir mais lui avait ramené son fils bien-aimé et avait partagé un repas de fête avec eux.

Les lampadaires s'étaient allumés entre-temps, nimbant toute la rue de leur lumière argentée et projetant des ombres dans les jardins.

Tate s'arrêta sur la dernière marche du perron et leva les yeux sur ses hôtes, debout au bord de la véranda.

— Merci pour ce délicieux dîner, déclara-t-il. Et merci aussi d'avoir accordé cette belle part à Bubba, poursuivit-il en brandissant le sac en plastique qui contenait les restes du poulet.

— Merci à *vous*, monsieur Holloway, de m'avoir ramené Willie Lee.

Il eut une grimace comique.

— Vous savez, je crois qu'il serait plus exact de dire que c'est Willie Lee qui m'a amené ici.

Il la contempla sans cesser de sourire.

— Et je préférerais, mademoiselle Marilee, que vous m'appeliez Tate, ajouta-t-il avec son accent lent et traînant de l'est du Texas.

Ses yeux qui semblaient scintiller, même à cette distance, demeuraient posés sur elle. Marilee trouva que l'euphorie intérieure de son nouveau patron était décidément très contagieuse.

— D'accord. Tate. Je suis contente de vous avoir rencontré.

— Et moi, je suis heureux de vous connaître, Marilee James, vous et votre famille. Je ne serai pas un étranger pour vous… Vous pouvez y compter.

Elle contemplait cet homme de haute taille qui ne cessait de lui sourire, quand Parker glissa un bras autour de sa taille.

— Nous vous sommes bien reconnaissants d'avoir ramené Willie Lee à la maison, Tate.

Le regard de Tate se reporta sur lui.

— Euh… oui, à votre service… Je suis simplement content que tout se soit bien terminé.

Après un dernier coup d'œil à Marilee, il les salua avec le sac en plastique et s'engagea sur le trottoir.

Marilee le suivit des yeux, observant ses beaux cheveux blond paille qui reflétaient la lumière et brillaient comme soie chauffée au soleil. Elle constata que ses épaules étaient robustes, son torse souple et sa démarche ample — la démarche d'un homme vigoureux et volontaire.

Ensuite, Parker la ramena à l'intérieur, un bras passé autour de ses épaules. Une fois la porte refermée, il l'attira contre lui et l'embrassa dans la pénombre de l'entrée.

— Ton cher Willie Lee est finalement revenu sain et sauf à la maison, comme je te l'avais dit.

— Merci d'avoir été là, Parker.

Elle lui était très reconnaissante.

Il la reprit dans ses bras et l'embrassa dans le cou. Elle sentait qu'il voulait plus, mais elle ne pouvait penser à cela pour l'instant. Elle était trop occupée à s'accrocher à ce qu'elle avait craint de perdre. Il ne lui restait plus assez d'énergie pour prendre en considération ses rapports avec Parker.

Elle borda Corrine, puis Willie Lee.

— Mon chéri, nous allons devoir passer une annonce dans le journal afin de signaler que nous avons trouvé Munro, expliqua-t-elle tout en lui ôtant ses lunettes qu'elle plaça sur la table de chevet.

— C'est mon chien, main-te-nant.

Il posa une main sur l'animal couché à côté de lui.

— Il a un collier avec son nom dessus. Ça signifie que quelqu'un l'a acheté pour lui. Quelqu'un qui tient à lui. Et si c'était toi qui l'avais perdu ? N'aimerais-tu pas qu'on te le rende ?

Willie Lee se renfrogna, et sa lèvre inférieure se mit à trembler.

— C'est Mun-ro qui m'a trou-vé, pas moi.

— On passera une annonce dans le journal pendant deux semaines. C'est notre devoir, le mieux que nous puissions faire.

Willie Lee se tourna sur le côté et serra le chien contre lui.

Tout en embrassant son fils, Marilee envisagea de ne pas passer d'annonce. Ou alors seulement dans l'édition du dimanche.

Elle embrassa ensuite Corrine et éteignit la lumière, puis elle se rendit dans la cuisine afin de préparer la cafetière pour le lendemain matin. Il était préférable d'adoucir le breuvage préparé par Corrine, estimant qu'une diminution de sa dose de caféine quotidienne soulagerait ses nerfs trop tendus depuis quelques jours.

Alors qu'elle tendait la main vers l'interrupteur, ses yeux tombèrent sur le livre d'images de Willie Lee. Ce même livre dans lequel, ce matin-là, il avait voulu lui montrer l'image du chien.

Elle le prit et le feuilleta jusqu'à ce que l'image en question lui saute aux yeux.

En-dessous se trouvait la légende, qui consistait en une description du chien. Ce dernier, disait-elle, était un chien de berger australien, élevé dans le but de garder les troupeaux. Sur l'image, l'animal avait la queue coupée. Marilee avait déjà vu des chiens semblables dans la campagne avoisinante.

Le livre sous le bras, elle se rendit dans la chambre des enfants. Couché sur le tapis à côté du lit de Willie Lee, Munro ouvrit les yeux et la regarda, sa queue battant le plancher.

Dans le demi-jour dispensé par l'éclairage de la salle de bains, Marilee consulta le livre, puis reporta son regard sur le chien.

Elle revérifierait à la lumière du jour, se promit-elle. Tant de choses étranges pouvaient arriver dans la nuit qui, au matin, se dissipaient comme rosée au soleil.

Le matin venu, cependant, Marilee trouva que Munro ressemblait étonnamment au chien du livre d'images, sauf qu'il avait le poil plus sombre.

Elle suivit des yeux les déambulations de l'animal et de son fils dans la cuisine. Peu importait l'apparence du chien, pensa-t-elle, son fils avait demandé un chien et en avait reçu un. Elle songea à ce qu'elle pourrait demander elle-même… et souhaita arriver à croire que ses vœux seraient exaucés.

5.

La splendeur du monde

C'était le premier jour plein de Tate à Valentine. L'aube venait à peine de se lever quand il sortit sous la véranda de sa maison, vêtu d'un pantalon de survêtement gris tout neuf, d'un T-shirt d'un blanc immaculé orné de l'inscription *Just Do It* — « Lancez-vous ! » — et de tennis à la dernière mode.

Lui qui avait pratiqué le jogging de façon intermittente des années durant, à son plus grand bénéfice, voulait désormais en faire une habitude. Il était au commencement d'une nouvelle vie et tenait à l'inaugurer en soignant sa forme physique et mentale. C'était ça, l'esprit du renouveau !

Ecartant largement les bras, il prit une profonde inspiration. Ah, quel air vif ! pensa-t-il. Bien différent de l'atmosphère humide et lourde de Houston.

A petites foulées, il descendit le perron pour gagner le trottoir de la rue paisible. Alors qu'il s'engageait dans Porter Street, en direction de la maison de Marilee, le chat jaune, Bubba, sortit de sous un massif de lilas et se joignit à lui, trottinant à ses côtés. On aurait dit un ballon de basket orange avec une queue.

Tate souhaitait voir la maison de Marilee à la lumière du jour. Il se demanda si sa voisine était une lève-tôt.

Il l'imagina sous sa véranda, le regardant passer tandis qu'il courait d'une foulée virile et le saluant gaiement. Cette vision le fit sourire, et il fut un peu déçu quand, passant devant sa maison, il s'aperçut que la véranda ornée d'un lambrequin blanc au dessin compliqué était vide.

D'ailleurs, il n'y avait pas que la demeure James à se montrer totalement silencieuse; la rue entière l'était — excepté la maison à l'angle. Les biceps gonflés, un jeune homme vêtu de l'uniforme d'UPS exécutait des tractions à une barre fixée au plafond de sa véranda. Il finit par se laisser retomber sur ses pieds et, se dirigeant vers sa voiture garée le long du trottoir, il adressa un signe de la main à Tate. Sympathique, le gars ! songea ce dernier, qui le salua en retour.

Comme il s'engageait dans First Street, en direction du quartier commerçant de Main Street, il ralentit. Il commençait à s'essouffler et ne tenait pas à avoir une attaque à son premier jour en ville. Jetant un coup d'œil en arrière, il nota que Bubba l'avait abandonné.

Il poursuivit son chemin au petit trot, croisant deux dames qui pratiquaient la marche sportive, les bras s'agitant comme des pistons et devisant entre elles au rythme de leur pas. Elles échangèrent un bref bonjour avec lui.

Dans Main Street, une femme ouvrait la porte de sa boutique — la pâtisserie Sweetie Cakes Bakery, ainsi qu'il était inscrit sur la vitrine. Elle hocha la tête à son adresse et se glissa à l'intérieur. Un peu plus loin, il passa devant le bâtiment du *Valentine Voice*. Bon sang, c'était à lui !

Il marchait, maintenant.

A cet instant, Charlotte franchit les portes du journal. A sa grande surprise, elle vint rapidement installer le drapeau dans sa hampe et rentra dans l'immeuble avant qu'il ait eu le temps de la saluer.

Ce qui valait mieux, finalement. Il avait un peu trop de peine à reprendre son souffle pour lui lancer un bonjour vraiment cordial…

Au cours des deux semaines précédentes, tout son temps avait été absorbé par la préparation de son déménagement à Valentine, si bien qu'il n'avait pas couru tous les jours et qu'il payait maintenant sa négligence.

Au poste de police, d'où lui parvenaient des effluves de café frais, il tourna dans Church Street et grimpa vers sa maison. Les rayons dorés du soleil zébraient désormais le ciel.

C'était curieux, mais il ne s'était pas encore aperçu que la rue était en pente.

Ah, songea-t-il, enfin, il apercevait un autre coureur. Il ressentit le besoin de presser l'allure. A quoi bon sortir courir, si c'était pour ne pas courir ?

Une minute plus tard, il se félicita d'avoir accéléré le rythme, parce que le jeune homme — pas si jeune — qui s'avançait vers lui n'était autre que Parker Lindsey. Bon sang, quelle énergie il dégageait dans sa chemise sans manches et son short de jogging ! Ses cuisses découvertes étaient outrageusement musclées et bronzées…

Les deux hommes approchèrent de l'intersection.

— Bonjour ! lança Tate d'une voix forte, refusant de paraître essoufflé.

— 'jour, répondit Parker en le dépassant à bonne allure.

Tate constata alors qu'il portait même un bandeau autour du front, comme les marathoniens.

Il mit un peu plus d'énergie dans sa foulée. Sans doute avait-il quelques années de plus que Lindsey, et beaucoup de cheveux gris, mais le vieux volcan couvert de neige avait encore du feu dans la cheminée. Il médita ce vieux dicton tout en franchissant le carrefour en direction de son allée avec l'intention de courir au moins jusqu'à l'arrière de sa maison, où il ne serait plus visible depuis la rue.

Juste à ce moment, il vit descendre de la colline une jeune et jolie blonde en tenue de sport moulante qui courait vers lui en souriant. Il allait s'arrêter pour lui parler, quand il remarqua qu'elle reportait son attention sur la maison d'en face dont le propriétaire, un homme âgé, venait de sortir en short et chaussures de sport et la saluait en l'appelant par son nom.

La ville était décidément le paradis des fanatiques de la santé !

Tate remonta son allée — dont la côte lui parut nettement plus accentuée que dans son souvenir —, contourna son pavillon et parvint devant le perron sur lequel Bubba se prélassait au soleil. Le chat lui lança un miaulement.

— Je sais, exhala Tate. Je vais te nourrir.

Puis il franchit le seuil de la cuisine d'un pas chancelant, se laissa tomber par terre et demeura étendu sur le linoléum frais, totalement épuisé.

Assise à la table de la cuisine, Marilee tenait sa tasse de café à deux mains en songeant qu'elle aurait dû le faire plus fort. Elle avait fini par s'habituer au breuvage de Corrine et ne semblait plus fonctionner correctement avec un dosage moindre.

En face d'elle, sa nièce jouait avec le contenu de son assiette en affichant une mine de condamnée à mort. Willie Lee, qui mangeait lentement, demanda si Munro pouvait venir à l'école avec lui.

— Il va se sen-tir tout seul sans moi.

Tout en regardant Corrine tripoter son œuf du bout de sa fourchette, Marilee songea qu'il ne restait plus que trois semaines de classe.

— Je crois que nous pourrions vous faire arrêter l'école aujourd'hui, déclara-t-elle en se levant brusquement pour aller porter son assiette dans l'évier. Vous n'avez besoin, ni l'un ni l'autre, d'y retourner avant les vacances.

Elle jeta un coup d'œil par-dessus son épaule pour voir leur réaction.

Willie Lee haussa les sourcils.

— Je ne vais pas de-voir al-ler à l'é-cole au-jour-d'hui ?

Corrine, quant à elle, la considérait avec un mélange d'espoir fou et de méfiance aiguë.

— Je vais appeler la principale Blankenship et m'arranger avec elle afin que vous puissiez terminer l'année scolaire à la maison, précisa Marilee.

Le soulagement qui se peignit sur le visage de sa nièce l'émut tellement qu'elle dut détourner le regard et se cacher derrière sa tasse. Elle repensa à sa sœur, Anita — la mère de Corrine. Elle eut soudain envie de lancer sa tasse à travers la vitre.

Puis Willie Lee s'approcha d'elle et lui tapota la cuisse.

— Il faut que Mun-ro mange aussi.

Se penchant vers son visage adorable, Marilee sourit.

— Et comment ! dit-elle.

— Je peux lui donner mon œuf, proposa Corrine.

— S'il te plaît, ma-man, fais-lui un toast.

— Oui, mon chéri... Je vais préparer un toast pour Munro.

Elle regarda le chien. Il était en train de manger très délicatement l'œuf dans l'assiette de Corrine.

La voix de la raison lui disait de forcer ses enfants à aller à l'école et à affronter dès maintenant les difficultés qu'ils rencontreraient tôt ou tard inévitablement. L'existence n'était qu'une dure succession de responsabilités, et le plus tôt les enfants l'apprendraient — même Willie Lee —, le mieux ce serait.

Elle eut envie d'abattre la raison sur-le-champ. Celle-ci eut la sagesse de se taire.

En prévision de sa rencontre avec la principale et de son entrevue avec son nouveau patron auquel elle s'apprêtait à demander de la laisser travailler à la maison, elle soigna sa tenue et revêtit une jupe en laine moulante et un chemisier bleu pastel. Elle y adjoignit une ceinture à boucle d'argent massif datant d'une époque plus prospère où elle n'avait pas encore d'enfant et où son mari, photographe réputé, gagnait confortablement sa vie. Elle parvint même à se persuader de se maquiller et brossa ses cheveux jusqu'à ce qu'ils brillent.

Puis elle s'assit à son secrétaire en merisier afin de téléphoner à Mme Blankenship et d'obtenir l'assurance que Corrine ne redoublerait pas. La principale se montra étonnamment conciliante, voire ravie à la perspective de relâcher l'enfant qu'elle avait pratiquement étiquetée comme caractérielle dans son esprit.

— Corrine a des A dans toutes les matières, déclara-t-elle. Ses notes ne sont donc pas en cause. C'est une élève très brillante. Son problème en classe ne vient pas du tout de là. Je suis sûre que nous trouverons un arrangement pour qu'elle passe dans la classe supérieure. Cela dit, poursuivit-elle, j'aimerais vous soumettre le nom d'un psychothérapeute pour enfants.

En ce qui concernait Willie Lee, la principale promit de demander à son institutrice de lui transmettre du travail susceptible de l'aider. Marilee qui n'avait jamais mis en doute ses propres capacités mentales, la pria de ne pas déranger Mme Reeves.

— J'ai l'intention de me procurer un programme pour Willie Lee.

Mme Blankenship commença à désapprouver formellement cette initiative, risquée selon elle, avant de s'arrêter net dans ses protestations. Sans doute craignait-elle que Marilee change d'avis et ramène les enfants à l'école.

Elle la remercia pour son aide et raccrocha. Puis elle demeura immobile quelques minutes, la main sur le combiné, les yeux dans le vide, jusqu'à ce qu'elle s'aperçoive qu'elle fixait un des motifs du tapis tibétain posé devant le canapé. Elle se rappela alors l'avoir acheté à Calcutta, à l'occasion d'un voyage avec Stuart. Elle parcourut la pièce du regard, s'arrêtant au passage sur un tableau accroché au mur qu'elle avait acquis à La Nouvelle-Orléans ainsi que sur une poterie qu'elle avait dénichée dans les Smoky Mountains.

Ses yeux se posèrent ensuite sur la petite photographie de son ex-mari posée sur le bureau.

Stuart James lui souriait. Elle prit le cliché, se souvenant combien elle l'avait trouvé beau la première fois qu'elle l'avait vu, quelles merveilleuses sensations elle éprouvait sous ses caresses. Stuart aimait énormément faire l'amour.

L'écho de voix enfantines l'arracha à sa rêverie. Elle cilla puis se redressa et suivit le bruit jusqu'à la porte de la cuisine.

Willie Lee et Corrine, le chien entre eux, étaient assis sur le perron arrière dans la lumière du soleil matinal filtrée par les arbres. Ils ne l'entendirent pas approcher, et elle les observa un instant à travers la moustiquaire.

Corrine était en train de parler au chien avec Willie Lee. Et elle souriait.

— Ma-man… Mun-ro a en-vie de ve-nir aus-si, lui signala Willie Lee comme s'il lui reprochait d'avoir oublié le chien.

Marilee regarda son fils puis l'animal.

— D'accord, Munro… grimpe.

Tandis qu'elle faisait reculer la jeep Cherokee pour sortir de l'allée, elle se félicita d'avoir un véhicule aussi grand et supposa qu'elle devait se résigner à ce que le chien les accompagne partout. Heureusement, c'était possible à Valentine.

*
* *

Une voiture inconnue, une BMW décapotable jaune, était garée sur le parking de l'immeuble du *Valentine Voice*. Sa capote était baissée et, les sourcils arqués, Marilee jeta un coup d'œil dans le véhicule, notant les sièges en cuir. Manifestement, Tate Holloway, originaire de Houston, ne se rendait pas compte à quel point la poussière était un problème sérieux dans cette région.

Construit en 1920, le bâtiment en brique du *Valentine Voice* n'avait pas beaucoup changé malgré les années. La partie arrière du rez-de-chaussée, qui abritait jadis l'imprimerie, avait été reconvertie en garage et aire de déchargement. Le quotidien était désormais imprimé chez un sous-traitant. Celui-ci travaillait pour nombre de journaux ruraux comme le leur, et Dieu sait qu'il en existait beaucoup dans l'ensemble du pays.

La moitié avant du rez-de-chaussée était restée plus ou moins inchangée depuis les années 20. Les toilettes de l'époque avaient été agrandies et on avait aménagé une kitchenette dans un coin. Plusieurs bureaux avaient été créés grâce à l'adjonction de parois vitrées. L'un d'entre eux était entièrement masqué par des jalousies vertes, y compris derrière la porte vitrée. Sur celle-ci était inscrit : « Zona Porter, Aucun lien de parenté, Comptable ». Tout le monde respectait son désir d'intimité. On pouvait aller lui parler dans son bureau, mais elle-même en sortait rarement. Si elle avait disposé de toilettes privatives, elle n'en serait pas sortie du tout. Elle avait son propre réfrigérateur, sa propre cafetière, ses tasses, ses verres et ses mouchoirs personnels. Elle préférait n'avoir aucun contact avec ce que les autres avaient touché.

Ce qui était jadis le bureau d'E. G. Porter demeurait au même endroit, sur la droite en entrant. La pièce, dotée de grandes baies vitrées, donnait sur l'angle de Main Street et Church Street.

En pénétrant dans l'immeuble par la porte de service, Marilee eut l'impression de mener un cortège, avec les enfants et le chien qui la suivaient à la queue leu leu.

Leo Pahdocony Senior, un bel indien Choctaw aux cheveux noirs, pianotait sur le clavier de son ordinateur tout en parlant au téléphone, le combiné coincé contre l'épaule. Il la salua d'un signe et présenta sa paume à Willie Lee qui lui topa dans la main. Il portait des boutons en turquoise à son col de chemise, des bottes luisantes en peau de serpent et un jean au pli impeccable.

Sa femme, Reggie, une rousse menue affectée aux rubriques scolaire et religieuse ainsi qu'aux photographies, bondit de sa chaise pivotante et vint les saluer avec ravissement. Elle qui depuis cinq ans essayait en vain d'avoir un autre enfant, tendit les bras pour prendre Corrine et Willie Lee dans ses bras. L'adolescente réussit à s'écarter de son chemin, mais Willie Lee, adorable comme toujours, la laissa le soulever de terre et l'embrasser.

— Vous nous avez fait une peur bleue, jeune homme, à vous enfuir comme ça, lui dit Charlotte en donnant des messages à Marilee.

— Je ne fu-yais pas, répliqua le garçon. Je ren-trais à la mai-son.

— Hon-hon. Riche idée. Tammy a appelé, ajouta Charlotte à l'adresse de Marilee. Elle a une horrible rage de dent.

Marilee devina que sa collègue pensait la même chose qu'elle : Tammy avait plutôt un entretien d'embauche ailleurs. Sans l'argent de Mlle Porter pour renflouer le *Valentine Voice*, le journal ne resterait sans doute pas à flot plus d'un an.

Un bruit sourd provint du bureau du directeur. Marilee regarda la porte close et remarqua que la plaque au nom de Muriel Porter avait été enlevée, laissant un rectangle sombre sur le bois du battant.

Il y eut un nouveau coup frappé au mur.

— Il pend des photos, lui apprit Imperia Brown en raccrochant brutalement le combiné du téléphone. Ce bruit me rend dingue. Je file d'ici.

Elle ramassa son sac et se dirigea vers la sortie.

Charlotte s'avança vers le grand portrait à cadre doré du fondateur du journal, appuyé contre la photocopieuse, et le désigna à Marilee.

— La première chose qu'il a faite, c'est de se débarrasser de E. G., déclara-t-elle sur un ton nettement réprobateur.

— Avant de se débarrasser d'un de nous, peut-être, enchaîna Reggie.

Marilee et Charlotte échangèrent des coups d'œil anxieux, et Reggie ajouta qu'elle se demandait si Mlle Porter n'avait pas les oreilles qui sifflaient à cause du décrochage du portrait de son père.

— Je m'attendais presque à voir le mur s'écrouler sous les protestations du fantôme d'E. G.

— Les murs ont l'air de tenir, commenta Charlotte, et il y pend toutes sortes de photos. Il en a même une de lui avec le président Nixon. Je ne comprends pas pourquoi il a envie de la montrer, celle-là.

— Il en a une de lui avec Reba, intervint Reggie avec excitation. Il a fait un grand article sur elle dans *Parade Magazine.*

La jeune femme possédait tous les albums de Reba McEntire. Elle prit soudain un stylo et, le portant à ses lèvres comme un micro, se mit à chanter une de ses chansons. Elle se livrait souvent à ce numéro, imitant une chanteuse ou une présentatrice de télévision. Si elle était bien assez jolie pour être l'une ou l'autre, ses pitreries et gesticulations finissaient par être agaçantes — aux yeux de Marilee du moins. Celle-ci sentit l'irritation la gagner tandis que Reggie continuait à lui chanter sous le nez les malheurs de cette pauvre vieille Fancy.

— Reggie, peux-tu garder un œil pour moi sur Corrine et Willie Lee ? demanda-t-elle afin de l'orienter vers des enfantillages plus paisibles.

Et s'approchant de la porte en chêne massif du directeur, elle frappa.

Le bruit du marteau ayant couvert son coup, elle dut recommencer et, comme elle ne recevait toujours aucune réponse, elle passa la tête dans la pièce.

— Monsieur Holloway ?

Elle était incapable de l'appeler par son prénom dans les locaux du journal.

Il détourna son attention de la photographie qu'il était en train d'accrocher.

— Marilee ! Entrez, entrez donc. Vous tombez à pic. Pourriez-vous m'aider à positionner ce cadre ?

Le cliché qui représentait le pasteur Billy Graham était en noir et blanc, comme toutes les autres photographies visibles dans la pièce. Tate le maintint contre le mur, attendant ses instructions.

— Plus haut. Un peu plus à gauche, maintenant… Un peu plus bas. Voilà, c'est parfait.

Ayant apparemment la plus grande confiance en son coup d'œil, il marqua l'endroit et entreprit d'y enfoncer un clou.

Tout en se demandant comment un journaliste aussi chevronné et expérimenté que lui allait parvenir à s'acclimater à la minuscule bourgade de Valentine, Marilee embrassa la pièce d'un regard circulaire. Le bureau à l'atmosphère compassée voire désuète de Mlle Porter avait disparu — ou, pour être plus précis, il avait été *évacué*. Tableaux, livres et cartons remplis d'objets, dont beaucoup d'époque, étaient empilés près de la porte, et non loin de là, rassemblés en un gros tas, gisaient les lourds rideaux vert bouteille qu'on avait descendus des fenêtres. Celles-ci n'étant plus occultées que par les persiennes en bois, une lumière vive tombait sur les divers ajouts électroniques : une petite télévision, une radio à balayage de fréquences, un ordinateur ultra-rapide avec son imprimante, un portable et un appareil que Marilee, complètement dépassée par le progrès, ne put identifier.

Le principal changement, toutefois, avait affecté le grand bureau en noyer. Tate l'avait enlevé de la place qu'il occupait depuis une éternité devant la fenêtre, face au mur où était accroché le portrait d'E. G. Porter. Marilee avait toujours eu l'impression que Mlle Porter, à chaque fois qu'elle s'asseyait à son bureau, regardait son père et lui rendait un culte. Ou bien, peut-être, lui lançait des fléchettes imaginaires.

A présent, le bureau était disposé contre ce même mur, et derrière lui, là où pendait naguère l'auguste portrait d'E. G., s'étalait une énorme reproduction de la fameuse photographie de Marilyn Monrœ, la jupe flottant au-dessus d'une bouche d'aération.

Après avoir contemplé cette nouveauté avec stupéfaction, Marilee reporta son regard sur l'ensemble des clichés déjà accrochés au mur — ceux de Tate avec Reba et avec le président Nixon, et une curieuse photographie montrant un garçon en train de labourer un champ avec une mule. Elle se rapprocha pour mieux la voir. A côté du tirage délavé du garçon et de la mule était pendu le cliché d'une ravissante blonde posant dans le jardin à l'avant d'une vieille maison, entre deux garçons qu'elle tenait par les épaules.

— C'est ma mère, l'informa Tate en s'approchant. Avec mon frère Hollis et moi. Je suis le plus âgé et le plus maigre.

— Et c'est vous, là aussi, qui conduisez cette mule dans le champ ?

— Ouaip. En train de labourer la terre de l'est du Texas dans les années 50. C'est ma mère qui a pris cette photo. Elle aimait bien prendre des photos.

Il avait fini par s'avancer très près d'elle. Assez près pour qu'elle sente son haleine sur ses cheveux.

— Et là, c'est elle devant la maison que Hollis et moi lui avons achetée.

Son bras lui frôla l'épaule tandis qu'il lui désignait le cliché.

— Et là, c'est la façon dont mon père a fini.

Il tapota la photographie d'une voiture noire écrasée contre le chasse-pierres d'une motrice de la Santa Fe Railroad.

— J'aime avoir sous les yeux mes origines ainsi que le chemin parcouru depuis, et pouvoir me rappeler la direction que je ne veux pas prendre, déclara-t-il d'une voix égale.

Puis, sans transition, il ajouta :

— Vous sentez rudement bon, mademoiselle Marilee !

Ce dernier commentaire la détourna brusquement de l'horrible vision de la voiture écrasée. Elle fit volte-face et son épaule heurta la poitrine de Tate. Celui-ci n'avait esquissé aucun mouvement mais se contentait de la fixer de ses yeux bleus dont la limpidité étincelante lui coupa le souffle.

Alors qu'il baissait fugitivement le regard, elle l'imita et ses yeux se posèrent sur ses lèvres.

Elle s'écarta aussitôt de lui.

— Et que signifie cette image sur votre parcours ? s'enquit-elle en désignant la photographie de Marilyn Monrœ.

— Eh bien, j'aime l'atmosphère qu'elle donne à cet endroit.

Il alla reposer le marteau sur son bureau.

— Et quelle atmosphère cherchez-vous à créer au juste ?

— Oh… Tout d'abord, une photographie comme celle-là déstabilise.

Il croisa les bras, et ses épaules puissantes tendirent le tissu de sa chemise.

— Et puis c'est vivant. S'il m'arrive un jour de pénétrer dans cette pièce en prenant l'existence et ma propre personne un peu trop au sérieux, je n'aurai qu'à regarder cette femme superbe, expliqua-t-il en souriant, les yeux levés vers le portrait, son rire magnifique et ses jambes interminables, pour me rappeler ce qu'est le vrai secret de la vie.

Il lui adressa un petit clin d'œil.

Troublée, Marilee s'accrocha au robuste dossier en noyer du fauteuil réservé aux visiteurs. Elle éprouvait soudain le besoin de mettre un obstacle entre Tate et elle.

Elle l'observa; il lui rendit son regard avec l'air d'un homme ayant l'intention d'obtenir ce qu'il voulait. C'était à la fois flatteur et intimidant.

Elle détourna les yeux.

— Je suis venue vous parler de mon travail ici.

Il haussa les sourcils.

— Eh bien, vous continuez comme avant, mademoiselle Marilee... du moins tant que vous ne souhaitez pas me présenter votre démission.

Elle accueillit cette réponse avec un mélange de gratitude et d'irritation. La voix de Tate avait un ton très comminatoire, comme s'il ne comptait pas l'*autoriser* à démissionner.

— Mais vous désirez peut-être une augmentation ? s'enquit-il avant qu'elle ait pu reprendre la parole. Je peux vous accorder vingt dollars de plus par semaine — bon... j'irai jusqu'à trente.

— Je ne veux pas d'augmentation... mais j'accepte.

— Je ne vais pas vous forcer si vous n'y tenez pas.

— Si, si, j'y tiens. Ce n'est pas de ça que je voulais vous parler, mais j'accepte votre proposition.

— Etant donné que ce n'est pas la question, à quoi bon en parler ?

— Mais nous *sommes* en train d'en parler, et je vous répète que j'accepte cette augmentation. Ma charge de travail a considérablement augmenté depuis le départ de Harlan et de Jewel.

— Soit, vous aurez vos vingt dollars de plus par semaine.

— Vous avez dit trente.

Il pencha la tête sur le côté et la dévisagea.

— De quoi désiriez-vous au juste me parler, mademoiselle Marilee ?

Les mains appuyées sur le dossier du siège, elle lui expliqua alors qu'elle avait décidé de retirer ses enfants de l'école jusqu'aux vacances et qu'il lui fallait en conséquence travailler à la maison. Qu'elle eût été assez hardie pour accepter l'augmentation avant de lui livrer ces explications, et la lueur d'admiration qu'elle avait surprise dans ses yeux lui donnèrent le courage de poursuivre.

Elle lui apprit que jusqu'à cette année, où elle avait pour la première fois inscrit Willie Lee à l'école, Mlle Porter lui avait permis de travailler souvent chez elle et qu'elle n'avait pas eu à s'en plaindre.

— Je me suis arrangée avec une lycéenne afin qu'elle vienne m'aider durant l'été, mais tant que les classes ne seront pas terminées, elle ne sera disponible qu'un ou deux soirs par semaine.

— Bon, eh bien, je ne vois aucune raison de vous empêcher de travailler chez vous, déclara Tate. J'ai déjà commandé des ordinateurs portables pour tout le monde et nous allons installer un réseau afin que chacun reste en contact avec les autres à partir de n'importe quel endroit de la ville, voire du monde si nécessaire.

The Valentine Voice venait d'être propulsé dans le XXIe siècle, songea Marilee.

D'une démarche décidée, son patron retourna derrière son bureau, posa les mains sur le plateau et se pencha en avant.

— Je veux que vous gardiez ça pour vous pendant quelques jours. Je l'annoncerai à tout le monde bientôt, mais pour l'instant, vous seule êtes au courant.

Il marqua une pause.

— Nous allons devoir ramener le journal à une publication bi-hebdomadaire.

Elle accusa le choc.

— Je suppose que ce n'est pas vraiment une surprise pour vous.

— Non... pas vraiment.

Elle en était attristée mais pas étonnée. Nul n'ignorait que Mlle Porter avait subventionné le journal des années durant et, depuis qu'elle avait pris sa succession, Marilee avait appris de Zona l'ampleur de ses subventions.

Tate l'observait avec une telle résolution qu'il se pencha encore plus en avant.

— J'ai l'intention de rendre ce journal rentable. Je suis ici dans ce but, mademoiselle Marilee, et je vais avoir besoin de votre aide pour y parvenir.

— Je ferai de mon mieux.

— J'y compte bien, mademoiselle Marilee... Pour sûr que j'y compte.

Les yeux perdus dans son étincelant regard d'un bleu candide, Marilee se retenait fermement au dossier du siège comme un bateau à son ancre devant l'approche d'une houle déchaînée.

6.

Peut-être est-elle humaine

Marilee sortit du bureau de Tate Holloway, en referma la porte puis se retint à la poignée un instant. De l'autre côté du battant s'éleva de la musique en sourdine. Elle reconnut la voix de Charlie Rich diffusée par une chaîne stéréo.

S'écartant de la porte, elle réprima un sursaut d'indignation contre son nouveau patron. Il était bien trop imbu de lui-même, songea-t-elle.

Reggie vint alors lui planter un crayon sous le nez.

— Vos impressions, s'il vous plaît, madame James. Allons-nous tous être jetés à la porte pour être remplacés par les collaborateurs du nouveau directeur ?

C'était là une grosse inquiétude pour Reggie et Leo, tous deux étant employés au même endroit. Ou plutôt, c'était un souci pour Reggie car Leo ne semblait guère attaché à un emploi stable. Avant de venir travailler au *Valentine Voice*, il avait été tour à tour vendeur de voitures, démarcheur en assurances, animateur de foire aux bestiaux, photographe, routier. Il avait exercé bien d'autres métiers encore, dont plusieurs pas plus d'une semaine ou deux avant de démissionner ou d'être viré. Reggie avait beau le défendre en prétendant qu'il se cherchait et qu'il était victime d'une attention excessive de la part de la gent féminine, il n'en restait pas moins qu'il avait été incapable de garder le moindre travail stable jusqu'à ce qu'il se retrouve journaliste sportif au *Voice.* Il s'était révélé excellent à ce poste, et la seule fois où il avait exprimé la velléité de démissionner, Reggie était venue se dégoter elle-même un travail au journal afin de s'assurer sur place qu'il garderait son emploi.

Une partie de l'esprit de Marilee s'efforçait d'être sensible à cette situation, mais en voyant tout le monde la regarder, y compris Willie Lee et Corrine, elle fut horripilée.

— Enlève-moi ça de la figure, Reggie. J'ai besoin de mes deux yeux.

Elle repoussa sa main et s'avança vers son bureau où elle se mit à trier les papiers à emporter à la maison.

— Bon, d'accord. Si vous êtes autant en pétard, c'est parce que vous ne voulez pas nous dire que nous allons tous être virés, c'est ça ?

Frappée par son ton anxieux, Marilee releva les yeux et croisa son regard préoccupé. La précarité de leur position à tous s'imposa alors à son esprit et elle regretta de s'être emportée.

— Mais non, nous n'allons pas être tous virés. Par qui pourrait-il nous remplacer ? Le journal parvient tout juste à s'autofinancer, ajouta-t-elle en s'autorisant ce demi-mensonge. M. Holloway n'a pas les moyens de rameuter toute une équipe de prix Pulitzer à Valentine. Pour l'instant, il est dépendant de nous. Il n'a que nous sous la main.

Elle avait l'impression de trahir ses amis en s'abstenant de leur révéler la transformation du quotidien en bi-hebdomadaire. Elle en voulut à Tate Holloway de l'avoir ainsi mise dans la confidence.

Afin d'échapper à ce dilemme et au regard scrutateur de Reggie, elle leur annonça qu'il lui avait permis de travailler à la maison, Willie Lee et Corrine ayant été dispensés d'école jusqu'aux vacances.

— Je tiens à rester à la maison avec eux, comme je le faisais déjà avec Willie Lee, enchaîna-t-elle. Ça ne devrait poser aucun problème car M. Holloway va donner à chacun de nous un ordinateur portable et nous relier en réseau.

— Mazette ! s'exclama Reggie. Mais c'est que le journal est plus riche qu'on ne le croyait !

Elle bondit aussitôt vers Leo pour le serrer dans ses bras.

— Plus riche ou plus endetté, rétorqua celui-ci avec bon sens.

— Je vais enfin avoir une machine qui marche, déclara Charlotte en fronçant les sourcils.

Elle s'était mise tellement en colère contre le technicien qui avait installé son ordinateur qu'elle avait fini par lui interdire d'y toucher de nouveau, préférant lire le manuel jusqu'à la dernière page afin de remédier elle-même à ses pannes.

Marilee contempla l'annonce qu'elle avait tapée à la machine pour signaler la découverte de Munro, puis roula le papier en boule et le jeta dans la corbeille. Le chien était désormais celui de Willie Lee, et c'était aussi bien comme ça.

— Allons manger une glace, proposa-t-elle aux enfants. Avec Munro, précisa-t-elle en voyant Willie Lee ouvrir la bouche pour le lui rappeler.

Un enfant dans chaque main et Munro les précédant, Marilee alla directement là où elle se rendait à chaque fois qu'elle se sentait perdue — au drugstore de son oncle et de sa tante.

Le Blaine's Drugstore et Soda Fountain occupait le même emplacement sur Main Street depuis plus de soixante-dix ans. On prétendait que les bandits Bonnie et Clyde y avaient acheté une fois de la limonade et des bandages au fondateur de la boutique, un parent de Perry. Celui-ci y avait pris la succession de son père en 57, quand il était revenu de Corée. Valentine était alors en plein boom économique grâce à la découverte de sites pétrolifères un peu partout dans la région et à la prospérité des agriculteurs et des éleveurs. Cette même année, Perry avait installé l'enseigne au néon, accrochée entre les fenêtres de l'étage.

Depuis le fameux été 1996 où il avait eu droit à un reportage dans les pages « Art de vivre » du journal de Lawton ainsi que dans un documentaire de la télévision d'Oklahoma City, le Blaine's Drugstore n'avait cessé d'accueillir de la clientèle en provenance de toutes les villes du sud de l'Etat. Des gens, en nombre suffisant pour justifier une ouverture les vendredis et samedis soir d'été, venaient ainsi commander Coca-Cola, milk-shakes et sundaes dans cette bonbonnière miroitante. Certaines des vitres étaient de véritables pièces de collection, et pour continuer à attirer le chaland, Vella se rendait une fois par an dans un magasin spécialisé de Dallas, afin d'en acquérir de nouvelles assorties aux anciennes. Elle allait ensuite les dissimuler en catimini dans la réserve, derrière les grands cartons de serviettes en papier et de gobelets jetables.

Sa fille Belinda lui avait un jour reproché cette mystification.

— Les gens préfèrent croire que ces vitres sont anciennes, avait répliqué Vella sans se démonter, et ils n'aimeraient pas apprendre la vérité. D'ailleurs, elles *seront* anciennes d'ici à cinquante ans — et vu le prix auquel je les ai payées, autant les montrer.

Quand Marilee pénétra dans le drugstore avec les enfants, la cloche au-dessus de la porte d'entrée tinta. Aussitôt les odeurs familières de la boutique chères à son cœur l'environnèrent — senteur de vieux bois, fumet de grillade, parfum ténu d'antiseptique. Rien n'avait changé depuis ses neuf ans, lorsqu'elle venait en courant du haut de la colline. C'était sa façon d'échapper à son père affalé dans son fauteuil inclinable en skaï craquelé, une bière à la main et ses yeux vitreux fixés sur l'écran tressautant de la télévision tandis que sa mère, dans la cuisine, était tellement perdue dans les chansons *country* diffusées par la radio qu'elle n'était plus là pour personne.

— On veut des glaces, annonça Willie Lee.

Il était allé directement vers sa grand-tante Vella, assise à la table du fond, une paire de lunettes sur le bout du nez destinées à lire plus facilement les réclames de l'IGA dans le journal. Winston Valentine était installé devant elle.

— Alors, vous avez choisi la bonne adresse, jeune homme, repartit ce dernier tout en repoussant sur la table une coupe à sundae vide.

— Bon-jour, mon-sieur Wins-ton, articula le garçon.

— Bonjour, monsieur Willie Lee.

L'enfant tendit la main, comme le lui avait appris Winston qui, en retour, secoua la petite menotte avec solennité.

Marilee nota que sa grosse main noueuse, quand elle relâcha celle de Willie Lee, tremblait légèrement. Les veines bleues qui la sillonnaient saillirent visiblement lorsqu'il l'appuya sur la table afin de redresser sa haute silhouette.

— Ces messieurs-dames voudront bien m'excuser, reprit-il avec sa politesse coutumière, mais il faut que je retourne à la maison pour m'assurer que Mildred n'a pas noyé Ruthanne dans son bain ce matin. L'infirmière avait son congé aujourd'hui.

Il s'interrompit et consulta sa montre.

— Elles devraient en avoir fini, maintenant, ajouta-t-il.

Mildred Covington et Ruthanne Bell, deux personnes âgées, partageaient sa maison avec lui. Depuis sa crise cardiaque, l'année précédente, une infirmière venait vérifier leur état de santé trois fois par semaine. Tante Vella avait un jour confié à Marilee que, les jours où l'infirmière ne venait pas, Winston, après s'être assuré que ces dames avaient pris leur petit déjeuner, quittait la maison en milieu de matinée pour ne pas être là quand elles faisaient leur toilette et s'habillaient. Mildred avait, paraît-il, tendance à se promener nue devant lui à la moindre occasion.

— Winston n'est plus ce qu'il était, fit remarquer Marilee tout en regardant le vieil homme sortir de la boutique, lourdement appuyé sur sa canne.

Il avait eu quatre-vingt-huit ans cette année, et ce n'était que depuis son attaque qu'il avait commencé à ralentir le rythme.

— Il lui reste plus d'énergie que bien des hommes que je connais, répliqua Vella.

Sa virulence surprit un peu Marilee. Elle se rendit compte mais un peu tard, que sa tante n'était plus également de la première jeunesse et qu'il devait lui être pénible de voir un ami cher décliner ainsi.

Elle trouva cela déprimant, elle aussi. Elle avait elle-même l'impression que sa vie lui échappait sans qu'elle puisse la retenir.

— Alors, il paraît que mon petit bout de chou veut une glace ? s'enquit Vella.

— Des sun-daes, répondit Willie Lee en se hissant sur un des tabourets alignés devant le comptoir.

— Nous voudrions trois sundaes au chocolat, s'il te plaît, renchérit Marilee en prenant place à côté de lui et en s'efforçant de montrer un peu de gaieté.

Les enfants apprenaient par l'exemple et étaient très sensibles à l'humeur des adultes, se rappela-t-elle. Inutile d'aggraver le fardeau déjà lourd de leurs peines par un accès de déprime.

— Mun-ro et moi, on veut de la va-nille, déclara Willie Lee. Cor-rine dit que les chiens ne doivent ja-mais prendre de cho-co-lat.

Marilee se souvint alors de la présence de l'animal et, baissant les yeux, le vit déjà couché aux pieds de Willie Lee, comme s'il savait qu'il ne pourrait rester avec eux qu'en demeurant silencieux et invisible.

Vella jeta un rapide coup d'œil au chien depuis le bout du comptoir.

— On ne peut certainement pas laisser Munro dehors.

— Non, on peut pas, acquiesça Willie Lee.

— Et toi, tu prends aussi du chocolat ? demanda Vella à Corrine.

Celle-ci fronça les sourcils, visiblement perplexe.

— Je te donne encore une minute pour réfléchir.

Vella alla aligner quatre coupes près du congélateur et entreprit de préparer les sundaes — à la cerise pour Corrine, qui avait fini par se décider. Tout en s'activant, elle leur parlait par-dessus son épaule et leur raconta la réunion du Rose Club de la veille au soir.

— Il y avait dix personnes !

Elle leur apprit qu'ils avaient déjà voté une première résolution : fleurir les deux panneaux de bienvenue, à l'entrée de la ville.

— Winston et moi devons aller à Lawton demain pour acheter des plants, conclut-elle avec une excitation croissante.

Cette affluence de gens respectables à la première réunion du club l'avait ravie et elle éprouvait de la fierté à voir ainsi aboutir son idée de club de rosiéristes. D'autant que Perry l'avait pour sa part accueillie avec mépris et qualifiée de futile. Son attitude l'avait presque amenée à renoncer à ce projet, mais il s'était trouvé que beaucoup de personnes, dont la femme du maire, Kaye Upchurch, l'avait au contraire chaudement approuvée. Or, si Kaye Upchurch pouvait parfois se montrer futile, elle n'en avait pas moins le sens du bien public, et son enthousiasme pour le rôle du Rose Club dans la communauté réchauffait le cœur.

Vella était également de plus en plus excitée à l'idée de se rendre à Lawton avec Winston. Elle n'avait jamais été nulle part avec lui, en-dehors de son propre jardin et du drugstore.

— Nous aimerions mettre bientôt les plants en terre. Il est déjà bien tard pour ça, ajouta-t-elle en ramenant ses pensées à l'instant présent. On pourrait avoir le même été caniculaire que l'année dernière. Winston a proposé d'installer un système d'arrosage près des panneaux de bienvenue, poursuivit-elle, concentrée sur ce plan. Il a même dit qu'il était prêt à le payer de sa poche si la ville s'y refusait.

Selon elle, le vieil homme se montrait très prodigue dans ses dépenses, ce qui était à la fois étonnant et rafraîchissant. Perry, plutôt du genre à tondre un œuf, aurait eu bien besoin de prendre des leçons de générosité auprès de Winston. Elle ne voulait pas passer le reste de sa vie à être tenue par la bride comme si elle avait toujours jeté l'argent par les fenêtres.

Marilee l'écoutait d'une oreille distraite. Au lieu de remarquer que le Rose Club semblait rendre sa tante très heureuse, elle observait sa peau lâche qui tremblotait sous ses bras alors que ses biceps montraient encore endurance et vigueur. Elle-même avait essayé récemment de muscler cette partie de son anatomie, la première à se détendre chez les femmes. Toutefois, la force que déployait sa tante en dépit de ce relâchement la sidérait.

Elle laissa son regard errer au-dessus du comptoir vers le grand miroir piqué par l'âge, les rangées de verres tulipes étincelants et soigneusement alignés sur les étagères, la carte jaunissante surmontée du sigle Dr Pepper. Le murmure de la télévision lui parvenait depuis la réserve, où son oncle était comme d'habitude assis dans son vieux fauteuil marron.

Vella contourna le comptoir avec un bol rempli de crème glacée qu'elle déposa devant Munro.

— Je ne crois pas qu'il ait besoin de chantilly ou de cerise, dit-elle avant de se redresser et de contempler le chien, comme tous les autres. J'espère en tout cas que ça ne va pas lui donner mal à la tête, ajouta-t-elle tandis que le chien se mettait à laper la friandise glacée de bon appétit.

— Il aime ça, articula Willie Lee sur un ton joyeux.

— Hmm...

Vella retourna derrière le comptoir afin d'apporter la touche finale aux autres sundaes, qui eurent droit pour leur part à de la chantilly et à une cerise. Elle posa ensuite les coupes des enfants sur le comptoir en granit.

— Et voilà, mes p'tits choux ! s'exclama-t-elle avec une tendresse qui émut profondément Marilee.

Comme sa tante venait de pousser un troisième sundae devant elle, Marilee baissa les yeux sur la glace et s'aperçut soudain qu'elle était assise sur le dernier tabouret à l'extrémité du comptoir, celui-là même où elle s'installait toujours dans son enfance quand elle arrivait en courant, Anita derrière elle. Vella se penchait alors par-dessus le comptoir, essuyait les larmes sur les joues d'Anita et leur demandait :

— Qu'est-ce qui leur ferait plaisir, à mes p'tits choux aujourd'hui ?

Refoulant ses propres larmes, Marilee parvenait malgré tout à répondre d'une voix assez ferme qu'Anita et elle désiraient « des milk-shakes au chocolat, s'il vous plaît ». Son oncle Perry la qualifiait toujours de petite dame, car elle ne criait, ne hurlait ni ne pleurait jamais — alors qu'elle aurait si souvent souhaité *pouvoir* crier, hurler et pleurer.

Comme jadis, elle prit la cuillère à long manche et étala le sirop au chocolat sur la crème glacée à la vanille. Elle aimait laisser la glace fondre un peu avant de la mélanger avec le chocolat. Elle était peut-être dépendante du chocolat, mais au moins était-ce un remède inoffensif. Elle en savait quelque chose, elle qui avait pris des tranquillisants pendant trop longtemps après sa séparation avec Stuart. Le chocolat avait bon goût et s'avalait avec plaisir, et il ne lui embrumait pas le cerveau au point de lui faire perdre la boussole.

Comme elle relevait la tête pour porter à sa bouche une cuillerée de glace vanille nappée de chocolat, elle surprit dans le grand miroir son reflet et celui de Corrine. Les yeux sombres de Corrine croisèrent un instant les siens avant de se baisser de nouveau sur son sundae. Marilee l'observa, sa tête brune ployée en avant, la manière dont elle la redressait légèrement, scrutant les alentours comme sa mère à son âge.

Son regard se reposa sur son propre reflet. Elle fut alors frappée de constater qu'elle approchait de la moitié de sa vie et qu'elle usait toujours des mêmes subterfuges qu'à dix ans.

— Tu travailles trop, décréta Vella. Tu as juste besoin d'un petit remontant. Tu pourrais prendre une bonne dose de vitamine B pendant trois mois, par exemple, et puis ça ne te ferait pas de mal d'entamer une cure de calcium... Tu dois commencer à penser à tes os. Toutes les femmes ont le squelette qui se met à flancher à partir de trente-cinq ans.

Marilee l'avait suivie jusqu'aux rayons pharmaceutiques où sa tante passait en revue flacons de vitamines et tisanes tandis que les enfants s'amusaient à pivoter sur les tabourets du comptoir. En fait, c'était Willie Lee qui faisait tourner Corrine. Celle-ci se retenait au tabouret de ses petites mains fines pendant que son cousin la poussait avec enthousiasme. Elle était toujours si patiente avec lui, songea Marilee. Elle témoignait à son égard d'un fort instinct maternel, et faisait souvent pour lui des choses qu'il aurait pu faire lui-même. Willie Lee le lui permettait avec son affabilité coutumière.

— Tu t'inquiètes trop pour eux. Ils s'en sortiront très bien. Dieu est avec eux, comme Il est avec toi. Il veille sur toi. Aie confiance en Lui.

A ces mots, Marilee reporta son attention sur sa tante et s'aperçut qu'elle avait suivi son regard.

— Et qui veille sur les enfants maltraités ou abandonnés ? répliqua-t-elle plus vivement qu'elle ne l'aurait voulu.

— Je l'ignore, répondit Vella sur le même ton. Je ne suis pas assez maligne pour le savoir. Mais il y a une chose que je sais : il y a un Dieu qui veille sur nous, et s'inquiéter n'a jamais rien résolu. Change ce que tu peux changer, accepte ce que tu ne peux pas changer et arrête de t'inquiéter. Ça t'use, c'est tout.

Marilee soupira, son esprit fuyant une discussion qu'elle ne souhaitait pas entamer.

— Je ne peux plus supporter ça, reprit-elle. Je les ai enlevés de l'école jusqu'aux vacances. Chaque matin, Corrine a l'air d'une condamnée que l'on emmène à l'échafaud, et Willie Lee n'arrête pas de fuguer. Ça ne résout peut-être pas le problème... Non, ça ne résout rien, je le sais bien... mais c'est la seule solution qui me soit venue à l'esprit.

— Eh bien, tant mieux, au moins tu as changé quelque chose. Et puis, de toute façon, les classes sont bientôt finies.

Vella était en train de déchiffrer les étiquettes des flacons de vitamines à travers les verres de ses lunettes, posées sur le bout de son nez.

— Tu donnes des vitamines aux enfants ?

— Tous les jours.

— Ce n'est pas assez.

Marilee vit sa tante hésiter entre les flacons qu'elle pourrait conseiller pour les enfants. Elle sentit la colère la gagner.

— Des vitamines sont-elles capables de guérir un cerveau endommagé à la naissance ? Ou un cœur brisé par une mère irresponsable qui aime mieux se soûler que s'occuper de sa fille ?

Vella la fusilla de ses yeux sombres.

— Personne ne se soûle par plaisir. Anita est malade, Marilee, tout comme l'était ton père.

Marilee ne put rien répliquer à cela. Elle se sentit coupable d'éprouver autant de rancœur à l'encontre de sa sœur. Alors même qu'elle se reprochait son emportement, sa colère commença à se dissiper et à laisser place à la tristesse et au remords, qu'elle détestait encore plus. Le sentiment de culpabilité menaçait de la consumer. Elle persistait à croire qu'elle pouvait aider sa sœur en quelque manière, mais toutes ses tentatives dans ce domaine avaient échoué jusqu'alors. Elle ne pouvait plus supporter d'y penser.

— Mme Blankenship pense que Corrine a besoin de voir un psychologue, dit-elle, les mots lui échappant avant qu'elle en ait conscience.

— La moitié des Américains auraient besoin de voir un psychologue. Le seul problème est d'en trouver un sain d'esprit.

Vella avait proféré cette dernière remarque avec un tel sérieux que Marilee ne put s'empêcher de pouffer. Elle considéra Corrine, qui faisait maintenant tourner Willie Lee sur son tabouret.

— Je crois que ça vaudrait le coup, mais je ne vois vraiment pas comment je pourrais me le permettre.

— Les enfants ont une incroyable capacité de survie. Ne la sous-estime pas.

— Voilà encore un autre problème, enchaîna Marilee en reportant son attention sur sa tante. Suppose que Corrine tombe effectivement malade. Avec quoi payer le médecin ? Le mien me facture soixante dollars la visite. Et comme elle n'est pas ma fille, je ne peux pas la mettre sur mon assurance.

— Oh, par pitié, s'exclama Vella, ne commence pas à t'inquiéter pour ce qui a peu de chances d'arriver !

Marilee la dévisagea.

Sa tante soutint son regard.

— Nous t'aiderons, Marilee. Tu le sais bien.

— Oui, je le sais — mais jusqu'où ? Sans assurance-maladie, une seule catastrophe nous mettrait sur la paille.

— As-tu songé à l'adoption ? s'enquit alors Vella d'une voix égale.

— Oui, avoua Marilee tout en éprouvant du remords à admettre ce qui lui semblait une très mauvaise pensée. Mais je doute qu'Anita accepte cette solution. Evidemment, je pourrais lui forcer la main, la traîner devant les tribunaux et démontrer qu'elle n'est pas capable de veiller sur sa fille, mais comment Corrine le prendrait-elle ?

— Tu ne peux porter la croix d'Anita à sa place, Marilee. Elle doit assumer la responsabilité de ses actes. Elle fait tout pour devenir une ivrogne finie ? Qu'elle en assume les conséquences. Tu ne l'aides pas en lui lâchant la bride. Peut-être que si tu la mettais au pied du mur, ça lui donnerait une motivation pour se ressaisir.

Marilee garda le silence. Cette discussion la déprimait trop. Elle qui n'avait déjà aucune confiance en sa sœur, commençait maintenant à douter d'elle-même. Elle se sentait toucher le fond du désespoir quand la sonnette au-dessus de la porte d'entrée se mit à tinter.

C'était Fayrene Gardner. Elle s'avança d'une démarche raide jusqu'au comptoir de la pharmacie et présenta une ordonnance à Vella. Elle reniflait et était manifestement désemparée.

— On s'en occupe tout de suite, déclara Vella en se rendant aussitôt dans la réserve. Perry… Nous avons une cliente avec une ordonnance. Perry !

Marilee prit alors conscience qu'elle regardait Fayrene sans la voir, perdue dans sa propre détresse.

— Ça va, Fayrene ? s'enquit-elle.

Elle éprouvait le besoin de dire quelque chose tout en espérant que la nouvelle venue n'allait pas lui confier avoir attrapé quelque horrible maladie.

— Ah, les hommes, répondit Fayrene avec véhémence. J'aimerais les voir tous mourir sur-le-champ !

Marilee ne sut que répondre à ça, et son incertitude s'accrut encore quand elle vit le visage de Fayrene se crisper et celle-ci se mettre à pleurer dans son mouchoir. Sentant qu'elle avait besoin de réconfort et souhaitant la consoler, Marilee tendit la main vers elle pour lui témoigner sa sympathie.

Mais Fayrene se redressa soudain.

— Vella ? lança-t-elle. Je reviendrai après le déjeuner.

Puis elle tourna les talons et sortit du magasin tout en plaquant son mouchoir sur ses lèvres afin d'étouffer un sanglot.

— Seigneur, quelle pitié..., murmura tante Vella.

— Je crois que je ne l'ai jamais vue dans un état pareil, observa Marilee.

— Moi non plus.

— Qu'est-ce qu'il y avait sur l'ordonnance ? Elle est vraiment malade ?

Vella lui fit face.

— Un tranquillisant. Et un bon, ajouta-t-elle avec un hochement de tête.

Marilee se sentit plutôt favorisée par le sort en cet instant. Ou, plus précisément, elle ne se sentait plus aussi seule qu'avant dans la détresse. Cela lui rappela que la vie était difficile, et ce seul fait, une fois reconnu, à défaut d'adoucir l'existence, la rendait moins désespérante. Cela montrait qu'on pouvait continuer à aller de l'avant, quelles que soient les épreuves.

Et puis, pour sa part, il lui restait encore le chocolat. Ses yeux tombèrent sur la rangée de barres Hershey disposées devant le comptoir de la pharmacie, et elle s'empressa d'en prendre une et de l'ajouter aux vitamines que Vella était en train de mettre dans un sachet.

— Je risque d'en avoir besoin ce soir, dit-elle, songeant qu'elle devrait peut-être en apporter également à Fayrene.

Lorsqu'ils sortirent du drugstore, Corrine partit en sautillant vers la boutique du fleuriste à côté. Au vrai, Marilee avait l'impression que les seaux remplis de fleurs printanières multicolores l'attiraient aussi sûrement qu'un aimant. Cependant, à un pas tout juste du fleuriste, l'adolescente s'immobilisa et se tourna vers sa tante, comme pour rattraper une faute.

Marilee, qui avait d'abord pensé que des fleurs étaient un luxe superflu, lui demanda délibérément :

— Aimerais-tu quelques fleurs ? Moi, oui.

Tout en parlant, elle se dirigea vers les seaux contenant des bouquets composés que, quelques semaines à peine auparavant, Fred Grace Junior avait commencé à étaler devant son commerce.

— Si ce truc marche pour Wally-world, alors c'est du tout bon, répétait-il à tout le monde en faisant allusion à la grande chaîne de magasins Wall-Mart.

Une semaine plus tard, il annonçait avec ravissement que ses ventes avaient doublé.

— Lesquelles veux-tu ? s'enquit Marilee.

Corrine, sans croiser franchement son regard, haussa ses maigres épaules. Ses yeux se posèrent de nouveau sur les fleurs.

— Moi, j'ai *besoin* de quelques marguerites, déclara Marilee en tendant la main vers un des bouquets. Absolument besoin.

Une des leçons qu'elle avait chèrement apprises et qu'elle comptait enseigner à sa nièce était que la beauté constituait un élément indispensable de la vie. A son avis, la société avait tendance à oublier cette nécessité, et cet oubli était sans doute une cause majeure de conflits. Souvent, alors que chaque cellule de son corps lui enjoignait la parcimonie, elle achetait des fleurs ou une jolie reproduction parce qu'elle sentait que sa vie même en dépendait.

— Vous pouvez vous choisir chacun un bouquet, proposa-t-elle aux enfants tout en étudiant celui qu'elle avait repéré elle-même — des petites plantes pourpres qui ressemblaient fortement à des mauvaises herbes.

Willie Lee voulut qu'elle le hisse en l'air pour mieux voir, ce qu'elle fit. Il prit alors, avec un air ravi, un bouquet d'œillets rouges dans un des seaux.

— Cor-rine, tu aimes le jaune.

Avec lenteur et dévotion, l'adolescente choisit un bouquet de marguerites jaunes et d'œillets blancs.

— Oh, elles sont adorables, Corrine !

— Mun-ro veut des fleurs aus-si.

— Il profitera des nôtres, trancha Marilee.

Son fils poussa un lourd soupir, puis se pencha vers le chien afin de le laisser renifler ses fleurs.

Sortant un billet de vingt dollars de son sac à main, elle pria Corrine de lui calculer le coût total des trois bouquets, tâche dont celle-ci s'acquitta à une vitesse stupéfiante. Elle lui tendit ensuite le billet et lui proposa d'aller payer elle-même M. Grace.

Comme sa nièce hésitait, elle craignit d'avoir trop exigé de sa timidité maladive.

— Mun-ro dit qu'il va ve-nir a-vec toi, Cor-rine, déclara Willie Lee, intervenant à point.

Et, de fait, le chien vint se camper près d'elle.

Corrine tourna les talons, et Marilee regarda sa silhouette ô combien gracile disparaître dans la boutique. Elle eut soudain envie de courir après elle, de l'accompagner à l'intérieur pour la protéger de toutes les souffrances qui pourraient la menacer.

Epiant à travers la vitre tout en essayant de ne pas en avoir l'air, elle vit sa nièce se diriger vers la caisse enregistreuse et tendre l'argent à Fred Grace. Munro se tenait contre sa jambe, la tête près de son genou, les yeux levés lui aussi vers le fleuriste. Une fois que ce dernier lui eut rendu la monnaie, Corrine revint avec le chien, un sourire naissant sur les lèvres.

— Merci, tante Marilee, murmura-t-elle en déposant la monnaie dans sa main.

— Merci à toi, Corrine. Et à toi aussi, Munro.

Toutes les deux échangèrent un sourire.

Ils reprirent ensuite leur chemin le long du trottoir, suivis par le chien. Envahie par une chaude allégresse, Marilee eut la certitude qu'ils marchaient d'un pas plus décidé et s'émerveilla du pouvoir qu'avait une brassée de fleurs multicolores. Les quelques passants qu'ils croisèrent leur sourirent, et un homme les salua même en ôtant sa casquette de base-ball.

Les fleurs aux couleurs vives lui donnèrent une idée.

— Nous devrions en cultiver nous-mêmes, proposa-t-elle aux enfants. Aménageons-nous un jardin.

— Oh, oui ! s'écria Willie Lee avec enthousiasme tandis que Corrine haussait un sourcil, dubitative.

Dans la serre en plastique installée temporairement au magasin MacCoy's Feed and Grain, ils coururent partout à la fois, ramassant des barquettes de pensées et les plus gros soucis du monde. Corrine jeta son dévolu sur les bleuets. Quant à Marilee, les plants de tomates lui parurent si vivaces qu'elle en prit une demi-douzaine; par ailleurs, l'idée de cultiver ses propres tomates était particulièrement séduisante.

Enfin, Willie Lee porta son attention sur le tourniquet garni de sachets de graines brillants et colorés. En venant l'en écarter, Marilee choisit plusieurs paquets.

A l'arrière de la Cherokee s'entassèrent des pots de jeunes plantes vivaces, des sachets de graines, des sacs d'engrais, une pelle neuve pour Marilee et deux autres de petite taille pour les enfants, le tout réglé avec une carte bancaire. La facilité de ce moyen de paiement lui donnait l'impression de ne même pas dépenser d'argent.

Ils revinrent en vitesse à la maison, où leur première tâche fut de mettre les fleurs coupées dans des vases. Déterminée à saisir toute occasion pour instruire les enfants, Marilee leur montra comment couper les tiges en biais afin qu'elles pompent bien l'eau et leur apprit tout ce qu'elle savait sur la façon dont les fleurs s'hydrataient.

Ils ressortirent ensuite dans le jardin arrière où ils rassemblèrent pelles, tendres pousses et sachets de graines. En voyant Willie Lee attaquer la terre de son mieux avec sa petite pelle, Marilee se reprit à espérer être en mesure d'enseigner à son fils les rudiments qui le feraient trouver plus ou moins sa place dans la vie de tous les jours. Sans doute ne serait-il jamais capable de lire ou de compter correctement, mais apprendre à planter, cultiver et cueillir, à nettoyer derrière lui, lui permettrait de tenir longtemps après qu'elle ne serait plus là pour veiller sur lui.

7.

Points de vue

— Qu'est-ce qu'il y a pour dîner ? s'enquit Parker après avoir embrassé Marilee sur la joue.

— Je n'en ai aucune idée.

Etendue sur le canapé, elle suivait d'un regard absent les informations télévisées et se sentait incapable de se lever ou d'effectuer le moindre mouvement.

— Nous avons planté des fleurs et des légumes, aujourd'hui. A la pelle, la moitié du jardin.

Du moins lui avait-il semblé sur le coup que ça couvrait la moitié du jardin.

— Pourquoi ne pas avoir loué un motoculteur ?

Il lui souleva les jambes et s'assit à côté d'elle.

— Je n'avais pas l'intention de retourner autant de terre au départ. Je voulais juste ménager un petit parterre afin que les enfants y cultivent quelques fleurs. Puis j'ai vu les plants de tomates vendus par barquettes de six, et Willie Lee, les sachets de graines de melon. Il a voulu en faire pousser — ces graines sont toujours dans des sachets avec des images de fleurs magnifiques ou de fruits parfaits, sans aucune indication sur le travail à fournir ni sur les parasites. Je n'ai pas eu plus de tête que Willie Lee : je me suis laissé emporter, et j'ai acheté des graines de courgettes à cause de l'illustration. C'est seulement à la maison que j'ai repensé aux horribles parasites. Toujours est-il que je me suis dit qu'avant de planter ces graines, on devait retourner la terre et la laisser reposer le temps que le gazon se décompose. Ensuite… je ne sais pas. C'est parti dans tous les sens, acheva-t-elle d'une voix misérable.

Elle ignorait totalement comment ils en étaient venus à retourner une bonne partie du jardin. En y repensant maintenant, elle était ahurie par l'ampleur de leur travail et, pendant que Parker lui massait les jambes, elle lui raconta l'activité qu'elle avait menée avec les enfants et les réactions comiques que cela avait occasionnées. Pelleter ainsi la terre lui avait bien plu et elle s'y était livrée avec une espèce de hargne qu'elle payait maintenant.

— Pourquoi les enfants n'étaient-ils pas à l'école ?

Parker s'était couché près d'elle et lui bécotait le cou.

Vaguement consciente de son odeur et de la tiédeur de son corps, du contact de ses lèvres sur son cou, Marilee se rendit compte qu'elle ne lui avait pas encore appris sa décision de retirer les enfants de l'école.

— Je vais les garder avec moi jusqu'aux vacances, annonça-t-elle, éprouvant maintenant une incertitude croissante quant au bien-fondé de sa décision.

Parker cessa de l'embrasser et se redressa d'un coup.

— Tu les as retirés de l'école ?

— Oui. De toute manière, il ne reste plus que trois semaines de classe.

Devant son air désapprobateur, elle se sentit de moins en moins sûre d'elle. Elle s'aperçut alors de deux choses en même temps : qu'elle avait compté sur son soutien et que, par ailleurs, elle n'avait pas prêté suffisamment d'attention à ses démonstrations d'affection — or aucun homme n'aimait voir ses avances ignorées.

A la fois agacée et penaude, elle songea qu'elle était fatiguée et pas d'humeur à satisfaire ses élans virils — attitude indigne d'elle. Aussi se rassit-elle et s'efforça-t-elle de montrer un peu plus d'énergie.

— Je crois qu'ils ont plus besoin d'être sécurisés et rassurés que de suivre l'enseignement scolaire, expliqua-t-elle. Ils ont besoin d'être chez eux pendant un temps.

— Et ton travail ?

A l'évidence, il était déterminé à mettre en avant les obstacles au lieu de lui apporter son soutien.

Elle s'efforça donc de justifier sa décision. Cependant, alors que ses raisons lui avaient semblé on ne peut plus claires et évidentes quand elle les avait détaillées à Vella, devant l'expression réprobatrice de Parker, elle peinait à garder le fil.

— Tate ne voit aucun inconvénient à ce que je travaille à la maison. Il va nous donner des ordinateurs portables et les relier en réseau. Et puis, de toute façon, j'avais déjà prévu de travailler en partie à la maison durant l'été.

En dépit de ce que pouvait penser Parker derrière son air renfrogné, sa décision prise pour le bien-être des enfants lui inspirait toujours le même enthousiasme, et elle était de plus en plus irritée de constater qu'il ne comprenait pas son point de vue.

— Je sais qu'on peut se procurer les programmes, reprit-elle, et j'ai l'intention d'appeler des associations spécialisées dans le soutien scolaire. Je préparerai moi-même aux enfants un emploi du temps pour chaque jour de la semaine. Et je soignerai plus particulièrement celui de Corrine. Elle est vraiment intelligente, et il se peut que ses problèmes à l'école viennent en partie de ce qu'elle s'y ennuie. J'aimerais d'ailleurs discuter de tout ça avec toi durant le dîner; on mettrait sur pied tout un plan d'activités pour l'été.

Si elle arrivait à l'impliquer dans ce projet, peut-être finirait-il par se rendre à ses vues. En outre, bien qu'elle soit intelligente, elle l'estimait plus doué pour la réflexion critique et l'organisation. S'il s'y mettait, il pourrait lui être d'un grand secours.

Mais il répondit à sa proposition par un haussement d'épaules réservé. Malgré sa déception, elle pensa que ça n'aurait pas dû la surprendre : Parker se montrait parfois très distant — comme tous les hommes qu'elle avait connus, d'ailleurs.

Pourtant, là, c'était différent : elle l'invitait plus ou moins à partager sa vie, et sa réaction ne trahissait pas le moindre enthousiasme. Peut-être exigeait-elle trop de lui… Elle se sentit en faute, mais sans trop savoir pourquoi — sinon parce que ses projets lui avaient valu sa réprobation. Cette prise de conscience la bouleversa, tout en l'irritant.

De fait, quand le téléphone sonna, elle saisit le combiné comme si elle se raccrochait à une planche de salut. Malheureusement, c'est sa mère qu'elle entendit à l'autre bout de la ligne.

— Marilee ? Marilee, c'est ta mère.

Elle avait toujours la manie de prononcer deux fois son nom.

— Oui, maman.

Sa mère voulait qu'elle aille changer les pneus de sa voiture le lendemain.

Entre-temps, Parker s'était rapproché d'elle.

— Demande-lui de prendre les enfants pour la soirée, lui murmura-t-il.

Marilee, stupéfiée qu'il puisse suggérer une chose pareille, le fusilla du regard.

— Je ne peux pas m'en occuper demain, maman. Samedi seulement.

Norma voulut alors savoir pourquoi elle ne pouvait pas s'en charger le lendemain.

— Demande-lui…

Parker, qui l'avait prise par la taille, lui chuchota à l'oreille qu'ils pouvaient passer déposer les enfants chez sa mère.

Elle s'arracha à son étreinte et chercha un moyen de repousser sa mère et la corvée des pneus jusqu'à samedi sans avoir à lui expliquer dans les détails sa décision de retirer les enfants de l'école. Elle parvint finalement à un arrangement, promettant à sa mère de l'accompagner le samedi matin au magasin de pneus de Lawton.

— Il faut que j'aille préparer le dîner maintenant, maman. On se voit samedi.

Elle raccrocha brutalement et regarda Parker, qui s'était éloigné d'elle et se frottait la nuque.

— Tu sais très bien qu'il n'est pas question que je confie les enfants à ma mère. Elle n'aime pas s'occuper d'eux. Elle ne les surveillerait même pas, et je n'ai pas non plus envie de les laisser avec son mari qui boit tous les soirs.

Elle se demanda quelle mouche avait pu le piquer pour lui faire une telle suggestion.

— Marilee, j'ai envie qu'on aille au restaurant tous les deux. Les enfants peuvent bien rester chez ta mère une heure ou deux, non ? Et même si Carl se soûle, il ne leur fera jamais de mal.

Elle le dévisagea un instant, sachant qu'il ne pouvait comprendre que les emmener chez sa mère était comme les lâcher pendant plusieurs heures en pleine tempête. Cette seule idée lui donnait une frayeur de tous les diables.

— Corrine n'a déjà que trop connu ce genre de situation, lui rappela-t-elle d'une voix atone.

Elle détourna les yeux, refoulant toutes les répliques qui lui montaient aux lèvres et qu'elle était certaine de regretter par la suite. Elle n'arrivait pas à déterminer ce qu'elle éprouvait au juste. Sans doute sa réaction était-elle exagérée, comme d'habitude, se dit-elle. Elle devait simplement essayer de recouvrer un peu de sang-froid.

— Et si tu engageais une baby-sitter ? suggéra Parker.

— Je suis déjà trop fatiguée pour prendre une douche et m'habiller, alors ne me parle pas d'appeler une baby-sitter au dernier moment, répliqua-t-elle lentement, le corps engourdi. En plus, je dois écrire mes articles pour l'édition de dimanche.

Dorénavant, il lui faudrait écrire plus le soir, et elle trouvait qu'il abusait de ne pas le comprendre.

— Mais je peux préparer des hamburgers, proposa-t-elle histoire de compenser son entêtement. Et toi, tu peux venir t'asseoir à la table de la cuisine et me parler pendant que je prépare le repas.

Cela l'obligerait à utiliser une part de l'énergie qu'elle réservait pour son travail. Comme elle aurait préféré qu'il se contente d'une simple boîte de soupe réchauffée !

Mais les hamburgers étaient le plat favori de Parker — du moins ceux confectionnés avec des petits pains ronds; jamais il n'aurait mangé de hamburgers avec du pain normal. Marilee était pratiquement sûre d'avoir des petits pains au réfrigérateur, et elle voulait qu'il discute avec elle des enfants. Elle voulait qu'il comprenne sa décision et qu'il partage son existence.

Quoique sans grand enthousiasme, il accepta sa proposition et la suivit à la cuisine, où il alla directement au réfrigérateur se servir une boisson fraîche tandis que Marilee jetait un coup d'œil aux enfants par la porte de service. Ils étaient en train de jouer à l'angle du parterre fraîchement retourné. Willie Lee creusait la terre sous le regard de Munro, couché à côté de lui. Quant à Corrine, elle était assise non loin de là dans un transat — elle prenait toujours grand soin de ne pas se salir.

Les enfants paraissant absorbés par leurs occupations et ayant trouvé des petits pains à hamburgers, Marilee se prit à espérer pouvoir tout arranger avec Parker, moyennant un bon repas et un peu plus d'enthousiasme de sa part.

Elle entreprit donc de le gagner à ses vues tout en préparant le repas. Elle lui expliqua le projet qu'elle avait prévu pour les enfants cet été. Elle souhaitait mieux les préparer à la rentrée de septembre et se donner le temps de participer encore plus à leur instruction, même quand ils seraient retournés en classe. Elle avait le sentiment d'avoir trop attendu de l'école, à vocation collective, qu'elle pourvoie aux besoins spécifiques de ses enfants. Or il était de sa responsabilité, en tant que parent, de subvenir à ces besoins-là.

Parker, qui sirotait son soda en attendant que le repas soit prêt, répondait par des « hmm » et des « oui, ça peut se faire » d'une prudence qui laissait Marilee sur sa faim.

— Ecoute, Parker, lança-t-elle enfin, tu pourrais être un peu plus présent dans cette discussion.

Ce à quoi il répliqua, en haussant les sourcils :

— Mais je t'écoute.

— C'est bien, mais quelques suggestions de ta part seraient encore mieux. J'aimerais vraiment connaître ton avis.

— A quoi bon ? Ta décision est déjà prise.

Elle le dévisagea pendant un moment, s'exhortant à la patience. S'il y avait une chose qui lui avait toujours causé beaucoup d'ennuis, elle le savait, c'étaient ses réactions trop vives. Stuart comme Parker le lui avaient souvent reproché, aussi préféra-t-elle pour l'instant ne pas insister.

— Il y a tout de même un hic dans ton plan, reprit-il, c'est comment Anita va prendre le fait que tu aies retiré sa fille de l'école.

— La plupart du temps, elle ne se soucie même pas de savoir si Corrine est ou non à l'école, rétorqua-t-elle, piquée au vif. Et en ce moment, ce n'est pas elle qui veille sur sa fille, mais moi.

— N'empêche, Anita est toujours sa mère. Tous ces projets que tu montes, c'est pour une enfant qui n'est pas la tienne. Tu t'investis trop avec elle, Marilee. Tu te comportes avec elle comme si elle était ta propre fille. Et si Anita débarque un beau jour dans le but de la récupérer, que feras-tu ?

— Je ne sais pas. Je m'efforce simplement de gérer au mieux le présent. Le futur, je m'en occuperai quand il sera là.

Cependant, maintenant qu'il lui avait mis ce souci en tête, elle redoutait que sa prédiction se réalisât. Et qu'il aggrave ainsi ses craintes la rendait encore plus furieuse contre lui.

— Mais qu'attends-tu au juste de moi ? s'exclama-t-elle. Que je laisse tout bonnement tomber Corrine ? Que je ne veille pas sur elle du mieux possible ? Et dans ce cas, dis-moi un peu, qui s'en chargera ?

Serrant les dents, elle se tourna ensuite vers la cuisinière pour ôter les petits pains de la poêle avant qu'ils brûlent. Elle-même bouillait intérieurement et ne voulait pas laisser échapper des paroles qu'elle risquerait de regretter par la suite.

Parker n'ajouta pas un mot sur le sujet — ce que Marilee jugea avisé de sa part.

Pendant le dîner, l'atmosphère se révéla tendue, bien que Marilee se fût juré de se montrer gaie. Parker et elle affectaient la plus grande politesse en présence des enfants. Les yeux sombres de Corrine allaient furtivement de l'un à l'autre. S'en étant aperçue, Marilee évoqua leurs travaux de jardinage et le plaisir qu'ils en avaient retiré, et réussit même à arracher un sourire à sa nièce.

Décidément, elle avait eu là une bonne idée. Les enfants avaient de belles couleurs. Ils avaient joué dehors, comme il se devait au printemps. Prise d'une soudaine inspiration, elle décida de leur faire prendre l'air le lendemain pendant la majeure partie de la journée. Il y avait beaucoup de choses qu'elle pouvait leur apprendre dehors, tant d'expériences à vivre qui n'étaient pas rapportées dans les livres. Etre coincé dans une salle de classe avait certainement dû être une épreuve pénible pour eux. A cette époque de l'année, ces jeunes âmes avaient besoin de sortir au soleil. Et elle était en mesure de satisfaire ce besoin-là.

Cette pensée la ravit tellement que, dans un élan de tendresse universelle, elle regarda Parker et lui sourit. Celui-ci croisa son regard et lui sourit en retour.

Marilee et Parker étaient seuls sous la lumière de la lampe du séjour. Après le dîner, Willie Lee, avec l'innocence des âmes simples, s'était tout bonnement étendu sur la carpette de la cuisine à côté de Munro, avait fermé les yeux et s'était aussitôt endormi. Marilee l'avait mis au lit en sous-vêtements, se contentant d'essuyer ses mains avec un chiffon humide; il ne s'était pas réveillé. Corrine, quant à elle, prenait son bain.

Parker réclamait des câlins.

— Corrine va sortir de la salle de bains d'un moment à l'autre, articula Marilee en s'écartant de lui après un baiser particulièrement stimulant qu'au fond, elle-même n'avait pas envie d'interrompre.

Cependant, que Corrine puisse les surprendre en plein rapport sexuel, même habillés, était une perspective embarrassante.

— On entendra la porte, repartit Parker en essayant de l'attirer de nouveau contre lui.

Il montrait ce soir une insistance excitante et énervante à la fois.

— Parker... Nous n'allons pas faire l'amour sur ce canapé.

— Ne me dis pas que tu n'en as pas envie, répliqua-t-il d'une voix langoureuse tout en posant les mains sur sa poitrine.

La vulgarité de son ton lui déplut, d'autant plus qu'elle avait effectivement envie de coucher avec lui et qu'elle ne pouvait empêcher son corps de réagir à ses caresses.

— Parker... Je dois penser aux enfants. Corrine peut arriver à n'importe quel moment.

L'obstination de Parker raffermit sa résolution et elle trouva la force de se dégager de son étreinte.

Il émit un soupir d'irritation — il avait beaucoup soupiré ce soir-là.

— Quelle comédie essaies-tu de jouer à Corrine ? demanda-t-il enfin. Ne crois-tu pas que tu pourrais être plus honnête ? Nous sortons ensemble, Marilee. Et la plupart des adultes qui sortent ensemble ont des rapports sexuels. Corrine doit bien en être consciente.

— D'accord, à onze ans, elle sait comment ça se passe dans la vie, mais je la soupçonne d'en avoir déjà vu bien plus que nécessaire. Dieu seul sait ce dont elle a pu être témoin avec Anita.

Sa sœur changeait d'hommes comme de slips.

— Elle n'a pas besoin d'en apprendre plus sur le sexe pour l'instant, ajouta-t-elle. Et je ne suis pas encore prête à aborder ce sujet avec eux.

C'était là un aveu qui lui coûtait.

Au fond d'elle-même, dans cette partie de sa personnalité qui lui restait encore obscure, il y avait une enfant qui réclamait toujours la mère aimante et nourricière qu'elle n'avait pas connue. Si elle avait pu expliquer ce qu'était une mère à ses yeux, elle aurait décrit Blanche-Neige. Or le seul moyen d'atteindre cette mère imaginaire était de l'*être* pour les enfants dont elle avait la charge. Ce qui laissait peu de place à quelque genre de sexualité que ce soit.

— Combien de temps crois-tu que je vais continuer comme ça, Marilee ?

Elle le dévisagea.

— Il me semble qu'un homme et une femme sont capables de se contrôler jusqu'à ce qu'ils soient l'un et l'autre psychologiquement prêts à assumer les complications du sexe.

— Il n'y a pas que ça. Quand avons-nous eu un moment d'intimité pour la dernière fois ? Un moment rien que pour nous deux ?

Elle ne put lui répondre et détourna le regard.

— Marilee, je veux passer un peu de temps avec toi, rien qu'avec toi. Est-ce un crime ? J'aime bien les enfants, mais il y a des moments et des endroits qui doivent être réservés aux adultes… à nous deux. Toi et moi.

— Les enfants sont là, et la situation ne risque pas de changer, répliqua-t-elle en estimant que Parker avait lui-même tendance à se montrer puéril.

De nouveau un soupir d'agacement.

— Si tu m'épousais, nous n'aurions pas autant de problèmes. Nous pourrions coucher ensemble dans le même lit, tu n'aurais pas besoin de travailler la nuit, tu pourrais me consacrer tes soirées et tu serais libre de faire tout ce que tu veux avec les gamins durant la journée.

Diverses pensées traversèrent l'esprit de Marilee, la dernière étant la manière dont il avait prononcé « faire tout ce que tu veux avec les gamins », comme si sa décision de s'occuper des enfants dans la journée n'était qu'une lubie.

— Es-tu sérieux quand tu me proposes le mariage ?

Parker, que les questions directes rebutaient toujours, la dévisagea longuement avant de répondre.

— Je pense que c'est moi qui ai évoqué ce sujet jusqu'à présent, et plus d'une fois.

Une réponse qui n'en était pas vraiment une, pensa-t-elle.

— Oui, c'est vrai, admit-elle. Et je suppose que j'ai cru que tu parlais dans le feu de la passion. Or le mariage, ce n'est pas ça. La passion se dissipe, Parker, mais tout le reste demeure... le linge sale, les migraines, les maux de dos et les enfants.

Elle marqua une pause pour lui permettre de répliquer. Mais il garda le silence.

— J'ai en charge un fils handicapé qui aura toujours besoin de la plus grande attention de ma part et d'une nièce qui aura toujours une place dans ma vie. Si nous nous marions, cela signifie que tu te retrouveras avec une femme et deux enfants.

Il hocha lentement la tête.

— Je pense que ma vie comporte déjà cette dimension-là depuis plus de deux ans, maintenant. Et je suis toujours là.

Il « pensait » décidément beaucoup, songea-t-elle.

— Oui, mais il y a une énorme différence : tu n'auras plus la possibilité de te défiler quand bon te semblera.

Il cilla sous le choc.

Marilee sentit tous les doutes qu'elle nourrissait encore lui serrer la gorge. Elle aurait préféré qu'il réagisse à sa dernière remarque plutôt qu'il demeure silencieux. Pas de protestations passionnées, pas de discours où il affirmait être prêt à prendre soin d'elle et des enfants. Marilee n'en fut guère surprise. Au moins prenait-il le temps de réfléchir au lieu de se laisser guider par ses impulsions.

Se servir de sa tête à bon escient était peut-être le secret de la vie, se dit-elle en se rappelant cette expression de Tate Holloway.

Ses cheveux mouillés soigneusement peignés, Corrine, revêtue de son pyjama jaune, alla annoncer à Marilee qu'elle était prête à aller se coucher. Hésitante, elle s'approcha du séjour sur la pointe des pieds, craignant un peu de déranger sa tante et Parker.

Elle s'arrêta sur le seuil du couloir. Ils étaient en train de s'embrasser devant la porte d'entrée. Elle se cacha derrière le mur, puis observa la scène à la dérobée jusqu'à ce que Parker s'en aille. Elle retourna alors dans la salle de bains dont elle referma silencieusement la porte, compta jusqu'à dix et ressortit.

— Je suis prête à aller au lit, tante Marilee.

Sa tante était debout devant son bureau, en train de feuilleter des papiers. Elle releva la tête et lui sourit. Corrine fut heureuse de ne pas lui avoir laissé savoir qu'elle les avait vus, Parker et elle. Marilee aurait pu lui en vouloir. D'accord, elle ne se mettait pas aussi rapidement en colère que sa mère, mais Corrine préférait ne pas prendre de risques. Elle aimait quand sa tante lui souriait, et aussi quand elle l'accompagnait dans sa chambre après son bain pour la border dans son petit lit.

Elles durent chuchoter, car Willie Lee était déjà endormi.

— Je ne vois pas pourquoi on se donne la peine de parler aussi bas, murmura Marilee. Un coup de canon ne le réveillerait même pas !

Et elle se mit à pouffer. Tante Marilee était très belle lorsqu'elle souriait ou qu'elle riait.

— J'ai vraiment passé un bon moment à jardiner aujourd'hui. Pas toi ? lui demanda-t-elle, toujours souriante.

Corrine hocha la tête. Ça lui avait plu, à elle aussi, et même si ça lui avait déplu, elle aurait hoché la tête malgré tout, car elle devinait qu'elle était censée avoir passé un bon moment.

Tante Marilee se pencha vers elle.

— Seigneur, bénissez et protégez Corrine, dit-elle à voix basse. Merci.

Puis elle l'embrassa sur le front, tira ses couvertures déjà bien tendues, éteignit la lampe et sortit de la pièce.

Corrine resta éveillée un long moment, comme à son habitude. Elle avait du mal à s'endormir et pensait que quelque chose devait aller de travers chez elle, étant donné que les autres, tel Willie

Lee, trouvaient tout de suite le sommeil. Parfois, ses jambes la lançaient, ce qui était le cas ce soir. Ou bien c'était son pied qui se crispait douloureusement, et si elle ne parvenait pas à le détendre, il lui fallait alors se lever et enfiler une chaussure pour prévenir la crampe.

Ce soir-là, toutefois, c'étaient seulement ses jambes qui la faisaient souffrir, et la douleur était très supportable. Aussi resta-t-elle allongée sur son lit, les yeux fixés sur les motifs dessinés sur les murs par le clair de lune. Elle repensa aux plants de tomate et aux graines qu'ils avaient achetés. La saison était déjà trop avancée pour les plantations, selon le vendeur, mais tante Marilee avait décrété qu'elle ne voyait pas en quoi cela devrait les arrêter. Corrine avait mieux aimé repiquer les plantes et semer les graines que retourner la terre du jardin. La terre, c'était sale. Néanmoins son odeur lui plaisait.

Elle avait sans doute aimé toute leur séance de jardinage, mais elle ne voulait pas l'aimer trop. Tout ce qu'elle aimait trop lui était généralement enlevé. Elle s'efforçait d'ordinaire de conjurer le mauvais sort en prétendant ne rien aimer vraiment, par crainte de tout perdre ensuite.

Absorbée par ces pensées, elle était encore éveillée quand le téléphone sonna. Eût-elle été endormie, la sonnerie l'aurait tout de même arrachée au sommeil, qu'elle avait léger. Le plus petit bruit la mettait en alerte. Elle sut immédiatement qu'il s'agissait de sa mère. Elle n'aurait su dire comment elle l'avait deviné, mais c'était pour elle une certitude. Sans doute parce qu'un appel dans la nuit signifiait des problèmes, et que des problèmes signifiaient sa mère. Elle ne s'était pas trompée, car elle entendit bientôt Marilee dire :

— Bonsoir, Anita.

Son cœur manqua un battement, et elle faillit bondir du lit pour se précipiter vers le téléphone. Sa mère s'était souvenue d'elle ! Puis elle remarqua le ton pris par sa tante — un ton dur et sec.

— Il est presque 23 heures, Anita.

Ensuite, Marilee baissa la voix, et Corrine n'entendit plus que des bruits de pas — sa tante se rendait dans la cuisine.

Le cœur battant la chamade, elle se glissa hors de son lit et s'approcha en catimini de la porte du séjour. D'où elle était, elle pouvait voir la cuisine, mais pas tante Marilee. Elle tendit l'oreille pour l'entendre.

— Anita… non. Il n'en est pas question.

Elle vit Marilee apparaître au-delà du seuil de la cuisine. Tout en parlant, elle arpentait le sol de la pièce.

— Je sais bien que tu ne lui as pas parlé depuis deux semaines, mais à qui la faute ? Et puis il est 23 heures et il est hors de question que j'aille la réveiller pour qu'elle vienne dire deux mots à sa mère soûle.

A ces mots, Corrine courba la tête, le souffle oppressé.

— D'accord, tu n'es pas soûle, mais je sais que tu as bu, reprit Marilee dans un murmure rageur. Non, je n'essaie pas de t'éloigner de ta fille… Je te répète simplement que je ne vais pas aller la réveiller. Pourquoi ne rappelles-tu pas demain matin ?

Le cœur de Corrine battait à tout rompre.

— Vers 10 heures, ce serait parfait, poursuivit tante Marilee en se dirigeant vers l'évier, disparaissant ainsi de son champ de vision. En PCV, oui… Pas de problème, Anita… Tu es ma sœur.

Comme elle baissait encore la voix, Corrine ne comprit plus rien, mais devina que sa voix était triste. Après quelques secondes, Marilee réapparut près de la table de la cuisine, sur laquelle elle posa le combiné. Elle tourna alors la tête et regarda en direction du couloir. Corrine s'accroupit dans la pénombre du séjour. Dans son mouvement, elle heurta quelque chose et faillit hurler. Elle plaqua une main sur sa bouche afin de s'empêcher de crier et s'aperçut qu'elle était rentrée dans Munro. Ce dernier lui lécha la figure. Elle se plaqua contre le mur, n'osant plus bouger de peur que sa tante la surprenne en train d'espionner. Elle se rappelait encore la réaction de sa mère quand celle-ci l'avait attrapée en train d'écouter aux portes. A ce souvenir elle eut un haut-le-cœur et, pendant un horrible instant, elle redouta de vomir.

Elle retint sa respiration un long moment, puis se risqua à jeter un œil de l'autre côté du couloir. Elle vit sa tante assise à la table de la cuisine, la tête dans les mains. Tout son corps tremblait.

Tante Marilee était en train de pleurer.

Corrine retourna précipitamment dans son lit sans se soucier d'étouffer ses pas et tira les couvertures sous son menton. Les larmes lui montaient aux yeux et sa poitrine la brûlait, mais elle s'efforça de pleurer en silence pour ne pas attirer l'attention de sa tante. Munro surgit alors près d'elle et se remit à lui lécher la figure. Elle le prit dans ses bras et enfouit son visage dans ses poils. Si seulement elle avait pu disparaître ! Elle regrettait d'être née. Tout le monde serait bien mieux si elle n'avait jamais existé. Elle avait entendu sa mère le dire un jour à tante Marilee.

The Valentine Voice
Nouvelles locales
par Marilee James

Le nouveau directeur et rédacteur en chef du *Valentine Voice*, Tate Holloway, est arrivé. N'oubliez pas la journée portes ouvertes qui se tiendra lundi dans les locaux du journal. Gâteaux et café y seront gracieusement proposés par la boutique Sweetie Cakes de Main Street. Tout le monde est invité à venir souhaiter la bienvenue à M. Holloway.

Autres informations à noter :

Mme Porter-Abercrombie qui, d'après ses lettres, se trouve quelque part à Tanger, nous a envoyé son premier reportage de voyage, un article sur l'aéroport de Miami. Vous le trouverez dans la rubrique voyage de l'édition de dimanche. Quiconque projette de transiter par l'aéroport de Miami trouvera intérêt dans la lecture de ce reportage.

Comme vous le savez, un siège de conseiller municipal s'est libéré, suite à la démission de Wesley Fitzwater, un membre de longue date. La campagne vient de connaître un rebondissement avec l'entrée en lice de G. Juice Tinsley. M. Tinsley, propriétaire-gérant de l'IGA, affirme que son programme sera en tous points opposé à celui de Jaydee Mayhall, son adversaire.

Motards et piétons, prenez garde à l'effondrement de la chaussée dans First Street, près du presbytère méthodiste. C'est le pasteur Stanley Smith qui l'a découvert à ses dépens quand la roue avant-droite de son véhicule, qu'il avait garé en face de sa maison, s'est enfoncée jusqu'au moyeu. Il a dû faire appel à une remorqueuse pour la déloger. Les services de la voirie municipale ont placé un panneau d'avertissement en attendant de pouvoir procéder à la réparation de la chaussée.

Le maire retire son offre de drapeaux aux armes de la ville. Il n'en reste plus un seul.

8.

Un beau lendemain

Le soleil commençait à peine à surgir au-dessus de l'horizon quand Tate déboucha dans Main Street. Il parcourut toute la longueur de la rue en marchant afin de pouvoir accélérer une fois dans Church Street. Comme il l'avait prévu, il y rencontra Parker Lindsey.

— 'jour, dit Lindsey en s'arrêtant.

— Bonjour, répondit Tate, un peu surpris de le voir marquer une pause.

— Alors, comment va, rédac'chef ? s'enquit Lindsey tout se lançant dans une série d'étirements.

Rédac'chef. Tate aimait bien l'appellation, même si le ton sur lequel Lindsey l'avait prononcée était plutôt énervant.

— Ça va au poil, repartit-il, décidant de procéder à son tour à quelques exercices d'étirement.

Comme il se penchait en avant, il vit Bubba assis tel un Bouddha replet au milieu de son jardin. Le chat l'observait en clignant des yeux.

— Je suppose que vous venez en ville pour pouvoir courir sur du dur, avança-t-il.

Il savait que la maison et la clinique du vétérinaire se trouvaient à la sortie du bourg.

— Ouaip, fit Lindsey. Je me fais mes huit kilomètres par jour.

« Mon œil », pensa Tate tout en répliquant :

— Je crois que j'aime mieux lire. Ça ouvre l'esprit.

— Et les boyaux, rétorqua Lindsey.

Eh bien, songea Tate, voilà qui lui apprendrait à vouloir jouer les malins.

Lorsque Winston rentra dans la maison par la porte de service avec sa brassée de roses quotidienne, il vit Mildred et Ruthanne assises à la table de la cuisine. Ces derniers jours, toutes les deux avaient pris l'habitude de se réveiller tôt, et cela l'ennuyait car elles troublaient son moment de solitude.

— Je n'arrive pas à retrouver un de ces échantillons de crackers au fromage qu'on a reçus au Wall-Mart hier, marmonnait Mildred.

Elle était en train de vider sur la table le contenu de son grand sac à main.

— Je crois que tu les as tous mangés sur le chemin du retour, avança Winston tout en remplissant un pot à gelée d'eau pour les fleurs.

— Ah, bon ? Cet homme charmant m'en a donné en plus… J'étais pourtant sûre d'en avoir gardé un ou deux.

Elle se mit à écumer le fond de son sac et encombra la table d'un amas de choses inimaginables : un peigne, une bombe de laque pour les cheveux, de la menue monnaie, des sachets de mayonnaise, de sucre, de thé, de céréales…

— Ah, j'en tiens un ! s'exclama-t-elle en brandissant triomphalement l'objet de ses recherches.

Après avoir constaté qu'il ne restait plus de place sur la petite table pour les fleurs, Winston s'aperçut que Ruthanne n'avait pas dit un mot depuis son arrivée, pas même bonjour. Elle avait les yeux clos.

Il l'examina plus attentivement. Elle avait son air angélique habituel.

— Elle dort, chuchota Mildred à voix haute.

— Oh.

En effet, elle respirait. Il en fut bien soulagé. C'était quand même un spectacle insolite : elle était assise là sur sa chaise, à peine un peu affaissée. Depuis quelque temps, elle tombait de plus en plus souvent endormie n'importe où, ce qui n'était certainement pas bon signe. Winston éprouvait un désarroi croissant devant le déclin inéluctable de sa vieille amie qui, déjà absente en esprit, commençait à s'absenter physiquement.

Comme il arrive à chacun tôt ou tard, pensa-t-il avec un gros soupir.

Il posa une main sur l'épaule de Ruthanne et prononça son nom.

La vieille dame ouvrit lentement les paupières.

— Bonjour, Winston. C'est l'heure de me lever ?

— Tu es déjà levée, Ruthanne.

— Oh, tant mieux.

Il fallait lui reconnaître une qualité : un rien la rendait heureuse.

— Winston, préparons des pommes de terre sautées pour le petit déjeuner, suggéra Mildred tout en trempant un cracker dans sa coupelle de fromage.

— Je suis allée voir ma maman, déclara Ruthanne avant de sourire à Winston.

— Des pommes de terre sautées avec ces oignons rouges que Charlene nous a apportés tantôt, poursuivit Mildred, la bouche pleine de crackers.

— Tu as déjà tes crackers au fromage, lui fit remarquer Winston. Je vais aller prendre un café chez Vella.

— Oh, ce n'est qu'un en-cas, répliqua-t-elle en lui mettant son cracker sous le nez. Un vrai petit déjeuner serait si agréable… et tu sais bien que Marie ne voudra jamais nous faire des pommes de terre sautées, ajouta-t-elle, la lèvre inférieure tremblante.

Marie était leur aide à domicile. Elle venait à midi leur préparer un repas chaud et repartait à 16 heures. Pour cette adepte de la diététique, toute friture était proscrite.

— Je vais aller prendre un café chez Vella, répéta Winston.

Bon sang, songea-t-il, vivement qu'il sorte d'ici ! Il éprouva quelque remords en pensant qu'il était possible que Ruthanne meure en son absence — mais bon, ça arriverait quand ça arriverait. Et puis, surtout, il tenait à vivre pleinement le reste de ses jours, non à être étouffé par les exigences alimentaires de Mildred Covington.

— Winston, ce n'est pas gentil de refuser de faire des patates.

— Je t'en ferai ce soir, lui promit-il en gagnant la porte.

— Ce que tu fais pour l'instant, c'est te donner en spectacle avec cette Vella Blaine.

— Je vais juste prendre un café, protesta-t-il en s'arrêtant net sur le seuil, surpris par cette accusation.

— Oui, oui, c'est ça…

— J'ai quatre-vingt-huit ans, pour l'amour du ciel !

Mildred se mit alors à pleurer, mais il savait que s'il revenait la consoler, il ne s'en sortirait jamais.

— Prends donc des tartines si tu as faim. Je te préparerai des patates ce soir, déclara-t-il tout en descendant le perron.

Il traversa ensuite le jardin. Sa canne s'enfonçait un peu dans l'herbe humide. Il avait bien conscience qu'il courait se réfugier chez une femme, mais ce n'était pas ce que l'on aurait pu croire. Il avait besoin de s'éloigner de l'image de lui-même que lui renvoyaient Mildred et Ruthanne, besoin de se rappeler la vie heureuse qu'il avait jadis connue avec sa femme.

Oh, bien sûr, se dit-il rageusement, rien ne servait de fuir ainsi la vieillesse. Mais mieux valait essayer de jouir au maximum de chaque nouvelle journée, car ce pourrait fort bien être la dernière.

Le téléphone sonna alors que Corrine rinçait la vaisselle du petit déjeuner.

— Tu prends, Cor-rine ? demanda Willie en train de colorier un dessin à la table de la cuisine.

L'adolescente referma le robinet, saisit un torchon et courut décrocher.

— Allô ? fit-elle d'une voix hésitante.

— Corrine ? Oh, Corrine, ma chérie, c'est maman.

— Bonjour, maman.

Son cœur battait à toute allure. Sa mère l'avait appelée ? Et elle semblait en pleine forme !

— Je sais qu'il est tôt. Ça fait longtemps que vous êtes levés ? Marilee est réveillée ?

— Tante Marilee est sous la douche, répondit Corrine lentement.

Elle choisissait soigneusement ses mots, sa mère se montrant toujours prompte à s'enflammer contre sa tante.

— On a pris notre petit déjeuner, s'empressa-t-elle d'ajouter afin qu'elle sache qu'ils n'étaient pas en train de se prélasser au lit.

— Eh bien, tant mieux. J'avais peur de vous réveiller, mais je ne pouvais pas vous appeler plus tard dans la journée. J'ai trouvé un boulot, ma chérie, au tribunal du comté de Tarrant.

— C'est bien, commenta Corrine qui aurait aimé se montrer plus diserte.

— Oui, n'est-ce pas ? C'est vraiment un bon boulot. J'ai un poste de secrétaire et je me mets sur mon trente et un tous les jours.

— Super, dit Corrine, heureuse d'avoir trouvé au moins ce mot.

Il y eut un court silence.

— Eh bien, ma chérie, reprit sa mère, comment ça va là-bas ?

— Très bien.

Il y eut une nouvelle pause, suivi d'un bruit d'aspiration, comme si sa mère tirait sur une cigarette.

— J'ai parlé à ta tante Marilee, hier soir. Elle m'a dit qu'elle t'avait retirée de l'école.

— Oui, acquiesça Corrine avec prudence. Mais je fais toujours mes devoirs, précisa-t-elle aussitôt. Je vais passer dans la classe supérieure.

— C'est tante Marilee qui te donne les cours, hein ?

— Oui.

— Je suppose qu'elle est douée pour ça.

C'était une question.

Paniquée, Corrine ne sut trop comment répondre.

— Oui, lâcha-t-elle enfin.

— Ça ne te manque pas d'aller à l'école avec les autres enfants ? Tu peux retourner en classe, si tu le veux. Je vais demander à Marilee de t'y ramener.

— Je ne veux pas y retourner.

— Bon, d'accord. Je voulais juste que tu saches que je pouvais t'y ramener si tu en avais envie.

— J'en ai pas envie.

— Très bien. De toute façon, les vacances sont dans quelques semaines à peine, et je devrais pouvoir bientôt venir te récupérer. Je gagne pas mal, tu sais, j'ai la Sécurité sociale et tout le reste. Je suis en train d'économiser pour nous trouver un chouette logement, où tu auras une chambre rien que pour toi. Ça ne te fait pas plaisir ?

— Si, maman.

— Oh, ma chérie, tu ne peux pas savoir comme tu me manques !

— Tu me manques aussi, maman.

— C'est vrai ?

— Oui.

— Eh bien, je suis en train de me ressaisir, tu sais. Tu n'auras plus longtemps à attendre, je passerai bientôt te chercher.

— D'accord.

Marilee arriva juste à ce moment-là.

— Voilà tante Marilee, annonça Corrine. Tu veux lui parler ?

— Oui, mais juste cinq secondes. Ta maman te fait un gros bisou, ma chérie.

Il y eut un bruit de baiser à l'autre bout de la ligne.

— Un bisou à toi aussi, répondit Corrine rapidement avant d'émettre un petit bruit de baiser qui lui donna l'impression de se comporter comme une idiote.

Elle passa vivement le combiné à sa tante, puis, n'ayant aucune envie d'écouter sa conversation, elle s'empressa de sortir par la porte de la cuisine et se retrouva sous la lumière papillotante du soleil, filtrée par les arbres. Munro et Willie Lee la rejoignirent bientôt.

Son cousin lui tint alors un propos des plus étranges.

— Cor-rine, Mun-ro dit que tu as be-soin d'un câ-lin.

Et il la serra à bras le corps.

Elle eut un sursaut de répulsion.

— Arrête ça, Willie Lee ! s'exclama-t-elle en se dégageant. Allez, viens, montons dans ta cabane.

Elle sauta sur l'échelle et se hissa dans la ramure de l'arbre, jouissant de la sensation de force que lui procurait son corps. Elle savait grimper aux arbres. Et un beau jour, elle saurait tout faire et n'aurait plus besoin de personne pour prendre soin d'elle.

The Valentine Voice
Dimanche 30 avril

Au sommaire de ce numéro :

— Le *Valentine Voice* va devenir bi-hebdomadaire. A partir du 7 mai, il paraîtra le samedi matin et le mercredi soir. Lire page 1.

— Le projet controversé du centre de détention devient un thème majeur de la campagne pour l'élection du nouveau conseiller municipal. Lire page 1.

— L'homme retrouvé dans sa voiture aux abords de la ville est décédé de mort naturelle, mais son identité reste une énigme. Lire page 2.

— Le Rose Club va planter des rosiers destinés à embellir la ville et invite chacun à participer à la fête. Lire page 3.

— La fondrière de First Street s'agrandit. Les panneaux d'avertissement sont tombés dedans. Lire page 4.

9.

Le dimanche matin

Le printemps avait prospéré et l'été prenait la relève. Les lilas avaient disparu ainsi que la plupart des iris, et les dahlias que Doris Northrupt venait de mettre en pots commençaient à sortir de terre.

Le jeune Leo Pahdocony, qui économisait de l'argent afin d'entrer à l'université l'année suivante, tondait les pelouses pendant son temps libre. Il avait déjà tellement de clients que son père le pressait de fonder une entreprise d'entretien des pelouses au lieu de partir à l'université. Leo Senior affirmait pouvoir s'occuper de la partie commerciale de cette entreprise; Reggie, de son côté, tenait à ce que son fils décroche un diplôme supérieur et à ce que son mari ne s'occupe de rien du tout.

Charlotte Nation traitait son terrier à l'anti-puces, et Parker Lindsey s'échinait à vacciner le plus d'animaux possible afin de pouvoir, le dimanche venu, couper l'alarme de son réveil et s'octroyer une grasse matinée.

Winston sortit de chez lui plus tard que d'habitude, ce dimanche matin, pour hisser son drapeau. Comme il n'y avait personne dehors à l'aube le dimanche, Everett Northrupt et lui étaient convenus de hisser leurs drapeaux respectifs une heure plus tard.

Ce dimanche-là Winston attrapa une sacrée suée dans l'exercice de son devoir patriotique.

— Fait chaud ! lui lança Northrupt à l'issue de la cérémonie.

— Ouais, fit Winston avant de lui tourner le dos, pensif.

A quoi donc s'attendait ce type à cette époque de l'année ? se dit-il. Mais il était vrai aussi que Northrupt était originaire d'un des Etats du nord, l'Indiana ou un autre de ce genre.

Contournant la maison pour gagner la porte de service, il jeta un coup d'œil au thermomètre accroché à l'angle. Les rayons du soleil levant ne l'avaient pas encore atteint, et l'aiguille indiquait 21°. Voilà qui ne lui disait rien de bon, songea Winston. Il décida de ne pas porter de veste à l'église — non seulement il ne pouvait plus supporter la chaleur à son âge, mais il n'avait plus besoin d'impressionner qui que ce soit.

— Le gars de la météo a annoncé simplement qu'il ferait un peu sec, rapporta Perry Blaine à sa femme depuis le fauteuil inclinable où il suivait les journaux télévisés du matin.

Perry se levait à 5 heures tous les jours de la semaine sauf le dimanche. Ce jour-là, il restait à la maison jusqu'à midi, heure à laquelle il allait ouvrir le magasin afin de servir des boissons fraîches et des sundaes aux fidèles. Lui ne se chargeait jamais de la fontaine à limonade — c'étaient deux lycéens qui s'en occupaient le dimanche —, mais puisqu'il devait ouvrir la boutique, il en profitait pour ouvrir également la pharmacie. La plupart du temps, il restait assis dans la réserve à faire la sieste ou regarder des films avec John Wayne. Les gens n'aimaient pas tomber malades le dimanche; ça gâchait leurs loisirs. Le lundi venu, toutefois, la pharmacie ne désemplissait pas.

S'ils avaient encore un été chaud, leurs glaces feraient de nouveau un malheur, rappela-t-il à sa femme qui était en train de mettre sa blouse à fleurs et son chapeau de paille.

Cette année, au moins, ils avaient de la pluie, songea Vella, et cela signifiait qu'elle devrait livrer la guerre contre l'oïdium des rosiers.

Elle ne préparait pas de petit déjeuner le dimanche, se contentant de donner quelques tartines de confiture à son mari avant d'aller vaporiser ses rosiers dans l'espoir de leur épargner champignons et moisissures.

Ses rosiers démarraient mieux cette année que l'année dernière, se dit-elle tout en coupant plusieurs longues tiges de roses parfumées Chrysler Imperial. Elle rentra ensuite dans la maison afin de les mettre dans un vase, les destinant au pasteur pour l'office du matin. Elle comptait se rendre tôt à l'église — comme chaque dimanche, mais elle n'y parvenait que rarement. Perry prétendait qu'elle était née en retard et que ça lui était resté.

Le dimanche était le seul jour où Marilee se réveillait tôt et avec un certain entrain. Il y avait longtemps de cela, au cours d'un de ses voyages avec Stuart, elle avait rencontré un vieux Noir assis sous la véranda d'une de ces minuscules épiceries qu'on trouvait en ce temps-là dans de nombreux petits villages du Tennessee. Il lui avait offert une boisson fraîche et quelques remarques avisées. Elle en voulait alors beaucoup à Stuart de l'avoir plantée là, sur le seuil de cette boutique, pour partir en reportage; connaissant Stuart comme elle le connaissait déjà à cette époque, elle s'était inquiétée de trouver un moyen de revenir à leur hôtel. Le vieil homme avait suivi tout ce manège.

— Moi, lui avait-il déclaré, les soucis, je leur laisse toute la semaine, sauf le dimanche. Les soucis, c'est beaucoup de peine, et on est censé se reposer le dimanche pour être frais la semaine suivante. Quoi qu'il arrive le samedi soir, je n'y repense que le lundi, après une bonne journée de repos. La colère, l'agitation, le remue-ménage, tout ça peut attendre. Et parfois, ça attend si bien que ça finit par disparaître.

Quand Stuart avait éprouvé le besoin de reprendre sa liberté, et qu'elle s'était sentie devenir folle à l'idée de se retrouver seule en charge d'un fils handicapé, elle s'était rappelé ce conseil. Depuis lors, le dimanche était son Jour Sans-Souci. Le matin, elle se préparait tranquillement une tasse de café fort avec du sucre et de la vraie crème — c'était le seul jour où elle s'autorisait à prendre de la crème, étant donné qu'elle ne se souciait plus ni de graisse ni de cholestérol —, puis elle sortait s'asseoir sur la balancelle de la véranda. Même en hiver, à condition que le temps le lui permette, elle suivait ce rituel, vêtue de lainages épais et enveloppée dans une couverture, sa tasse de café chaud au creux des mains.

C'était le moment où elle se contentait d'exister, une trêve dans son combat quotidien, l'occasion de réfléchir à tête reposée. Le moment de prêter l'oreille au silence du monde, aux rumeurs de son cœur et aux éventuels murmures du Seigneur en elle. Le moment de savourer l'apaisement provisoire de ses tourments.

Parfois, elle s'assoupissait, comme ce fut le cas ce matin-là, jusqu'à ce que le choc mat du journal sur le plancher de la véranda la réveille. Elle entraperçut Leo Junior qui s'éloignait sur sa bicyclette, et, le suivant de près, un coureur matinal.

C'était Tate Holloway. Elle le reconnut avec un sursaut d'étonnement. Et elle était en peignoir !

Il la salua; elle lui rendit son salut.

Bon… Elle ouvrit le *Voice*.

Pendant qu'elle lisait, son voisin d'en face sortit en pyjama pour récupérer son journal tandis qu'à l'angle de la rue, Buddy, l'employé d'UPS, garait sa Mustang le long du trottoir, de retour d'un service de nuit — privilège de la jeunesse célibataire, songea Marilee. Sa mère, cependant, n'avait pas l'air de partager cette opinion. Elle l'attendait près de la porte et, bien que Marilee ne comprît rien, elle perçut la colère qui altérait sa voix.

Quand elle rentra dans la maison, le silence l'intrigua et, plus particulièrement, celui de la télévision qui diffusait pourtant à cette heure des dessins animés. Elle entendit bientôt des chuchotements et des bruits d'éclaboussures en provenance de la salle de bains. Corrine et Willie Lee, penchés au-dessus de la baignoire, étaient en train de laver Munro.

— Mun-ro doit ve-nir à l'é-glise a-vec nous, déclara le garçon.

Corrine se tint coite et garda les yeux baissés.

— Pourquoi pas ? répondit Marilee, doutant de sa santé mentale.

Tous, y compris Munro qui, au lieu de sentir le chien sec, sentait maintenant le chien mouillé, prirent un petit déjeuner tranquille. Puis les humains s'habillèrent, et Marilee aspergea Munro de parfum. Après avoir attendu Parker pendant dix minutes — il les accompagnait parfois à l'église —, elle marcha avec les enfants et le chien jusqu'à First Street avant de prendre vers le sud en direction de l'église méthodiste, où ils repérèrent la fondrière devant le presbytère. Le cours de catéchisme du dimanche venait de s'achever, et le pasteur inspectait ladite fondrière, maintenant aussi grande qu'une table de salle à manger. A l'intérieur gisait un grand panneau d'avertissement jaune dont on ne distinguait que l'extrémité supérieure. La voirie municipale avait entouré le trou d'une bande jaune.

A l'intérieur de l'église, Marilee conduisit les enfants vers la rangée du fond plutôt que vers la deuxième, où ils prenaient place d'habitude, afin que Munro puisse se coucher aux pieds de Willie Lee. Les rares personnes qui remarquèrent le chien se contentèrent de sourire. Munro était de son côté assez malin pour garder un profil bas.

Ce changement de place parut grandement perturber tante Vella, qui arrivait systématiquement après le début du premier hymne. Ce matin-là, elle profita de ce que tout le monde était debout en train de chanter pour traverser la salle en courant et, passant en trombe devant Marilee et les enfants, alla poser un vase contenant une rose rouge sur le coin de la chaire avant de se retourner vers la seconde rangée… et de se figer net en découvrant avec perplexité Imogene Reeves avec son mari et leurs petits-enfants.

— Ils sont là-bas, Vella, lui signala Norm Stidham assis de l'autre côté de l'allée centrale.

— Hein ?

— Dans le fond, mon chou, précisa Iris MacCoy en élevant la voix afin de se faire entendre par-dessus le cantique. Marilee et les gamins sont dans le fond.

— Oh… eh bien…

— Et ils ont un chien, ajouta Minnie Oakes.

Marilee agita la main à l'adresse de sa tante qui, l'ayant repérée, se hâta de les rejoindre, une main posée sur son bibi. Elle haussa un sourcil en avisant Munro, puis se lança directement dans la déclamation du deuxième couplet de « In the Garden » — « Dans le jardin du Seigneur ».

La lumière du soleil s'insérait par les vitraux mordorés et nimbait d'une clarté chaleureuse les murs et l'assistance. A côté de Marilee, tante Vella, qui sentait les sels de bain, chantait le vieil hymne avec pénétration.

— La ro-sée sur les roses, répétait Willie Lee sur sa droite, tandis que Corrine, son missel ouvert sur le dossier du banc de devant, bougeait les lèvres sans proférer de son distinct.

Quant à Munro, il restait couché, les yeux fermés par l'ennui ou la ferveur.

Oh, Seigneur, songea Marilee, tant de bonheur… Un bonheur qui, en cet instant, la comblait.

*
* *

— C'est bien vrai que le journal va devenir bi-hebdomadaire, Marilee ?

Cette nouvelle semblait avoir du mal à être prise au sérieux. Les gens avaient besoin d'en obtenir la confirmation de sa part.

— Quelle pitié !

— Je savais que le départ de Mlle Porter sonnerait le glas du journal.

— Eh, mais dites-moi, j'ai déjà payé mon abonnement, moi ! Je pourrai être remboursé ?

A toutes ces questions, Marilee répétait mot pour mot l'article qu'elle avait écrit elle-même dans l'édition du matin et qui expliquait que ce changement sauverait le journal et lui permettrait de survivre, que sa pagination devait augmenter à terme et que le prix des abonnements serait ajusté en conséquence.

Quand elle quitta enfin l'église, elle trouva que son Jour Sans-Souci avait été sérieusement perturbé. Au moment de passer devant la fondrière, elle demanda à Willie Lee et Corrine de lui donner la main, craignant vaguement que le trou ne saute sur ses enfants pour les engloutir.

Le lundi matin, Tate enfila un nouveau short de jogging ainsi qu'une chemise de sport et se contempla dans le miroir. Il avait les jambes blanches. Mais cela, il pouvait encore s'en accommoder. La chemise, en revanche, c'était hors de question.

Il l'échangea contre un T-shirt tout en se demandant s'il n'allait pas s'acheter un maillot sans manche. Il décida que oui, et s'irrita de ne pas en avoir pris un au magasin de sport. Il fut encore plus agacé de constater qu'il éprouvait le besoin puéril d'en remontrer à Lindsey.

Oh, et puis zut ! pensa-t-il. S'il était parfait, il n'éprouverait aucun besoin du tout.

Le téléphone sonna alors qu'il s'apprêtait à sortir. Il le laissa sonner et se mit à descendre Porter Street en courant, Bubba caracolant derrière lui tel un ballon de basket égaré. Comme il passait devant la maison James, il y jeta un coup d'œil, pris par sa rêverie coutumière, et fut étonné de distinguer une silhouette sur le perron de la véranda. Une silhouette menue aux cheveux sombres revêtue d'un pyjama jaune.

Il agita la main, et Corrine lui adressa en retour un salut hésitant avant de se redresser d'un bond et de filer à l'intérieur.

Au coin de la rue, le jeune gars d'UPS effectua trois tractions sur la barre de sa véranda, se laissa retomber sur le plancher et, les biceps saillants, gagna sa voiture garée le long du trottoir.

— Ma mère vous en veut sacrément pour avoir ramené la parution du journal à deux jours par semaine, lança-t-il à Tate.

— J'en suis désolé, répondit celui-ci.

Il aurait souhaité une meilleure entrée en matière afin de nouer relation avec lui.

Poursuivant son chemin, il s'engagea dans Main Street. Bubba disparut de sa vue, ainsi qu'il en avait pris l'habitude. A croire qu'il rechignait à être aperçu en public avec lui.

Tate arriva à la hauteur des marcheuses bavardes. Elles le gratifièrent d'un hochement de tête qui lui parut bien froid.

La voiture de la dame de la boulangerie était garée devant la boutique, mais la porte de cette dernière était fermée et l'intérieur désert. D'ailleurs, toute la rue était déserte. Tate dut bientôt ralentir et revenir à la marche. Sa cheville droite le lançait, et il la secoua pour la détendre.

Alors qu'il tournait au niveau du poste de police, dont s'échappaient des arômes alléchants de café frais, il distingua Lindsey au loin, en train de descendre la colline, pile à l'heure.

« O.K., se dit-il, c'est reparti. »

Adoptant une foulée énergique, il rencontra Lindsey au carrefour. Dieu merci, ce dernier marqua une pause, et Tate put ainsi l'imiter. Sa poitrine le brûlait.

— 'jour, rédac'chef ! s'exclama le vétérinaire en s'étirant les jambes. Sacré changement dans le journal.

— Tout change en ce bas monde, répliqua Tate qui l'imita en essayant de ne pas haleter.

Juste à ce moment survint la jeune blonde, cette fois-ci à vélo. Elle était vêtue d'un cycliste bleu vif, et sa brassière jaune dévoilait de larges pans de sa peau soyeuse et bronzée. Elle ralentit légèrement à leur niveau.

— Salut, vous deux ! leur lança-t-elle avant de passer entre eux.

Ils lui souhaitèrent une bonne journée. Sa tête pivotant comme si elle était montée sur un roulement à billes, Tate la suivit des yeux, observant les ondulations de son charmant postérieur sur la selle tandis qu'elle pédalait sur Porter Street en direction de l'est. Un petit coup d'œil bien innocent, Seigneur, se dit-il sans aucune concupiscence. Il doutait d'ailleurs de pouvoir être à la hauteur d'une telle femme.

Puis il nota que Lindsey la contemplait également.

— Si vous vous dépêchez, vous la rattraperez peut-être, vu la forme que vous tenez.

Lindsey lui adressa un lent sourire.

— J'ai déjà une petite amie, rédac'chef.

— Je ne crois pas que vous ayez beaucoup plus que moi, répliqua Tate après un instant de réflexion. Nous sommes bien ici tous les deux à suer sang et eau, non ?

Lindsey serra les dents et repartit à une allure destinée à montrer à Tate ce que celui-ci n'avait pas.

Tate reprit sa route à petites foulées jusqu'à son allée et contourna la maison. Il ne se donna même pas la peine de rentrer à l'intérieur et s'écroula sur le perron. Bubba vint s'asseoir devant lui et le fixa des yeux.

— Tu vas recevoir ta pâtée, t'inquiète pas.

Derrière lui, par-delà la moustiquaire, le téléphone se mit à sonner.

Encore une plainte au sujet du journal, supposa-t-il sans bouger d'un pouce.

Il rencontra Marilee au croisement de leurs rues respectives. Reconnaissant son visage derrière le pare-brise de la Cherokee, il klaxonna et agita le bras par la vitre, allant même jusqu'à lui crier :

— Où allez-vous donc de si bon matin ?

Il n'était que 8 h 30.

La petite tête de Corrine apparut à la vitre avant de la Cherokee, côté passager.

— Acheter des beignets pour le journal, répondit-elle d'une voix à peine distincte.

Tate traversa le carrefour et porta la BMW à hauteur du véhicule de Marilee. La vitre de cette dernière et celle de l'arrière, où Willie Lee passa bientôt la tête, se baissèrent en même temps.

— Sa-lut, mon-sieur Tate.

— Salut, Willie Lee… Salut, Munro, ajouta-t-il à l'adresse du chien, dont la tête venait de surgir à côté de celle du garçon.

Il reporta ensuite son attention sur Marilee. Des grosses lunettes de soleil lui masquaient les yeux.

— On va acheter des beignets pour le journal.

— Je croyais qu'on devait nous livrer des gâteaux, s'étonna-t-il tout en essayant de distinguer ses yeux derrière ses verres teintés.

C'était déroutant de parler ainsi à des morceaux de verre sans expression.

— Plus tard, répondit-elle. Bonita ne doit pas livrer les gâteaux avant 10 heures et quelques, et les bureaux sont déjà pleins de gens… qui ont tous plus ou moins envie de vous sonner les cloches pour avoir osé porter atteinte à l'une des institutions de la ville.

— Je sais.

Et comment qu'il le savait…

— Mon téléphone n'a pas cessé de sonner depuis hier. On m'a même appelé ce matin avant que j'aie eu le temps de prendre ma douche.

Une sourde irritation le gagnait, qui se porta sur les lunettes de Marilee. Il faillit tendre la main et les lui arracher afin de pouvoir la regarder dans les yeux.

— Charlotte m'a demandé d'apporter ma théière électrique ainsi que trois douzaines de beignets en plus, expliqua-t-elle. Elle en avait déjà acheté une douzaine elle-même mais ils ont tous été mangés.

— Je ferais mieux de filer là-bas, alors, pour l'aider à contenir la foule.

Il avait du mal à croire à ce déchaînement de passions suscité par le modeste *Valentine Voice*.

— Oui, ce serait avisé.

— Réservez-moi quelques beignets à la confiture, demanda-t-il in extremis avant qu'elle ne s'éloigne.

Il redémarra et poursuivit son chemin tout en songeant qu'il aurait dû prévoir la levée de boucliers que provoquerait sa décision de transformer le quotidien en bi-hebdomadaire. D'un autre côté, un tel remue-ménage avait de quoi le ravir : il prouvait que le *Voice* avait bien plus de lecteurs fidèles qu'il ne l'avait imaginé.

Il craignait toutefois que ces protestations aient moins à voir avec le nombre de lecteurs du journal qu'avec la réticence de tout être humain à accepter le moindre changement, quand bien même ce changement entraînerait une amélioration.

Il distribua poignées de main et salutations amicales, se montra attentif à chacun — car il avait appris depuis longtemps que c'était encore la meilleure façon de gérer les plaintes. Et, de fait, voyant leurs réclamations prises au sérieux, la plupart des mécontents se déridèrent. Il lui suffit juste pour cela de leur prêter une oreille attentive.

Les locaux du journal s'étaient enfin vidés, et Tate venait de se retirer dans son bureau, quand un homme aux cheveux gris et à la silhouette râblée apparut sur le seuil de la pièce. Il portait un cardigan sombre, une chemise unie et un pantalon kaki impeccablement repassé

— Charlotte n'est pas là, lança-t-il à Tate. Personne n'est là.

— Ah bon ? J'en suis désolé. J'ai pourtant cru la voir…

Tate vint à la porte et jeta un coup d'œil dans la salle de rédaction où, quelques minutes auparavant, trois femmes au moins travaillaient à leur bureau.

— Effectivement, il n'y a personne, constata-t-il. Tout le monde a dû partir. Puis-je vous aider ?

— Hmm… Everett Northrupt, se présenta l'homme en tendant la main.

— Enchanté, monsieur. Je suis Tate Holloway.

— Je m'en doutais, repartit l'homme qui prit soudain un air revêche. J'aimerais savoir ce que va devenir mon abonnement. J'ai payé pour un an de parutions quotidiennes, et je m'attendais à en avoir pour mon argent. Voilà huit ans que je suis abonné, depuis mon arrivée ici. J'ai toujours réglé à l'heure mes échéances, et je donne dix dollars de pourboire au livreur deux fois par an, à Pâques et à Noël.

— Croyez bien que ce garçon apprécie votre générosité, monsieur, assura Tate. Et que nous apprécions nous-mêmes de vous avoir comme client. Ne vous inquiétez pas pour votre abonnement. Il sera rallongé et vous n'y perdrez pas un *cent.*

— J'ai payé pour recevoir un quotidien. Je veux un quotidien, répliqua son interlocuteur en le fusillant du regard.

— Eh bien, monsieur... nous pouvons toujours vous rembourser, proposa Tate en se tiraillant l'oreille.

— Je ne veux pas qu'on me rende mon argent. Je veux mon quotidien. J'ai payé pour un quotidien, j'ai droit à un quotidien.

Tate aperçut du coin de l'œil Charlotte qui sortait des toilettes. Elle regarda dans sa direction, mais il s'abstint de l'appeler à la rescousse.

— Monsieur, reprit-il en se sentant obligé de donner du « monsieur » à cet homme. Comme je l'ai expliqué dans mon éditorial, je suis désolé de la déception occasionnée par ce changement de périodicité, mais j'ai la conviction qu'en passant à une parution bi-hebdomadaire, nous serons en mesure de sauver cette importante institution et d'en faire même un journal plus formidable encore qu'il ne l'est depuis tant d'années.

L'homme pinça les lèvres.

— Dites plutôt que vous ferez faillite et que je perdrai mon argent de toute façon.

Décidément, cet homme était d'un pessimisme forcené... Tate le prit gentiment par le coude.

— Désirez-vous une tasse de café, monsieur... ?

A son grand embarras, il se rendit compte qu'il avait oublié son nom.

— Northrupt, lui rappela l'autre Et j'ai déjà pris mon café chez moi.

— Eh bien, monsieur, je m'aperçois que j'ai besoin pour ma part de plusieurs tasses ce matin.

Il estima qu'il était temps d'appeler Charlotte à l'aide, aussi importune qu'apparaisse sa requête. Hélas, elle s'était remise au travail, et il était pratiquement impossible d'attirer son attention une fois qu'elle était plongée sur son écran.

Dieu merci, il y avait Marilee ! Elle franchit les portes du journal avec les enfants, tous portant une boîte blanche remplie de beignets qu'ils allèrent déposer sur la longue table drapée de lin blanc.

— Ah, voici les beignets ! s'exclama Tate en entraînant Northrupt. Regardez-moi donc ces petites merveilles… et ce café tout frais. Merci beaucoup, mademoiselle Marilee.

— Il faut que je retourne chercher la théière et l'eau distillée dans la jeep, annonça-t-elle tout en ouvrant les cartons de beignets.

Et Tate se retrouva seul avec l'abonné ulcéré tandis que Marilee et Corrine ressortaient.

— Bon-jour, mon-sieur North-rupt.

C'était Willie Lee. Munro à côté de lui, les yeux levés vers les deux adultes, il tendait la main à M. Northrupt.

— Salut, Willie Lee, répondit ce dernier en lui serrant la main.

Willie Lee la tendit ensuite à Tate.

Puis Northrupt dévisagea Tate d'un air interrogateur.

— Que diriez-vous d'un beignet, monsieur Northrupt ? Voyons voir : il y en a au sucre, au chocolat, à la cannelle… et à la confiture ! Les beignets à la confiture sont le secret de la vie, vous savez.

— Je veux un bei-gnet à la con-fi-ture, déclara Willie Lee.

— Bien dit, mon gars. Tiens, voilà, dit Tate en lui tendant un beignet. Et vous, monsieur Northrupt, que désirez-vous ?

— Rien. J'ai du diabète.

— Je suis navré de l'apprendre. Vous avez pourtant l'air en pleine forme, monsieur.

Tout en prononçant ces mots, Tate eut la vision désagréable d'un gros titre annonçant : « Le rédacteur en chef tue un homme avec un beignet. »

Il remplit un gobelet en plastique de café fumant et le tendit à son interlocuteur.

M. Northrupt considéra le gobelet sans y toucher.

— Je vous ai dit que j'avais déjà pris mon café. Et de toute façon, je n'en bois jamais dans du plastique. Ça le rend amer.

Tate ramena le gobelet vers lui, le porta à ses lèvres et avala une gorgée de café. Lui non plus n'aimait pas les gobelets en plastique.

— Je ne vois pas comment réduire à une parution bi-hebdomadaire un journal vendu cinquante *cents* le numéro pourra vous rapporter plus qu'une publication quotidienne à quarante *cents*, énonça M. Northrupt.

— En diminuant les frais généraux. Le papier coûte bonbon de nos jours. Et pas seulement le papier, mais aussi l'impression et la livraison.

L'homme fronça furieusement les sourcils.

— D'ailleurs, le papier sera de meilleure qualité, poursuivit Tate. La pagination sera également étoffée. Nous ajouterons deux pages pour commencer, et puis deux autres encore deux mois plus tard, ainsi qu'un dossier spécial de temps à autre.

— Votre décision est prise, alors ?

— Oui, monsieur, et bien prise.

Tate baissa les yeux et vit Willie Lee debout devant lui, les lèvres ourlées de confiture, ses yeux le scrutant intensément derrière les verres épais de ses lunettes. Assis à ses pieds, le chien le dévisageait également.

Marilee revint à cet instant avec la théière et un grand sachet. Corrine lui emboîtait le pas, traînant derrière elle deux bonbonnes d'eau distillée. Tate se précipita immédiatement afin de décharger la frêle enfant de ce fardeau.

— Je suppose que vous avez déjà rencontré la rédactrice en chef adjointe du *Voice*, monsieur Northrupt ? demanda-t-il, pris du besoin soudain de donner son titre à Marilee.

Cette dernière leva aussitôt les yeux vers eux.

— Je vous présente Marilee James.

— Everett et moi nous connaissons depuis déjà un certain temps, fit-elle remarquer. Bonjour, Everett. Comment va Doris ? J'ai entendu dire qu'elle avait gagné le premier prix du concours d'aquarelles à la Foire de Printemps.

— Ouaip, c'est exact, répondit Northrupt avant de prendre deux serviettes sur la table. Je crois que je vais juste emporter deux de ces beignets à la cannelle à la maison.

— Et votre diabète ? s'enquit Tate, légèrement alarmé.

— C'est pour Doris. Et puis, comme ça, je récupère aussi un peu de mon argent.

Sur ce, il les quitta, chacune des poches de son cardigan gonflée d'un beignet enveloppé dans une serviette.

Durant quelques minutes — et Tate espérait, sans trop y croire, qu'il en serait ainsi jusqu'à la fin de la journée —, il n'y eut plus aucun visiteur. Ereinté, il alla chercher sa tasse en céramique, à laquelle il tenait beaucoup, et prit du café dans le pot posé sur la table.

— J'ai droit à vingt dollars de plus par mois en tant que rédactrice en chef adjointe, lui signala Marilee tout en ajoutant des beignets frais dans les plats.

— C'est ce que devaient couvrir les trente dollars. J'ai juste oublié de vous en informer.

— Soit, mais si je l'avais su, j'en aurais demandé cinquante.

— Quand on commencera à faire des bénéfices.

— Ravie de l'entendre. Je vous le rappellerai.

— Cela vous dérangerait-il de rester un peu ici ? Je crois que nous avons vraiment besoin d'une hôtesse pour cette journée portes ouvertes.

Charlotte n'avait pas l'air disposée à quitter son bureau, et quand bien même y eût-elle consenti, Tate la jugeait plus intimidante qu'accueillante. Lui-même se sentait un peu désemparé — et idiot d'éprouver un tel sentiment. Il n'en adressa pas moins un regard plein d'espoir à Marilee.

— C'est vous le patron, commenta-t-elle de ce ton vif et doux-amer qui était le sien.

Ses yeux lui parurent très bleus. Il n'arrivait jamais à savoir si elle plaisantait ou non. C'était là un trait qu'il appréciait chez elle, qu'il admirait même, le partageant avec elle.

— Je doute beaucoup que je sois le vôtre, mademoiselle Marilee.

Soulagé, il se choisit avec allégresse un beignet à la confiture.

— Je suis sûr qu'avec vous les ordres marchent nettement moins bien que les prières, ajouta-t-il en mordant dans son beignet — un beignet à la framboise, son préféré.

Elle le fixa un moment. Il sourit, lèvres closes, savourant à la fois la saveur de la confiture sur sa langue et le spectacle de ses yeux bleus. Jouissant du magnétisme qui passait entre eux.

Doux Jésus, comme il avait envie de l'embrasser ! Cette pensée le frappa avec une telle force qu'il en oublia durant un instant de mâcher et qu'il faillit s'étrangler avec son beignet.

Elle baissa finalement les yeux.

— Je resterai ici jusqu'à midi, annonça-t-elle d'une voix posée. Ensuite, il faudra que je ramène les enfants à la maison pour le déjeuner, et Willie Lee fait généralement la sieste après.

Tate prit une profonde inspiration et, comme elle lui tournait le dos, se permit de reluquer sa silhouette tout en pensant que, bon sang de bois, Marilee James était un sacré bout de femme.

Il avait déjà assisté à des réceptions organisées en l'honneur de notables d'une certaine importance, mais toujours comme à distance. Il savait comment se mêler à l'assistance, regarder les gens accueillir et être accueillis, saluer et être salués, mais jamais il n'avait été du genre à se complaire dans les mondanités.

Il sourit jusqu'à avoir l'impression que son sourire était scotché sur sa figure, et échangea des poignées de main jusqu'à craindre d'avoir le bras définitivement bloqué en position tendue. Toutes les trois minutes, il était aveuglé par le flash de l'appareil photographique de Reggie.

— Faisons-en une avec le maire et vous en train de vous serrer la main, dit-elle en plaçant d'office Tate et le maire Upchurch devant le grand bouquet livré par Fred Grace. De la pub gratuite pour les commerçants de la ville n'a jamais fait de mal, hein ?

— Attendez ! Je veux être sur la photo, intervint Kaye, l'épouse du maire.

Elle s'immisça d'autorité entre les deux hommes et glissa son bras sous celui de Tate avant de sourire à l'objectif.

Reggie appuya sur le déclencheur, puis les pria de garder la pose.

— Je fais toujours deux clichés, au cas où.

Elle prit ensuite deux photographies de Tate avec le shérif Oakes et Jaydee Mayhall, l'important — et l'unique — juriste du coin, deux autres avec Adam et Iris MacCoy, propriétaires du magasin d'aliments pour animaux et promoteurs d'un lotissement pour personnes âgées, et deux autres encore avec

Winston Valentine, qui lui donna symboliquement la clé du Club des Seniors.

— Prenons un cliché du directeur entouré de son personnel, ordonna Reggie.

Elle se mit à rassembler tous ceux qui étaient revenus au journal — à l'exception de Zona, bien sûr, sans doute terrée derrière les persiennes de son bureau.

— Marilee, mets-toi là, devant M. Tate, demanda-t-elle avant de jeter un coup d'œil dans le viseur de son appareil. Imperia, tu te mets sur sa gauche et, toi, Tammy, juste ici. June, va derrière Marilee et toi, Charlotte, tu restes derrière son épaule droite, tu es tellement grande… Avance donc un peu. Et toi, Leo, tu te rapproches de Charlotte.

Tate capta une douce fragrance d'agrume qui émanait des cheveux de Marilee. Il posa une main sur sa taille et la sentit se cabrer. Il y eut un éclair de flash. Marilee s'écarta, mais Reggie leur enjoignit aussitôt de rester groupés pour la deuxième prise. Après quoi, elle enrôla Bonita Embree, l'employée de Sweetie Cakes Bakery, afin qu'elle la prenne en photo avec le reste du personnel.

— On ne bouge plus ! s'écria-t-elle ensuite. Bonita, fais-en une autre, au cas où.

Tate s'arrêta, le temps de contempler la salle. Il voyait déjà les transformations qu'il souhaitait y effectuer. Il engagerait un nouveau maquettiste et un nouvel assistant dès qu'il pourrait en trouver, ainsi que deux journalistes supplémentaires. Il y aurait deux bureaux en plus ici, et là des panneaux de séparations agréables, du dernier cri, qui trancheraient plaisamment sur les vieux murs en brique auxquels il ne toucherait pas. Il leur faudrait aussi un nouvel éclairage, mais pas question de faux plafond, oh non.

Il était en train d'engloutir tout son bien dans cet endroit.

Il éteignit les lampes et sortit du bâtiment afin de rejoindre sa BMW qu'il avait garée devant la porte pour lui éviter autant que possible la poussière. Il sauta par-dessus la portière et se glissa derrière le volant — acrobatie qu'il affectionnait parce qu'elle le maintenait en forme et lui permettait de prouver sa souplesse à lui-même comme à tout spectateur hypothétique, et parce que cela l'amusait, tout simplement.

Il déboîta et s'engagea sur la chaussée illuminée par le soleil couchant. Il pleuvait beaucoup plus à Houston qu'ici, et il appréciait la sécheresse du climat local. Il prit plaisir à contempler les jeux de la lumière mordorée sur les bâtiments et les arbres tandis qu'il franchissait les quelques pâtés de maison qui le séparaient de son pavillon.

En apercevant la demeure victorienne, il se répéta que c'était là son nouveau foyer.

Il se rangea sous le porche, descendit de voiture et claqua la portière avant de grimper le perron d'une démarche alerte et de pousser la porte d'entrée qui n'était jamais fermée. Il ne voyait aucune raison de la verrouiller. La plupart de ses affaires, arrivées le samedi précédent, se trouvaient encore dans les cartons fermés au ruban adhésif — ce qui faciliterait d'ailleurs la tâche aux éventuels cambrioleurs, pensa-t-il en jetant un coup d'œil aux cartons empilés dans les pièces. Cela dit, il se doutait que des gens sortant de chez lui avec des cartons dans les bras seraient certainement remarqués et interrogés. Tout se savait ici, à Valentine. Son propre voisin était souvent assis sous sa véranda à surveiller la rue, tel un faucon aux aguets.

Même quand il habitait en ville, cependant, Tate n'avait jamais vraiment été du genre à tout garder sous clé. Lucille aimait à dire que, s'il ne fermait pas les portes, c'était parce qu'il n'avait rien qui méritât d'être volé, ni chez lui ni en lui.

Curieusement, il repensait souvent à Lucille ces derniers temps, songea-t-il. Comme s'il procédait à une récapitulation de sa vie passée pour mieux discerner les erreurs qu'il avait commises et ne pas les répéter.

Le silence de la maison se mit à lui peser, et il pensa avec tristesse qu'il n'avait pas réussi à s'enrichir spirituellement. Pendant trop longtemps il avait tenu ses semblables à distance, poursuivant sa carrière de journaliste avec un tel acharnement qu'il n'avait eu ni le temps ni l'énergie d'affronter le froid mordant du vide de son âme.

Ce n'était que lorsqu'il avait été forcé de s'arrêter et de se confronter au vide qui menaçait de l'engloutir qu'il avait essayé de changer d'existence. Et parfois, comme maintenant, cette tentative le lassait.

Vivre sa vie nécessitait décidément beaucoup de force de caractère.

Tout à ses pensées, il ouvrit le réfrigérateur — un vieux modèle de 1,50 m de haut datant des années 50, au dessus cintré, qui prouvait le manque total d'intérêt de sa cousine envers la décoration intérieure ou le confort moderne. A moins qu'il ne témoigne de la robustesse des réalisations d'un artisanat aujourd'hui révolu. Tate se rendait compte qu'il rechignait lui-même à s'en défaire.

Regrettant de ne pouvoir se servir un bon verre de thé glacé faute d'en avoir préparé à l'avance, il choisit la solution de facilité consistant à prendre une petite bouteille de Coca sur les claies, puis referma la porte du réfrigérateur. Il ôta la capsule de la bouteille, prit quatre bonbons pour chat dans le bocal posé sur le comptoir et sortit sous la véranda arrière, où Bubba avait déjà appris à l'attendre chaque soir.

— Tu es un petit malin, toi, déclara-t-il comme le chat se redressait pour recevoir ses friandises. Tu profites des bonnes choses de la vie sans attendre.

Aussitôt après avoir dégusté ses bonbons, Bubba le gratifia d'un regard satisfait et s'en fut d'un pas tranquille.

— C'est ça, file donc maintenant que tu as obtenu ce que tu voulais, lui lança Tate. J'ai l'impression que tu abuses un peu de ma bonté, mon gars.

Se redressant, il but une longue gorgée de soda frais.

Le grand lilas en fleur bourdonnait d'abeilles. Il allait devoir faire tondre la pelouse, songea-t-il. Il n'avait jamais possédé de tondeuse. En fait, il n'avait jamais possédé de pelouse. Il avait *eu* une pelouse jadis, avec Lucille, mais il doutait qu'on puisse dire qu'il en avait possédé une. Il avait payé des jardiniers pour son entretien durant les cinq mois et quelques de leur vie commune.

Il perçut soudain des éclats de voix, des rires enfantins et les aboiements d'un chien. Puis une voix de femme. La voix de Marilee, qui lui parvenait du jardin s'étendant au-delà du bosquet de cèdres.

Son moral remonta en flèche, et il se dirigea vers ces bruits, attiré vers eux aussi sûrement que par une corde. A travers une brèche entre les arbres, il atteignit la barrière couverte de rosiers grimpants et se trouva à pousser le portail avant même d'y avoir été invité. Marilee se tenait devant un barbecue fumant, tandis que Willie Lee et Corrine couraient avec Munro dans la pénombre du jardin.

— Apparemment, vous avez déjà un apéritif, constata-t-elle, les yeux posés sur la bouteille qu'il tenait à la main. Voulez-vous partager nos hot-dogs ?

Elle croisa son regard et lui adressa un sourire chaleureux.

— Volontiers, m'dame.

Il s'octroya le plaisir d'admirer sa beauté toute féminine, même quand elle eut détourné la tête. Il avait toujours considéré comme une de ses qualités les plus précieuses sa capacité à apprécier la grâce des femmes.

*
* *

— Ma mère prétend que rien ne vaut ces petites bouteilles de Coca-Cola, expliqua Tate. Le Coca y est bien meilleur que dans les grandes bouteilles en plastique.

Assis sur les marches en béton du perron arrière, ils dégustaient leurs hot-dogs accompagnés de haricots dans des assiettes posées sur leurs genoux. Marilee avait affirmé avoir un jour possédé une table et des bancs de pique-nique, mais qu'à l'occasion d'une coupure de courant lors d'un hiver particulièrement rude, elle les avait brûlés et ne les avait pas remplacés depuis.

Tate était maintenant en train de raconter que sa mère les emmenait chaque après-midi, son frère et lui, à l'épicerie du coin pour y déguster des boissons fraîches conservées dans de la glace.

— Il n'y avait même pas l'électricité dans ces petites boutiques de campagne, quand j'étais gamin, précisa-t-il à l'attention des enfants qui, à son avis, ne pouvaient guère imaginer à quoi ressemblait la vie sans électricité.

— C'est dif-fé-rent ? l'interrompit soudain Willie Lee.

— Qu'est-ce qui est différent ? De ne pas avoir l'électricité ?

— Ce qu'il y a dans la bou-teille.

L'enfant avait les yeux fixés sur celle que tenait Tate et qui était vide à présent.

— C'est le même Coca, intervint Marilee. Il y a seulement des gens qui croient que ça n'a pas le même goût dans les petites bouteilles.

— Mais ça n'a vraiment pas le même goût, protesta Tate.

— Question d'opinion, répliqua-t-elle.

Il s'indigna de cette repartie de béotienne.

— Les petites bouteilles sont en verre et les grandes en plastique, rappela alors Corrine d'une voix hésitante.

Tate et Marilee se dévisagèrent.

— Nous devrions procéder à un test, suggéra-t-il. Nous allons prendre une bouteille de Coca de chaque sorte et les goûter afin de voir s'il y a une différence, poursuivit-il, enthousiasmé par son idée. Ce sera une expérience du plus grand intérêt. Ces enfants ont la fibre scientifique, vous savez, ajouta-t-il à l'adresse de Marilee, ravi de contribuer ainsi à leur instruction et plus ravi encore en voyant un sourire éclatant se dessiner sur le visage de son hôtesse.

— Je pense que c'est une très bonne idée.

— Eh bien, dans ce cas... Finissons vite ces hot-dogs, les enfants, et mettons-nous-y sans plus tarder.

Dix minutes plus tard, il fut un peu surpris quand Marilee lui lança les clés de la Cherokee en disant :

— C'est votre idée, c'est donc à vous d'acheter les Cocas. Je vais rester ici pour ranger la cuisine.

— O.K. Vous venez avec moi, les enfants ?

— Oui, répondit immédiatement Willie Lee.

Tate vit Corrine consulter Marilee du regard et remarqua que celle-ci hésitait.

— Oui, allez-y ensemble, dit-elle enfin.

— Mun-ro vient a-vec nous aussi.

— Et comment qu'il vient avec nous ! s'exclama Tate.

Une fois dans l'entrée, il constata avec plaisir que Corrine les avait rejoints.

Voilà bien des années qu'il ne s'était pas retrouvé seul avec des enfants. Souvent, par le passé, il avait eu le plaisir de s'occuper de ses trois neveux, mais ils étaient grands depuis longtemps. Toutefois, cette sortie avec Willie Lee et Corrine le frappa par son caractère très particulier. Il se rendit compte qu'il retirait satisfaction et fierté de faire ainsi la joie des enfants tout en leur offrant une ouverture sur la vie.

Sans doute accordait-il trop d'importance à une simple virée au supermarché, mais il n'en restait pas moins que côtoyer ainsi des enfants permettait à un homme d'âge mûr comme lui de retrouver les sensations de sa propre enfance. Comme quoi, songea-t-il, il suffisait de vieillir un peu pour rajeunir.

Prenant une fiche en bristol dans sa poche afin d'y écrire ces réflexions, il remarqua que Corrine l'observait avec curiosité.

— Je note juste une pensée que je ne veux pas perdre, lui expliqua-t-il. C'est ce que font tous les journalistes.

Il se dit que c'était là un truc qu'elle devait connaître, et qui pourrait l'aider plus tard si jamais elle s'intéressait au journalisme.

Quand ils déposèrent leurs achats sur le tapis roulant, la jeune caissière considéra avec perplexité l'assortiment de bouteilles et de canettes de Coca-Cola de différentes tailles.

— Nous menons une expérience scientifique. Mes assistants ici présents, déclara Tate en prenant les enfants par les épaules, seront peut-être dans vingt ans les créateurs de boissons gazeuses qui désaltéreront le monde entier.

— Ouais, c'est ça, répliqua la caissière, assez jeune pour croire tout connaître.

Dans sa hâte de retourner chez Marilee et de partager avec elle le plaisir de l'expérience, Tate parcourut les rues à toute allure. Son esprit aussi filait à toute allure, comme chez tout homme captivé par une femme. Il se prit alors à songer qu'aucune femme ne l'avait autant séduit depuis des années. Peut-être était-ce simplement un effet des changements survenus récemment dans sa vie. Peut-être ce désir finirait-il par s'estomper.

N'empêche, Marilee James l'excitait, bon sang de bois. A chaque fois qu'il se trouvait en sa présence, il se sentait homme d'une manière qui ne lui était plus très familière. Dans une rêverie obsédante, il s'imagina en train de l'embrasser, puis l'attirer contre lui, lentement, langoureusement… tout en espérant ne pas avoir oublié comment procéder.

Il fut brutalement arraché à son fantasme en apercevant la camionnette de Parker Lindsey garée dans l'allée de Marilee. Il freina brutalement.

— Parker est là, annonça Corrine alors qu'il rangeait la voiture le long du trottoir.

Son ravissement était visible — et agaçant.

— Oui, effectivement, acquiesça Tate avec prudence, conscient du regard intrigué que l'adolescente venait de poser sur lui.

— Salut, Parker. Content de vous voir.

Tate posa les sacs de Coca-Cola sur la table et tendit la main à Lindsey.

— Salut, Tate.

La poignée du bonhomme était très ferme. Parker Lindsey était plus grand que lui de trois centimètres et plus jeune de dix ans. Néanmoins, Tate estimait lui être supérieur en tous points, ce qu'il fit lui comprendre dans son regard.

— Marilee m'a appris que vous étiez tous sur le point de mener une expérience ? s'enquit Lindsey

— Je crois qu'on va bien s'amuser.

Tate aligna sur le comptoir les canettes et les différentes bouteilles de Coca, et une fois que Marilee eut apporté des verres pour tout le monde, ils entamèrent la dégustation.

— Mieux vaut se rincer la bouche à l'eau entre chaque dégustation, conseilla Lindsey.

Tate allait justement le proposer.

Le seul avis auquel tout le monde se rangea était que le Coca en bouteille — que la bouteille soit grande et en plastique ou petite et en verre — avait un goût différent du Coca en canette. Tout le monde sauf Willie Lee qui, dans chaque verre qu'on lui tendait, était surtout fasciné par les bulles. Il aimait les chatouillis qu'elles lui procuraient dans les narines quand il approchait son nez. A un moment, il en inhala trop à la fois et s'étouffa. Marilee préféra alors se retirer de l'expérience pour garder un œil sur lui, puisqu'il voulait continuer à se laisser chatouiller les narines par les bulles.

— Ouais, décréta finalement Tate, ces petites bouteilles de Coca ont bien meilleur goût.

— Moi, je préfère les canettes, objecta Parker. Et je doute vraiment que vous sauriez les différencier les unes des autres si vous ne les aviez pas sous les yeux.

— Mettez-moi à l'épreuve. Je ne regarde pas.

Conscient de se montrer puéril mais incapable de s'en empêcher, Tate lui tendit son verre vide, se gargarisa avec de l'eau et tourna le dos au comptoir.

Corrine l'observait, une expression intriguée sur son petit minois en forme de cœur; il lui fit un clin d'œil.

— Surveille bien de quelle bouteille vient le Coca, ma belle, afin qu'il n'y ait pas d'erreur.

Puis il sourit à Marilee, qui haussa les sourcils.

Lindsey lui tendit un verre rempli de deux mesures de Coca. Corrine le regarda boire.

— Petite bouteille, annonça Tate en rendant le verre à Lindsey.

— Coup de chance. Deux essais encore.

Il entendit le son d'un liquide qui se déversait dans un verre.

Lindsey lui redonna le verre. Tate prit une gorgée, puis une autre.

— Grande bouteille.

— Exact.

Comme Lindsey disparaissait avec le verre derrière lui, il avala un peu d'eau et se prépara pour le test final.

Lindsey lui tendit le verre rempli de quelques mesures du liquide brun. Tate le vida jusqu'à la dernière goutte et fit tourner le Coca autour de sa langue. Lindsey et Corrine le scrutaient attentivement. Marilee, qui tenait dans ses bras un Willie Lee ensommeillé, retint un sourire.

— Petite bouteille, déclara Tate.

— Vous êtes trop fort, je renonce, capitula Parker.

Marilee laissa échapper un gloussement, récompensant Tate de sa perspicacité.

Il contemplait les photographies en noir et blanc de la prairie sur le mur du séjour tandis que Lindsey, affalé sur le canapé où il avait l'habitude de prendre ses aises, regardait la télévision en passant de chaîne en chaîne. Ils étaient seuls. Willie Lee avait été emmené au lit, et Marilee était en train d'aider Corrine à prendre son bain.

— Et si vous rentriez chez vous ? suggéra soudain Lindsey.

Tate se retourna.

— Et vous ?

— Moi, j'ai ma place ici.

— Ah oui ?

Lindsey le fusilla du regard.

— Marilee et moi sommes fiancés.

— Tiens donc ? Première nouvelle…

Tate le toisa et le vit se préparer à répliquer. Mais juste à cet instant, Marilee et Corrine apparurent dans le couloir.

— Corrine est prête à vous souhaiter une bonne nuit.

— Eh bien, bonne nuit, ma belle. J'ai vraiment aimé notre séance de dégustation, déclara Tate en retrouvant son accent du Sud, comme à chaque fois qu'il se trouvait en présence de jeunes dames.

— Bonne nuit, Corrine, dit Lindsey, qui n'avait guère d'accent pour sa part.

— Bonne nuit, répondit celle-ci d'une petite voix timide.

Marilee disparut avec elle et revint quelques minutes plus tard. Elle avait l'air mal à l'aise, et Tate décida de lui faciliter les choses. Les gens appréciaient toujours ceux qui les sortaient de l'embarras.

— Bon, lâcha-t-il, je ferais mieux d'y aller. Merci beaucoup pour le dîner et la compagnie. Content de vous avoir revu, Parker.

Une fois à la porte, il contempla longuement les profonds yeux bleus de Marilee et se demanda s'il oserait l'embrasser.

— Merci de m'avoir accueilli ce soir. J'ai passé une excellente soirée avec vous, mademoiselle Marilee.

— Moi aussi.

— Bonne nuit.

Il se pencha vers elle et l'embrassa sur la joue.

Elle ne bougea pas d'un pouce.

— Bonne nuit, Tate.

Il tourna les talons et s'éloigna. Quand il eut atteint le trottoir, il jeta un bref coup d'œil en arrière. Marilee était toujours debout sous la véranda et le suivait des yeux. Il agita la main; elle lui rendit son salut. Tout en poursuivant son chemin à la clarté des lampadaires, il réfléchit posément et finit par juger que Marilee n'était pas encore complètement engagée avec Parker Lindsey. Et qu'un baiser digne de ce nom suffirait à le prouver — un seul baiser qui révélerait les possibilités existant entre eux.

The Valentine Voice
Le billet du rédacteur en chef
par Tate Holloway

J'aimerais inaugurer cette nouvelle ère du *Valentine Voice* en vous remerciant tous publiquement, vous qui m'avez accueilli et avez apporté votre soutien au journal. Un donateur anonyme a déposé sous ma véranda un panier rempli de fruits et de confitures maison. Je l'en remercie de tout cœur. C'était absolument *Délicieux*. Qu'il ou elle ne se gêne pas pour m'en apporter d'autres.

A l'occasion des conversations que j'ai eues avec vous au cours des semaines qui ont suivi mon arrivée dans cette belle ville, plusieurs questions m'ont été posées et j'ai pu recueillir nombre d'opinions sur divers sujets concernant la ville. J'ai pensé que je pourrais vous soumettre les plus importants d'entre eux.

Ecoutons les propos de M. Winston Valentine : « La ville a besoin de plus de bancs publics. Il y en a quelques-uns dans Main Street, mais ce n'est pas dans Main Street que vivent les personnes âgées comme moi. C'est dans les rues où nous habitons et où nous nous promenons que nous avons besoin de bancs. »

Il a été rapporté que Lucy Kaye Sikes avait eu un malaise au cours d'une récente promenade et que, pour se reposer, elle avait dû s'asseoir sur le trottoir d'East Porter Street, où elle serait encore si Winston, qui passait par là, n'était venu l'aider à se remettre debout.

Mme Julia Jenkins-Tinsley, notre postière, aimerait « que les gens fassent attention à refermer la porte de la poste derrière eux quand il y a du vent. Tous les deux mois, elle est emportée par le vent, et le trucmuche censé la refermer se déboîte sous le choc. Si les gens prenaient la peine de lire le panneau qu'elle a mis à l'entrée, ça n'arriverait pas. »

M. Jaydee Mayhall, candidat au siège vacant du Conseil municipal, a déclaré : « Je n'aime pas l'idée d'avoir une prison près de chez nous. Si j'avais été au Conseil lorsque la question a été soulevée, on n'aurait pas aujourd'hui ce problème sur les bras. Votez pour moi. »

M. Juice Tinsley, également candidat à la prochaine élection, adresse à M. Mayhall la réponse suivante : « Premièrement, il s'agit d'un centre de détention et pas d'une prison, et deuxièmement, cela créera des emplois et amènera des clients supplémentaires aux commerces de la ville. J'approuve entièrement ce projet, et j'ai bien l'intention de le défendre, que je sois élu ou non. »

J'aurais moi-même une suggestion à émettre : planter des arbres sur les trottoirs de Main Street. Je tiens une pétition à la disposition de tous ceux qui souhaiteraient appuyer cette requête, pétition que je compte apporter à la réunion du Conseil municipal le mois prochain.

N'hésitez pas à venir au *Voice* pour la signer, ou simplement pour nous rendre visite et nous confier toute remarque ou proposition concernant la ville. Nous voulons être votre porte-parole dans la communauté. Notre café est toujours chaud et notre porte toujours ouverte.

Charlotte, à qui échut l'honneur douteux de préparer le travail de son patron en vue de l'impression, n'approuva pas cet éditorial. A son avis, son ton, trop familier, livrait le journal à l'invasion de toutes sortes de demeurés et de désaxés qui leur feraient purement et simplement perdre leur temps. Selon elle, le journal devait être plus exigeant et s'abstenir de toute complaisance. Mlle Porter, une femme notoirement affable et compatissante, n'en avait pas moins compris la nécessité de rester au-dessus de la mêlée.

Charlotte exposa ces objections à son patron et lui suggéra de retravailler son éditorial, en particulier le dernier paragraphe.

Mais Tate Holloway avait une ligne de conduite bien arrêtée.

— Gardez l'esprit ouvert, Charlotte, ou vous vieillirez avant l'âge, répliqua-t-il. Tous les changements ne sont pas négatifs.

— Vous pourriez réserver un créneau horaire pour les visites, le vendredi après-midi par exemple.

— Les gens ne s'en souviendront jamais, rétorqua-t-il en la toisant. Et si vous vous contentiez de vérifier mon orthographe et ma ponctuation ?

Elle tapota les feuilles.

— Vous m'avez demandé de préparer cet édito pour l'impression, lui rappela-t-elle. Et puis vous avez un correcteur grammatical sur votre machine.

— Peut-être, mais il n'est pas fiable. Entre autres, il ne distingue pas les pluriels.

— A part ça, vous désirez vraiment une capitale à « Délicieux » ?

— Non… c'était une erreur. Heureux que vous l'avez repérée.

— Autre chose : le mot « donateur » n'a pas tout à fait le sens que vous semblez vouloir lui donner.

— Ouais, bon, dit-il en se frottant la joue, l'air renfrogné. Mettez « citoyen » à la place. Ça ne me satisfait pas, mais nous devons avoir pour principe de surveiller notre langage. Nous sommes censés donner l'exemple en la matière, après tout.

Charlotte fut rassurée de constater que son directeur avait au moins certains principes, même si ces derniers lui semblaient lacunaires.

— Si vous souhaitez revenir sur votre décision d'inviter ici toute la populace, sachez que je pourrai changer l'édito jusqu'à 10 heures demain.

Puis elle inséra le texte dans la maquette, non sans y adjoindre une note afin de se rappeler qu'il n'était pas entièrement finalisé.

10.

Les surprises de la vie

Couché sur la carpette devant l'évier, Munro regardait ses petits maîtres assis à la table de la cuisine. Ils se livraient à une activité qui les amenait à parler à voix basse et à rire par moments.

Sa dame vint leur parler. Munro aimait sa voix, surtout lorsqu'elle était souriante. Les yeux clos de satisfaction, il écoutait ses humains — car c'était ainsi qu'il les considérait, comme *ses* humains.

— J'ai fait une gi-rafe, comme dans mon livre, déclara son garçon.

— Je vois ça. C'est très bien, mon chéri. Corrine t'a aidé ?

C'était la voix de sa dame; elle lui fit remuer la queue avec entrain.

— Non.

Ça, c'était la voix de sa jeune fille, une voix douce, coulante et vraie, tel un ruisseau chauffé par le soleil d'été.

— Je lui ai seulement conseillé de prendre de la pâte à modeler jaune parce que les girafes, c'est jaune avec des taches marrons. Mais il a fait ça tout seul.

— Vraiment ?

— Oui, je l'ai fait tout seul.

— Eh bien, dis donc… C'est quelque chose…

Soudain, Munro perçut un autre son et dressa aussitôt la tête. Quelqu'un se trouvait devant la porte d'entrée. *Quelqu'un était en train d'ouvrir la porte d'entrée*. Poussé par l'instinct, il alla jusqu'au seuil de la cuisine et, passant la tête par l'encadrement de la porte, jeta un coup d'œil dans le vestibule. La personne qui venait d'entrer lui était inconnue.

Il se faufila vers elle en silence.

— Marilee… Marilee !

L'inconnue l'aperçut alors et ses yeux s'écarquillèrent.

— Aah !

Un sac renflé en papier marron vola jusqu'à lui et le cri de la femme déchira l'air.

Munro esquiva le sac et vit son contenu — seulement des vêtements — se répandre sur le plancher.

— Maman ? Qu'est-ce qu'il y a ?

C'était sa dame qui s'approchait à pas précipités, la voix maintenant alarmée.

Munro, aux aguets derrière le gros fauteuil, observa et écouta les deux femmes, essayant de savoir s'il devait défendre son cas ou se cacher.

— Ce chien m'a pratiquement sauté dessus, déclara l'inconnue en le désignant, la voix tellement coupante qu'il grimaça.

— Munro ?

La voix de sa dame était interrogative. Il leva les yeux et vit qu'elle le scrutait du regard. Puis elle sourit, et son sourire lui donna le sentiment d'avoir finalement bien agi, même s'il n'avait pas attaqué cette sotte. Il avait pourtant été prêt à l'attaque, et il savait qu'il avait eu raison.

— Eh bien, je suppose qu'il ne s'est pas rendu compte… vu que tu es entrée sans frapper ni rien. Il ne te connaît pas, maman. C'est bon, Munro. Elle peut entrer ici.

Sa dame lui tapota la tête et il sentit son cœur gonfler d'aise.

Bien qu'un peu gêné encore, et plutôt irrité par l'inconnue, Munro retourna discrètement sur sa carpette devant l'évier.

— Tu devrais surveiller ce chien, dit la femme à la voix coupante. A rôder comme ça dans la maison, il pourrait mordre quelqu'un. On ne sait jamais…

Elle continua ainsi de sa voix coupante, et Munro songea qu'elle mériterait effectivement qu'il lui morde un peu la cheville.

Corrine se rendit dans la chambre de tante Marilee afin d'essayer les vêtements que lui avait achetés sa grand-mère : deux robes, une jupe et un chemisier. Ils provenaient tous de solderies, de même que la voiture rouge en plastique avec laquelle Willie Lee jouait dans leur chambre. La voiture avait l'air neuf. Les vêtements aussi. Mais ils ne l'étaient pas.

Ayant enfilé la première robe, Corrine se regarda dans le miroir. Elle se demanda si la robe était bien censée lui donner cette allure-là. Elle eut envie de l'arracher et de la fouler aux pieds. Mais cela lui aurait valu la colère de tout le monde.

Lentement elle ouvrit la porte et sortit pour se montrer à sa tante et à sa grand-mère. Comme elle était en chaussettes, elles ne l'entendirent pas arriver.

— Elle sort avec un avocat qui travaille pour le bureau du procureur, racontait sa grand-mère. Ils se retrouvent trois fois par semaine.

Tante Marilee lui dit quelque chose à voix basse.

— Eh bien, d'après Anita, c'est un gros bonnet… et il a une Jaguar.

Ne souhaitant pas en savoir plus sur les relations galantes de sa mère, Corrine s'avança dans la pièce.

— Ah, la voilà, dit sa grand-mère en tournant la tête vers elle. Mais cette robe lui va à ravir ! C'est encore un peu grand mais elle devrait bientôt la remplir.

— Maman, elle ne la remplira pas avant l'année prochaine.

— Eh bien, au moins, ça lui durera. Tourne-toi, ma chérie, qu'on voie un peu comment elle te va.

Corrine s'exécuta. Quand ses yeux se reposèrent sur tante Marilee, elle eut envie de courir se jeter dans ses bras.

— Allons, cette robe n'est pas si grande que ça, décréta sa grand-mère. Et puis les enfants, ça pousse.

Corrine revint dans la chambre de sa tante. Alors qu'elle en franchissait le seuil, elle s'immobilisa soudain pour écouter la conversation entre sa grand-mère et Marilee.

— Maman, pourquoi ne pas lui acheter du neuf ? Quelque chose qui lui aille tout de suite ?

— Il faut toujours acheter grand pour les enfants. Je m'en suis bien rendu compte avec vous. Anita et toi poussiez si vite à l'âge de Corrine que je n'arrivais jamais à vous faire garder le moindre vêtement. A quoi bon acheter du neuf qui ne lui ira plus dans deux mois ?

Corrine referma la porte derrière elle, s'approcha du lit, arracha la robe et prit la seconde. Elle était verte et ressemblait à une pastèque.

Elle se laissa alors tomber sur le lit et ramena ses jambes contre elle afin de se rendre presque invisible. Elle aurait voulu simplement disparaître et ne plus être une source de tracas pour personne.

Marilee raccompagna sa mère à sa voiture, garée dans l'allée.

— J'ai l'impression que Corrine n'aime pas les robes, articula sa mère, manifestement vexée.

— Elle t'a remerciée, maman, lui rappela Marilee, ne trouvant rien de mieux à lui dire.

— Elle devrait mettre des robes plus souvent, reprit Norma. Anita ne lui a pas appris à s'habiller, et c'est à toi que revient cette tâche, Marilee. Tu dois l'inciter à porter des robes, lui montrer comment se coiffer et se comporter en vraie jeune fille. La beauté, ça se mérite. Si tu continues à la laisser porter des jeans et des salopettes, ajouta-t-elle en baissant la voix, elle finira par devenir bizarre.

— Mais non, maman, protesta Marilee. Elle n'a que onze ans, pour l'amour du ciel ! Que veux-tu au juste, que je la force à se vernir les ongles et à se teindre les cheveux ?

— A onze ans, aujourd'hui, on est plus vieux qu'on ne l'était jadis à cet âge-là, répliqua sa mère d'un air entendu.

Marilee faillit lui rétorquer qu'elle-même, à cet âge-là, avait l'impression d'être bien vieille, mais elle refoula ces rancœurs qui menaçaient de l'envahir.

— Corrine a encore largement le temps de grandir. Ce qu'il lui faut, c'est simplement être une enfant et ne pas penser à grandir.

— La vie ne nous permet guère de *ne pas* penser au lendemain, objecta sa mère avec humeur. Regarde Anita : elle recherche aujourd'hui un peu de sécurité, et il est certain qu'elle sera plus en sécurité avec un mari qui réussit que toute seule, en s'échinant à joindre les deux bouts avec son salaire de secrétaire. Penses-y pour Parker. Ne rejette pas ce qu'il a à t'offrir, Marilee. Il n'y aucun mal à se choisir un homme qui a de l'avenir.

Marilee prit une profonde inspiration.

— Tu es contente de tes pneus ?

— Euh, oui. Sauf que d'après Carl, ils étaient trop chers. Remarque, je m'en doutais un peu quand je t'ai vue les choisir.

Elle contempla les pneus avant de sa voiture d'un air renfrogné. Marilee les regarda à son tour et tint sa langue.

— Bon, je crois que je ferais mieux d'y aller, reprit Norma.

Elle avait cette expression plutôt désemparée qui semblait signifier qu'elle avait conscience que tout n'allait pas pour le mieux entre elles mais qu'elle n'avait pas la moindre idée de comment améliorer la situation. Marilee éprouvait le même sentiment.

Elle l'embrassa. Ça, au moins, c'était à sa portée.

— Au revoir, maman. Sois prudente sur la route.

Elle demeura poliment dans l'allée et songea qu'elle était contente de donner ainsi à sa mère le spectacle de sa fille agitant la main et la regardant s'éloigner dans sa Cadillac rutilante aux pneus tout neufs et trop chers.

Willie Lee et Corrine se trouvaient tous deux dans leur chambre. Marilee se rendit dans la sienne et vit les vêtements que sa nièce avait soigneusement étalés sur le lit. Corrine était l'enfant de onze ans la plus soigneuse qu'elle ait jamais vue.

Elle souleva une des robes pour l'examiner, puis l'autre, ainsi que la jupe et le chemisier, secouant la tête devant la couleur et la taille des vêtements. Des souvenirs douloureux de sa propre enfance lui revinrent à l'esprit. Pendant longtemps elle avait cru que tous les enfants bourraient de papier journal l'extrémité de leurs chaussures afin de les empêcher de bailler au niveau du talon. Il y avait eu aussi ce manteau noir dont elle avait rallongé l'ourlet par deux fois; elle avait cru lui donner ainsi la bonne taille, jusqu'à ce que quelqu'un lui fît remarquer la façon dont il tombait sur ses épaules. Un jour, elle avait jeté un œil à son reflet dans le miroir des toilettes de l'école et avait vu le visage d'une enfant dans un manteau de vieille dame. Ce n'était qu'à dix-sept ans qu'elle s'était finalement rendu compte qu'elle n'aurait plus à agrandir ses vêtements étant donné qu'elle avait plus ou moins fini sa croissance.

Entendant un bruit derrière elle, elle se retourna et découvrit sa nièce sur le seuil.

— Tu les aimes vraiment ? s'enquit-elle en désignant les habits.

— Ça va.

Comme d'habitude, Corrine avait pris une expression circonspecte.

— Tu n'es pas obligée de les aimer. Tu as agi poliment en remerciant ta grand-mère, mais tu n'es pas obligée de les porter.

Marilee essaya de deviner les sentiments de sa nièce, en vain. Elle aurait vraiment voulu la secouer pour l'inciter à parler, à dire ce qu'elle voulait.

Corrine haussa légèrement les épaules.

— Bon, ils sont encore trop grands pour toi, reprit Marilee. Nous allons les garder dans ma penderie pendant quelque temps.

Alors qu'elle prenait des cintres dans la penderie, ses yeux tombèrent sur un bout de fourrure qui dépassait à l'extrémité de la rangée d'habits suspendus à la tringle. Avec un gloussement, elle extirpa le vêtement et le montra à Corrine.

Celle-ci écarquilla les yeux.

— Un cadeau de ta grand-mère, lui expliqua Marilee en tenant devant elle la toilette rose au col de fausse fourrure avant d'esquisser un pas de danse. Tu me vois porter ça quand je sors les poubelles ?

Elle fut récompensée par une grimace comique de Corrine.

— Ta grand-mère veut faire plaisir. Seulement, ses idées ne correspondent pas aux nôtres. Mais c'est l'intention qui compte. C'est le seul moyen qu'elle connaisse de montrer son amour.

Le visage en forme de cœur de sa nièce se détendit sous l'effet de la compréhension, et elle hocha la tête.

Marilee remisa la toilette et les robes de Corrine dans le fond de la penderie.

— Tu sais, nous avons tous vraiment besoin de nouveaux vêtements d'été. Allons faire les magasins demain.

Ça, c'était une idée !

— D'accord, répondit Corrine.

Et il semblait bien y avoir une lueur de désir dans son regard.

Anita téléphona en fin d'après-midi. Elle s'entretint cinq minutes avec Corrine, puis demanda à parler à Marilee.

— Je suis pressée, lui annonça-t-elle d'une voix un peu haletante. J'ai un rendez-vous, et il vient me chercher dans une demi-heure. C'est un avocat.

— Maman me l'a appris cet après-midi. Elle a apporté des vêtements à Corrine.

— Oh, Seigneur Dieu, des vêtements comme ceux qu'elle nous achetait ?

— Plus ou moins, répondit Marilee qui, en cet instant, sentit une chaude complicité l'unir à sa sœur. Corrine a besoin de nouveaux habits. Elle a pas mal grandi. Je l'emmène faire les magasins demain.

Marilee pensa qu'elles s'amuseraient bien si sa sœur se joignait à elle.

— O.K. Je t'enverrai un peu d'argent sur mon prochain salaire.

Le rêve de courir les magasins ensemble se dissipa aussitôt.

— Quand viens-tu nous voir ? s'enquit Marilee.

— Je ne sais pas. Je ne peux pas avoir de congé, vu que je commence et tout.

— Il reste les week-ends.

— J'essaie d'économiser, Marilee. Ça coûte cher de se trouver un chouette logement. Et puis je ne crois pas que ma voiture supporterait un aller-retour jusque chez toi.

— Corrine a besoin de voir sa mère, Anita, répliqua Marilee, agacée de s'entendre ainsi rabâcher comme sa mère.

— Ecoute, ça se passe vraiment bien pour moi en ce moment. J'ai ce nouveau boulot, et j'ai rencontré Louis, et il est génial. Je suis en train de me retrouver et, qui sait ? j'aurai peut-être bientôt un nouveau papa pour Corrine. J'aimerais tant que ça arrive. Oh… Louis est là. Il faut que je file. Embrasse mon bébé pour moi.

— Anita ! Elle apprécie les cartes que tu lui envoies. N'arrête pas.

Marilee ne savait au juste pourquoi elle avait éprouvé le besoin de le lui préciser. Envahie par un curieux sentiment de panique, elle eut envie de tendre une main par le fil du téléphone afin de rattraper sa sœur et de la garder près d'eux, en sûreté.

— Super, je lui en enverrai d'autres… Allez, bisou.

Puis elle partit et la communication fut coupée.

Marilee raccrocha et resta immobile une longue minute à essayer de croire que sa sœur leur enverrait réellement de l'argent, tout en ressentant le besoin impérieux d'aller la chercher.

Elle éprouvait toujours le besoin de la protéger, sans trop savoir de quoi.

Alors qu'elle fouillait dans les placards et tentait de se motiver pour la préparation du dîner, se demandant si Parker trouverait un plat de spaghettis en boîte acceptable, il lui vint à l'esprit que presque deux semaines s'étaient écoulées depuis qu'elle lui avait promis de considérer l'éventualité de l'épouser.

Quelque peu alarmée à cette pensée, elle vérifia la date sur le calendrier de la station-service accroché au mur de la cuisine, près du téléphone, et constata qu'elle ne s'était pas trompée.

Le remords l'envahit. Elle n'avait pas du tout réfléchi à la question. Non qu'elle lui importât peu, mais bien d'autres soucis s'étaient entre-temps imposés à elle : élaborer un programme d'études pour les enfants, organiser leur emploi du temps afin d'y inclure des activités stimulantes, s'adapter aux changements survenus au journal ainsi qu'à ses nouvelles conditions de travail — autant de problèmes qui lui laissaient peu de temps pour prévoir les repas et encore moins penser au mariage.

Et puis Parker avait été également très occupé ces dernières semaines, comme toujours au printemps. Elle ne l'avait revu qu'en de brèves occasions, et des jours durant ils ne s'étaient parlé qu'au téléphone. Au vrai, lui non plus n'avait pas émis la moindre allusion au mariage entre-temps.

Quoique toujours hésitante à ce sujet, Marilee savait qu'elle ne voulait pas le perdre définitivement. Parker et elle étaient bons amis et partageaient une complicité dont beaucoup pouvaient seulement rêver.

Il méritait mieux que l'attention négligente qu'elle lui avait accordée jusqu'alors. Et maintenant travaillée par le remords, elle commençait à se reprocher l'inconséquence avec laquelle elle avait rejeté ce lien cher et précieux.

Elle décrocha le téléphone et composa le numéro de la clinique vétérinaire. C'est Parker en personne qui lui répondit.

— Aimerais-tu venir dîner avec nous ce soir ? lui demanda-t-elle d'emblée tout en pensant qu'elle aurait peut-être dû d'abord se présenter.

Après tout, il était possible qu'il ait oublié sa voix, tellement ils s'étaient peu parlé ces derniers temps.

— Euh… ouais, ce serait génial.

Il semblait surpris, mais sa voix n'en exprimait pas moins une satisfaction certaine quand il lui expliqua qu'il avait encore un chien à opérer avant d'être libre.

— Ce n'est pas grave, répondit-elle, heureuse de lui complaire. Nous aurons des lasagnes.

Puis elle raccrocha et se lança dans la préparation du repas.

11.

Une femme comme elle

La nuit tombait quand Marilee étendit la nappe de lin crème sur la petite table du séjour. Elle disposa en son milieu deux chandelles fuselées dans leurs bobèches de cristal, puis recula afin de contempler son œuvre. N'en faisait-elle pas un peu trop ?

Elle ne cherchait nullement à émoustiller Parker, mais estimait de son devoir de rattraper la négligence dont elle s'était rendue coupable à son égard ainsi que la déception qu'elle lui avait causée dans le domaine sexuel. Et de le remercier de la patience avec laquelle il attendait qu'elle se décide ou non à l'épouser. Il méritait d'être récompensé pour avoir ainsi enduré ses hésitations.

Depuis son appel, elle avait essayé de trancher le problème. Celui-ci s'était logé comme une écharde dans son esprit, et elle n'était pas parvenue à l'en faire sortir d'une manière ou d'une autre. Elle n'arrivait tout simplement pas à opter franchement pour un oui ou pour un non. Elle n'en espérait pas moins réussir ce soir à s'orienter plus nettement du côté du oui, et à maintenir également Parker dans cette voie.

Elle rassemblait argenterie et service de porcelaine fine quand il y eut un grattement à la porte de la cuisine. Se retournant, elle vit Tate lui sourire de l'autre côté de la vitre. Elle n'en fut pas vraiment surprise. Y eût-elle réfléchi — ce qui lui aurait demandé nettement moins d'effort que pour son dilemme —, elle se serait attendue à sa visite; il n'avait cessé de passer la voir de temps à autre depuis son emménagement dans la maison voisine.

— Salut, lança-t-il quand elle lui ouvrit la porte.

— Salut.

Elle s'effaça afin de le laisser entrer, heureuse du coup d'œil appréciateur dont il la gratifia au passage. Elle pouvait donc encore échauffer le sang d'un homme.

Puis toute cette allégresse se transforma en une vive anxiété. Si elle s'était habillée, c'était pour Parker; aussi sa joie de voir Tate était-elle pour le moins déplacée — même si c'était là une réaction normale au plaisir d'être admirée. Cependant, elle avait déjà tout prévu pour sa soirée et n'avait pas besoin que Tate interfère dans ses projets.

— Mmm, ça sent bon, ici, déclara-t-il.

— Des lasagnes. J'ai Parker à dîner, s'empressa-t-elle de préciser.

Il haussa les sourcils.

— Ah oui ? Cela signifie-t-il que vous l'avez cuisiné… ou que vous l'attendez pour ça… ici, je veux dire ?

— Parker vient dîner avec moi, répondit-elle, ignorant ses insinuations, avant de se rendre dans le séjour avec les assiettes et l'argenterie.

Comme de bien entendu, Tate lui emboîta le pas. Alors qu'elle disposait les deux assiettes et pliait les serviettes en lin, elle refusa de lever les yeux sur lui. Il valait mieux rester prudente; Tate Holloway se montrait à l'occasion complètement imprévisible — sans compter qu'il avait le don d'éveiller chez elle des penchants… inopportuns. Elle espérait qu'il repartirait bientôt. Elle savait d'expérience combien il était difficile de s'occuper des deux hommes à la fois. N'avaient-ils pas été infernaux la dernière fois qu'ils s'étaient retrouvés ensemble chez elle, à l'occasion de la fameuse dégustation de Coca-Cola ?

— Eh bien, on dirait que vous avez préparé un petit dîner romantique, susurra-t-il.

— Oui.

Elle évitait soigneusement son regard scrutateur. Mieux valait ne pas l'encourager.

Il la suivit quand elle retourna dans la cuisine.

Elle lui dit alors qu'elle était désolée de ne pouvoir le recevoir plus longtemps, Parker devant arriver d'une minute à l'autre.

Il tira malgré tout une chaise à lui et s'assit.

— Je désirais simplement vous informer qu'un ordinateur portable vous sera livré demain… probablement dans l'après-midi. Le technicien qui vous l'apportera doit également s'assurer qu'il est correctement branché au réseau. Je conviendrai d'une heure définitive avec lui demain matin; je vous appellerai ensuite.

— D'accord. Oh… j'avais prévu de faire quelques courses, demain après-midi. Bon, tant pis, je les ferai le matin, et j'essaierai d'être de retour ici à 13 heures.

Elle sortit les lasagnes du four.

— Je veillerai à ce que le technicien vienne dans ces heures-là.

Il se pencha en avant et renifla avec délices.

— Eh bien, dites donc, ça sent rudement bon.

Elle déposa les lasagnes sur un dessous-de-plat et les admira.

— Et les enfants, ils en auront un bout ? s'enquit-il.

— Ils ont déjà mangé et sont couchés.

— Quel dommage, dit-il tout en lorgnant les lasagnes. J'ai juste pris un sandwich au jambon il y a deux heures de ça. Sans fromage.

Il leva les yeux vers elle.

Elle détourna le regard et enfourna le pain italien enveloppé de papier aluminium avant de s'essuyer les mains à un torchon.

— C'est tout ce dont vous souhaitiez me parler — l'ordinateur ?

Il haussa les sourcils.

— Oui, je suppose.

A son grand soulagement, il se redressa et se dirigea vers la porte. Puis, la main sur la poignée, il marqua une pause.

— Vous savez, commença-t-il, Lindsey n'est pas l'homme qu'il vous faut.

Il fallut plusieurs secondes à Marilee pour digérer cette remarque ahurissante.

— Il n'est pas l'homme qu'il me faut ? répéta-t-elle, encore abasourdie.

— Non, pas du tout. Une femme comme vous a besoin d'un homme plus mûr.

Que pouvait-elle répondre à cette affirmation offensante ? se demanda-t-elle. Et que voulait-il dire par « une femme comme vous » ?

— Mon premier mari avait quinze ans de plus que moi.

— J'ai dit mûr, pas forcément vieux.

— J'imagine que durant ces deux petites semaines, vous en êtes venu à nous connaître suffisamment, Parker et moi, pour vous forger cette opinion ?

— Voilà longtemps que je suis journaliste. C'est un boulot qui vous apprend à jauger les gens. Parker Lindsey n'est pas de votre niveau.

« De son niveau » ? A l'entendre, la fréquenter serait une sorte d'épreuve !

Elle le dévisagea. Appuyé d'un bras au chambranle de la porte, il la toisait du regard, tel un mâle souverain.

— Eh bien, merci de m'avoir communiqué votre opinion, mais vous comprendrez que j'estime devoir prendre moi-même ma décision.

Il avait réussi à l'entraîner sur un terrain où elle ne voulait pas se risquer.

— Oh, bien sûr. A chacun de faire ses propres expériences.

— Exactement, et maintenant, rentrez chez vous.

Son envie pressante de le voir décamper la poussait à l'impolitesse. Soudain, leur vue à tous les deux, Tate et Parker, l'horripila, et elle alla jusqu'à s'avancer vers Tate en agitant les mains, comme pour le chasser de sa vue.

A un pas de lui, elle releva les yeux et le regarda. Il lui rendit son regard.

Elle crut un instant qu'il allait l'embrasser, qu'il allait tendre la main vers elle, l'attirer contre lui de son bras robuste aux poils blonds et la gratifier d'un baiser torride. Elle détourna la tête, histoire de changer de cap, sachant qu'elle ne pouvait en aucune manière se laisser embrasser par lui.

— Mon invité doit arriver d'un moment à l'autre, lui rappela-t-elle en rajustant son tablier autour de sa taille.

Tate ouvrit la porte qui donnait sur le jardin, et s'arrêta une nouvelle fois.

— Oh, puis-je vous emprunter un peu de thé ? En fait, je voulais vous le demander depuis le début. J'aime bien le thé glacé, mais je n'ai pas envie d'aller au supermarché rien que pour ça.

Elle alla directement ouvrir la porte du placard afin d'y prendre la boîte de sachets de thé. Il voulut savoir si elle n'en avait pas en vrac.

Elle reposa la boîte de sachets de thé sur l'étagère et repartit vers le réfrigérateur.

Alors qu'elle fouillait dans le réfrigérateur à la recherche de la boîte de thé, elle entendit Parker l'appeler depuis le séjour et s'approcher de la cuisine.

— Tiens, bonsoir, Lindsey, déclara Tate avec netteté.

Il l'avait fait exprès, songea-t-elle aussitôt.

— Ouais... salut.

Parker les considéra tour à tour.

— Tate passait juste me demander un peu de thé, se justifia-t-elle. Il repart tout de suite.

— Oui, passez une bonne soirée tous les deux, déclara ce dernier en agitant la main avant de sortir.

— Ce type est donc là tout le temps ? s'enquit Parker d'un air renfrogné tout en remontant ses manches pour se laver les mains.

— Il n'est resté ici que quelques minutes, répondit-elle en sortant le pain du four.

Que diable avait-il donc voulu dire par « une femme comme vous » ?

— Qu'est-ce que c'est ? demanda Parker en observant la table dressée dans le séjour avec une surprise émerveillée.

Marilee, qui était en train d'allumer les chandelles, souffla l'allumette et sourit, heureuse.

— J'ai pensé que nous pourrions dîner tranquillement ensemble et nous détendre, voilà tout. Nous détendre et parler un peu. Nous avons besoin de nous parler. Les enfants ont mangé plus tôt. Willie Lee est déjà endormi, et Corrine est en train de lire, ou du moins l'était quand je suis allée la voir tout à l'heure.

Elle retourna dans la cuisine pour finir de s'occuper du repas; Parker se proposa aussitôt de l'aider.

— Je meurs de faim, déclara-t-il en contemplant la nourriture avec un enthousiasme qui convainquit Marilee qu'elle avait bien agi, après tout.

« Tate Holloway, vous et votre opinion, vous pouvez aller vous faire pendre ailleurs. »

— Tiens, dit-elle en lui tendant la bouteille de vin. Remplis nos verres, s'il te plaît, pendant que je vais voir les enfants.

Elle le laissa dans la cuisine et alla jeter un œil dans la chambre des enfants, espérant les trouver tous deux endormis. Ils l'étaient. Willie Lee avait le visage enfoncé dans l'oreiller, comme à son habitude. Munro, qui s'était mis à dormir avec Corrine comme pour mieux la protéger, ouvrit les yeux mais ne bougea pas. L'adolescente s'était assoupie avec son livre ouvert sur sa poitrine. Marilee le lui enleva et éteignit la lampe. Avant de sortir, elle ne put s'empêcher de caresser la tête de chacun des deux enfants.

Une fois de retour dans le couloir, elle marqua une pause. Immobile, retenant son souffle, le temps comme suspendu, elle regardait en direction du séjour où Parker était assis à la lueur des chandelles. Le vin dans leur verre scintillait.

Allait-elle se risquer à lui dire qu'elle acceptait de l'épouser ? C'était le moment. Elle ne devait pas le laisser lui échapper. Elle avait réellement de l'affection pour lui, et son cœur s'emplit de ce sentiment.

Elle s'avança dans le séjour, résolue à vivre cette soirée jusqu'au bout.

— Les gamins sont dans les bras de Morphée ? s'enquit Parker tout en dévorant à belles dents sa salade.

— Oui. Corrine s'est endormie en lisant. Elle a le sommeil très léger, mais la présence de Munro a l'air de la rassurer. Depuis qu'il couche près d'elle, elle semble ne plus rester éveillée la nuit.

— Hmm.

Il mangeait avec cet appétit plutôt vorace qui satisfait toutes les femmes.

Marilee lui tendit la corbeille de pain italien.

— Essaie le pain. Je l'ai pris tout frais à la boulangerie aujourd'hui même.

Il mordit dans une des tranches du pain tendre et émit un grognement de plaisir.

— C'est délicieux, tout simplement délicieux, déclara-t-il en désignant chaque plat de sa fourchette.

— Merci.

S'étant servie elle-même, elle contempla son assiette en humant les riches arômes de beurre et d'ail. Puis elle releva les yeux sur Parker et prit soudain conscience que le gratifier ainsi d'un repas succulent au possible était un moyen pour elle de compenser son refus de lui accorder une portion plus intime d'elle-même — manœuvre qui, apparemment, était couronnée de succès.

Elle prit sa propre fourchette et se mit à manger. C'était effectivement délicieux. Elle s'était surpassée et songea qu'elle aurait dû préparer deux plats de lasagnes et mettre le second au congélateur.

Parker leva son verre de vin.

— A la cuisinière.

Elle leva son verre à son tour, trinqua avec lui et avala une longue gorgée de vin.

Soucieuse d'entamer la conversation par des sujets anodins, elle lui demanda ensuite s'il avait eu à s'occuper de cas intéressants ces derniers temps. Il lui répondit qu'il n'avait rien vu sortant de l'ordinaire, mis à part le cas tragique d'une jument morte en mettant bas.

— Une très belle monture de course aux tonneaux, précisa-t-il.

Il s'était arrêté de manger et, les épaules affaissées, contemplait la table d'un regard sombre. Bien qu'au fait des aléas de la vie, Parker ne s'en était pas moins toujours reproché la perte de chaque animal, ce qui désarçonnait toujours Marilee, ne sachant comment le consoler.

Afin de lui donner un point de vue plus positif, elle lui demanda des nouvelles du poulain. Son visage s'éclaira et il lui apprit qu'il était en pleine forme. Il lui avait trouvé une jument poulinière chez Ray Horn, qui l'avait adopté immédiatement.

— Ray ne croyait pas que la jument l'accepterait. Avec certaines juments ça marche, avec d'autres, non. Avec celle-ci, ça a marché.

— Eh bien, c'est merveilleux, s'exclama Marilee. Et à qui appartient le petit ?

— A Leanne Overton. C'est une cousine de Charlene. Elle est venue s'installer chez Charlene et Mason pour quelque temps. A cause d'un différend conjugal, à ce que j'ai cru comprendre.

Marilee essaya de se souvenir de Leanne sans y parvenir.

Parker l'informa qu'elle était championne de la course aux tonneaux et qu'elle possédait déjà deux chevaux très cotés, ainsi qu'une autre jument sur le point de mettre bas à son tour.

— Je pourrais t'accompagner un jour avec les enfants pour assister à une naissance ? s'enquit-elle, ravie de cette idée.

— Oui, je le pense.

Elle songea avec un peu d'humeur qu'elle aimerait bien le voir renoncer à ses « je pense ».

— Mais ne sont-ils pas un peu jeunes pour ça ?

Irritée par son ton hésitant, elle lui rappela que Willie Lee avait déjà eu l'occasion d'observer la vie et les mœurs de ses lapins.

— Quand les enfants sont familiarisés avec les événements de la vie d'une manière naturelle, ils les prennent eux-mêmes avec naturel, comme il se doit. Et Corrine est déjà bien avancée en biologie. J'ai parcouru ses livres de classe, dernièrement, et je peux te dire que j'ai été surprise de voir tout ce qu'on enseigne aux gamins de nos jours.

— Tu projettes donc de garder Corrine avec toi l'année prochaine ? demanda-t-il avec un froncement de sourcils désapprobateur.

— Je ne sais pas… Je pense n'avoir aucun projet précis pour l'instant.

Oh, Seigneur, se dit-elle, voilà qu'elle-même se servait de l'expression honnie…

— Mais je préfère me préparer à tout, conclut-elle.

Elle n'aimait avoir ainsi à se défendre. Peut-être cela était-il typique d'*une femme comme elle*. L'expression de Tate ne cessait de résonner dans son esprit — de même que sa voix. Elle aurait voulu pouvoir l'éteindre d'une claque.

Elle vida son verre et ajouta qu'elle faisait des projets d'une année sur l'autre comme tout le monde.

— J'espère être toujours en vie d'ici là, et pour le moment, je suis portée à croire que Corrine aura encore besoin que je veille sur elle quelque temps.

Parker hocha la tête, semblant acquiescer.

— Comment va Anita ? demanda-t-il au bout d'un moment. Tu sais ce qu'elle devient ?

— Elle envoie des cartes postales à Corrine et lui a téléphoné deux fois cette semaine, lui apprit-elle, heureuse de lui rapporter ces bonnes nouvelles. Elle a trouvé un emploi au tribunal du comté de Tarrant. Elle travaille comme secrétaire pour un juge, je crois.

— Ça paraît encourageant. Un CDI, avec Sécurité sociale et tout ?

— C'est ce qu'elle m'a dit.

— Peut-être est-elle enfin en train de se ressaisir.

Marilee rompit une tranche de pain.

— Elle a passé sa vie à essayer de se ressaisir. Malheureusement, elle trouve toujours le moyen de retomber dans le pétrin, lâcha-t-elle, un peu honteuse de cette remarque un brin sarcastique.

Parker la dévisagea, les sourcils levés.

— D'accord, Anita fait ce qu'elle peut et semble cette fois-ci se débrouiller très bien, admit-elle. Mais ses antécédents me portent à la prudence. J'ignore si Corrine sera encore là pour la rentrée des classes en automne ou si, au contraire, elle pourra retourner auprès de sa mère, mais il me semble plus avisé, étant donné ce qui est arrivé par le passé, de préparer sa rentrée et de demeurer disponible en cas de pépin.

« Il y a de fortes chances qu'elle ne cesse de revenir dans ma vie par périodes. Je suis, comme je te l'ai déjà dit, la mère de deux enfants. C'est comme ça, et je suis désolée si cela te déplaît.

Peut-être cette réponse acerbe expliquait-elle ce qu'était *une femme comme elle.* « Contrariante » était le mot qui lui venait en l'occurrence à l'esprit.

— Je n'ai jamais dit que ça me déplaisait, objecta Parker, que l'expression semblait gêner. Je tiens seulement à ce que tu ne souffres pas, Marilee. Corrine n'est pas ton enfant, et il faudra bien que tu la rendes à Anita quand celle-ci aura décidé de la reprendre. Or tu ne veux même pas envisager cette éventualité. Je te le répète : tu t'impliques trop avec elle. Tu te mets sur les épaules un fardeau dont tu pourrais te passer.

— Un fardeau ? Je ne considère pas ma nièce comme un fardeau.

— Je ne l'entendais pas de cette façon. Je voulais simplement dire que tu te compliques la vie sans nécessité.

— Et donc la tienne par contre-coup ?

— Eh bien, oui, en effet. Et tu n'as pas l'air de te soucier de ce que ça me fait.

Marilee le fusilla du regard. Ses propos contenaient une vérité qui la piquait au vif, et elle souhaitait lui rendre la monnaie de sa pièce.

— Tu es un adulte, Parker, alors que Corrine n'est qu'une enfant. Et même, peu ou prou, une orpheline. Et tu viens me reprocher ce que je lui donne ? Tu penses que je te sacrifie à elle, en d'autres termes ?

Il devint cramoisi.

Leur discussion avait plus ou moins tourné à la dispute ouverte. Parker lui rappela une nouvelle fois, avec force gestes de sa fourchette, qu'elle n'avait aucun droit sur Corrine, qu'Anita était susceptible de venir la récupérer à tout moment et que dans ce cas, elle n'aurait aucun moyen de l'en empêcher.

— Alors, excuse-moi si je m'inquiète pour toi, conclut-il.

Elle lui rétorqua qu'elle était parfaitement consciente de la situation, mais que Corrine était et serait toujours sa nièce.

— Elle doit pouvoir compter sur moi. Elle n'a personne d'autre vers qui se tourner.

Il lui revint alors en mémoire que Parker était le fils unique de parents plutôt froids et distants. Son père était mort quelques années plus tôt, et sa mère s'était depuis remariée et avait déménagé au Colorado. Dans ces conditions, il n'était guère étonnant qu'il eût du mal à comprendre les sentiments que l'on pouvait éprouver envers l'enfant de sa sœur.

— Je sais que mes motivations t'échappent, et cela parce que tu n'as ni frère ni sœur, mais Corrine m'est liée par le sang et m'est aussi proche que mon propre enfant. J'ai assisté à sa naissance, ajouta-t-elle.

Elle se rappela soudain cet événement et tous les sentiments qu'elle avait alors éprouvés— l'excitation, l'émerveillement, mais aussi un peu de tristesse parce que cet enfant n'était pas le sien. Et puis elle savait déjà que Corrine en verrait de dures avec

Anita et qu'elle-même serait impuissante à prévenir toutes les épreuves qu'elle aurait à affronter.

Elle contempla Parker d'un regard vibrant d'émotions.

Mais ce dernier préféra esquiver cet appel muet.

— Le mieux que tu puisses faire pour Corrine, déclara-t-il, c'est l'aider à être heureuse avec sa mère et cesser de t'immiscer dans leurs rapports.

Elle eut la brusque envie de tendre la main par-dessus la table pour le gifler.

— Je ne *m'immisce* pas entre elles, répliqua-t-elle d'une voix égale. C'est Anita qui m'a demandé de venir chercher Corrine, Parker.

Constatant qu'ils évoluaient en terrain miné, ils gardèrent ensuite le silence. Marilee mangea ses lasagnes, qui avaient maintenant du mal à passer, tandis que Parker sauçait son assiette.

Ils terminèrent le repas sans desserrer les lèvres, sinon pour échanger des banalités polies, telles deux personnes craignant qu'un mot de plus mette le feu aux poudres et provoque l'explosion finale.

Il l'aida à débarrasser la table, puis la prit par la taille et voulut l'embrasser séance tenante, devant l'évier de la cuisine.

— Je suis navré qu'on se soit disputé. Vraiment navré, dit-il en la gratifiant de son plus beau sourire de petit garçon.

— Moi aussi.

Sans doute était-ce plus sa faute à elle que la sienne.

Elle lui rendit son baiser et se demanda ce qui diable clochait chez elle. Repoussant toute rancœur, elle lui prit la main et l'entraîna jusqu'au canapé, où ils se serrèrent l'un contre l'autre dans la lumière tamisée et échangèrent à voix basse de menus propos sans conséquence. Les caresses de Parker devenaient de plus en plus insistantes, et l'anxiété de Marilee de plus en plus forte.

Elle s'en voulait de ne pas arriver à lui demander carrément : « Veux-tu toujours m'épouser ? Réglons ça une fois pour toutes. » Et elle lui en voulait tout autant de ne pas aborder lui-même le sujet.

De toute façon, elle était incapable de lui poser la question. Parler mariage lui semblait au-dessus de ses forces. Mieux valait lui laisser l'initiative. Après tout, c'était aux hommes de faire le premier pas.

Et quand il l'aurait fait, alors elle lui dirait oui. Voilà, c'était décidé : elle lui dirait oui. Animée par cette pensée, elle l'embrassa avec fougue.

Le portable de Parker se mit soudain à sonner, sa messagerie lui transmettant un appel urgent.

— C'est la jument de Leanne, lui annonça-t-il en coupant la communication avant de composer un numéro.

Quand il eut sa correspondante en ligne, il échangea quelques mots avec elle, au milieu desquels il prononça le nom de Charlene.

— J'arrive tout de suite, conclut-il. Je quitte Marilee à l'instant.

Puis il coupa de nouveau la communication et se redressa.

— Après ce qui est arrivé à la première jument, Leanne s'inquiète beaucoup pour celle-là. Je lui ai dit que je partais tout de suite.

— Chez Charlene et Mason ?

— Ouais. Mason est auprès de la jument… et se débrouille sans doute déjà très bien sans moi.

Elle le suivit jusqu'à la porte, puis sous la véranda. Il partit en courant rejoindre sa camionnette. Les mains posées sur la rambarde, elle le regarda s'éloigner comme s'il partait à la guerre, l'accompagnant de ses prières tandis qu'il reculait puis filait sur la route.

« Seigneur, je vous en prie, protégez cette jument. Il supporte si mal ce genre de tragédie. »

Elle rentra à l'intérieur et referma doucement la porte d'entrée. Elle s'adossa ensuite contre le battant et essaya de refouler les larmes qui lui montaient à la gorge, atterrée de constater qu'elle pouvait prier pour la sauvegarde d'une jument, mais pas pour celle de sa relation avec Parker.

Tout en se brossant les dents, Marilee se regardait dans le miroir. Elle se pencha pour se rincer la bouche, et examina de nouveau son reflet dans la glace.

Une femme comme vous.

Une femme très contrariante, oui, pensa-t-elle. Elle avait un homme auquel elle était vraiment attachée, et voilà qu'elle se disputait avec lui !

Elle avait peur du mariage.

C'était naturel de sa part, bien sûr, étant donné sa précédente expérience avec Stuart et ce qui s'était passé entre son père et sa mère. Le mariage était une affaire sérieuse, à ne pas entreprendre à la légère, aussi avait-elle raison de se montrer prudente.

Cependant, il y avait autre chose.

Une peur sans nom.

La peur du temps qui passait, mais aussi de commettre une erreur et d'avoir à la payer jusqu'à la fin de sa vie.

Tirant sèchement sur la ceinture de son peignoir, elle tourna les talons et quitta la salle de bains pour se rendre dans la cuisine, où elle se prépara une tasse de thé à la camomille. Elle s'assit à la table et se mit à la siroter tout en jetant de fréquents coups d'œil à son reflet dans la fenêtre enténébrée.

Elle alla se poster devant la porte de service, mais ne vit que le jardin plongé dans l'obscurité. Des arbres lui masquaient la demeure de Tate Holloway. Elle se demanda ce qu'il faisait.

Mais elle n'allait pas se soucier de lui maintenant. Dieu savait qu'elle avait déjà assez de problèmes comme ça.

Se rasseyant à la table de la cuisine, elle but son thé tout en parcourant la pièce du regard, ses yeux allant de la nappe à carreaux rouges et blancs à son reflet dans la vitre, puis au téléphone, avant de se poser de nouveau sur la nappe.

Finalement, elle se redressa d'un mouvement volontaire et composa le numéro personnel de Parker, s'attendant plus ou moins à tomber sur la voix désincarnée de sa messagerie vocale.

Elle fut stupéfaite d'entendre un « bonsoir » proféré par une voix que, sur le coup, elle ne reconnut pas. *Une voix de femme.*

— Je voudrais parler à Parker Lindsey.

— Oh, c'est son téléphone. Marilee ? C'est Charlene. Parker a laissé son téléphone ici, sur la table.

— J'ai composé le numéro de sa maison. Je pensais que ce serait sa messagerie qui me répondrait en son absence.

Marilee se sentait confuse, mais soulagée aussi de reconnaître la voix de Charlene MacCoy. Charlene était très chaleureuse, tout comme sa voix.

— Je suppose qu'il a fait en sorte que tous les appels soient basculés sur son portable, expliqua-t-elle. Il est dans l'écurie avec Leanne. Tu veux que je l'appelle ?

— Non, non, ce n'est pas important. Comment va la jument ?

— Très bien. Elle a eu un adorable poulain, répondit Charlene d'un ton excité. Pas un pie, comme Leanne s'y attendait, mais un noir balzan avec une étoile blanche. Une belle bête. Et la naissance s'est passée sans problème. Cette brave jument l'a éjecté recta quand elle a jugé le moment venu. D'après Parker, si ça tardait un peu, c'est uniquement parce qu'elle ne le sentait pas encore.

Quelqu'un l'interrompit.

— C'était Mason, reprit-elle au bout d'un moment. Il dit que la jument attendait en fait la pleine lune.

Elle s'esclaffa.

— Parker était à l'instant en train de prendre le café avec nous, et Leanne et lui sont repartis dans l'écurie il y a quelques minutes à peine afin de revoir la jument et son petit. Tu ne veux vraiment pas que je l'appelle, alors ?

— Non… J'imagine qu'il doit être fatigué. Je lui téléphonerai demain matin.

— Bon… Tiens, Mason sort les retrouver. Il dira à Parker que tu as appelé.

Après avoir raccroché, Marilee appuya son front contre le combiné et remercia le ciel d'avoir veillé sur le poulain et sa mère.

Cet heureux dénouement, hélas, la laissait malgré tout insatisfaite, et elle se reprocha son égoïsme.

Une fois couchée, elle contempla longuement les motifs dessinés par le clair de lune sur le dessus-de-lit, tout en réfléchissant à elle-même et à sa vie. Elle avait terriblement envie d'appeler Tate Holloway. Que lui prenait-il, à la fin ?

Bah, elle devait simplement avoir un goût trop prononcé pour les conversations nocturnes.

12.

Côté cœur

Tate passa en courant devant la maison de Marilee juste au moment où la lumière dorée transparaissait à travers la ramure des ormes qui dominaient le toit bleu du petit pavillon blanc.

Avec soulagement, il constata que sa Cherokee était la seule voiture garée dans son allée. Aucun signe de la camionnette de Lindsey.

Il courut jusqu'à Main Street, où ses poumons en feu et ses jambes en coton l'obligèrent à marcher au pas un moment. Il s'améliorait cependant, car il avait déjà récupéré quand il atteignit le poste de police. Ayant tourné dans Church Street, il s'éloignait du poste de police lorsqu'il se demanda ce qui avait pu arriver à Lindsey. Le bonhomme n'était nulle part en vue.

Qu'avait-il donc pu se passer durant le dîner aux chandelles de la veille au soir ? Lindsey était-il donc trop épuisé pour courir ce matin ? Tate n'aimait pas du tout la conclusion logique à cette suite d'interrogations.

Il avait adopté une allure qui ne ressemblait plus que vaguement à un petit trot et arrivait devant son allée quand une silhouette surgit dans la rue d'un pas lourd à cinquante mètres de là, accompagnée par un cycliste.

C'était Lindsey qui effectuait son jogging matinal. Quant au cycliste, ce n'était autre que la blonde à vélo…

— 'jour, dit Lindsey.

— 'jour, répondit Tate avec un salut de la main.

— Salut, lança la femme à son tour.

— Salut.

Tate les regarda passer devant lui, Lindsey trottinant devant la blonde. *Tous les deux ?*

Il remonta ensuite son allée en courant, contourna la maison, grimpa le perron arrière, enchaîna directement avec l'escalier intérieur et se rendit dans la salle de bains afin de prendre une douche.

Il ne devait pas tirer des conclusions hâtives — et pleines d'espoir — quant à une éventuelle rupture entre Marilee et Lindsey. Les apparences se montraient parfois trompeuses. Et un journaliste digne de ce nom se devait d'établir les faits.

Mais il n'en siffla pas moins en se douchant. Bon sang de bois, se dit-il, il s'améliorait en jogging. Il n'était pas encore un vieux croulant.

— A demain, rédac'chef, lui lança Sherry, la serveuse qui assurait le service de fin d'après-midi.

Les quelques autres habitués du Main Street Café le saluèrent amicalement.

— A plus, mon pote, dit Juice Tinsley tandis que Norm Stidham agitait la main, la bouche pleine de tarte au raisin.

— N'oubliez pas d'envoyer Marilee couvrir la réunion de jeudi des Homemakers, lui rappela Kaye Upchurch, assise à côté de sa mère, Odessa Collier. On projettera la vidéo que Mlle Porter nous a envoyée du Caire.

— Elle sera là.

— Ravie de vous avoir revu, Tate, déclara Odessa avec un sourire aguicheur.

Elle avait beau approcher les soixante-dix ans, Tate devinait qu'elle avait encore toutes ses facultés sexuelles.

Il lui adressa un clin d'œil.

Puis, repliant le journal sous son bras, il sortit dans la clarté de cet après-midi de mai.

« Merci, Seigneur, pour cet instant de bonheur. » Cet instant, il le savourait en homme ayant crapahuté dans les zones de combat des jungles du Viêt-nam, sans parler de tous les faits douloureux qu'il avait couverts au cours de sa carrière de journaliste. Il savait donc combien était fugace le bonheur en ce bas monde.

En cet après-midi merveilleux, il vivait ce qu'il considérait comme le résumé de son rêve. Il avait pris l'habitude de se rendre au Main Street Café chaque midi afin d'y prendre un verre de thé glacé et parfois une part de tarte aux noix de pécan. Il profitait de cette pause pour bavarder avec toutes les personnes alors présentes dans l'établissement. Environ un quart d'heure plus tard, il allait au Blaine's Drugstore, y dégustait un autre verre de thé glacé ou bien un cône glacé et papotait avec Vella Blaine ainsi qu'avec tous les clients de passage.

De cette manière, il prenait le pouls de la ville. Il notait discrètement le nom des gens qu'il rencontrait et, le soir venu, s'efforçait de le relier mentalement à leur visage afin de l'avoir bien en mémoire quand il les reverrait ou voudrait citer leurs propos dans un de ses éditoriaux. Ce faisant, il avait le sentiment de rendre beaucoup de monde heureux, et en même temps il augmentait le tirage du journal — le *Voice* avait déjà gagné une centaine d'abonnés supplémentaires depuis son arrivée. Les gens aimaient voir leur nom imprimé, et lui-même aimait les citer. Heureuse conjonction de désirs…

Cet après-midi-là, en quittant le drugstore après un cône glacé et une causette avec Vella, Dixie Love et Gerald Overton de la Citizens Bank, il éprouva un certain sentiment de triomphe, comme s'il avait escaladé une haute montagne. Au vrai, il se doutait qu'il ne s'agissait que d'un premier plateau : il avait simplement emménagé en ville et pris quelques décisions nécessaires, la plus importante étant de continuer à assurer la parution du journal en le transformant en bi-hebdomadaire. Jusqu'à présent, il vivait son rêve et permettait à nombre de personnes de garder leur emploi et de nourrir ainsi leur famille. Tout cela était bel et bon. Il essayait seulement de ne pas trop penser au précipice vertigineux qui l'attendait sous la forme d'une dette monstrueuse, ni à la façon dont il allait passer le reste de sa vie.

A chaque jour suffit sa peine, se dit-il tout en sautant par-dessus la portière de sa BMW décapotable. Il fit le tour du pâté de maison pour rejoindre la rue de Marilee. Comme il passait devant chez elle, il n'aperçut que sa Cherokee garée dans l'allée. Son envie de savoir comment s'était déroulé le dîner aux chandelles était devenue une obsession.

Il contourna l'angle de la rue afin de se garer dans sa propre allée, récupéra les sacs de provisions posés sur la banquette arrière et se rendit directement dans sa cuisine où il prépara un pichet de thé glacé. Il prit ensuite ledit pichet et la boîte de feuilles de thé qu'il avait achetée pour remplacer celle qu'il avait empruntée, puis s'arrêta soudain et jeta la boîte de thé sur le comptoir avant de refranchir le seuil de la cuisine et de traverser le jardin jusqu'à la barrière.

Le portail grinça quand il l'ouvrit. Le soleil de fin d'après-midi filtrait à travers les arbres pour se répandre sur le lopin de terre. Tate le contempla et se dit que Marilee allait devoir le retourner.

Quand il atteignit le perron arrière du petit pavillon, il leva les yeux et vit Corrine le regarder par la fenêtre de la cuisine. Elle disparut et, un instant plus tard, la porte s'ouvrait devant lui.

— Bonjour, monsieur Tate.

— Bonsoir, mam'zelle. Comment allez-vous ? Eh, mais c'est pas un nouveau nœud que tu as dans les cheveux ?

— Si, répondit-elle avec sa gravité coutumière. Tante Marilee est à l'intérieur en train d'enguirlander l'ordinateur que vous lui avez envoyé aujourd'hui.

— Ah oui ?

Il fit une grimace comique; en retour, il eut droit à un sourire de l'adolescente, dont le regard semblait bien plus âgé qu'elle-même. Il s'était déjà fait une idée de la situation, se fondant à la fois sur sa connaissance intime du genre humain et sur les bribes d'informations qu'il avait discrètement recueillies de-ci de-là au sujet de Marilee James, de sa sœur et de sa famille. Ayant eu une enfance similaire à celle de Corrine, il éprouvait une grande compassion envers elle.

— J'ai apporté un peu de thé sucré. Allons voir si on ne peut pas adoucir la situation avec ça.

— M. Parker est passé, lui apprit-elle alors d'une voix basse et précipitée, mais il n'y connaît rien en ordinateur et elle l'a mis dehors.

Elle secoua la tête.

— J'espère que vous, vous pourrez l'aider, ajouta-t-elle.

— Eh bien, je le pense, oui.

Ainsi donc Lindsey était venu et reparti la queue entre les jambes, songea-t-il avec une certaine satisfaction.

Corrine l'aida en silence à rassembler verres et glaçons. Puis elle lui tendit un paquet de cookies.

— Je crois que vous feriez bien d'ajouter un peu de chocolat.

Quand il pénétra dans le séjour, ce fut avec un verre de thé glacé dans une main et un cookie au chocolat dans l'autre.

Marilee releva la tête, l'aperçut et le fusilla du regard.

— Je déteste ce nouvel ordinateur.

Il lui présenta le verre et le cookie.

— Je viens en paix, pour votre thé... infusé.

Puis il lui décocha son sourire le plus chaleureux.

— Bon, vous ne pouviez pas vous connecter à Internet avec l'ancien. A l'heure d'aujourd'hui, vous savez, soit on se lance sur l'autoroute de l'information, soit on reste en arrière.

— Je crois que je préfère encore rester en arrière.

Un peu désemparé, Tate lui tendit le verre et le cookie, qu'elle prit avec lenteur.

Il la regarda mordre dans le cookie, puis lever vers lui ses yeux d'un bleu profond, ses lèvres humides tachées de chocolat. Il éprouva aussitôt l'envie irrésistible de l'embrasser jusqu'à ce qu'elle gémisse et se torde de volupté entre ses bras.

— Vous avez une miette de cookie sur le menton... Permettez ?... Voilà. Bon, voyons maintenant si je peux vous aider avec cet ordinateur.

Il tira une chaise à lui et, la retournant, s'assit juste à côté de Marilee, les yeux fixés sur ses lèvres. Il sut alors qu'il était exactement là où il souhaitait être.

Le soleil était loin à l'ouest et le vent mollissait. Vella s'arrêta un instant d'ôter les fleurs mortes sur ses rosiers et considéra le jaillissement vert de ses plants d'un regard appréciateur avant de contempler la ramure des ormes.

— Merci, mon Dieu, murmura-t-elle, comme presque toujours à ce spectacle.

Puis elle aperçut la grosse voiture noire de Perry qui arrivait. Douleur et plaisir anticipés l'étreignirent au même moment.

Elle se hâta de remonter le perron pour retourner dans la cuisine où elle jeta un coup d'œil au rôti en croûte qui cuisait dans le four. Il était bien doré et croustillant, comme elle l'aimait. Elle préparait de superbes rôtis en croûte; Winston la couvrait d'éloges à chaque fois qu'elle en apportait un au dîner de la paroisse.

— J'ai l'édition du journal du mercredi *après-midi*, lui annonça Perry en entrant dans la cuisine.

C'était un sacré gaillard, et il donnait l'impression de remplir toute la pièce. Comme chaque jour, il se dirigea vers l'évier tout en retroussant ses manches et alluma la petite télévision .

Vella regarda par-dessus son épaule le poste installé sur le comptoir. Elle se vit soudain prenant un fusil pour fracasser l'écran.

— J'ai préparé un rôti en croûte, déclara-t-elle en montrant fièrement le plat à son mari qui s'asseyait à table.

— Hmm, dit-il en y jetant un bref coup d'œil avant de se plonger dans la lecture du journal. Juice Tinsley disjoncte complètement à se mettre de la pub comme ça pour les élections. Franchement, aucune personne de bon sens ne voudrait de ce siège de conseiller municipal.

Vella concentra son attention sur la disposition des plats. Elle aimait que la table du dîner soit pleine de couleurs, comme un bouquet de roses — le brun du pâté en croûte, nappé du rouge de la sauce tomate, côtoyant l'ivoire des pommes de terre fumantes, l'ocre clair du beurre, le mordoré des feuilletés et le vert pâle des haricots mélangé au jaune du maïs.

Entre-temps, Perry s'était emparé de la télécommande et, passant d'une chaîne à l'autre, finit par tomber sur son journal télévisé préféré.

— On dirait bien qu'on va encore aller devoir mettre la pâtée à ces Ira-chiens.

Un œil fixé sur l'écran, il se découpa une tranche de rôti.

Vella se demanda, pour la énième fois, comment un homme aussi instruit que Perry — ancien élève de l'université d'Oklahoma, pharmacien diplômé et se tenant au courant des changements dans son métier — pouvait avoir laissé son langage se dégrader à ce point-là.

Elle considéra son service de porcelaine étincelant, l'assortiment de nourriture, puis vit son mari ouvrir de nouveau son journal. Le tenant d'une main, il partageait son attention entre lui et la télévision.

— Perry, comment trouves-tu le rôti ? demanda-t-elle, ne s'étant pas encore servie elle-même.

— Hmm… oh, très bien, répondit-il sans quitter son journal des yeux.

— Perry…

Vella, qui ne s'était toujours pas servie, commença à défaire les premiers boutons de sa robe. Son cœur battait la chamade. Elle avait l'impression que sa main agissait de sa propre volonté.

Perry regardait maintenant la télévision. Elle remarqua la pâleur de son teint, les veines bleues sur son nez et son cou. Et pourtant, il avait toujours sur la tête cet épi qu'elle avait aimé dès le tout premier instant.

— Perry, répéta-t-elle, le haut de sa robe maintenant complètement ouvert.

— Hein ?

Il ne détourna pas la tête de la télévision.

— *Perry !*

Elle s'était dressée sur ses pieds avec une telle impétuosité que sa chaise recula et heurta le comptoir. Puis elle tira sur les pans de sa robe pour exhiber sa généreuse poitrine qui remplissait son soutien-gorge à armature.

— Regarde-moi !

Perry la regardait. Il contemplait fixement ses seins, la bouche grande ouverte et les yeux si écarquillés que Vella distingua leur iris bleu, qu'elle n'avait plus revu depuis des années.

Elle eut un sentiment de triomphe. Enfin, pensa-t-elle, elle avait réussi à attirer son attention. Elle avait également l'impression d'avoir complètement perdu la tête, mais elle s'en souciait comme d'une guigne.

— Je suis toujours là, Perry ! Je suis toujours là, assise en face de toi, chaque soir.

— Bon Dieu, murmura-t-il.

— C'est tout ce que tu trouves à dire ?

Il referma la bouche et déglutit.

Relâchant sa robe, elle balaya la table du bras, envoyant à terre la moitié des plats. Sa poitrine oscillante se soulevait et se balançait suivant ses mouvements.

— J'en ai assez que tu te comportes avec moi comme si j'étais morte. Comme si je n'existais pas alors que, jour après jour, je travaille dans ta boutique, je lave tes vêtements, je cuis ton dîner et je nettoie tes taches de pisse aux toilettes. La femme qui va au lit chaque nuit avec toi est de chair et de sang. J'ai mis du parfum et des nuisettes transparentes, je me suis plantée devant toi comme ça et tu ne m'as même pas vue.

Elle avait commencé à pleurer.

— Regarde-moi ! reprit-elle. Je suis peut-être âgée mais je ne suis pas morte. Et *tu* n'es pas mort non plus.

A cet instant, elle recouvra un peu de lucidité et prit conscience du spectacle qu'elle devait offrir à l'expression choquée de son mari. Se couvrant le visage de ses mains, elle s'enfuit de la cuisine.

Pendant quelques secondes, Perry, figé par la stupéfaction, ne put que bouger la tête et la suivre des yeux. « Elle est devenue folle », pensa-t-il.

Puis la peur le secoua suffisamment pour le mettre en branle. Il voulut se redresser mais, comme son corps se ressaisissait un peu moins vite que son cerveau, il lui fallut un certain temps avant d'y parvenir. Il finit par renverser sa chaise.

— Vella ? s'écria-t-il d'une voix rauque.

Prononcer ce prénom lui donna une impression d'étrangeté.

Il monta à l'étage et la trouva dans leur chambre en train de débarrasser les tiroirs de sa commode. Elle jetait ses affaires pêle-mêle dans deux valises grandes ouvertes sur le lit — les mêmes valises qu'elle avait achetées quand elle s'était rendue à La Nouvelle-Orléans quelques années auparavant pour y voir des roses et qu'il avait jugées bien trop chères.

— Je te quitte, Perry. Je ne peux pas continuer ainsi une seule minute de plus.

Il ne sut que lui répondre. Il chercha une repartie mais aucune ne lui vint à l'esprit. Il avait le sentiment de se trouver dans un des épisodes de *La cinquième dimension*.

Elle ne le quitterait pas, songea-t-il. C'était une femme de soixante-quatre ans. Ou peut-être en avait-elle soixante-cinq, il ne savait plus.

L'instant d'après, elle refermait les valises gonflées de vêtements, prenait leur poignée de ses mains aux veines bleues, les traînait par terre et, passant devant Perry, allait les jeter au pied de l'escalier. Elles enfoncèrent et éraflèrent le mur de la cage, qui leur avait coûté des mille et des cents à faire repeindre six mois auparavant, ainsi que les balustres de la rampe et le plancher du rez-de-chaussée. Une par une, Vella les tira ensuite hors de la maison pour les jeter dans sa voiture et s'éloigna vers la boule rougeoyante du soleil couchant.

Perry cilla sous la lumière, ayant encore en tête la vision de son énorme poitrine qui se balançait sous le coton blanc de son caraco tandis qu'elle se glissait derrière le volant.

Comme elle passait devant chez Winston, Vella le vit dans son jardin en train de rentrer ses drapeaux, tâche qu'il pouvait de nouveau effectuer seul, et enfonça la pédale de l'accélérateur afin de s'empêcher d'aller trouver refuge dans ses bras.

Ce n'est qu'en arrivant dans Main Street et après avoir dépassé le drugstore où, à cette heure, sa fille Belinda devait tenir la caisse, qu'elle s'aperçut qu'elle n'avait nulle part où aller. Elle ne pouvait tout de même pas se rendre dans la boutique et parler de tout ça à Belinda. Du reste, celle-ci n'était guère plus loquace que son père, sinon avec le suppléant Midgett, avec lequel elle vivait dans le péché. Enfin, grâce à Dieu, se dit Vella, sa fille avait au moins déménagé, même si c'était pour aller s'installer dans l'appartement au-dessus du drugstore.

Il y avait bien Minnie Oakes, mais Vella lui trouvait autant de cervelle qu'un oiseau. Minnie avait rarement une pensée originale, et son amitié était de celles consistant à partager des trucs pour ôter les taches dues aux cônes glacés, pas des confidences.

En-dehors de Minnie, Vella ne pouvait citer d'autre relation qui lui fût proche — enfin, d'autre relation féminine. Car elle avait aussi Winston, mais pas question de se tourner vers lui. Elle ne tenait vraiment pas à intégrer sa « collection de vieilles dames ».

Elle suivit la nationale. Peut-être irait-elle tout droit jusqu'en Californie, songea-t-elle. Et une fois arrivée devant l'océan, elle se déshabillerait et entrerait dans l'eau toute nue.

Elle se rendit compte de la sensualité insistante de ses pensées. Une sensualité qu'elle réprimait depuis des mois et qui, pourtant, ne cessait de croître en elle.

Des larmes coulèrent sur ses joues. « Oh, Seigneur, que m'est-il donc arrivé ? Qu'ai-je fait ? »

Huit kilomètres plus loin, l'air frais soufflant sur sa poitrine lui fit prendre conscience de sa tenue indécente. Elle se rangea sur le côté et reboutonna sa robe.

Tate Holloway était bel et bien en train de la courtiser.

Marilee ne pouvait plus longtemps ignorer cette réalité, comme elle avait essayé de le faire depuis leur toute première rencontre. Bien qu'elle se soit efforcée, non sans succès, de ne pas encourager indûment sa sollicitude, elle devait malgré tout reconnaître qu'il lui aurait fallu être morte pour ne pas en être flattée.

Et puis elle se rappelait sans cesse ses propos — que Lindsey n'était pas l'homme qu'il fallait à *une femme comme elle.* Elle aurait vraiment aimé lui demander des éclaircissements à ce sujet, mais elle doutait qu'elle apprécierait sa réponse.

Elle reporta son attention sur les instructions qu'il lui donnait au sujet du nouvel ordinateur… et s'aperçut bientôt que son esprit avait la capacité de traiter bien plus d'un problème à la fois — ce dont elle ne se félicita pas outre mesure, la science ayant démontré que ce talent était l'apanage de toutes les femmes. Elle estima d'ailleurs que c'était là un don judicieux du Créateur, afin que les femmes aient une chance de survie dans ce monde d'hommes.

— Allons, mademoiselle Marilee, vous n'avez pas besoin de frapper ainsi cette touche. Il vous suffit juste de cliquer sur cette fenêtre avec votre souris.

— Ah oui, c'est vrai.

— Avez-vous des problèmes de vision ? Peut-être l'écran n'est-il pas assez lumineux. Tout ce que vous avez à faire, c'est vous servir de ce bouton. Vous voyez ?

— Oh, c'est bien mieux comme ça !

— Qui est-ce, sur cette photo ?

— Hein ? Oh, c'est mon ex-mari, Stuart.

Elle se sentit idiote d'être ainsi gênée par cette question. Elle remarqua que Tate avait les mêmes yeux bleus que lui.

— Il n'a pas l'air commode.

— Il ne l'était pas vraiment.

— C'est curieux, reprit-il, mais sa tête me rappelle quelque chose.

Ses yeux bleus étaient fixés sur elle, comme s'il essayait de lire dans son esprit.

Elle détourna le regard.

— Vous avez dû voir certaines de ses réalisations, ou vous l'avez peut-être même croisé quelque part. C'était un photographe réputé. Il a beaucoup publié dans le *National Geographic*, *Life* et également un peu dans le *Time*.

Et lui aussi l'avait courtisée, ajouta-t-elle en elle-même.

Tate prit un air pensif.

— Je l'ai peut-être rencontré, oui… mais je crois qu'il me rappelle surtout Parker Lindsey.

Les yeux rivés sur l'écran, Marilee continuait à taper. Les lettres fusèrent dans le désordre.

— Votre main gauche a dérapé, remarqua Tate.

— Ce clavier est malcommode.

— Vous pouvez brancher le vôtre. J'en ai commandé des ergonomiques.

— Oh.

— Désirez-vous que je branche moi-même le vôtre ?

— Oui, ça serait sans doute une bonne idée.

Il exécuta les opérations requises avec efficacité; il s'y connaissait manifestement bien en gadgets électroniques. Elle essaya le grand clavier et le trouva plus confortable.

— Cette petite chose a la même fonction qu'une souris.

— Ouais.

— C'est agaçant.

— A vous de voir.

Lorsqu'ils refermèrent enfin l'ordinateur, Marilee était si soulagée et si ravie d'avoir enfin compris son fonctionnement que non seulement elle se sentit obligée de s'excuser de son comportement revêche, mais qu'elle en fut également capable.

— Je suis désolée d'avoir été aussi cassante avec vous tout à l'heure, dit-elle en bafouillant presque.

Elle se souvint alors combien elle s'était montrée brusque avec Parker et comprit qu'elle ne maîtriserait sans doute jamais l'art de la contrition.

— Ah, mademoiselle Marilee, une femme qui n'aurait pas du chien serait une femme sans intérêt.

Il la fixait de ce regard appréciateur qui lui était coutumier, comme s'il savourait le spectacle qu'elle lui offrait. Marilee sentit une poussée de chaleur l'envahir et se loger dans son ventre.

Détournant les yeux, elle se redressa et se dirigea vers la cuisine. Willie Lee et Munro s'étaient endormis ensemble sur le canapé, et Corrine était assise dans le grand fauteuil, un livre sur les genoux. Marilee espérait vivement qu'elle ne relèverait pas les yeux. Sa nièce était bien trop observatrice; elle comprendrait immédiatement qu'elle était attirée par cet homme. Seigneur Dieu, songea Marilee, plût au ciel que personne ne la voie réagir aussi niaisement.

Une fois dans la cuisine, elle prépara deux verres de thé glacé. Comme elle se retournait pour les emporter dans le séjour, elle avisa Tate planté sur le seuil de la pièce.

— Merci d'avoir apporté du thé glacé, déclara-t-elle en lui tendant un verre.

Tout en avalant une longue gorgée, elle pensa que la meilleure conduite à adopter était encore de finir rapidement son thé et de lui souhaiter bonne nuit. Elle ne lui poserait aucune question sur sa remarque de la veille au soir. Elle l'ignorerait, tout simplement.

— Je vous en prie, repartit-il avec entrain. C'est ma façon de vous rembourser ce que je vous ai emprunté.

— Vous m'avez emprunté toute une boîte.

— Je sais. Et je vous rendrai ce thé peu à peu, tout préparé.

Puis, sans y avoir été invité, comme la veille au soir, il tira une chaise à lui et s'assit à la table de la cuisine.

— Le truc pour préparer du bon thé glacé, reprit-il, c'est d'utiliser de l'eau distillée. Et si les sachets sont bien, je préfère pour ma part le thé en vrac — de l'orange pekœ — que je laisse infuser dans l'eau frémissante, mais pas plus de huit minutes au maximum, car autrement les tanins ressortent et rendent l'infusion amère. Cela, bien sûr, ne s'applique pas au thé mis à infuser au soleil, qu'on peut laisser reposer plus longtemps.

— Vous êtes visiblement un expert en thé glacé, commenta Marilee.

Elle était à la fois impressionnée de voir un homme mettre tant de soin dans une activité aussi modeste et inquiète de savoir comment elle allait le congédier maintenant qu'il s'était installé.

— Un thé glacé par une journée brûlante, c'est le secret de la vie.

Elle le dévisagea.

— Je crois bien vous avoir entendu présenter au moins trois choses différentes comme *le* secret de la vie.

— Eh bien, vous savez, mademoiselle Marilee…

Il s'interrompit le temps de se tirer l'oreille, et afficha ce sourire capable d'entraîner des abeilles hors de leur ruche.

— Ce grand secret de la vie, en vérité, je le cherche toujours, avoua-t-il.

Marilee enroula un bras autour de sa taille et s'accrocha à elle-même, très certainement pour s'empêcher de se jeter sur ses genoux et de goûter sur ses lèvres le baiser qui brillait dans ses yeux.

Cette envie de l'embrasser était déraisonnable au possible. Et lui donnait une trouille de tous les diables.

Par bonheur, il abandonna brusquement ses manières de séducteur et enchaîna sur les besoins du journal. Il lui apprit ainsi que, dans l'après-midi, il avait engagé un nouveau maquettiste, un jeune gars frais émoulu d'une école d'arts graphiques.

— Vu le salaire que je lui donne, je me voyais mal lui reprocher son manque d'expérience, expliqua-t-il. Il commencera à la fin du mois prochain.

Marilee lui demanda carrément s'il avait l'intention de se débarrasser d'un d'entre eux.

— Non, répondit-il aussitôt. Il est possible que je doive changer les attributions de certains, mais je trouverai de quoi occuper tout le monde.

— Vous ne pourrez pas mettre Zona à un autre poste, le prévint-elle avant de s'asseoir en face de lui.

Elle tenait à s'assurer que la jeune femme serait toujours protégée.

— Non, je ne changerai pas les attributions de Zona. Je commence à me demander si elle ne dort pas dans son bureau, ajouta-t-il avec un sourire désabusé. Je ne l'ai jamais vue en sortir ni y rentrer.

— Elle ne veut se montrer à personne, et surtout pas à vous. Accordez-lui un peu de temps. Elle deviendra plus sociable avec vous quand elle vous connaîtra mieux. Elle a beaucoup de mal à s'adapter aux changements. Et aux hommes.

— Quel est son problème ?

— D'après la rumeur, un père abusif. Il est de notoriété publique, en tout cas, qu'elle a eu une grave crise de schizophrénie à vingt ans. Elle a suivi un traitement qui l'a aidée à remonter la pente. Il lui a permis, en tout cas, de survivre à l'extérieur de l'hôpital. Après la mort de ses parents, elle s'est trouvée privée de ressources. Et puis un jour Mlle Porter l'a amenée ici et en a fait sa comptable. Zona s'est révélée un génie des chiffres, en quelque sorte grâce à Mlle Porter. Celle-ci n'a cessé de la soutenir.

— Cela ressemble bien à Muriel, acquiesça-t-il avec un hochement de tête pensif. Elle n'a pas l'air d'un cœur d'artichaut, mais c'est pourtant ce qu'elle est.

Marilee le vit baisser les yeux vers la table tandis qu'un flot d'émotions envahissait son visage. Elle contempla l'endroit où ses cheveux frisottaient, derrière l'oreille. Des fils blancs se mêlaient aux boucles blondies par le soleil.

Puis il redressa la tête et croisa son regard.

— Combien de gens savent-ils que Charlotte est amoureuse de Leo ?

Cette nouvelle preuve de son don d'observation abasourdit Marilee.

— Eh bien, moi, pour commencer, et maintenant vous. Je ne suis pas sûr que Leo s'en soit rendu compte. Il est tellement habitué à être servi que voir Charlotte lui apporter son café chaque matin ne doit pas beaucoup l'émouvoir. Je doute d'ailleurs que Charlotte le reconnaisse elle-même. Elle aspire à une liaison romantique et en a une peur bleue en même temps.

— Elle n'est pas la seule dans ce cas, j'imagine.

— Non, certes.

Ses yeux étaient particulièrement remarquables, songea-t-elle en s'apercevant brusquement qu'il l'observait d'un air scrutateur.

— J'ai lu votre article sur le centre de détention, reprit-il. Vous avez su rester objective.

— Dois-je considérer cela comme un compliment ? s'enquit-elle, décidée à le jauger en retour.

— Absolument, m'dame…Votre capacité à présenter des faits sans les altérer par vos propres opinions est une très bonne chose. Je pense aussi que, lorsque vous voulez émouvoir le lecteur, comme dans vos articles sur le lotissement pour retraités que les MacCoy sont en train de construire ou concernant ce jeune drogué qui s'est mis à menacer les passants avec une arme qui n'était pas chargée, vous êtes encore meilleure. Vous savez insuffler de l'émotion dans vos écrits. Vous devriez le faire plus souvent.

Jamais encore elle n'avait eu droit à un éloge aussi détaillé de son travail. Mlle Porter n'était pas du genre à accorder la moindre louange à ses employés. Soit leurs articles étaient corrects, soit ils ne l'étaient pas — voilà à quoi se résumait son jugement. Aussi Marilee ne savait-elle quoi répondre au juste et sentait franchement mal à l'aise.

— J'aimerais que vous écriviez un article sur les autres centres de détention de l'Etat, et sur l'impact qu'ils ont eu sur leur commune d'accueil, poursuivit Tate. Je veux que vous montriez aussi bien le bon que le mauvais côté. Et que vous en tiriez ensuite vos propres conclusions au bénéfice du lecteur.

— Et si je n'arrive à aucune conclusion ? demanda-t-elle sans ambages.

— Ça aussi méritera d'être rapporté.

Elle hocha la tête en pensant aux enfants.

— Cela impliquera quelques déplacements, précisa Tate, comme s'il avait lu dans ses pensées. Mais vous pourrez emmener les enfants avec vous, non ?

Il haussa les sourcils d'un air interrogateur.

— Oui, répondit-elle lentement, je peux les emmener avec moi. Ou, à défaut, trouver quelqu'un pour les garder en mon absence.

Son intérêt pour ce projet grandissait de minute en minute, mais elle restait prudente.

— Je n'ai jamais effectué ce genre de reportage jusqu'à présent. En fait, je n'ai pas reçu de formation de journaliste; j'ai juste répondu à une annonce que Mlle Porter avait publiée dans le journal, et comme il n'y avait personne d'autre qui sache un peu écrire, j'ai décroché le boulot.

— J'ai moi aussi appris le métier sur le terrain. Avant, je suivais des études dans le but de devenir pasteur. Une opportunité m'a permis de décrocher un boulot dans le journal de l'école. On m'a confié la rubrique sportive, et quand j'ai vu mon nom imprimé pour la première fois, eh bien, j'ai attrapé le virus.

Marilee était occupée à le détailler de la tête aux pieds, depuis ses bottes de cow-boy jusqu'à sa chemise kaki en passant par son jean délavé. Elle n'arrivait pas à savoir à quoi il ressemblait, mais en tout cas pas à un pasteur.

Une fois de plus, il avait dû deviner ses pensées, car il ajouta que tout cela remontait à près de trente ans.

— J'étais plus fait pour le journalisme, poursuivit-il. J'avais tendance à montrer envers les gens une curiosité que l'on attend peu d'un pasteur mais qui convient tout à fait à un journaliste. Et puis j'aimais trop le whisky à l'époque, conclut-il avec une grimace comique.

« Moi qui n'étais qu'un petit paysan de l'est du Texas, je voulais connaître la vie. Je me suis marié et j'ai divorcé il y a quinze ans de cela parce que je n'étais pas un très bon mari. Voilà longtemps que j'ai arrêté de boire, mais je prends tout autant mon pied à lire des livres d'histoire, à boire du thé glacé ou à écouter du bon vieux blues.

Il marqua une pause. Marilee ne savait au juste ce qui se passait, mais elle était sûre qu'il se passait quelque chose.

— Et vous, mademoiselle Marilee ?

— Moi ? répéta-t-elle en se raidissant.

— Que pouvez-vous me dire sur vous ?

— Je suis sûre que vous connaissez déjà tout ce qu'il y a à savoir à mon sujet.

Elle tripota son verre et s'aperçut qu'il était vide… comme celui de Tate.

— Je sais que vous êtes originaire de Valentine mais que vous avez voyagé un peu, commença-t-il. Que Vella et Perry Blaine sont votre tante et votre oncle, et que vous êtes divorcée de ce type à l'air pas commode sur la photo, dont vous m'avez confié, je crois, qu'il était de quinze ans votre aîné.

Doux Jésus, cet homme avait une mémoire d'éléphant !

— Vous avez un fils, et maintenant vous vous occupez aussi de votre nièce, la fille de votre sœur. Je sais que vous aimez les enfants; votre dévouement envers les vôtres le prouve. Je sais que vous écrivez bien, que vous détestez les ordinateurs, que vous aimez mon thé sucré et que vous êtes accro au chocolat.

Il sourit.

— J'aimerais en savoir plus.

— Pourquoi ?

Sa petite phrase de la veille au soir lui revint en mémoire. Elle lut dans ses yeux qu'il s'en souvenait également et qu'il savait qu'elle aussi.

— Parce que nous collaborons étroitement au journal, répondit-il, et que je risque fort d'avoir à prendre des décisions qui vous concernent.

Il marqua une pause avant d'ajouter :

— Et puis — tant pis si je franchis certaines limites —, aussi parce que vous me plaisez et que je souhaiterais explorer les possibilités qui existent entre nous.

Consciente de l'avoir laissé aller trop loin, elle le toisa d'un regard sceptique censé lui faire comprendre qu'elle n'était pas disponible pour semblable marivaudage.

— Il n'existe aucune possibilité entre nous, décréta-t-elle en se levant.

Il demeura assis.

— L'opinion publique est partagée quant à savoir si, oui ou non, vous êtes vraiment fiancée avec Parker Lindsey.

— L'opinion publique ?

— La rumeur, mettons… et certaines personnes que j'ai interrogées. Alors, êtes-vous fiancée avec Parker Lindsey ? Etait-ce le motif de ce petit dîner aux chandelles d'hier soir ?

Marilee ne savait trop comment réagir.

— Non… mais Parker et moi, hmm, nous sommes liés.

— Ah, vous êtes liés… Comme dans « liés par les liens du cœur » ?

Dans sa bouche, ces mots avaient une connotation puérile.

— Oui. Nous sortons ensemble depuis un certain nombre d'années, et nous envisageons de nous fiancer.

— Je vois, dit-il en se renfrognant. Et vous gardez encore la photo de votre ex sur votre bureau.

Piquée au vif, Marilee se redressa.

— Si tant est que cela vous concerne — ce qui n'est pas le cas —, cette photo est là pour que Willie Lee ait sous les yeux une image de son père.

Elle emporta les verres jusqu'à l'évier, espérant qu'il interpréterait ce geste comme une invitation à quitter les lieux.

Mais il se contenta de reculer un peu sa chaise et de s'y installer plus confortablement. Jetant un coup d'œil par-dessus son épaule, elle vit qu'il avait les yeux fixés sur elle. Il semblait mijoter quelque mouvement qu'elle aurait sans doute intérêt à se préparer à contrer.

Peut-être lui demanderait-elle de lui expliquer l'expression : *une femme comme elle*.

La situation tendue menaçait de s'éterniser quand retentit la sonnette de la porte d'entrée. Marilee sursauta et faillit brailler un « ohmondieu » qui n'aurait pas été loin d'exprimer ses pensées du moment. Heureusement, elle se contrôlait assez pour articuler poliment :

— Excusez-moi un instant.

Elle se précipita vers la porte d'entrée, une partie d'elle-même songeant bien moins à accueillir son visiteur qu'à filer à toutes jambes. Elle se voyait même déjà en train de dévaler la rue.

Corrine l'avait précédée dans l'entrée, Munro sur les talons. Quant à Willie Lee, il était resté sur le canapé où, comme à son habitude, il dormait à poings fermés.

Corrine ouvrit la porte, et Vella apparut sur le seuil. Devant son expression hagarde, Marilee comprit immédiatement qu'il y avait eu une catastrophe.

— J'ai quitté Perry, déclara Vella de but en blanc.

Marilee vit alors ce qu'elle n'avait jamais vu auparavant et ne s'était jamais attendue à voir : sa tante s'écrouler devant ses yeux. Elle tendit la main afin de rattraper la vieille dame qui fondit en sanglots.

— Je n'ai nulle part où aller…

— Mais si, tante Vella ! s'exclama aussitôt Marilee, bouleversée. Tu es chez toi, ici.

Prenant sa tante par les épaules, elle la conduisit dans la cuisine et l'aida à s'asseoir à la table, tandis que Tate s'empressait de lui préparer un verre de thé glacé. Vella prit le verre et le vida cul sec comme s'il s'agissait d'un godet de whisky.

Comme Vella n'était toujours pas rentrée après les dernières informations télévisées de la nuit, Perry appela sa fille, Belinda.

La jeune femme avait enfin déménagé trois mois plus tôt, lors de son trente-troisième anniversaire. En y repensant, il décida que c'était à cette occasion-là que Vella avait manifesté ses premiers signes de folie. Elle avait fourré dans une valise toutes les affaires de leur cadette en lui enjoignant d'aller s'installer dans l'appartement situé au-dessus du drugstore.

— Passe-moi ta mère, dit-il à sa fille quand elle décrocha.

— Hein ? Papa ? demanda Belinda qui n'avait jamais reçu le moindre coup de fil de sa part.

Agrippé au combiné, Perry l'entendit lui répondre que sa mère n'était pas là et qu'elle ne l'avait pas vue. Comme elle voulait savoir ce qui se passait, il lui appris que Vella était devenue folle et qu'elle avait fichu le camp.

— Eh bien, repartit Belinda, qui ne s'inquiétait pas pour grand-chose, si je la vois, je te le dirai. Tu as regardé dans le jardin ? Peut-être qu'elle est assise sur le banc près de ses roses.

Perry raccrocha et alla en chaussettes jeter un coup d'œil par la porte de la cuisine. Vella avait planté des lampes à énergie solaire dans le sol, près de sa roseraie. Elles avaient coûté sacrément cher.

Il scruta dans cette direction à s'en abîmer les yeux. Les lampes jetaient une vive clarté alentour. Mais le banc était vide.

Il revint sur ses pas et rappela Belinda afin de lui annoncer que sa mère n'était pas sur le banc.

— Bon, je suppose qu'elle reviendra demain matin, papa, rétorqua la jeune femme, manifestement irritée d'être de nouveau dérangée. Si elle ne se montre toujours pas, je demanderai à Lyle d'émettre un avis de recherche.

Sur ces mots, elle raccrocha et raconta les démêlés de ses parents à Lyle, étendu à côté d'elle sur le lit.

— Ils se sont disputés. Ça a dû chauffer sec, ce coup-ci. D'habitude, maman se contente de ne plus lui parler pendant un moment.

Elle se pelotonna contre Lyle, jouissant du contact de son corps musclé contre le sien. Elle avait découvert que c'était la seule chose dans la vie qui pouvait retenir un tant soit peu son intérêt.

— Maman ne laissera jamais tomber ses roses, reprit-elle. Papa la retrouvera demain matin en train de préparer le petit déjeuner dans la cuisine.

Puis elle concentra toute son attention sur ce que Lyle lui faisait.

Ses lunettes de lecture sur le nez, Tate replia le journal jauni qu'il était en train de lire et le jeta avec les autres au bout du lit, sur la pile des anciens numéros du *Valentine Voice* qu'il avait empruntés dans les archives rangées au premier étage de l'immeuble du *Voice.* Au moins, pensa-t-il, ces journaux simulaient-ils par leur poids une présence dans son lit.

Envahi par un accès de solitude, il repensa à Marilee et s'imagina au lit avec elle.

Il se redressa aussitôt et posa ses pieds sur le sol. Après s'être frotté les yeux, il consulta la pendulette — 1h33, et le sommeil n'arrivait toujours pas.

Il se leva, enfila un pantalon de survêtement, une chemise et des chaussures de jogging et sortit courir. Il avait pensé que le chat devait dormir quelque part, mais celui-ci se faufila de sous le massif de lilas et lui emboîta le pas.

Une fois de plus, Tate longea le trottoir jusqu'à la maison de Marilee et constata avec satisfaction que la Cherokee était toujours la seule voiture dans l'allée. Il ralentit pour voir s'il y avait de la lumière à la fenêtre de la chambre du fond. Oui, une faible lueur. Soit Marilee était encore debout, soit elle dormait avec la lampe allumée.

S'éloignant à regret, il poursuivit son chemin jusqu'à Main Street, où il eut la surprise de tomber sur Winston Valentine qui marchait en sens inverse, sa canne à la main.

— Winston ? lança-t-il malgré lui.

— Salut, rédac'chef.

— Vous ne dormez pas non plus ?

— Les vieux ne dorment jamais, fils, répliqua le vieil homme sans s'arrêter.

Tate poursuivit sa route, tourna à la hauteur du poste de police et remonta Church Street pour rentrer chez lui. Sur le trottoir d'en face courait une autre personne, une femme dont le justaucorps argenté brillait sous les réverbères — preuve de l'existence de vies secrètes la nuit venue.

Marilee renonça à dormir. Plongeant la main dans le tiroir de sa table de chevet, elle en retira la moitié d'une barre chocolatée qu'elle gardait là en cas d'urgence. Elle remonta ensuite ses oreillers, s'y adossa et cassa la barre en morceaux qu'elle enfourna dans sa bouche.

Elle savait très bien ce qui n'allait pas. Elle avait envie d'un homme. *Oui, Seigneur, c'était la vérité.*

Les ronflements de Vella lui parvenaient depuis la chambre voisine où la vieille dame dormait dans le lit de Willie Lee. Etendue sur son lit dans le noir, Marilee avait envie qu'un homme vienne la prendre dans ses bras et lui procure des sensations extrêmes qui l'arracheraient à la solitude si angoissante de ces petites heures de la nuit.

Elle l'admettait, espérant ainsi se débarrasser du désir, mais elle s'y accrochait quand même, se disant que, peut-être, le miracle d'une vie parfaite en compagnie d'un homme parfait apparaîtrait devant ses yeux. L'envie la tarauda de plus belle, la faisant fantasmer à la fois sur Parker et Tate, ce qui lui parut du dernier ridicule.

Prenant le téléphone sur ses genoux, elle appela Parker. Il répondit d'une voix ensommeillée.

— Parker, c'est moi, Marilee.

— Ah… Quelle heure est-il ?

Elle lui annonça qu'il était presque 2 heures et qu'elle n'arrivait pas à dormir.

— J'ai besoin de te parler, lui avoua-t-elle d'une voix brisée.

— Hein ?

— On peut parler un peu ? murmura-t-elle.

— Euh, oui, d'accord, acquiesça-t-il d'une voix trop ensommeillée à son goût.

— Parker ? Tu es réveillé, Parker ?

— A peine.

Il lui expliqua qu'il avait dû s'occuper ce soir-là d'un chien épileptique et d'une vache qui s'était coupée à du fil de fer barbelé.

Quand il eut fini, Marilee le mit au courant pour tante Vella qui, écroulée sur le lit de Willie Lee, ronflait de plus en plus fort.

— Ils sont mariés depuis quarante-cinq ans, mais je doute qu'ils aient eu une seule semaine à eux durant tout ce temps-là.

— Bah, elle retournera sans doute chez elle demain, avança Parker.

Mais Marilee, dont l'esprit sautait du coq à l'âne, ne pensait déjà plus à tante Vella.

— Parker… tu peux venir ?

— Maintenant ?

— Oui.

Elle avait dû perdre la tête, se dit-elle.

— Viens ici t'asseoir avec moi sur le canapé.

— O.K., dit-il avec un manque évident d'enthousiasme en dépit de sa cour assidue.

Marilee raccrocha et contempla le plafond. Bon sang, songea-t-elle, comment avait-elle pu se fourrer dans une situation aussi délirante ? Elle enfila son peignoir et alla entrouvrir la porte d'entrée afin que Parker entre sans bruit.

Puis, se retournant, elle avisa Willie Lee. Elle avait oublié qu'elle l'avait laissé dormir sur le canapé. Décidément, elle déraillait complètement. Avec lui dans le séjour, il ne restait plus que la chambre comme pièce disponible dans la maison. Elle s'imagina tombant dans son lit avec Parker.

Mue par un début de panique, elle s'empressa de prendre son fils dans ses bras et l'emporta jusqu'à son lit. Il ne se réveillait jamais que quand il y était prêt, et il serait sans doute encore endormi à l'arrivée de Parker.

Comme elle revenait dans le séjour, elle vit Munro sortir de la chambre des enfants où il s'était endormi avec Corrine. Il la regarda s'asseoir sur le canapé d'un œil intrigué.

— Viens ici, lui demanda-t-elle en tapotant la place à côté d'elle.

Après quelques secondes d'hésitation, il approcha, monta sur le canapé, tourna deux fois sur lui-même et se coucha contre elle. Son contact était agréable, chaleureux, rassurant, et Marilee se sentit bientôt plus sereine. Elle regretta de ne pas avoir pensé à Munro plus tôt. Dormir avec un chien pouvait être bien mieux que de dormir avec un homme; un chien ne vous assommait pas de tout un tas d'exigences avant de vous laisser tomber.

Elle s'assoupit et ne s'aperçut qu'au matin que Parker n'était pas venu. Il lui téléphona alors qu'elle prenait son café avec Vella.

— Tu m'as appelé cette nuit ? s'enquit-il.

— Oui.

Elle marqua une pause, puis ajouta :

— Je voulais seulement parler un peu, mais tu étais trop fatigué.

— Oh, ça oui, acquiesça-t-il. Tu ne m'as pas demandé de venir, si ?

— Non, non, tu as dû rêver.

The Valentine Voice

Dimanche 14 mai

Au sommaire de ce numéro :

— Le centre de détention de nouveau au cœur de la polémique. Un blessé et une arrestation à l'issue d'une altercation à la réunion du Conseil municipal de jeudi. Lire page 1.

— L'homme retrouvé mort dans sa voiture enfin identifié. Une habitante de la ville l'a formellement reconnu. Lire page 3.

— Le comblement de la fondrière tourne court. La terre versée par la voirie a disparu dans le trou. Lire page 3.

— Les terminales du lycée de Valentine se préparent au bac. Nombre record de candidats cette année. Lire page 6.

13.

Un beau méli-mélo

Elle avait eu tort de ne pas confier les enfants à une baby-sitter ou à Vella avant de partir enquêter dans un centre de détention pour mineurs d'Oklahoma City. Tous les trois, plus Munro, avaient subi six heures de restrictions et de confinement; ils étaient non seulement fatigués par le voyage et la chaleur mais aussi nerveusement épuisés.

Envahie par un début de migraine, Marilee éprouva un grand soulagement en voyant approcher les abords de Valentine. Elle aperçut aussi des véhicules garés sur le bas-côté de la route et un groupe de personnes entourant le panneau de bienvenue à Valentine.

— Il y a tante Vel-la, déclara Willie Lee qui avait passé la tête entre les deux sièges.

— C'est le Rose Club, intervint Corrine.

Ralentissant, Marilee vit Reggie en train de prendre des photographies. Tammy était là également et, carnet en main, interrogeait Winston pour le journal.

Une fois qu'elle se fut garée, tous descendirent de la Cherokee d'un pas mal assuré — surtout les enfants et le chien qui avaient dû attendre dans la voiture pendant son entretien au centre de détention. Quel bonheur de se dégourdir les jambes après ce long trajet ! Munro semblait pour sa part doublement ravi, puisqu'il alla directement lever la patte contre un tronc.

— Sa-lut, mon-sieur Wins-ton, articula Willie Lee en s'approchant du vieil homme.

Celui-ci, assis sur un pliant à l'ombre d'un grand orme, dirigeait de sa canne le travail de ses camarades moins âgés du Rose Club.

— Mais c'est monsieur Willie Lee que voilà !

Tous les deux se serrèrent la main.

Marilee salua à son tour Winston et ses deux pensionnaires, assises de part et d'autre de son pliant. Mildred était en train de manger des dragées en sucre qu'elle sortait de son sac, et de temps à autre Ruthanne lui en demandait une, jetant dans l'herbe celles qui étaient orange.

Les membres du Rose Club — du moins les huit retraités disponibles à cette heure-là — étaient occupés à planter des rosiers Mme Isaac Pereire de chaque côté du panneau et de petites polyanthas Excellenz von Shubert au milieu. Comme Winston et Vella n'avaient pu trouver ces variétés chez aucun des pépiniéristes de la région, le Club avait dû les commander à un horticulteur du Texas. Tante Vella avait réussi à obtenir l'accord des membres du Rose Club sur ce point, principalement en épatant tout le monde par sa connaissance des variétés. En cet instant, vêtue d'une légère robe de coton bleu à motif végétal, d'un grand chapeau de paille et de gants de jardinage pourpres, elle donnait des directives tout en mettant la main à la pâte afin de s'assurer que le travail était effectué correctement, c'est-à-dire selon ses désirs.

Comme la vieille dame venait la rejoindre, Marilee constata avec émerveillement qu'elle ne suait ni ne présentait la moindre tache après avoir ainsi manipulé la terre.

— On s'y est mis un peu tard, lui annonça cette dernière en secouant ses gants pour en détacher la terre. Il nous reste encore à fleurir le panneau de l'est, mais maintenant que tout le monde sait ce qu'il doit faire, ça devrait aller plus vite.

L'enthousiasme de sa tante la paniqua légèrement. Elle aurait préféré la voir regretter un peu plus son mari.

— Winston et moi emmenons Mildred et Ruthanne manger une pizza ce soir, poursuivit Vella. On pourrait t'en rapporter, ça t'éviterait d'avoir à préparer le dîner.

Elle avait parlé avec un tel souci de lui être agréable que Marilee en eut le cœur serré.

— Ce serait adorable, tante Vella. Il faut que je rédige rapidement un premier brouillon à partir de mes notes sur le centre de détention.

Si elle ne s'y mettait pas avant que d'autres questions ne surgissent, elle risquait de perdre la passion qu'elle voulait insuffler dans son article.

— Et si les enfants restaient avec nous ? suggéra Vella. Oh, dis oui, Marilee. Nous aimerions beaucoup les avoir avec nous. Comme ça, nous les emmènerions ensuite à la pizzeria, et tu pourrais te concentrer tout de suite sur ton article.

— Eh bien, je ne sais pas…

L'idée de perdre ainsi ses enfants de vue la dérangeait — une réticence qui confinait à l'irrationnel.

Elle chercha aussitôt son petit monde du regard. Accroupi par terre, Willie Lee aidait Doris Northrupt à tasser la terre autour d'un petit rosier tandis que, non loin de là, Munro était couché de tout son long à l'ombre du panneau marquant l'entrée de la ville. Marilee baissa les yeux sur Corrine.

— Tu aimerais rester jouer ici ?

Sa nièce eut un hochement de tête quelque peu hésitant. Un sourire illuminait cependant son visage en forme de cœur, à défaut de ses lèvres.

Prenant sa décision, Marilee embrassa les enfants, remonta dans la Cherokee et s'éloigna sur la route, non sans jeter plusieurs coups d'œil dans le rétroviseur. Elle se répéta qu'ils demeuraient tous dans la même ville, que ce n'était pas comme s'ils étaient séparés par une centaine de kilomètres. Et puis elle était vraiment heureuse d'avoir quelques heures à elle. Même si elle trouvait un peu étrange de se retrouver ainsi toute seule.

Elle se gara prestement, rentra dans la maison, laissa tomber son sac en cuir sur le canapé et déposa soigneusement ses clés sur le bureau : Corrine n'étant pas là pour l'aider à les retrouver, mieux valait qu'elle sache précisément où elle les avait mises.

Elle marqua une pause et tendit l'oreille. Seuls lui parvenaient le tic-tac de la pendulette posée sur le bureau et les gargouillements épisodiques du réfrigérateur.

Elle n'avait pas entendu un tel silence depuis des mois. Au cours des cinq dernières nuits, les ronflements de Vella avaient rempli la maison — Dieu savait pourtant que Marilee ne voulait pas que sa tante se sente de trop ! Celle-ci faisait d'ailleurs tout son possible pour ne pas les déranger, mais ses ronflements posaient problème. S'ils ne dérangeaient guère le sommeil imperturbable de Willie Lee, Corrine, en revanche, ne pouvait s'endormir dans la même chambre que la vieille dame. Après l'avoir retrouvée par deux fois étendue sur le canapé, Marilee avait insisté pour qu'elle vienne dans sa chambre; coucher sur le canapé ne convenait pas au corps fragile d'une jeune fille en pleine croissance. Munro avait suivi Corrine, et aussi heureuse Marilee avait-elle été de partager son lit avec sa nièce et le chien, elle commençait maintenant à manquer d'espace vital.

Vella représentait un adulte de plus dans un pavillon doté de deux chambres, une seule salle de bains et une unique cafetière électrique. Marilee n'y était tout simplement pas habituée. Et la gêne qu'elle en éprouvait lui révélait à quel point sa vie était réglée, tout en lui donnant un aperçu déconcertant des ajustements auxquels il lui faudrait procéder si elle épousait Parker.

Tous les deux n'avaient toujours pas réglé la question du mariage. Au cours des cinq derniers jours, ils s'étaient à peine vus. Il était passé dîner à plusieurs reprises, mais avait dû à chaque fois la quitter à cause d'un appel urgent. Il ne lui avait d'ailleurs pas reparlé de sa demande en mariage. Et elle-même n'avait pas remis le sujet sur le tapis, par hésitation mais aussi par entêtement.

Pour l'instant, toutefois, elle n'avait pas besoin de penser à ça, se dit-elle en ouvrant le réfrigérateur. Ses yeux tombèrent sur le pichet de thé glacé de Tate Holloway.

Ce dernier avait tenu parole en lui rendant son thé tout préparé, pensa-t-elle en posant le pichet sur le comptoir, où elle se servit un verre de la revigorante infusion sucrée. Au vrai, son rédacteur en chef semblait avoir pris l'habitude d'apparaître sur le seuil de sa cuisine tous les soirs sous prétexte de lui apporter un pichet de thé, de lui proposer de l'aider sur son ordinateur dernier cri, ou encore de l'interroger au sujet de telle ou telle personne qu'il avait croisée en ville. Tate possédait décidément la qualité, propre aux journalistes, de s'intéresser aux gens.

Malgré tout, elle n'avait pas encore réussi à lui demander ce qu'il entendait au juste par « une femme comme elle », expression qui résonnait encore dans son esprit. En dépit de la tentation, elle résista à l'envie de se ménager un moment d'intimité avec lui. Cela ne lui semblait pas une bonne idée. A chaque fois qu'ils se retrouvaient en tête-à-tête, elle ne pouvait s'empêcher d'imaginer ce que ça ferait de l'embrasser, ce qui était complètement idiot.

Elle prit le verre de thé — qui contenait juste la bonne dose de citron, l'homme sachant assurément comment préparer le thé glacé — et le porta jusqu'à son bureau, où elle s'assit avec détermination avant d'allumer le petit ordinateur dernier cri qu'elle commençait à apprécier... la plupart du temps. S'apercevant qu'elle avait oublié ses notes, elle dut se relever pour aller les chercher. Elle revint ensuite s'asseoir et se cala sur sa chaise. Parfois, ce simple mouvement l'aidait à penser.

D'un geste résolu, elle s'empara d'un crayon et ébaucha un premier jet — qui ne lui donna pas satisfaction. Elle se sentait incapable d'ordonner clairement les faits dans son esprit. Elle prit une gorgée de thé dans l'espoir de stimuler ses méninges.

C'est alors qu'elle s'aperçut qu'elle fixait des yeux la photographie de Stuart. Elle la prit et étudia plus attentivement le visage souriant de son ex-mari. Si elle gardait ce cliché, c'était effectivement pour Willie Lee... mais probablement aussi pour elle-même.

Tout en contemplant la photographie, elle se demanda ce qu'il était devenu.

D'après ce qu'elle en savait, il pouvait aussi bien être mort.

Mais elle ne croyait pas à cette éventualité. Pour quelque étrange raison, elle l'avait senti très présent dans son cœur ces dernières semaines. Elle se demanda, comme le font toutes les femmes quand leur reviennent en mémoire des fragments de leur passé, s'il avait beaucoup changé depuis l'époque où la photographie avait été prise. C'était alors un éblouissant jeune homme de trente-huit ans. Il en avait presque cinquante-cinq aujourd'hui.

Elle remit le cliché à sa place.

Avec un soupir de frustration, elle se passa la main dans les cheveux. Elle trouvait grotesque de ne pas arriver à se concentrer. Bon sang, elle avait un article à écrire ! Elle se cala une nouvelle fois sur sa chaise, parcourut les lignes qu'elle avait jetées sur le papier, puis se mit à contempler l'écran de l'ordinateur.

La maison était tellement silencieuse que c'en était absurde.

Cette sensation perturbante l'amena à repenser aux enfants et à tante Vella. Sa solitude lui pesait tant qu'elle éprouva l'envie singulière de courir les chercher.

Avant même de prendre conscience de ce qu'elle faisait, elle se redressa et, récupérant ses clés et son sac, sortit reprendre sa voiture.

Elle n'alla pas chercher les enfants. Elle *ne pouvait pas* aller les chercher; ils étaient en train de passer un moment absolument merveilleux avec tante Vella et Winston. Tous penseraient qu'elle avait perdu l'esprit si elle allait les chercher.

De plus, elle tenait vraiment à ce moment de solitude. Que cela l'effraie un peu était normal, étant donné qu'elle ne s'était pas retrouvée seule depuis un certain temps.

Absorbée dans ses réflexions, elle se dirigeait directement, tel un pigeon voyageur, vers le drugstore. Elle finit par s'en apercevoir et songea qu'elle aurait pu marcher jusque-là afin d'évacuer un peu de sa tension. Dans sa tête, une petite voix protestait contre cette escapade, lui intimant l'ordre de retourner à la maison et de reprendre le travail. C'est ce qu'elle ferait, mais après un sundae au chocolat chaud.

Elle se gara en épi devant la boutique, ses pneus heurtant le trottoir. Puis elle descendit de voiture, claqua sa portière, pénétra d'un pas vif dans le magasin et commanda un sundae à sa cousine Belinda qui, depuis que sa mère avait abandonné mari et commerce, assurait le service de jour et confiait les soirées aux deux lycéens.

Assise sur le haut tabouret de sa mère, la jeune femme était en train de lire l'édition dominicale du journal.

— Tu pourrais te le préparer toi-même ? J'ai été debout toute la journée. Je suis claquée, répondit-elle d'une voix lasse. Pendant que tu y es, ça ne te dérangerait pas de me redonner du Dr Pepper ?

Elle poussa sur le comptoir un verre rempli de glaçons. Le seul élément qui permettait à Marilee de deviner que la personne dissimulée derrière le journal grand ouvert était bien sa cousine, c'étaient ses mules en fourrure rose.

Marilee prit le verre d'un geste sec. C'était une bonne chose que sa tante ne fût pas là. Cette dernière méprisait sa cadette

— également son unique fille — pour déambuler ainsi toute la journée en chaussons.

Marilee elle-même avait parfois du mal à croire que Belinda était la fille de Vella, jadis une beauté aux cheveux de jais et à l'allure très distinguée — ce qu'elle était encore, d'ailleurs. La jeune femme, en revanche, était une blonde décolorée plutôt vulgaire. Marilee s'expliquait ce contraste par le fait que Belinda tenait surtout de son père. Il lui suffisait du reste de jeter un coup d'œil à travers la porte en verre qui donnait sur la pharmacie pour en être convaincue.

Elle entendait le murmure de la télévision de son oncle et l'imagina affalé dans son vieux fauteuil à l'arrière de la boutique. Cette pensée l'irrita. Selon elle, son oncle n'aurait pas dû se comporter comme si rien ne s'était passé. Elle ne s'attendait certes pas que Perry se transforme soudain en amoureux transi, mais il aurait quand même pu prendre son téléphone pour appeler sa femme, son épouse depuis quarante-cinq ans.

— Je viens de laisser ta mère devant le panneau à l'entrée de la ville. Elle y plante des roses avec les autres membres du Rose Club, annonça-t-elle à Belinda en déposant le verre de soda sur le comptoir.

— Je sais, répondit la jeune femme sans baisser son journal. Minnie Oakes est venue tantôt prendre des rafraîchissements pour toute la bande. Elle n'a pas manqué de dire à papa où se trouvait maman.

— Et qu'a-t-il répondu ? s'enquit Marilee en prenant une coupe à sundae sur l'étagère.

— Je ne sais pas, je n'ai pas entendu. Jaydee s'acharne sur ce centre de détention comme un chien sur son os. Il paraît que le maire devra subir une opération de chirurgie esthétique pour son nez.

— On ne sera sûr qu'il est cassé que lorsqu'il aura dégonflé, répliqua Marilee tout en bataillant pour déchirer l'emballage en cellophane d'une nouvelle boîte de brownies au chocolat.

Manifestement, cet emballage était conçu dans le but de protéger les brownies pendant au moins un siècle.

— Bah, ce centre de détention sera construit de toute façon, alors ça ne sert à rien de casser la figure au maire.

— Jaydee n'avait pas vraiment l'intention de lui casser la figure, précisa Marilee, et ce n'était pas non plus vraiment à cause du centre de détention. Jaydee s'est simplement emporté, comme cela lui arrive parfois.

Elle-même était en train de s'emporter contre la cellophane. Elle éprouvait l'envie terrible de jeter la boîte de brownies par terre et de sauter dessus à pieds joints. Brusquement, elle prit conscience qu'elle se mettait en colère sans raison réelle, ce qui semblait lui arriver souvent depuis quelques semaines.

— A cause de quoi, alors ? demanda Belinda. D'après ce que j'ai entendu dire, c'était bien le centre de détention. C'est d'ailleurs marqué dans le journal.

Avec un calme délibéré, Marilee alla chercher la paire de ciseaux rangée sous la caisse enregistreuse.

— Jaydee était effectivement assez remonté contre ce projet, mais c'est à Juice Tinsley qu'il voulait casser la figure. Celui-ci lui avait lancé que, comme sa femme risquait de finir un jour au centre de détention, il devrait plutôt se réjouir de sa proximité. Walter s'est simplement pris le coup que Jaydee destinait à Juice en venant s'interposer entre les deux hommes afin d'essayer de ramener le calme.

D'un geste soigneusement contrôlé, elle coupa la cellophane à l'angle de la boîte.

— La femme de Jaydee ? répéta Belinda en tendant la tête de côté pour lui jeter un coup d'œil. Il a épousé cette fille de vingt et un ans avec laquelle il sortait ?

— Hon-hon. Dimanche dernier.

— Mouais… C'est fréquent chez les hommes de cet âge…

Marilee fronça les sourcils à cette remarque éminemment sexiste. D'autant qu'à son avis, Belinda était en-dessous de tout dans le conflit qui opposait ses parents. Elle était lasse d'être la seule à s'inquiéter des problèmes soulevés par cette situation.

— C'est quand même une sacrée surprise que ce type mort près de la ville soit le premier ex-mari de Fayrene, non ? reprit Belinda avant de jeter un nouveau coup d'œil à sa cousine. Combien de fois s'est-elle mariée au juste ?

— Trois, je pense.

Marilee déposa un brownie dans la coupe et se lécha les doigts.

— En tout cas, c'est un coup de chance que Fayrene ait gardé ce vieux numéro du journal. Si elle l'avait jeté, on n'aurait jamais su que ce type était un de ses ex.

Marilee s'adossa contre les placards chromés.

— Belinda, il faut que nous persuadions ton père de téléphoner à ta mère. Plus leur séparation durera, plus ils auront de mal à se réconcilier.

— Je ne vois pas ce que nous pourrions y faire.

— Et si ta mère ne revenait jamais à la maison, Belinda ? Et si cette séparation devenait définitive ?

Belinda tendit la tête de côté.

— J'ai déjà averti papa que j'allais engager quelqu'un pour s'occuper de la caisse durant la journée. Ce n'est pas parce que maman s'en est chargée pendant trente-cinq ans que je vais m'y mettre moi aussi. Je travaillerai ici quatre soirs par semaine, comme avant, un point c'est tout.

Et elle disparut de nouveau derrière son journal.

Marilee contempla le rempart de papier, puis reporta son regard sur la porte vitrée donnant sur la pharmacie. Elle repensa à l'expression qu'avait sa tante à chaque fois qu'elle parlait à Winston ou de Winston. Baissant les yeux sur la boîte de brownies, elle en prit un second qu'elle déposa dans la coupe.

— J'ai été la première à être au courant au sujet de l'ex de Fayrene, reprit Belinda. Lyle était au poste, vendredi, quand Fayrene est venue lui montrer la photographie de la voiture parue dans le journal. Il l'a emmenée avec le shérif identifier le corps. D'après lui, quand elle a vu le bonhomme, elle est devenue cinglée et a complètement perdu les pédales. Je pense qu'elle s'attendait vraiment à revoir ce gars, et pas seulement son cadavre.

Tout en lâchant une énorme cuillerée de glace à la vanille sur les brownies, Marilee songea que les gens nourrissaient bien des espoirs en ce bas monde, comme celui de dénicher l'âme sœur et de partager avec elle un amour éternel. De trouver le bonheur. De parvenir au moins à connaître le sens de la vie. Autant de grandes attentes qui se révélaient au bout du compte illusoires.

— C'est drôlement curieux que ce bonhomme ait utilisé un pseudo. John V. Smith… Me demande à quoi ce « V » renvoie.

— C'était un nom inventé de toutes pièces, lui rappela Marilee avec énergie, espérant ainsi arracher sa cousine à son monologue.

— Ouais, c'est bien pour ça qu'on n'arrivait pas à l'identifier, d'ailleurs. On recherchait un John V. Smith, pas un Dan Kaplan. Lyle dit que le shérif a tout de suite trouvé curieux que ce type n'ait que son permis de conduire sur lui et pas de cartes de crédit ni rien. Qu'est-ce que Fayrene a pensé du fait que son ex utilise une fausse identité ?

Elle lança à Marilee un haussement de sourcils interrogateur et précisa :

— Lyle ne l'a pas revue depuis sa crise à la morgue.

Après avoir versé du chocolat chaud sur la glace, Marilee attrapa la bombe de crème fouettée et la secoua.

— Je ne lui ai parlé qu'une minute, commenta-t-elle. Vu son état, j'ai préféré ne pas lui poser de questions. Tout ce que j'ai rapporté dans l'article, je l'ai appris de la bouche du shérif.

Elle dirigea la buse de la bombe en direction de son sundae tout en pensant qu'il était inutile de parler à Belinda du béguin probable de sa mère envers Winston; sa cousine était trop absorbée par la lecture de son journal pour s'y intéresser.

Quand elle appuya sur le bouton, la bombe ne crachota que quelques gouttes de chantilly.

— Il n'y a plus de crème fouettée ?

— J'en sais rien.

Marilee alla regarder dans le réfrigérateur de la réserve et en revint avec une bombe neuve, la bille à l'intérieur cliquetant comme un piston.

— D'après Lyle, poursuivait Belinda, il est très facile d'obtenir un faux permis de conduire. On peut en trouver aux puces, si on sait où chercher. Si c'est vrai, je ne vois pas pourquoi on irait s'embêter à en vouloir un vrai.

Pourquoi, en effet ? songea Marilee. La chantilly fusa de la bombe avec une rapidité qui la fit sursauter.

— En tout cas, reprit sa cousine, Fayrene pourra se frotter les mains si elle touche les cinq bâtons.

— Quels cinq bâtons ? demanda Marilee en s'immobilisant soudain, la main sur le bocal de griottes qu'elle s'apprêtait à ouvrir.

La tête de Belinda apparut sur le côté du journal.

— Les cinquante mille dollars qui se trouvaient dans le coffre de la voiture du type. Tu n'étais pas au courant ? Je croyais que tu le savais, mais j'imagine que le shérif n'a pas voulu que ça apparaisse dans le journal. Lyle prétend qu'il veut garder ça secret pour l'instant.

— Non, je ne le savais pas.

Et si le shérif avait voulu que ça reste secret, il aurait mieux fait de ne pas en parler à Lyle, pensa Marilee.

— Je suppose que Neville cherche encore d'où provient tout cet argent, ajouta Belinda. Je crois qu'il n'en a même pas parlé à Fayrene. Lyle me l'a appris seulement ce matin. D'après lui, Fayrene pourrait finir par les toucher, vu que son ex n'avait pas de famille.

A condition, bien sûr, qu'il ne les ait pas volés. Ce Dan Kaplan a peut-être dévalisé une banque ou je ne sais quoi.

Sur ce, elle disparut une nouvelle fois derrière son journal.

Marilee demeura immobile, se demandant si elle devait aller au poste interroger Neville.

Mais elle n'en avait pas vraiment envie. Dieu savait qu'elle était déjà censée rédiger un article en ce moment même au lieu de se préparer un énorme sundae. Ce dont elle avait vraiment envie, c'était précisément s'asseoir avec ce sundae et l'engloutir jusqu'à la dernière goutte. D'ailleurs, à quoi bon insérer une brève dans le journal ? Maintenant que Lyle était au courant pour l'argent, la moitié de la ville apprendrait la nouvelle avant la fin de la journée.

Elle dévissa le couvercle du bocal de griottes et en pêcha une par la queue tandis que Belinda devisait sur la fondrière.

— Me demande où est passée toute cette terre qu'y a versé la voirie. Peut-être qu'elle est tombée dans le trou laissé par un forage pétrolier quelque part ailleurs. Tous les trous finissent par se boucher d'une manière ou d'une autre.

Marilee goba la cerise et, la tenant par la queue, la noua en boucle avec la langue. C'était Stuart qui lui avait appris ce truc. Cela exigeait de la concentration et calma son esprit.

14.

Des sundaes au chocolat

La sonnette au-dessus de la porte d'entrée tinta. C'était Charlene MacCoy. S'approchant de la pompe à soda, elle commanda deux sandwichs à la viande grillée et trois Coca-Cola à la pression.

— Les sandwichs sont pour Oralee et moi, expliqua-t-elle. Dixie ne touche jamais à la viande grillée. J'aimerais pouvoir en faire autant, ajouta-t-elle en soupirant.

— Marilee va te préparer les sandwichs, annonça Belinda sans bouger de son tabouret. N'est-ce pas, Marilee ? Puisque tu t'es mise au travail, autant continuer, hein ?

Marilee prit le sachet de pain à hamburgers. Tandis qu'elle entreprenait la confection des sandwichs, Imperia Brown vint s'entretenir avec Belinda au sujet de l'insertion d'une série de publicités hebdomadaires pour le Blaine's Drugstore le mois suivant. C'était d'ordinaire avec Vella qu'elle négociait ce contrat, mais celle-ci n'étant pas disponible, il lui fallait bien se tourner vers la fille.

La jeune femme refusa de prendre une quelconque décision à ce sujet.

— Je ne tiens la caisse qu'à titre provisoire. Adresse-toi à papa pour ça.

— Ma fille, rétorqua Imperia qui ne mâchait jamais ses mots, parler à ton père, c'est comme parler à une souche. Marilee, ajouta-t-elle, cette viande sent rudement bon. Tu m'en donnes un peu ?

Imperia était une femme à l'ossature vigoureuse; elle se moquait complètement de la diététique ou de son tour de taille.

Marilee sortit donc un nouveau pain.

Imperia, un vernis d'un rouge pétant sur ses ongles, admira les ongles de Charlene. Celle-ci lui apprit qu'elle les devait à la nouvelle manucure du salon de coiffure.

— Je deviens trop vieille pour m'occuper des ongles, dit-elle en soupirant. C'est un travail de jeune femme.

— Oh, écoutez-la un peu, cette gamine ! s'exclama Imperia. L'âge est une question d'état d'esprit.

— Et d'yeux aussi, or les miens ont quarante-cinq ans passés. Tu peux utiliser des tas de trucs pour ne pas paraître plus de trente-cinq ans, mais il n'y a tout simplement aucun moyen de conserver sa vue de jeune femme.

Imperia, elle-même au milieu de la trentaine, la considéra d'un air ahuri.

— De toute façon, je suppose que tu n'as plus besoin de travailler, maintenant que tu es mariée à Mason MacCoy, intervint Belinda avec une envie non dissimulée.

— J'ai toujours ma vie à moi, répliqua Charlene. Je suis retournée à l'école afin d'obtenir un diplôme de massage thérapeutique. Ces massages s'effectuent sous un éclairage tamisé, de toute façon. Nous projetons d'ouvrir un salon dans le lotissement pour retraités. C'est Iris qui le financera, et Dixie et moi qui le gérerons. Nous y proposerons des massages et toutes sortes de remèdes par les plantes.

Marilee, qui avait suivi la conversation d'une oreille distraite et tendait à Charlene son sac de sandwichs, trouva que celle-ci avait bien belle allure. La récompense du bonheur, songea-t-elle. Depuis qu'elle avait épousé Mason, Charlene semblait rajeunir de jour en jour, ce qui plaidait d'ailleurs en faveur du mariage, se dit-elle tout en s'inspectant à son tour dans le miroir.

Ses cernes étaient plus marqués que d'habitude et ses cheveux semblaient ternes; elle entrait dans la pleine maturité. Qui voudrait encore d'elle, ensuite ? S'épanouirait-elle comme Charlene si elle épousait Parker ?

— J'ai bien reçu ton message la semaine dernière, Marilee, lui déclara cette dernière. Je comptais t'appeler pour te confirmer notre présence à l'anniversaire de Parker samedi prochain. J'apporterai ma sauce à la crème aigre.

Cette fête d'anniversaire était une tradition que Marilee en était plus ou moins venue à organiser depuis cinq ans. Elle avait envoyé les invitations au petit groupe d'amis de Parker au début du mois et l'avait ensuite oublié. Elle eut donc un léger sursaut en entendant Charlene lui en parler.

— Et moi, je dois apporter le gâteau, constata-t-elle en consultant le calendrier. Ça m'était complètement sorti de la tête.

— Ça lui fera combien, à Parker ? voulut savoir Belinda.

— Quarante-trois ans.

— Il n'a jamais été marié ?

— Si, une fois, quand il avait vingt ans. Ça a duré six mois.

Marilee se demanda pourquoi diable elle répondait toujours aux questions indiscrètes de Belinda.

Juste à cet instant, Iris MacCoy pénétra dans la boutique et s'approcha à pas rapides, malgré ses chaussures à semelles compensées. Comme à son habitude, elle donna à Charlene, sa belle-sœur, un baiser sur la joue, qu'elle l'ait vue une fois dans la semaine ou à trois reprises déjà dans la journée, puis elle leur montra à toutes une affiche qu'elle désirait poser sur la vitrine. La pancarte annonçait l'inauguration de la Green Acres Senior Living Community — la Résidence pour Seniors des Arpents verts.

— La chambre de commerce va également mettre des publicités dans des magazines nationaux, précisa-t-elle.

Quand elle s'était lancée avec son mari dans la construction de cette résidence pourvue de toutes les commodités, Iris avait investi la chambre de commerce. Tout le monde savait qu'elle pouvait mettre n'importe quel homme dans sa poche, même le plus farouchement opposé à ses projets. De fait, son mari, Adam, avait d'abord assuré haut et fort qu'il n'avait aucune envie de construire une résidence pour vieux croûtons, avant d'être travaillé au corps par Iris. Une semaine plus tard, il appelait les architectes !

— C'est elle qui a dessiné l'affiche, fit remarquer Charlene.

Toutes les femmes émirent les louanges qui s'imposaient. Iris avait un sens réel des couleurs et du dessin; d'ailleurs, elle-même attirait l'œil. Mais son allure de vamp évaporée cachait une intelligence aiguë. Marilee, qui ne l'avait fréquentée qu'occasionnellement pendant huit ans, la soupçonnait d'être à la fois une libertine et une intellectuelle, et lui enviait sa capacité à assumer ses deux natures avec une apparente sérénité.

Elle déposa devant Imperia son sandwich à la viande grillée. Qu'Iris se mit à lorgner avec envie tout en s'asseyant sur un des tabourets.

— Tu en veux un ? s'enquit-elle.

— Euh… en fait, ce que j'aimerais vraiment, c'est un de ces sundaes au chocolat, répondit Iris en désignant d'un doigt à l'ongle argenté son propre sundae.

Marilee planta une cuillère en inox dans la crème glacée, désormais un peu fondue, juste comme elle l'aimait, et déposa la coupe devant Iris. Elle se demanda si elle ne demanderait pas un pourboire en sus.

Belinda s'était levée et, penchée sur le comptoir, lisait à voix haute les festivités prévues lors de l'inauguration des Arpents verts.

— Buffet toute la journée… loto… flippers… tournoi de billard… tournoi de golf… poker… concert de gospel et de country et bal en soirée.

Elle releva les yeux.

— Tu ferais bien de prévoir aussi des équipes de secouristes sur place… Tu vas tuer tes invités avec toutes ces activités !

Marilee regarda Iris enfourner dans sa bouche une cuillère débordante de vanille et de chocolat. Se tournant vers les étagères, elle prit une autre coupe à sundae.

Dehors, sur le trottoir, Tate Holloway leva les yeux et vit Parker Lindsey venir en sens inverse. A l'évidence, il se rendait comme lui au drugstore.

Tate pressa le pas et se faufila dans le sas du drugstore juste avant Lindsey. Il reçut sur le sommet du crâne une goutte provenant du climatiseur au moment même où il poussait la porte de la boutique.

— Après vous, dit-il à Lindsey en l'invitant d'un signe à le précéder.

Il reçut une autre goutte alors qu'il lui tenait la porte.

— Après vous, répliqua l'autre sans bouger d'un pouce.

— Non, je vous en prie, rétorqua Tate avec un geste magnanime.

Lindsey ne bougeant toujours pas, Tate céda le premier et fit un pas. Lindsey choisit ce même instant pour s'avancer, et ils se retrouvèrent épaule contre épaule sur le seuil de la boutique.

Comme la porte s'ébranlait sous le choc, les femmes assises au comptoir s'arrêtèrent de parler. Levant les yeux de la boîte de brownies, Marilee vit deux clients pénétrer dans le drugstore. Aveuglée par la lumière vive que dispensait la baie vitrée, elle mit plusieurs secondes à reconnaître Tate Holloway. Puis, avec surprise, elle vit Parker apparaître derrière lui.

Elle considéra les deux hommes.

— Bonjour, mesdames, déclara Tate en ôtant son chapeau.

Ses yeux bleus croisèrent le regard de Marilee, qui baissa aussitôt la tête pour prendre un brownie dans la boîte et le déposer dans la coupe à sundae.

— Salut, les filles, lança Parker. On papote ?

Toutes les femmes les saluèrent en chœur.

Occupée à caser un deuxième brownie dans sa coupe, tout en résistant à la tentation d'en avaler un, Marilee se rendit compte trop tard qu'elle n'avait pas salué les nouveaux arrivants. Heureusement, personne ne parut s'en rendre compte, sans doute à cause de la chaleur de l'accueil des autres clientes.

Toutes semblaient galvanisées par une énergie soudaine, retrouvant un regain de vigueur, comme n'importe quelle femme en présence d'une puissante aura masculine. En l'occurrence, il s'agissait là de deux hommes au charme électrique qui venaient brusquement de débarquer au beau milieu de leur assemblée. Même Belinda, auparavant affalée sur son tabouret, redressa le buste, se passa une main dans les cheveux et glissa ses pieds sous le comptoir afin de cacher ses pantoufles.

Troublée par cette interruption, et sans doute aussi par les paroles de Tate Holloway qui l'avait appelée « la bellissime mademoiselle Charlene », celle-ci se rappela soudain qu'elle devait retourner au salon.

— Mon Dieu ! Et Oralee qui attend son sandwich ! s'exclama-t-elle en se relevant brusquement. Marilee, amène donc les enfants chez nous afin qu'ils voient les poneys. Parker, on se retrouve à ton anniversaire. Salut, tout l'monde !

Comme Tate s'empressait d'aller lui ouvrir la porte, Imperia bondit sur ses pieds à son tour, laissant sur le comptoir un sandwich à demi entamé.

— J'ai des abonnés à voir, expliqua-t-elle à son patron avant de se précipiter à la suite de Charlene.

Tel un chevalier de conte de fées, Tate s'inclina devant l'une et l'autre quand elles franchirent le seuil de la boutique. Marilee, les yeux fixés sur lui, pensa qu'il n'y avait pas un seul célibataire dans la région de Valentine qui se comportât comme lui. Ses pitreries firent rire Iris, bien entendu — elle avait le rire facile. Les hommes adoraient la façon dont elle riait, avec la tête relevée et ses mains touchant son cou nu ou son interlocuteur. Marilee vit Tate lui adresser un clin d'œil — mais comme ce n'était pas ses affaires, elle concentra son attention sur la confection de son sundae.

Bien que trouvant le numéro de Holloway grotesque, Parker n'en décida pas moins de se faire remarquer à son tour. Il contourna le comptoir et alla se servir d'autorité un Coca à la pompe à soda. Il voulait que Holloway voie ça, qu'il constate qu'il n'était qu'un nouveau venu dans son fief.

— Tu veux quelque chose, Tate ? s'enquit-il tout en raclant la mousse qui débordait de son verre.

— Merci, répondit Tate en prenant un tabouret à côté d'Iris. Je suis venu pour le merveilleux thé glacé de la maison. Je regrette que Mlle Vella ne soit pas là, mais le thé glacé est toujours bon.

— Il peut l'être, vu que c'est la machine qui le fabrique, répliqua Belinda. A partir de thé en sachets. Maman se contente de mettre les sachets dans la machine.

Elle poussa un bouton sur la caisse enregistreuse. Le tiroir sortit en tintant, et elle se mit à compter l'argent laissé par Charlene et Imperia. Belinda aimait compter les sous. En revanche, elle n'aimait pas cuisiner pour les clients et préférait faire travailler les autres à sa place. Elle n'en rappela pas moins à Parker qu'il lui devait le prix de son Coca.

Parker remplit un verre de glace pilée, y versa une dose du thé contenu dans le pichet, puis déposa le verre humide sous le nez de Holloway.

— Merci de me servir. Et si tu t'occupais aussi de ces dames ?

Irrité de se voir ainsi traité comme un domestique, il se reprocha d'avoir tutoyé son rival le premier : c'était une arme à double tranchant.

— Tu mets la consommation du rédac'chef sur mon compte, lança-t-il à Belinda avec superbe.

— Je ne fais pas crédit comme maman. Je n'ai pas envie de tenir des ardoises.

Il sortit alors quelques dollars de sa poche et les déposa dans la main que lui tendait la jeune femme.

— Merci, mon pote, déclara Holloway avec son petit sourire agaçant. Tiens, tu pourrais me passer une de ces tranches de citron, là ?

Parker prit la tranche de citron et la lâcha dans son verre, où elle tomba en éclaboussant le comptoir.

— Oh, dit-il d'une voix doucereuse, désolé, *mon pote*. Laisse-moi essuyer ça.

Il attrapa un torchon et entreprit d'essuyer le comptoir avec de grands moulinets du bras, dans l'intention secrète de projeter le verre de Holloway sur ses genoux.

Ce dernier se hâta de s'en emparer.

— Merci bien. Ça ira comme ça.

Frustré, Parker se recula et se mit à siroter son Coca d'un air renfrogné. Mais son regard s'éclaira bientôt en se posant sur

Marilee, occupée à secouer une bombe de chantilly en agitant son joli postérieur avec une énergie réjouissante pour l'œil.

Se collant contre son dos, il posa ses mains sur sa taille et rapprocha ses lèvres de son oreille.

— Ce sundae est vraiment appétissant, murmura-t-il. Tu crois que tu pourrais m'en préparer un ?

Tout en chuchotant ces mots, il pensait : « Regarde un peu ça, Holloway. Je suis ici chez moi. »

— Tu es parfaitement capable de t'en charger toi-même, répliqua-t-elle en se dégageant de son étreinte.

Parker se raidit, le dos tourné aux consommateurs alignés devant le comptoir. Dieu merci, songea-t-il, elle avait parlé trop bas pour que les autres puissent l'entendre. « Mais qu'est-ce qui lui prend ? »

Récupérant son verre, il se retourna avec nonchalance et étudia les visages derrière le comptoir. Par chance, personne ne le regardait. Reportant alors son attention sur Marilee, il se demanda une nouvelle fois quelle mouche l'avait piquée. Il commençait à en avoir assez de ses sautes d'humeur.

Mal à l'aise à cette pensée, il but une longue gorgée de soda, puis se mit à détailler le profil de Marilee. Il se sentait pris entre deux peurs, craignant à la fois qu'elle rompe avec lui et qu'elle accepte sa demande en mariage. Il continuait cependant à espérer que, s'il laissait les choses en l'état, tout finirait par s'arranger d'une manière ou d'une autre.

Marilee déposa une griotte sur le sommet de son sundae. Elle en aurait voulu plus, mais à force d'en manger et d'en mettre dans les autres coupes, elle les avait toutes utilisées, et elle ne voulait pas abandonner son sundae pour aller chercher un bocal dans la réserve. Elle se rendait bien compte qu'elle avait froissé Parker — et elle ne savait pas pourquoi elle l'avait fait, sinon qu'elle n'aimait pas qu'il pose ses mains sur sa taille devant tout le monde, comme s'il avait un droit de propriété sur elle.

Evidemment, elle lui appartenait en un sens, puisque leurs fiançailles étaient imminentes — ou pas, vu qu'il n'en avait pas reparlé. Peut-être voulait-il tout bonnement oublier sa demande, et le fait qu'il ne le lui avouât pas l'ulcérait.

Le problème, c'est qu'elle se reprochait elle-même de ne pas savoir si elle voulait l'épouser, et de le lui cacher. Cette question demeurait toujours en suspens en elle, même s'il n'avait pas réabordé le sujet.

Elle parsema le dessus du sundae d'une poignée de noix de pécan, puis y ajouta une autre poignée. Elle avait l'impression que Tate l'observait et pensa que c'était pure invention de sa part. Elle leva tout de même les yeux pour vérifier et le vit en train de discuter, les yeux rivés sur Iris. Se penchant par-dessus le comptoir, Parker se joignit à leur conversation concernant les bienfaits du jogging.

Doux Jésus, Iris affirmait effectuer dix kilomètres, quatre fois par semaine !

Marilee jeta un nouveau coup d'œil à Tate, et cette fois-ci, son regard vint se poser sur elle.

Elle détourna les yeux, se nettoya les mains avec un torchon et, en voulant attraper l'une des cuillères à long manche rangées dans un pot, les envoya toutes valser par terre où elles s'éparpillèrent en tintant. Elle dut s'agenouiller pour les ramasser, bientôt aidée par Parker. Elle trouva ce geste généreux de sa part après la rebuffade qu'il avait essuyée, et se sentit encore plus coupable à son égard.

Elle se garda une cuillère pour elle et jeta le reste dans le lave-vaisselle. Quand elle se retourna, elle découvrit Parker en train de piocher dans son sundae.

Elle retira la glace alors qu'il s'apprêtait à y replonger sa cuillère et alla s'asseoir sur le tabouret de Belinda afin de la déguster.

Elle n'avait pu avoir qu'un merveilleux avant-goût de crème Chantilly et de chocolat quand sa cousine, qui n'avait pas remarqué sa présence sur son tabouret, recula pour s'y rasseoir. Marilee la vit approcher et lança un cri d'avertissement, mais la jeune femme, absorbée dans ses explications relatives au cinquante mille dollars trouvés dans la voiture de l'ex-mari de Fayrene, ne l'entendit pas et, achevant son mouvement, renversa le sundae sur la poitrine de sa cousine.

Marilee s'était enfermée dans les antiques toilettes du drugstore. Le miroir terni dans lequel elle se regardait avait dû être le premier objet accroché dans la boutique, près de soixante ans auparavant.

Heureusement qu'elle avait tante Vella à domicile, songea-t-elle en contemplant les taches de chocolat sur son chemisier. Vella était douée pour ôter les taches des vêtements.

Avec un soupir, elle jeta dans la poubelle la serviette en papier et sortit des toilettes. A l'autre bout de l'étroit couloir, elle distinguait Tate, Parker, Belinda et la pompe à soda, le tout découpé par la lumière vive qui traversait la grande baie vitrée. Iris était sur le point de partir.

Marilee resta un moment immobile à considérer ce spectacle.

Puis elle regarda sur sa gauche, vers la porte menant à la réserve de la pharmacie. Le murmure de la télévision lui parvenait à travers le battant. Après un instant d'hésitation, elle tourna doucement la poignée et entra. Si quelque force obscure lui refusait son sundae, au moins pouvait-elle tenter d'influencer son oncle dans le bon sens.

— Oncle Perry ?

Son oncle ouvrit les yeux et tenta plus ou moins de se redresser dans son fauteuil. Il la salua d'un hochement de tête.

— Tu vas bien ? s'enquit-elle.

Il lui semblait un peu pâle, mais elle devait reconnaître aussi qu'elle ne lui avait pas accordé beaucoup d'attention depuis un certain temps.

— Ouais. Très bien. Il y a un client pour la pharmacie ?

— Non. Je voulais seulement te dire bonjour.

Il opina et se redressa un peu plus. Puis son regard se reporta sur la télévision, comme attiré par un aimant.

Voyant que la première édition du journal télévisé était juste en train de commencer, Marilee en déduisit qu'il devait être 17 heures. Il lui fallait rentrer bientôt à la maison si elle voulait un peu avancer dans la rédaction de son article avant que tante Vella ne revienne avec les enfants. Elle serait gênée de n'avoir rien écrit du tout. Cette pensée l'irrita et l'amena à aller droit au but.

— Oncle Perry, tu ne vas pas appeler tante Vella ?

Il releva les yeux vers elle.

— Je ne crois pas, répondit-il, les mâchoires soudain crispées.

— Pourquoi ? insista-t-elle.

— Vella a pris sa décision. Vois pas à quoi ça servirait de se disputer là-dessus.

— Elle ne te manque pas ?

— Pas du tout, affirma-t-il, le regard de nouveau rivé sur l'écran.

Marilee le dévisagea, en songeant qu'il s'agissait là de la conversation la plus idiote du monde. La vie de son oncle n'avait pas changé d'un iota depuis le départ de sa femme.

Cette situation commençant à l'agacer, ce fut sur un ton brusque qu'elle reprit la parole.

— Ça t'intéressera peut-être d'apprendre que, pendant que tu passes tes journées et la moitié de tes nuits vautré ici devant la télévision, tante Vella voit Winston Valentine. Elle est parfaitement sérieuse quand elle affirme vouloir donner une nouvelle direction à sa vie. Alors, tu peux rester assis ici si tu veux, mais ça risque de te coûter ta maison et une partie de ce commerce.

Tout en proférant ces paroles, elle guetta la moindre réaction sur le visage de son oncle. En vain. Perry demeurait affalé là où il était et ressemblait bel et bien à une souche, pour reprendre l'expression d'Imperia. Ou plus simplement à un vieux, comme l'avait appelé tante Vella.

Abattue, Marilee le laissa dans son fauteuil et, sortant de la pièce, referma doucement la porte derrière elle.

De retour dans le couloir, elle s'arrêta et revit dans la boutique Tate, Parker et Belinda dont les silhouettes se découpaient toujours sur la clarté dispensée par la baie vitrée.

S'avançant d'un pas résolu, elle s'approcha de la pompe à soda.

— Tu ne portes plus de sundae, constata Parker.

— Non, ça ne m'allait pas, répliqua-t-elle tout en esquissant, par courtoisie, une moue comique.

Elle récupéra ensuite son sac qu'elle avait posé à côté de la pompe.

— Je dois rentrer à la maison finir un article, lança-t-elle à la cantonade. Bonsoir, tout l'monde.

Puis elle se retrouva dehors avant même d'avoir réellement conscience de la froideur avec laquelle elle avait pris congé de ses amis.

« Ouf… »

Elle marqua une pause sur le trottoir pour respirer profondément. L'air était devenu humide et lourd, signe annonciateur d'orage.

Ses yeux tombèrent alors sur Munro, assis devant sa Cherokee.

— Seigneur, mais d'où viens-tu donc ?

Elle se rappelait pourtant l'avoir laissé avec les enfants et tante Vella.

Elle parcourut rapidement la rue du regard, à la recherche de silhouettes familières, se demandant s'il n'était pas arrivé quelque incident.

Le chien la considérait d'un œil tranquille, comme s'il voulait lui dire : « Je suis venu te tenir compagnie. »

— Eh bien, viens donc, rentrons à la maison, lança-t-elle avant de lui ouvrir la portière de la Cherokee afin qu'il saute sur le siège.

Munro était donc avec elle quand elle revint dans la maison vide, et il demeura roulé en boule sous son bureau tandis qu'elle s'efforçait de retranscrire les sensations qu'elle avait éprouvées lors de son reportage, tout en se rongeant un ongle.

Une heure et demie plus tard, vêtue d'un T-shirt et d'un pantalon de survêtement dont dépassaient ses pieds nus, Marilee avait couché un premier jet sur le papier. Elle l'avait rédigé par intermittence, se levant toutes les dix minutes, montre en main, pour guetter par la fenêtre le retour de sa famille avant de se forcer à se rasseoir et de reprendre son travail. Epuisée, elle fut soulagée de voir enfin revenir tante Vella, Winston et les enfants. Tous s'engouffrèrent dans la maison en même temps que les premières bourrasques d'un orage vespéral. Elle les accueillit avec de joyeuses embrassades.

— Ah, il est effectivement ici ! s'exclama Vella, un carton à pizza dans la main, en avisant Munro. Je craignais de devoir t'annoncer que nous l'avions perdu.

— Mun-ro m'a dit qu'il devait ve-nir a-vec toi, déclara Willie Lee d'une voix égale.

Un coup à la porte, et Parker passa la tête à l'intérieur.

— Y a quelqu'un ?

Relevant les yeux de l'écran de son ordinateur, Marilee le vit scruter la pièce sans pour autant entrer dans la maison. Il la découvrit enfin et afficha une expression hésitante, sans doute à cause de l'attitude revêche qu'elle avait eue avec lui dans l'après-midi. Elle sentit un sentiment de culpabilité l'envahir.

— Entre, dit-elle en se levant.

Elle l'accueillit chaleureusement d'un sourire et d'un baiser rapide avant de le traîner pratiquement à l'intérieur.

Son sourire s'élargit.

— Viens juste de croiser Winston. Il m'a dit que je pourrais peut-être avoir un bout de pizza par ici.

Willie Lee accourut à la manière d'un chien, sur les mains et les genoux, en aboyant.

— Pourquoi fait-il ça ? s'enquit Parker.

— Il imite Munro.

L'enfant les suivit en aboyant jusqu'à la cuisine, où Marilee réchauffa les deux dernières parts de pizza dans le micro-ondes.

— Il s'y croit vraiment, hein ? remarqua Parker en voyant Willie Lee lui renifler les chaussures.

— Imiter est courant chez les enfants.

Elle aimait souligner les comportements normaux de son fils.

— Hon-hon, marmonna Parker avant d'ajouter en chuchotant : j'espère qu'il ne va pas uriner sur mon pantalon.

Puis, s'adressant à Willie Lee :

— As-tu été vacciné contre la rage ? demanda-t-il. Je dois piquer Munro, je pourrais te piquer aussi.

Willie Lee s'enfuit à quatre pattes. Parker ne put s'empêcher de sourire, ce qui mit du baume au cœur de Marilee. Leurs regards se croisèrent, et l'affection qu'elle lut dans ses yeux la submergea, telle une chaleur tendre.

— Assieds-toi, proposa-t-elle en l'entraînant vers la table.

Elle déposa les deux parts de pizza devant lui, puis s'installa en face de lui et, le menton posé sur les mains, le regarda manger. Depuis la chambre des enfants on entendait Vella leur lire une histoire. Parker déclara que la pizza était délicieuse et qu'il mourrait de faim sans les fours à micro-ondes et sa cuisine. Elle accepta ce compliment de bonne grâce et l'informa que la pizza venait de tante Vella.

— Je suis vraiment contente de l'avoir à la maison pour m'aider avec les enfants, les repas et tout le reste.

— Je m'étonne qu'elle ne soit pas rentrée auprès de Perry, avoua Parker.

— Moi aussi, répondit-elle, attristée.

— Crois-tu qu'elle en ait envie ?

— Je ne sais pas… Je ne sais vraiment pas.

Cette situation la troublait et l'effrayait à la fois. Si sa tante et son oncle pouvaient divorcer après quarante-cinq ans de mariage, alors rien n'était certain en ce bas monde.

Elle devina que Parker nourrissait les mêmes pensées, à le voir contempler la table d'un air sombre. Elle le dévisagea et trouva que ce n'était pas seulement un bel homme mais aussi un être bon qui l'aiderait en cas de crise, même s'il éprouvait quelque difficulté à vivre au jour le jour.

Et puis il avait besoin d'elle pour s'alimenter correctement. Pour avoir un foyer digne de ce nom et la famille dont il avait été privé jusqu'alors. Oui, il avait besoin de tout cela, même s'il n'en était pas conscient. Le souvenir des étreintes passionnées qu'ils avaient partagées lui traversa alors l'esprit et réveilla son désir. Faire l'amour avec lui lui plaisait beaucoup, aussi parce que cela les rapprochait.

Il était évident qu'elle devait l'épouser, songea-t-elle. Elle devait saisir cette occasion. Elle faillit lui lancer : « Je veux t'épouser, Parker », mais hésita soudain, se demandant s'il n'avait pas changé d'avis depuis la dernière fois.

Elle se leva et lui prit la main.

— Viens.

— Qu'est-ce… ?

Il croisa son regard et reposa aussitôt son dernier morceau de pizza avant de se laisser entraîner sous le porche arrière, un grand sourire sur le visage.

Marilee referma la porte derrière eux, les plongeant dans la pénombre du perron. Seule une légère lueur filtrait à travers les rideaux de la fenêtre de la cuisine. Prenant hardiment l'initiative, elle courba la tête de Parker et rapprocha ses lèvres des siennes, stimulée par l'enthousiasme manifeste de son ami.

— Parker…, chuchota-t-elle avec ardeur tout en glissant les mains sous le col de sa chemise.

Sa peau était tiède et douce, et sa bouche avait le goût de la pizza. Elle noua une de ses jambes autour des siennes.

En quelques instants, ils ne furent plus que souffle rauque, lèvres humides, mains caressantes. Parker la rendait folle en l'embrassant dans le cou, une main entre ses cuisses. Il lui proposa dans un murmure d'aller dans son camion mais elle lui répondit que c'était impossible. Au vrai, son imagination fertile venait de lui montrer comment, tels deux adolescents imprudents, ils pouvaient être surpris en pleine débauche de passion par un voisin curieux de connaître la cause des oscillations du véhicule. A cette vision vint encore s'ajouter la crainte subite de voir Tate pousser le portail.

Ces deux images refroidirent considérablement son ardeur, et elle commença à s'écarter de Parker qui s'empressa de la retenir en l'embrassant avec fièvre.

Juste à cet instant, comme venant à son secours, un bruyant coup de tonnerre retentit, la faisant sursauter. Elle manqua envoyer Parker bouler au bas du porche. Il se ressaisit et essaya de reprendre leurs étreintes là où il les avait laissées. Malheureusement, la pluie se mit brusquement à tomber à verse, comme une eau de vidange.

— Bon sang !

— Oh mon Dieu, Parker, tu es train de te faire tremper !

Il s'acharna sur la moustiquaire, qui restait obstinément fermée. Elle l'ouvrit à sa place, de même que le battant intérieur, et ils se réfugièrent dans la pièce. Parker la suivit jusqu'à la buanderie.

— Tiens, dit-elle en lui lançant une des serviettes propres empilées sur le sèche-linge.

Il se frictionna la tête tandis qu'elle s'essuyait elle-même le visage avec une autre serviette. Puis, celle-ci serrée dans sa main, elle le regarda.

Il lui rendit son regard en silence.

— Parker, veux-tu toujours m'épouser ?

Il haussa les sourcils.

— Ouais.

Ce n'était pas une réponse totalement satisfaisante, songea-t-elle.

Elle inspira profondément, cherchant ses mots.

— Ma-man ! s'écria soudain Willie Lee.

Elle l'entendit arriver en courant, ce qui mit fin abruptement à sa discussion avec Parker. La seconde suivante lui parvint le bruit d'une chute, puis un gémissement de douleur.

Elle se rua dans la cuisine. Willie Lee était tombé la tête la première contre une chaise et s'était mordu la lèvre supérieure. Elle le prit dans ses bras et demanda aussitôt un linge humide.

Puis elle s'assit et pressa son fils contre elle, cherchant instinctivement à absorber sa souffrance en elle.

Parker lui mit un linge dans la main.

Willie Lee se pelotonna contre elle et se mit à téter le chiffon. Au bout d'une minute, Marilee repoussa sa tête de sa poitrine afin d'examiner la plaie. Puis tous — Parker, tante Vella et même Corrine, qui semblait avoir une vive curiosité pour les blessures ouvertes — examinèrent chacun son tour la lèvre coupée du garçonnet. Parker décréta que ce n'était pas grave. Marilee en conclut que Willie Lee n'aurait pas besoin de points de suture mais seulement de sa présence et de ses caresses.

Elle berçait toujours Willie Lee dans ses bras quand Parker se pencha vers elle pour l'embrasser et lui souhaiter bonne nuit.

— Parker…

Il s'arrêta et la regarda. Mais avec Willie Lee qui s'accrochait à elle et tante Vella qui ne cessait d'entrer dans la cuisine et d'en ressortir, ils ne disposaient d'aucune intimité.

— Je suis heureuse que tu sois passé ce soir.

Il hocha la tête.

— Je te rappelle demain.

— Oui, s'il te plaît.

Elle se retrouva seule dans la cuisine silencieuse, Willie Lee assoupi contre sa poitrine où, peu auparavant, les caresses de Parker avaient réveillé une passion sauvage.

La maison était calme. Vella ne ronflait pas. Marilee s'approcha de sa chambre sur la pointe des pieds et jeta un coup d'œil à l'intérieur, se demandant si elle ne devrait pas mettre un miroir sous le nez de sa tante pour s'assurer qu'elle était toujours en vie. Elle ne savait ce qui la déconcertait le plus : que sa tante ronfle comme un personnage de dessin animé ou qu'elle ne produise pas le moindre bruit.

A ce moment, la vieille dame laissa échapper un souffle rauque. Soulagée, Marilee alla voir Willie Lee, étendu sur son lit dans une pose totalement décontractée. Elle sourit. Elle pouvait certes s'inquiéter pour son avenir, mais son existence présente était des plus heureuses. Sa lèvre n'était que peu tuméfiée, et il avait retrouvé sa tranquillité et son insouciance coutumières.

Elle regarda ensuite dans sa propre chambre, que sa lampe de chevet éclairait sourdement. Corrine, Munro couché près d'elle, s'était endormie, une fois de plus avec un livre ouvert sur la poitrine. Marilee récupéra le livre sous le regard attentif de l'animal, et éteignit la lampe.

— Tu es un ami fidèle, murmura-t-elle au chien avant de lui tapoter la tête.

Tout en le contemplant, elle se demanda d'où il venait. Et comment il avait pu surgir dans leur vie aussi opportunément.

Peut-être s'agissait-il d'un miracle, ainsi que le lui avait affirmé sa mère dans un moment de méditation particulièrement insolite de sa part. L'espace d'un instant, de tendres souvenirs de son enfance voletèrent dans sa mémoire tels de délicats papillons. Elle avait alors connu des jours heureux, mais leur souvenir semblait avoir été occulté par celui des heures sombres et tumultueuses. Elle aurait aimé trouver un meilleur équilibre entre les deux.

Elle se rendit dans la cuisine et sortit du réfrigérateur le pichet de thé — le pichet rond de Tate, qu'elle devait d'ailleurs lui rendre. Il n'y restait plus que l'équivalent d'un verre; Tate n'avait pas apporté de thé frais ce soir-là. Il lui avait manqué.

Non, corrigea-t-elle, il ne lui avait pas manqué.

Oh, elle l'aimait bien, et c'était parfaitement normal. Après tout, c'était un homme aimable. Mais elle devait s'arrêter là. Il n'y avait rien entre eux. Elle avait Parker, qui lui suffisait.

Parker était quelqu'un de gérable. Contrairement à Tate.

Absorbée dans ses réflexions, elle prit son verre de thé, ouvrit la porte de la cuisine et essaya de distinguer la maison de son rédacteur en chef. Tout était complètement noir, là-bas. Les arbres masquaient la lumière susceptible de s'échapper de ses fenêtres — à supposer qu'il soit encore debout, en train de lire ou de se livrer à quelque étrange activité, comme préparer un autre pichet de thé glacé avec tout le soin qu'il aimait mettre dans cette tâche.

Tout en humant l'air chaud et humide à travers la moustiquaire, elle songea à la douceur de l'été à venir. Déjà, certaines nuits se révélaient aussi moites que celles du mois de juillet alors que les suivantes gardaient encore toute la fraîcheur du printemps. Comme si l'été essayait de se faufiler vers eux en catimini, ou de les accoutumer à ce qui les attendait, jour après jour, jusqu'à ce que tous les jours de la semaine soient enfin secs, chauds et si longs, parfois, qu'elle se sentait sur le point de flamber d'un coup.

Que répétait sa mère, déjà ? Ah, oui : « La bonne nouvelle, c'est qu'on s'habitue à tout. La mauvaise nouvelle, c'est qu'on s'habitue à tout. »

Elle s'interrompit dans ses pensées pour tendre l'oreille. Elle perçut les premières stridulations d'une cigale précoce sous un arbre lointain… le bruissement des feuilles… la pluie crépitant légèrement sur les ramures et le toit. Tante Vella s'était remise à ronfler en sourdine, et le réfrigérateur l'accompagnait de son ronronnement étouffé.

« Merci, mon Dieu, finalement. Même pour la chaleur et la sécheresse. Merci pour ma famille, pour mes enfants en sécurité dans leur lit. Merci de veiller sur cette maison. Protégez bien ma sœur, Seigneur. Et ma maman… oh, oui, et ma maman chérie. »

Une gratitude venue de nulle part l'étreignit, et elle recueillit pieusement cette émotion. Ce sentiment, elle pouvait s'y raccrocher. Il la stabilisait et, pour un bref instant au moins, la purifiait de l'anxiété qui semblait affliger son âme.

Elle demeura immobile près de la porte, comme pour retenir cette gratitude — créature fragile venue à elle sur l'air de la nuit.

Puis, inévitablement, arriva une bourrasque froide.

Avec un frémissement, elle repoussa le battant et rapporta à la cuisine son verre maintenant vide.

En regardant les fenêtres obscurcies par la nuit, elle y distingua le reflet du téléphone accroché au mur derrière elle.

Elle se retourna et, décrochant le combiné, composa le numéro de Parker.

C'est son service de messagerie qui répondit. Le Dr Parker n'était pas disponible pour le moment, lui dit-on. Mais si son appel était urgent, on le lui transmettrait sans faute.

— Il vous rappellera dès que possible.

— Oh, non, ce n'est pas urgent, expliqua Marilee avant de consulter la pendule.

Il était 23 heures et Parker devait déjà être endormi.

— Je le rappellerai demain aux heures de bureau. Merci.

Sur ces mots, elle raccrocha, estimant que « Je veux t'épouser » n'était pas une phrase à dire au téléphone au beau milieu de la nuit, surtout si elle devait auparavant réveiller Parker.

15.

Le cœur au petit bonheur

Tate sortit dans l'air lourd comme de la laine mouillée. A la radio, le présentateur de la météo avait prédit de hautes températures et de nouveaux orages pour la soirée. Le conseil du jour était : « Profitez bien du matin et protégez-vous de la chaleur l'après-midi. » L'été était là.

Comme Tate descendait les marches de sa véranda en courant, un sentiment de force l'envahit. Ce climat lui était parfaitement familier. Bon sang de bois, à Houston, on avait des matins plus moites que celui-là durant l'été !

Dans Porter Street, il trottina pour s'échauffer. Personne ne bougeait encore dans la maison James. Le jeune employé d'UPS ne fit qu'une courte traction sur la barre de sa véranda avant de se laisser retomber au sol. Tate le salua de la main et tourna au croisement, ses jambes et ses bras prenant la cadence et fonctionnant sur le même rythme puissant. Il hocha la tête et lança un « Bonjour » en dépassant les marcheuses qui, ce matin, se traînaient un peu, l'une d'entre elles s'éventant avec son chapeau.

Dans Main Street, Bonita Embree pénétrait dans sa boulangerie. Alors qu'elle déverrouillait la porte, le sac qu'elle tenait à la main lui échappa et des sachets de préparations pâtissières s'éparpillèrent sur le trottoir à cinq pas de Tate. Avec la grâce d'un danseur de ballet, il se courba en avant et ramassa les sachets qu'il déposa dans les bras de Bonita avant de poursuivre son chemin, le tout ne lui ayant pris que le temps de trois battements de cœur.

— Ne l'ébruitez pas, s'il vous plaît, le supplia Bonita alors qu'il s'éloignait.

— Motus et bouche cousue ! lança-t-il par-dessus son épaule sans ralentir le rythme.

Sur le trottoir d'en face, Charlotte fichait la hampe du drapeau dans son support en façade du *Voice*. Tate lui fit signe, mais elle rentrait déjà à l'intérieur.

Puis il tourna au poste de police — il crut sentir comme un arôme de moka dans les effluves de café qui en émanaient — et remonta ensuite Church Street sous les premiers rayons du soleil qui perçaient la brume matinale, courant tout du long, sans ralentir un seul instant.

« Bonjour, la vie ! Bonjour, Seigneur ! Je suis prêt à tout ce que me réserve cette journée. Merci. »

Eh bien, si seulement Lindsey pouvait le voir maintenant, pensa-t-il. Quelle forme il tenait !

Mais le vétérinaire n'était nulle part en vue.

Tate ralentit sa foulée. Il remonta son allée et la redescendit au petit trot puis, ayant consulté sa montre, calma l'allure tandis que sa poitrine commençait à le brûler. S'arrêtant, il étira ses jambes juste là, en face de sa maison, tout en surveillant du coin de l'œil le haut de la colline.

Lindsey ne se montra pas. Il avait fallu qu'il choisisse précisément ce matin-là pour ne pas sortir courir.

De toute façon, c'était idiot de vouloir l'épater, songea Tate. Se ressaisissant, il repartit en courant vers la porte de la cuisine.

Ah, mais peut-être Lindsey ne supportait-il pas le temps lourd et humide, se dit-il, assez ravi de constater qu'il s'y sentait pour sa part comme un poisson dans l'eau.

C'était vraiment dommage que Lindsey n'ait pas été là pour voir ça.

Par la porte ouverte de son bureau, Marilee vit Tate en conversation téléphonique. Enfoncé dans son fauteuil, ses pieds posés sur sa table de travail, il incarnait le type même du rédac'chef, ainsi que tout le monde s'était mis à l'appeler.

Ayant l'intention de se glisser dans la pièce pour déposer son article sur le centre de détention et de ressortir tout aussi discrètement, Marilee s'approcha en silence sans le regarder, mais il se redressa aussitôt et vint la retenir par le bras. Le cordon du téléphone tiré au maximum entraîna le combiné sur la table à une vitesse alarmante.

Marilee sentait à travers sa manche le contact chaud et ferme de la main de Tate.

— Eh bien, moi aussi, j'ai hâte de rencontrer le député, monsieur le Maire, disait-il à son interlocuteur. Oui, absolument. 19 heures… Oui, nous en reparlerons à ce moment-là. Au revoir.

Il relâcha son bras et se pencha sur le côté pour reposer le combiné sur son socle, sa chemise se tendant dans le mouvement sur ses épaules robustes.

Puis il se tourna vers elle et la toisa de ses yeux bleus pétillants.

— Je suis positivement enchanté de vous voir, mademoiselle Marilee.

Son regard se posa sur ses cheveux, avec cette intensité qui lui donnait toujours l'impression qu'il la *guettait*.

— Bonjour, repartit-elle en lui tendant les feuilles et la disquette. Voilà mon article sur le centre de détention. J'en ai sorti une copie imprimée.

— J'aime cette coiffure. Elle souligne l'élégance de votre cou.

— Oh… Je relève toujours mes cheveux quand il fait humide.

Et elle se mit à se lisser les cheveux avant même de s'en apercevoir.

— Eh bien, ça vous rend aussi ravissante qu'un jour d'été, répliqua-t-il en s'asseyant sur le bord de son bureau.

— Merci, répondit-elle, stupidement intimidée.

Tate dégageait un charme naturel, comme l'eau s'écoulant d'un robinet.

— Bon, c'est tout ce que j'avais pour vous, reprit-elle avant de tourner les talons.

— Je crois que Lindsey ne vous complimente pas assez.

Cela l'arrêta net.

— Pourquoi dites-vous ça ?

— Parce que vous avez été surprise devant le mien. D'ailleurs, vous semblez toujours un peu étonnée quand je vous adresse des compliments.

— Qui ne le serait pas ? Vous dites des choses que presque aucun autre homme sur terre ne dirait. Et que Parker me complimente ou non, je ne pense pas que cela vous regarde en quoi que ce soit.

Elle regretta aussitôt cette sortie téméraire ainsi que le ton acerbe qu'elle avait employé. Quelle mouche l'avait donc piquée ?

Il lui sourit.

— Le secret de la vie… enfin, *un* des secrets de la vie, se corrigea-t-il, est justement de savoir quand une chose vous regarde ou non.

Puis, sans lui laisser le temps de répondre :

— Vous auriez pu transférer directement cet article depuis votre ordinateur dans le mien, ajouta-t-il en brandissant les pages imprimées qu'elle lui avait données.

— J'ai perdu vingt minutes à essayer de le faire. Vous l'apporter m'a semblé nettement plus commode.

Voilà donc d'où venait sa mauvaise humeur, songea-t-elle. Tâtonner sur son nouvel ordinateur lui tapait sur les nerfs.

— C'est aussi bien comme ça. Je n'y vois aucun inconvénient.

— Tant mieux.

Elle lui adressa un hochement de tête et repartit en direction de la porte.

— Un instant.

Dans un mouvement vif, il contourna son bureau, la rejoignit en deux enjambées et, à sa surprise, referma la porte.

Allait-il l'embrasser ? se demanda-t-elle comme il la fixait des yeux. Elle recula instinctivement, saisie d'un début de panique.

Il croisa nonchalamment les bras.

— Vous êtes une femme adorable, mademoiselle Marilee, et cette coiffure vous donne une allure absolument exotique.

Elle ne sut que répondre.

Il esquissa alors un sourire — son sourire de séduction.

— J'aimerais beaucoup que vous veniez avec moi samedi soir. Je suis invité chez le maire et sa femme avec un de nos députés et quelques autres personnes dont j'ai déjà oublié le nom et la qualité. Voulez-vous bien m'accompagner pour que je puisse vraiment tirer plaisir de cette soirée ?

Il la dévisageait intensément de ses yeux aussi bleus qu'un ciel d'été, et la lueur qui étincelait dans son regard lui fit retenir sa respiration une fraction de seconde.

Elle secoua finalement la tête.

— Je suis désolée, mais c'est impossible. Je suis déjà retenue pour le dîner de samedi.

— Bon... il y a d'autres soirs dans la semaine. Dimanche soir, par exemple, seriez-vous libre ? Que préférez-vous : un steak, du poulet frit ou de la cuisine mexicaine ?

— Non, je ne crois pas que je serai disponible dimanche non plus, répliqua-t-elle en écartant de son front une mèche de cheveux imaginaire, les yeux rivés sur la porte.

— Parce que vous avez déjà rendez-vous avec Lindsey, je suppose ?

— Oui, effectivement, je dois sortir avec Parker ce week-end.

Comme s'il ne le savait pas, pensa-t-elle.

Elle effectua un demi-pas vers la porte, signalant ainsi son désir de rompre l'entretien.

Son rédacteur en chef appuya alors son épaule contre le battant, lui bloquant le passage.

— Mais qu'y a-t-il exactement entre Lindsey et vous ? Il prétend que vous êtes fiancés et pourtant vous m'avez vous-même confié qu'il ne s'agissait pour le moment que d'un projet. Alors, qu'en est-il au juste ? Fiancés ou pas ?

— Mes rapports avec Parker ne vous concernent pas, rétorqua-t-elle, se sentant prise au piège.

— Si, dans la mesure où vous me plaisez.

Elle le dévisagea. Une lueur singulière passa dans ses yeux.

— Je parie que cela fait des années que vous connaissez Parker, habitant tous les deux dans la même ville. Or, étant donné que Lindsey m'a dit que vous étiez fiancés alors que vous m'avez avoué que vous envisagiez seulement de vous fiancer, j'en conclus que cette perspective ne soulève pas chez vous un enthousiasme délirant. Il me semble d'ailleurs que votre attitude envers lui est à la limite de l'incorrection. Combien de temps allez-vous laisser ainsi ce pauvre garçon mariner dans les affres de l'incertitude ?

— Il me semble, à moi, que votre métier de journaliste vous amène à fourrer votre nez dans des affaires qui ne sont pas les vôtres.

Sur ce, elle agrippa la poignée de la porte.

Les dents serrées, il s'écarta. Elle ouvrit la porte en grand et sortit de la pièce.

Alors qu'elle arrivait à mi-chemin de son bureau où elle avait laissé les enfants avec des crayons de couleur, un fracas retentit derrière elle. Elle se retourna, imitée par Charlotte et June, laquelle se trouvait près de la photocopieuse. Mais la porte de leur patron n'était pas suffisamment ouverte pour voir quoi que ce soit.

Une fois la surprise passée, Charlotte se rendit d'un pas décidé dans le bureau de Tate, dont elle ressortit quelques secondes plus tard.

— Il a envoyé d'un coup de pied sa poubelle de l'autre côté de la pièce, leur apprit-elle en s'adressant plus particulièrement à Marilee.

Celle-ci se rendait bien compte qu'elle l'avait provoqué, mais elle était encore trop remontée contre lui pour en éprouver le moindre remords. Il l'avait chatouillée là où il ne fallait pas. Elle espérait seulement ne pas être virée.

La seule voiture garée sur le parking de la Lindsey Veterinary Clinic était une Honda bleue, appartenant à Deedee, la réceptionniste. Sa vitre arrière était constellée d'autocollants représentant les silhouettes de différentes races de chien.

Marilee se rangea derrière la Honda. La nécessité de vacciner Munro lui donnait un prétexte parfait pour passer voir Parker. Ce dernier avait évoqué ces vaccins dès le tout premier jour mais ne les lui avait jamais administrés.

D'ailleurs, songea Marilee, pourquoi avait-elle besoin d'un prétexte pour passer le voir ?

Elle abaissa le pare-soleil et s'examina dans le miroir afin de s'assurer que son mascara n'avait pas coulé.

« Viens dîner ce soir à la maison, Parker. » Non, ça n'irait pas. Elle avait besoin de lui parler seul à seul. En d'autres termes, il leur faudrait aller au restaurant.

Son rouge à lèvres s'était effacé, mais elle n'allait pas le retoucher et afficher ainsi devant Corrine sa volonté de séduire un homme. Doux Jésus, pensa-t-elle, mais que lui arrivait-il donc ? Elle releva le pare-soleil et attrapa son sac.

« Allons au restaurant ce soir, Parker. » Oui, ce serait mieux — sauf que ce n'était pas à elle d'effectuer le premier pas. Elle lui avait déjà demandé la veille au soir s'il souhaitait toujours l'épouser; c'était maintenant à lui d'aborder le sujet. Il lui avait promis de la rappeler mais n'en avait rien fait — du moins, à ce qu'elle savait. Il était possible qu'il lui ait téléphoné le matin même, après son départ de la maison.

« Je suis désolée pour l'interruption d'hier soir. » Certes, mais elle n'était pas responsable de la pluie. Pas plus qu'elle ne l'était de la blessure que son fils s'était faite à la lèvre en tombant dans la cuisine. Alors, pourquoi diable se sentait-elle si coupable ?

Elle s'aperçut alors que Corrine était descendue de voiture et s'avançait vers la porte de la clinique. Willie Lee, en revanche, était restée assis sur la banquette arrière. Elle lui ouvrit sa portière.

— Pourquoi ne sortez-vous pas, toi et Munro ?

— Mun-ro ne veut pas al-ler là-de-dans, répondit Willie Lee, ses yeux bleus papillotant derrière les verres épais de ses lunettes.

— Ah… Tu sais, mon chéri, il n'a pas le choix. Il faut qu'il soit vacciné pour ne pas tomber malade. Parker va juste lui faire une piqûre. Sans ça, Munro pourrait attraper la rage si un sconce le mordait, répondit-elle en regardant à la fois son fils et le chien, la gueule plaquée sur la cuisse du garçonnet comme si elle y était collée définitivement. En plus, mon chéri, Corrine et toi vous êtes fait piquer par les puces de Munro à force de dormir avec lui. Il faut qu'on trouve un moyen de le débarrasser de ces petites bêtes… afin qu'il puisse continuer à dormir avec vous, ajouta-t-elle d'une voix posée mais ferme.

Elle attendit, les yeux fixés sur son fils.

Ce dernier émit un gros soupir et commença à descendre de la banquette.

— Allez, viens, Mun-ro.

Marilee les suivit jusqu'au bâtiment. « Je suis prête à en parler, Parker. Et toi ? » Oui, elle était prête à régler cette question. « Je veux t'épouser, Parker. »

Elle poussa la porte vitrée devant les enfants et le chien, et tous entrèrent dans la clinique, Corrine en tête, Willie Lee traînant les pieds et Munro la queue entre les jambes.

En pénétrant dans la salle d'attente qui sentait le désinfectant, Marilee trouva que, finalement, l'heure et le lieu étaient mal choisis pour discuter mariage, surtout en présence des enfants. Cependant, si elle n'abordait pas le sujet, quand trouveraient-ils l'occasion de le faire ? Peut-être devait-elle simplement lui en toucher deux mots et débattre ensuite avec lui des détails.

— Le toubib n'est pas là, leur annonça Deedee.

— Oh, dit Marilee, qui n'avait même pas envisagé cette possibilité.

La secrétaire fit une bulle avec son chewing-gum.

— Il a été appelé à l'extérieur, précisa-t-elle.

Puis elle se leva et, se penchant par-dessus le comptoir, regarda Munro qui s'était couché par terre, les pattes allongées sur le sol pour être le moins visible possible.

— Je peux l'appeler sur son pager si c'est urgent.

— Non, non… ce n'est pas urgent. Nous venions seulement faire vacciner Munro.

— Je n'injecte pas les vaccins moi-même, mais je peux vous en vendre afin que vous les injectiez vous-mêmes. Beaucoup de gens préfèrent ça.

Marilee considéra le chien, qui se mit à la dévisager avec des yeux écarquillés.

« Je pense exactement la même chose. »

— Je crois qu'il vaut mieux que Parker s'en occupe.

Munro se redressa aussitôt, prêt à décamper.

Vella s'était endormie dans le grand fauteuil à oreillettes et ronflait à qui mieux mieux. Willie Lee alla directement vers elle, posa les bras sur l'un des accoudoirs et observa sa grand-tante avec fascination.

— Willie Lee, va-t'en de là. Tu risques de réveiller tante Vella.

Marilee avait parlé à voix basse, mais Vella ouvrit aussitôt les paupières.

— Je ne dors pas, protesta-t-elle. Je me reposais les yeux.

— Tu ron-flais, observa Willie Lee.

— Oh, tu n'es qu'un petit garnement !

Il regarda sa grand-tante sans mot dire, considérant en lui-même la pertinence de sa remarque, et ne sourit que lorsqu'elle lui enfonça un doigt dans les côtes.

— Oui, c'est vrai, acquiesça-t-il en riant.

— Parker a téléphoné ? s'enquit Marilee.

— Tu as reçu plusieurs appels, mais je n'ai pas répondu. Ça a sonné deux fois pendant que j'étendais le linge, et je n'allais pas courir jusqu'ici depuis le fond du jardin. J'ai préféré laisser le répondeur prendre les messages. Comme ça, au moins, je ne risquais pas d'oublier de te les transmettre.

La fenêtre du répondeur clignotait, affichant le chiffre 3. Marilee appuya sur le bouton de lecture.

— Marilee, c'est Charlene. Je voulais juste t'avertir que nous amènerons ma cousine Leanne au barbecue de Parker samedi prochain. Je ne sais pas si tu es au courant, mais elle habite chez nous depuis quelque temps. C'est pour ça que ses chevaux sont ici. Oh, Jojo viendra aussi, mais pas Danny J., ce qui fait qu'on sera le même nombre que prévu. Leanne va nous préparer sa sauce spéciale. C'est un régal. Salut.

La machine émit un signal sonore, puis diffusa une voix d'homme profonde.

— C'est Rick. J'ai bien reçu votre message, Marilee. J'ai les steaks pour samedi. Ils sont tous découpés.

Il y eut un nouveau bip.

— Si vous avez l'intention de remplacer les bardeaux de votre maison, appelez la Menuiserie Martin. Nous avons des promotions. 555-2323.

C'était le dernier appel. Il n'y avait aucun message de Parker.

Dans la cuisine, Vella était en train de préparer des sandwichs à la confiture et au beurre de cacahuètes aux enfants. Marilee leur versa du jus de pomme et demanda à tante Vella si elle pouvait les garder pendant la soirée.

La vieille dame accepta avec plaisir.

— Tu vas gar-der le pe-tit gar-ne-ment, articula Willie Lee avec une grimace comique.

Vella lui donna un coup de coude qui le fit glousser.

— Et où vas-tu, ma chérie ? s'enquit-elle.

— Je pense sortir avec Parker, si du moins j'arrive à lui mettre la main dessus.

Deux heures devraient lui suffire pour savoir s'il avait toujours envie de l'épouser et lui annoncer sa décision, songea-t-elle. Elle serait de retour à temps pour coucher les enfants.

Assise à son bureau où elle rédigeait plusieurs articles consacrés aux activités des associations, Marilee releva soudain la tête en entendant des voix depuis la cuisine.

— Salut, mam'zelle.

— Salut, monsieur Tate.

Marilee sentit son cœur s'emballer. « Alors, qu'en est-il au juste : fiancés ou pas ? » Elle se rappelait encore son regard si intense quand il lui avait posé cette question.

C'était son patron, celui qui lui payait son salaire. Un homme qui l'agaçait et qu'elle trouvait bien trop séduisant.

— Comment allez-vous, aujourd'hui ?

Une voix telle qu'elle aurait pu attirer des oisillons hors de leur nid, se dit Marilee.

— Trèèès bien.

Marilee se surprit en train de se pencher en avant, comme pour regarder de l'autre côté de la porte. Jugeant son attitude grotesque, elle se leva et se rendit dans la cuisine. Tate était debout au milieu de la pièce. A côté de lui se tenait Corrine, qui la considérait de ses grands yeux sombres.

— Paix, déclara-t-il en lui tendant ses offrandes — un nouveau pichet de thé et un petit carton de boulangerie. Un gâteau… Un opéra de chez Mlle Bonita. Elle m'a assuré qu'elle le préparait avec du vrai cacao.

Elle le contempla un instant, essayant de jauger la situation. Il affichait son sourire charmeur, quoique empreint en cet instant d'une certaine réserve.

Elle se tourna vers le comptoir où était posé le précédent pichet qu'elle avait lavé.

— Voici l'autre pichet. Vous devez en avoir beaucoup.

— Muriel a laissé toute la vaisselle. En quittant son ancienne vie, elle a vraiment tout quitté.

Il déposa ses présents sur la table.

— Je vous prie de me pardonner le comportement que j'ai eu avec vous ce matin, mademoiselle Marilee. Vous aviez raison : vos rapports avec Lindsey ne me regardent pas. Je me suis montré incorrect avec vous, et j'en suis navré.

Il riva ses yeux dans les siens.

Il fallut plusieurs secondes à Marilee pour trouver une réponse.

— Je vous pardonne.

Puis elle prit une profonde inspiration avant de se lancer à son tour.

— Je crois que je vous dois également des excuses. Je n'ai sans doute pas été assez claire quant à ma position. Parker et moi entretenons une longue amitié qui m'est précieuse. Non que je vous juge dénué de charme et d'intérêt, mais je suis engagée avec Parker.

Ce constat, une fois formulé, lui donna à elle-même une vision plus claire de la situation.

— Je respecte votre choix, repartit-il en soutenant son regard sans ciller, de ses yeux d'un bleu estival.

— Merci.

Puis son sourire se fit doux et tendre tandis qu'il ouvrait le carton de la boulangerie.

— Si voulez bien couper ce gâteau, ce sera avec joie que je vous aiderai à le finir.

Tate Holloway ne savait pas seulement s'excuser, songea-t-elle, il avait également le don de se rallier tout le monde.

Vella et Willie Lee arrivèrent à ce moment-là et se mirent à lorgner le gâteau. Quant à Corrine, penchée sur la table, elle trempait déjà un doigt dans le glaçage.

— J'ai de la glace à la vanille pour ceux qui en veulent, annonça Marilee.

Tous s'assirent autour de la table de la cuisine où Tate, pour leur plus grande joie, leur raconta des histoires datant de son enfance dans l'est du Texas, quand il mangeait des glaces maison agrémentées de pêches tavelées qu'il allait ramasser en douce dans les vergers juste après la récolte.

— On n'avait qu'à couper les parties trop mûres. Mmm… Rien n'est plus délectable qu'une pêche tavelée. C'est un des secrets de la vie, vous savez, ajouta-t-il en gratifiant les enfants de son merveilleux sourire et en jetant un regard de biais à Marilee.

Celle-ci avala une bouchée de chocolat crémeux et songea qu'elle n'aurait plus aucun appétit pour son dîner avec Parker.

La télévision, branchée sur la chaîne des classiques du cinéma, diffusait une comédie musicale en noir et blanc — *42nd Street* —, mais Marilee, trop inquiète du silence de Parker, était incapable de suivre l'intrigue. De toute façon, il n'y avait pas d'intrigue, seulement une série de prétextes à des numéros de danse agréables à regarder.

Quand le téléphone posé près de son coude sonna, elle sauta en l'air de quinze bons centimètres, puis se hâta de décrocher avant la sonnerie suivante. Les aiguilles de la pendule sur la cheminée indiquaient 22 h 55.

— Allô ? dit-elle.

Elle éteignit en même temps la télévision. Dans la chambre de devant, tante Vella ronflait toujours avec entrain.

— Salut, Marilee.

C'était Parker — enfin.

— Salut, répondit-elle.

Après toute cette attente, elle ne savait plus que dire.

— J'ai bien reçu ton message, mais je viens juste de rentrer. J'ai été appelé dehors toute la journée.

— Oh. Tu dois être lessivé.

— Effectivement.

Il y eut une pause.

— Je voulais te proposer d'aller au restaurant, reprit Marilee. Tante Vella était d'accord pour garder les enfants pendant une ou deux heures.

Elle s'interrompit un instant, le temps d'inspirer profondément.

— Il faut que nous parlions, Parker, lâcha-t-elle, jugeant qu'une explication s'imposait.

— Ouais... Je suis vraiment désolé de n'avoir pu te rappeler plus tôt.

— Oh, je comprends. Je sais que tu es très occupé.

Elle regrettait d'être aussi irritée par ses « ouais ». Cependant, il fallait avouer que, dans sa bouche, ça ne sonnait franchement pas comme une affirmation, or elle avait besoin qu'il s'affirme un peu plus à son égard.

— Ouais, répéta-t-il. Je pense qu'on peut appeler ça une foutue semaine.

Elle retint sa langue.

Elle garda ainsi le silence durant une bonne minute.

— Crois-tu que Vella accepterait de garder les enfants demain soir ? demanda-t-il enfin. Nous pourrions aller au Rodeo Rio's.

Eh bien, songea Marilee, il avait mis le temps, mais au moins avait-il fait preuve d'initiative.

— Vella a sa réunion du Rose Club. Mais je vais voir si Jenny est libre. Et allons plutôt au Michelina's. C'est plus tranquille, là-bas.

Et voilà, se dit-elle, elle prenait de nouveau la direction des opérations. C'était là un problème majeur entre eux. Mais il était vrai, aussi, que Parker ne se souciait jamais de choses telles que l'ambiance d'un restaurant.

Il était 23 heures. Les boutiques de Main Street étaient toutes fermées depuis deux heures en ce jour de semaine. Quelques drapeaux oubliés dehors semblaient avoir perdu leurs couleurs sous l'éclairage des vieux réverbères. Fred Grace, qui venait de terminer ses comptes, referma d'un geste las la porte de son échoppe de fleuriste, monta dans sa voiture et s'éloigna, abandonnant la rue à sa solitude.

Belinda jeta un coup d'œil par la fenêtre ouverte de son appartement et vit la voiture de Fred tourner à gauche au carrefour de Church Street. Depuis la salle de bains, Lyle l'appela sur un ton qui ressemblait étonnamment à celui de son père. Il voulait savoir si elle ne lui avait pas acheté de nouvelle mousse à raser. Elle tenait toujours à ce qu'il se rase avant d'aller au lit, histoire qu'il ne lui écorche pas la peau. C'était là un des rares attraits qu'elle estimait posséder.

Au journal, Tate éteignait les lampes avant de partir. Une veilleuse suspendue au fond de la grande salle de rédaction dispensait une lueur tamisée suffisante pour retrouver son chemin jusqu'à la porte d'entrée. Une fois sur le trottoir, il s'assura que ladite porte était bien fermée, puis demeura immobile quelques secondes à contempler l'édifice du *Valentine Voice.* Ensuite, il fourra les mains dans ses poches et prit la direction de ses pénates.

Un gros camion rouge uni descendit Church Street en grondant et s'arrêta au feu à l'intersection. Tate distingua sur sa portière le sigle de la course aux tonneaux et reconnut ensuite sa conductrice, qui n'était autre que la coureuse blonde. Il avait appris qu'elle s'appelait Leanne Overton. Quand elle eut tourné à droite vers la sortie de la ville, il traversa la rue.

Un peu plus loin, de la lumière s'échappait des portes vitrées du poste de police. On pouvait voir l'officier Dorothy Jean Riddle assise à l'intérieur, au comptoir de la réception.

Tate songea un instant à entrer dans le poste pour bavarder un peu avec elle. Revenir travailler au bureau après le repas ne l'avait en rien soulagé de son cafard. Peut-être avait-il seulement besoin d'une bonne conversation entre amis.

Estimant cependant qu'une causerie sans but était bien la dernière chose qu'il souhaitait, il continua à remonter Church Street à longues enjambées.

« Je suis cinglé, Seigneur. »

Il avait eu raison de s'excuser auprès de Marilee — même si cela avait été dur. Il avait cru que s'excuser lui serait un peu moins difficile, après des années d'expérience.

« Je l'ai laissée tranquille, Seigneur. J'ai laissé cette femme tranquille, mais on dirait bien que mon désir pour elle, lui, ne me laisse pas tranquille. »

Il donna des coups de pied dans des cailloux en traversant la contre-allée située derrière la rangée de bâtiments donnant sur Main Street. Poursuivant son chemin, il s'aperçut qu'il tenait ses mains serrées dans ses poches. Il les sortit et commença à courir à petites foulées.

« Mon avenir avec Marilee James, qu'il existe ou non, est entre Vos mains. Je m'en remets totalement à Vous, dans mes rapports avec elle comme pour le reste de ma vie. »

Voilà, pensa-t-il, il l'avait fait, il s'était résigné. Mais il n'aimait vraiment pas ça.

The Valentine Voice
Le billet du rédacteur en chef
par Tate Holloway

La semaine prochaine, nos honorables députés des deux sexes vont débattre d'une loi autorisant la vente de cercueils dans d'autres commerces que les entreprises de pompes funèbres. Bien que la société civile réfléchisse sur ce sujet depuis longtemps, c'est la première fois qu'elle surgit dans l'enceinte du parlement. Je prévois que ce débat officiel sera promptement écourté; la question, néanmoins, restera posée.

Pour autant que je le sache, toute personne défunte est, à l'heure actuelle, enterrée dans un cercueil acheté dans l'entreprise de pompes funèbres qui s'occupe des funérailles. Il y a aussi l'incinération, mais mieux vaut garder ce sujet de discussion pour un autre éditorial. Aujourd'hui, donc, le seul endroit où l'on peut se procurer un cercueil reste une entreprise de pompes funèbres, le prix ne changeant guère d'une maison à l'autre. Là où je veux en venir, c'est que les entreprises de pompes funèbres exercent un monopole sur la vente des cercueils, et qui dit monopole dit prix généralement plus élevés. Il me semble que plusieurs sociétés de ce pays ont fait faillite à cause de cela.

Et si nous pouvions acheter un cercueil dans différents commerces ? Par exemple, à Kmart ou Wal-Mart ? Nul doute que nous réaliserions alors de substantielles économies sur les prix des cercueils, voire les acquerrions moitié moins chers que dans les entreprises de pompes funèbres.

Dans ce cas, nous n'économiserions pas seulement une somme importante, mais nous aurions aussi plus de choix. De plus, chacun aurait ainsi la possibilité de rechercher la meilleure affaire, d'acheter son cercueil à l'avance et de le garder dans son garage, sous la main, épargnant du même coup à ses proches beaucoup de dépenses et de tracas le moment venu. Je crois que cette solution ne présenterait que des avantages.

Communiquez-moi votre opinion sur ce sujet, ou sur n'importe quel autre sujet, et je la publierai. Appelez le parlement d'Etat pour donner à nos députés votre avis sur la question. La participation est la clé d'une bonne démocratie.

Par ailleurs, j'ai le plaisir de vous informer que notre maire a pris en considération la demande de Winston Valentine concernant les bancs en ville. Il a déclaré qu'il affecterait à ce poste une part du budget de la municipalité et qu'il commencerait par acheter quatre bancs supplémentaires. Reste maintenant à savoir où les mettre. Appelez la mairie afin de soumettre vos préférences.

N'oubliez pas non plus la pétition que j'ai lancée pour avoir des arbres dans Main Street. Passez donc nous voir à l'occasion. Le café est toujours chaud.

Cet éditorial choqua Charlotte. Après l'avoir corrigé, elle se crut obligée de demander à Tate s'il était bien avisé de le publier. Evidemment, il lui répondit que son texte était très bien comme ça — à croire qu'il jugeait tous ses écrits dignes d'être illuminés par la gloire du Seigneur.

— On va recevoir beaucoup d'appels, l'avertit-elle sans pouvoir s'en empêcher.

— Bien sûr, répliqua-t-il. Et on va vendre également beaucoup d'exemplaires du *Voice*.

Il lui lança un clin d'œil. Quel sacré numéro, se dit-elle.

— Bon, vous avez encore une heure pour y réfléchir. Si jamais vous revenez à la raison, je pourrai toujours le remplacer d'ici-là.

Ajustant ses lunettes sur son nez et se concentrant sur l'écran de son ordinateur, elle disposa l'article dans la maquette, sachant pertinemment qu'il ne changerait pas d'avis.

Vingt minutes plus tard, elle décrocha son téléphone et appela les Pompes Funèbres Montgomery afin d'obtenir un rendez-vous. Il lui fallait prendre des dispositions pour sa mère et pour elle-même aussi. Dieu savait que sa mère serait incapable de s'occuper de quoi que ce soit si jamais elle était la première à partir.

16.

Vies secrètes

Ce matin-là, Lindsey revint courir dans la rue, mais avec cinq minutes de retard. Tate le croisa à l'angle de Church Street, en s'apprêtant à remonter la colline. Dès qu'il aperçut la silhouette familière descendre vers lui, il eut l'impression que ses poumons cessaient de le brûler et que ses jambes, soudain dures comme du fer, le propulsaient à l'allure d'un marathonien.

— Bonjour, toubib ! s'exclama-t-il gaiement, la respiration égale.

— Bonjour, rédac'chef, repartit Lindsey, visiblement surpris de le voir poursuivre sa montée.

Et peut-être aussi un peu maussade ? songea Tate. Avoir manqué l'un de ses entraînements matinaux devait l'irriter.

Il poursuivit son chemin vers le sommet de la colline, s'attendant plus ou moins à voir Leanne Overton arriver à son tour à pied ou sur sa bicyclette.

Comme elle n'apparaissait pas, il ralentit la cadence et jeta un coup d'œil par-dessus son épaule afin de s'assurer que Lindsey ne pouvait pas le voir. Il finit par s'arrêter complètement et peina pour retrouver son souffle. C'était facile pour Lindsey, se dit-il. Lui, il n'avait qu'à descendre la pente chaque matin.

Juste à cet instant une musique retentissante s'éleva, manquant le faire trébucher. Elle venait apparemment de deux directions opposées — « The Star Spangled Banner » sur sa droite et « Dixie » sur sa gauche. Winston Valentine et Everett Northrupt hissaient leurs drapeaux.

Tate, qui avait passé dix mois sur un porte-avions pendant la guerre du Viêt-nam, se mit au garde-à-vous au beau milieu de la rue et, comme les deux voisins, salua les drapeaux et le début de cette nouvelle journée.

Sur les talons de son petit maître, Munro franchit un seuil en trottinant et déboucha dans un endroit qui sentait délicieusement bon. Cette odeur lui rappela les matins qu'il avait passés avec l'homme, quand ce dernier lui donnait des feuilletés chauds ou même, parfois, des roulés à la confiture.

Devant lui se trouvait une longue vitrine basse dans laquelle tout le monde pouvait regarder, sauf lui. Finalement il se dressa sur ses pattes arrière, posa ses pattes avant sur la vitre et contempla à son tour le merveilleux étalage, lorgnant ce qu'il reconnut aussitôt comme les douceurs que les enfants partageaient parfois avec lui. Il se demanda comment faire comprendre à sa dame qu'il en voulait une. Bientôt, cependant, un cri aigu lancé à son adresse le renvoya au sol et l'incita à se réfugier entre les jambes de son petit maître.

— Seigneur Dieu ! Il était debout contre la vitrine, s'exclama la voix. Je suis sûre qu'il y a un règlement interdisant la présence des chiens dans les magasins d'alimentation.

Ces paroles avaient été proférées par une grande femme qui le toisait du regard.

— Mun-ro vient a-vec nous par-tout, expliqua son petit maître.

— Je suis désolée, je n'y avais pas pensé, intervint sa dame. Willie Lee, mon chéri, il va falloir que tu sortes Munro. Corrine et vous deux, attendez-moi dehors pendant que je commande le gâteau de Parker.

Son petit maître s'agenouilla à côté de lui et aboya comme un chien.

— Willie Lee, non, pas maintenant. Emmène Munro dehors.

— Je vais les emmener, tante Marilee. Allons, venez les chiens.

Son petit maître continua à marcher à quatre pattes jusqu'à la porte que leur ouvrait sa jeune fille.

Agacé par la grande femme, Munro lui lança un regard désapprobateur avant de leur emboîter le pas.

Une fois dehors, sa jeune fille resta près du bâtiment tandis que son garçon se redressait et avançait vers la chaussée. Munro hésita un instant. Il n'aimait pas s'éloigner d'aucun des humains dont il avait la charge. Finalement, il alla s'asseoir au milieu du trottoir, afin de garder un œil sur les deux enfants à la fois.

Suivant le regard de son petit maître, un bras passé autour d'un réverbère, la main en visière, Munro observa une voiture rutilante qui passait lentement dans la rue. Derrière ses vitres teintées, un visage semblait regarder dans leur direction. Devinant une intense curiosité chez l'humain dans la voiture, Munro se rapprocha de son petit maître.

La voiture disparut derrière un camion garé le long du trottoir, et la sonnette au-dessus de la porte de la boutique tinta.

— Ah, vous voilà… Tenez, des douceurs pour mes doudous. J'ai aussi une meringue pour toi, Munro.

Munro trouva merveilleux que sa dame ait compris ses pensées. La sucrerie, toutefois, lui posa problème, car les humains, capables de manger tout en marchant, repartirent en le laissant derrière. Il engloutit donc la meringue en une seule bouchée, prit une demi-seconde pour lécher les miettes éparpillées sur le trottoir et courut après ses maîtres.

Il les rejoignit au niveau de la voiture. Relevant les yeux, il vit alors deux étrangers apparaître devant eux. Notant que la voiture rutilante était rangée juste à côté de celle de sa dame, il comprit que ces gens en étaient descendus.

Il les dévisagea et perçut les fragrances d'une odeur familière. Il *connaissait* ces humains-là. Ils étaient liés à son ancien maître, celui qu'il avait rencontré sur le parking éclatant de lumière.

La femme, dont les yeux étaient cachés derrière des lunettes de soleil, regardait dans sa direction — l'observait, même.

— Viens, Mun-ro, l'appela son petit maître.

Munro bondit du trottoir et sauta par la portière que le garçon lui tenait ouverte. Une fois à l'intérieur de l'habitacle, il se redressa, les pattes posées sur le dossier du siège avant, et regarda à travers le pare-brise. Les étrangers étaient toujours sur le trottoir, côte à côte, leur tête tournée vers lui.

Un frisson lui parcourut l'échine.

Son petit maître se leva près de lui et posa une main sur son dos.

— Ma-man… qui c'est, ces gens ?

— Quels gens, mon chéri ? demanda sa dame tout en déboîtant.

— L'homme et la femme. Ils re-gar-daient Mun-ro. Et Munro ne les aime pas, il me l'a dit.

— Oh, mon chéri, ce sont des étrangers, et ils ne nous regardent pas en particulier. Ni Munro non plus. Allez, mets ta ceinture et fais asseoir Munro sur la banquette.

— Mun-ro a aus-si be-soin d'une cein-ture, repartit le garçon.

Munro se hâta de redescendre et posa sa tête sur les genoux du garçon afin de montrer qu'il était un bon chien.

Ce matin-là, le suppléant Lyle Midgett avait arrêté douze immigrés soupçonnés d'être en situation irrégulière. Tate, en bon journaliste, était venu recueillir les détails de l'opération et s'apprêtait à quitter le jeune et fier suppléant devant les portes vitrées du poste de police.

— Le compte-rendu sera publié dans l'édition de cet après-midi, lui promit-il, tout en pensant qu'il allait devoir se dépêcher pour l'y insérer.

— Je le dirai à Belinda.

Sur ces mots enthousiastes, le jeune homme le salua d'un geste de la main et fila vers le drugstore.

Bien que Tate eût entendu parler d'une liaison passionnée entre Belinda Blaine et Lyle Midgett, cette rumeur lui semblait presque invraisemblable, tant le contraste était grand entre le visage innocent et bonasse du suppléant et le caractère égocentrique et terne de Mlle Blaine. Il se rappela alors les sachets de préparations pour gâteaux qui s'étaient échappés du sac de provisions de Bonita Embree, et songea que nul ne connaissait les petits secrets des vies ordinaires.

Une voiture passa à cet instant devant lui — Marilee était au volant. Si elle l'avait vu, elle n'en montra rien et garda ses yeux fixés droit devant elle sur la chaussée. Debout sur le trottoir inondé de soleil, il regarda la Cherokee franchir le carrefour dans une direction qui n'était pas celle de la maison James mais peut-être celle de l'IGA ou de la poste, ou encore celle de chez Parker Lindsey.

Il prit alors conscience qu'il suivait toujours le véhicule des yeux et imagina à quoi il pouvait bien ressembler, figé ainsi sur le trottoir, à baver après une femme.

Avec un soupir dégoûté, il fourra ses mains dans les poches de son pantalon de treillis et tourna les talons pour retourner au journal. Ce faisant, son attention fut attirée par un homme et une femme qui le dépassèrent d'un pas vif.

Personne ne marchait aussi vite à Valentine sans une bonne raison, se dit-il.

Et ces deux-là paraissaient aussi suspects que la Ford Bronco remplie de douze Mexicains sur laquelle était tombé le suppléant Midgett. Les cheveux blonds de l'homme étaient lissés en arrière suivant la mode rétro en vogue dans les milieux branchés de Los Angeles ou de New York; il portait une chemise d'un blanc éclatant, une cravate à motif, un pantalon sport bleu nuit, des chaussures vernies à bout anglais et des lunettes de soleil. Quant à la femme, elle aussi cachée derrière des verres fumés, elle avait un tailleur chic en soie grège épousant à ravir ses formes déliées. Sa jupe qui s'arrêtait huit bons centimètres au-dessus du genou et ses talons aiguilles rendaient ses jambes interminables. Ses cheveux d'un brun luisant étaient coiffés en un désordre savant. Le couple semblait tout droit sorti d'un téléfilm policier.

Tate les observa par-dessus son épaule et les vit entrer dans le poste de police. Pressentant aussitôt un sujet, il pivota sur lui-même et les suivit. Au moment où il franchissait à son tour les portes vitrées, le couple annonçait à Lori Wright, la réceptionniste, qu'il désirait parler au shérif Oakes.

— Nous sommes de la société Tell-In Technologies. Il nous attend, précisa la femme en tailleur moulant.

— Un instant, s'il vous plaît, les pria Lori, comme soufflée par la force qui émanait de la femme.

Elle décrocha le téléphone et appuya sur le bouton correspondant au bureau du shérif, situé à dix pas de là. La porte était close.

L'homme se retourna et considéra Tate d'un air intrigué.

— Tate Holloway, se présenta ce dernier en lui tendant la main. Je suis le rédacteur en chef du *Valentine Voice*. Puis-je vous aider ?

Deux paires de lunettes de soleil le détaillèrent aussitôt de la tête aux pieds.

— Je ne crois pas, décréta la femme avant de lui tourner le dos.

Son expérience de journaliste lui ayant appris à s'incruster partout où il était indésirable, Tate resta planté où il était.

L'instant suivant, la porte du bureau du shérif s'ouvrit et Neville, un homme de haute taille à l'uniforme impeccablement repassé, remplit aussitôt la pièce de sa présence.

— 'lut, fit-il à l'adresse des visiteurs avec un hochement de tête.

Il s'écarta afin de les inviter à entrer dans son bureau. En refermant la porte, son regard croisa celui de Tate et il lui fit un signe discret du menton signifiant : « Je vous raconterai tout plus tard. »

— Qui sont-ils ? demanda Tate à Lori quand ils furent seuls.

— Le type mort, là — le premier mari de Fayrene —, il travaillait chez eux, je crois. A Tell-In Technologies. C'était une sorte de génie de l'informatique ou quelque chose comme ça.

— Hmm. Je suppose qu'ils sont ici pour une histoire de gros sous.

— Je le pense aussi… mais allez savoir. Le shérif Oakes n'est pas du genre à cancaner, et même si j'étais au courant du fin mot de cette histoire, je n'aurais pas le droit d'en parler à la presse sans son accord, ajouta-t-elle, comme si elle sentait que ce fait avait besoin d'être établi.

A ce moment, le téléphone sonna et, d'un geste indiquant qu'elle était prête à toute crise, elle décrocha le combiné en articulant d'une voix vive :

— Police de Valentine.

A l'évidence, il ne s'agissait pas d'une crise, car Tate vit bientôt ses minces épaules se détendre. Il la laissa aider son interlocuteur à résoudre un problème qui exigeait apparemment une recherche sur ordinateur, et se dirigea vers le distributeur de boissons.

Lori et lui étaient alors les seules personnes présentes dans le vestibule plutôt exigu du poste. Valentine ne disposait que de quatre fonctionnaires de police : Lori, la réceptionniste de jour; le shérif Neville Oakes, qui avait pris la succession de son père quand ce dernier était parti à la retraite; le suppléant Lyle Midgett; et la suppléante Dorothy Jean Riddle. Celle-ci, frais émoulue de l'école de police d'Oklahoma City, n'avait rejoint leur équipe que deux mois plus tôt.

Derrière le distributeur de boissons se trouvait l'unique cellule du poste. Elle ne servait que rarement, pour les ivrognes ou fauteurs de troubles. Les vrais criminels, qu'on ne voyait qu'une fois l'an, étaient directement emmenés à la prison du comté.

Tate enfonça le bouton de l'Orange Crush. Il le préférait d'ordinaire en bouteille plutôt qu'en canette, à l'inverse du Coca, mais c'était la première fois depuis des années qu'il voyait un distributeur automatique en proposer. L'Orange Crush lui rappelait son enfance.

Quelques minutes plus tard, le porte du bureau du shérif s'ouvrit, et les trois personnes qui s'y trouvaient en sortirent, Neville ouvrant la marche.

— Lori, veuillez appeler Fayrene au téléphone.

— A vos ordres.

Lori décrocha aussitôt le combiné tandis que les autres attendaient. Tate observa les étrangers, qui lui rendirent son regard.

Quand Lori eut Fayrene en ligne, elle passa le téléphone au shérif, sa lourde carcasse appuyée contre le comptoir.

— Fayrene, ma grande, j'ai ici des gens de Tell-In qui aimeraient te parler, déclara-t-il. Tu te sens d'attaque, aujourd'hui ?

Tate dressa l'oreille en entendant le ton chaleureux du shérif. Il étudia son visage, puis avala une longue gorgée d'Orange Crush tout en pensant que, décidément, la vie des gens recelait bien des surprises.

— D'accord, Fayrene, merci, répondit Neville.

Il se tourna vers le couple et déclara :

— On va là-bas directement.

Tate les regarda franchir les portes vitrées, finit son Orange Crush, jeta la canette dans la poubelle destinée aux matériaux recyclables et s'empressa de traverser la rue pour aller rédiger l'article sur le suppléant Midgett. Il ne lui restait qu'une demi-heure avant d'envoyer la maquette chez l'imprimeur. Et il ne voulait pas décevoir le garçon.

Belinda, à genoux, était en train de ranger des magazines sur la large étagère de bois tout en lisant les Unes qui attiraient son attention. C'était le temps mort de la matinée, avant l'affluence du déjeuner qu'elle redoutait entre tous. Elle songeait sans cesse à accrocher la pancarte « Fermé » sur la porte. Son père, qui ne sortait jamais de la pharmacie, n'en saurait rien. A moins qu'on ne l'en avertisse par téléphone.

La sonnette au-dessus de la porte d'entrée tinta, l'interrompant dans ses rêveries. « Ah, la barbe ! » pensa-t-elle. Sachant qu'on ne pouvait la voir derrière l'étagère, elle se tint coite, espérant que l'arrivant finirait par repartir et qu'elle n'aurait pas à le servir. Elle en avait marre de servir tout le monde.

Au bruit des pas et aux voix, elle déduisit que les nouveaux venus étaient deux.

Puis elle s'aperçut qu'ils étaient en train de se disputer.

— Je savais que c'était le même chien, dit une voix féminine.

Belinda essaya de la reconnaître, en vain.

— Ce ne sont pas les chiens comme ça qui manquent, répliqua une voix d'homme, tout aussi inconnue.

— Et combien, à ton avis, seraient susceptibles de ressembler exactement à ce cabot que Dan Kaplan a ramassé sur le parking du siège et de se retrouver ici, comme par hasard ?

Dan Kaplan, répéta Belinda en elle-même. N'était-ce pas le nom du premier mari de Fayrene ? Elle tendit l'oreille pour mieux entendre.

— Il doit exister des milliers de clébards comme ça dans le monde. Et même si c'est le bon chien, en quoi ça nous avance ?

— Je ne sais pas… mais nous n'avons toujours pas retrouvé la puce, alors que nous avons retrouvé le chien.

— *Peut-être* est-ce le bon chien, corrigea la voix masculine. Et nous ignorons encore si nous n'avons pas retrouvé la puce. Elle doit être dans la voiture ou dans la mallette, et nous pourrons récupérer l'une et l'autre dès que Frank aura obtenu l'autorisation de la cour. Enfin, tout se passe comme prévu jusqu'à maintenant… Bon sang, je tiens une de ces migraines. Je vais me prendre un peu de Motrin et quelque chose à boire, si du moins quelqu'un daigne venir nous servir dans cette gargote de ploucs.

Cette dernière remarque n'offensa nullement Belinda — parfaitement d'accord sur ce point —, pas plus qu'elle ne l'incita à les servir. Elle jeta un coup d'œil sur le côté de l'étagère et vit les longues jambes enrobées de nylon d'une femme en escarpins noirs. Le pantalon sombre de l'homme disparut derrière un des présentoirs du drugstore.

Elle s'assit à genoux, se demandant qui ils étaient. Sans doute étaient-ils liés au mort… Mais de quel chien parlaient-ils ?

— Hé ! s'exclama l'homme. Y a quelqu'un ?

Puis, alors qu'elle ouvrait un magazine de coiffures, elle entendit quelqu'un pénétrer à son tour dans la pièce depuis la pharmacie.

— Bee-linda ? Belinda ? l'appela son père une minute plus tard. Il y a deux personnes ici qui désireraient boire quelque chose.

— C'est bon, papa, répondit-elle en se redressant avec raideur, les jambes ankylosées.

Elle contourna le tourniquet en traînant la savate. L'homme et la femme parurent un peu surpris de la voir surgir de derrière le rayon des magazines. Ils commandèrent des Cocas et ne s'assirent même pas pendant qu'elle les tirait. Ils jetèrent l'argent sur le comptoir, où elle dut le ramasser. Quand ils ressortirent de la boutique, elle les suivit des yeux et repensa au regard qu'ils avaient échangé en la voyant arriver.

Bon, songea-t-elle en se juchant sur le tabouret avant de rouvrir le magazine de coiffures, elle saurait bien par Lyle ce soir qui étaient ces gens, et à quoi rimait cette histoire de Dan Kaplan, de puce et de chien.

Vella regrettait sa maison. Elle ne pouvait dire, en revanche, qu'elle regrettait Perry. A la limite, elle regrettait l'homme qu'il avait été jadis, mais c'était peut-être un effet de l'âge que de regretter ainsi le passé. Toutes ces années avaient passé si vite. Où avaient-elles donc filé ?

Elle gara sa Crown Victoria couleur champagne dans l'allée, coupa le moteur et scruta les alentours pour vérifier qu'aucun voisin n'était susceptible de la voir. La rue était déserte, comme tous les matins de semaine dans ce quartier de personnes âgées. Cela dit, Doris Northrupt pouvait très bien l'épier à travers ses rideaux, songea-t-elle. Tout comme cette fouineuse de Mildred chez Winston Valentine, si du moins elle n'était pas en train de manger ou de regarder la télévision.

Son sac serré contre son flanc, elle traversa rapidement le jardin latéral afin d'atteindre la roseraie à l'arrière de la maison. Là, elle ralentit le pas et jouit des effluves qui parfumaient l'air.

Sortant une paire de ciseaux multi-usages de son sac, elle coupa quelques fleurs, puis elle effleura pieusement les feuilles des rosiers et huma leurs grandes fleurs. Quand elle se fut emplie de parfum, elle revint lentement vers la maison et ouvrit la porte de la cuisine qui n'avait jamais été fermée durant les quarante années où elle avait habité là.

Elle déposa le bouquet dans une cruche en terre cuite et s'assit à la table afin de l'admirer. Remarquant des restes de nourriture collés à la table, elle prit un torchon humide et entreprit de les enlever. Elle nettoya ensuite la cafetière et prépara du café frais.

La fenêtre l'attirant, elle regarda en direction de la maison Valentine, espérant voir Winston traverser la pâture. Bien qu'il fût venu lui rendre visite chez Marilee, ils ne s'étaient pas retrouvés seuls ensemble depuis son départ de la maison.

Elle lava la tasse et les verres laissés dans l'évier puis ôta les taches de nourriture et de café qui maculaient le comptoir. Elle continua sur sa lancée en nettoyant tout et en balayant le sol. De nouveau, elle regarda vers la maison Valentine, avant de s'asseoir à table pour boire son café. A mi-tasse, elle se mit à pleurer. La soudaineté et la violence de ses sanglots l'effrayèrent. Lorsqu'elle réussit enfin à s'arrêter, elle s'essuya les yeux et se moucha.

Puis, poussée par un nouvel accès de désespoir, elle prit le téléphone et composa le numéro de Winston.

C'est lui-même qui lui répondit. « Un signe de Dieu », se dit-elle.

— Winston, je suis dans ma cuisine. Tu peux venir ? J'aimerais te parler.

Au bout d'un très long moment, alors qu'elle s'inquiétait de ce que son voisin devait penser d'elle, il lui annonça qu'il arrivait tout de suite.

S'activant avec frénésie dans la cuisine, elle sortit du placard le mazagran préféré de Winston, le bleu, l'essuya jusqu'à ce qu'il brille, puis le remplit à ras bord de café avant de le déposer sur la table à côté de la crème et du sucre. Avec les roses et le mazagran, la table avait un aspect accueillant.

Elle jeta un coup d'œil par la fenêtre et vit Winston franchir la petite pâture clôturée qui séparait leurs maisons. Il marchait à une allure encourageante, malgré sa canne.

« Voici au moins un homme qui accourt vers toi. » Vella sentit les larmes lui monter aux yeux à ce spectacle. Elle pivota sur elle-même et, avec le cœur d'une jeune fille, se précipita vers la porte de service qu'elle ouvrit avant même que Winston ait eu le temps de monter les quelques marches du perron.

— Ça va, Vella ? Tu n'avais pas l'air dans ton assiette au téléphone.

Il grimpa avec raideur le perron en affichant une expression inquiète.

— Non… non, ça ne va pas, bredouilla-t-elle.

Puis elle fondit une nouvelle fois en sanglots et, mortifiée, dut détourner le visage.

Winston, que l'âge et l'expérience des femmes avaient habitué aux larmes, tendit le bras vers elle et, la serrant contre lui, la laissa pleurer contre sa chemise. Comme elle penchait un peu vers lui, il dut s'appuyer sur sa canne et, au bout d'une minute, commença sérieusement à craindre que Vella ne les fasse tous deux tomber. Mieux valait ne pas se casser une hanche dans sa cuisine. S'ils devaient appeler les secours, tout le monde apprendrait qu'il était seul avec elle.

— Vella… allons, ma petite. Assieds-toi et bois un peu de café. Ça te fera du bien.

Il la fit asseoir, puis s'installa en face d'elle, grandement soulagé d'avoir ainsi évité le risque de se casser la hanche. La vieillesse était décidément chose bien embêtante se dit-il, de même que les hanches, les coudes et les genoux.

Après quelques reniflements, Vella prit sa tasse entre ses mains et but. Winston l'imita et, pendant deux ou trois minutes, régna un silence que troublaient seulement le bourdonnement du réfrigérateur et les reniflements de Vella.

— Il est vraiment bon, ton café, déclara finalement Winston. Je l'ai regretté.

Il comprit aussitôt qu'il avait commis un impair, car elle se remit à pleurer. Décidant de se réfugier dans le silence, il continua de siroter son café et attendit qu'elle se calme — avant le retour de Perry, espérait-il.

Son mutisme s'avéra payant. Avant qu'il ait vidé sa tasse, Vella se ressaisit et, comme beaucoup, passa de la tristesse à la colère.

— Oh, Winston ! s'exclama-t-elle avec véhémence. Je regrette ma maison, et je regrette mes roses.

Il hocha la tête et s'abstint de lui répliquer qu'elle n'avait qu'à revenir chez elle, se doutant que cela risquait de lui valoir une nouvelle crise de larmes.

— Je me sens tellement idiote… Avoir quitté ma maison et Perry comme ça. Et à mon âge en plus.

Winston opina derechef.

— Il y a seulement que… enfin, je ne sais plus du tout où j'en suis. J'ai l'impression d'avoir perdu tous mes repères, comme si les règles avaient changé d'un coup… ou comme s'il n'y avait plus de règles du tout.

— Tout change, c'est sûr, acquiesça-t-il avec un nouveau hochement de tête.

— Seigneur… même ma ménopause, je l'ai eue plus tard que la plupart des autres femmes.

« Doux Jésus, songea-t-il. Pourvu qu'elle ne s'étende pas sur ce sujet… »

Mais elle n'en fit rien. Elle attrapa un des magazines posés en vrac sur le micro-ondes et le lui brandit sous le nez.

— Non, mais regarde-moi un peu tous ces gens qui font la couverture de *Modern Maturity*, aujourd'hui. Des vedettes de cinéma. Faut-il vraiment que nous nous comparions à des vedettes de cinéma ? Faut-il vraiment que nous écoutions les conseils de personnes qui se font lifter la figure et Dieu sait quoi encore ? Tiens, je ne veux plus voir ça.

Et elle jeta le magazine par terre avec une telle hargne qu'il glissa jusqu'à la salle à manger. Winston agrippa fermement la table pour retenir la nappe, au cas où.

— Quand je regarde dans le miroir, poursuivit Vella avec feu, je vois une vieille dame, mais ce n'est pas comme ça que je me sens au fond de moi.

Winston la vit plaquer sa main entre ses deux seins généreux. Une envie sourde s'éveilla en lui, le désir naturel de voir son adorable poitrine. Et cette réaction le surprit agréablement.

— Voilà si longtemps que Perry ne m'a pas touchée, Winston.

— Tu es une vraie femme, Vella, répliqua-t-il avec empressement, dans l'espoir de changer de sujet. Et tu n'es pas si vieille que ça. Moi, je suis vieux, ajouta-t-il d'une voix morne.

— J'ai soixante-six ans.

— Tu es encore dans la jeunesse de la vieillesse, repartit-il, lui-même étant par conséquent dans la vieillesse de la vieillesse.

— Je ne parais pas quarante ans, poursuivit-elle, mais je ne me sens pas soixante-six ans.

— Tu es une femme magnifique, Vella.

Elle le contempla avec un air qui le déconcerta.

— A mon âge, reprit-elle, ma mère était réellement une vieille femme et passait son temps assise sous sa véranda à parler de nourriture. Elle racontait ce qu'elle avait mangé au petit déjeuner et ce qu'elle allait manger au déjeuner et au dîner. Minnie Oakes n'a également que ça à la bouche, avec les émissions qu'elle va regarder le soir à la télé. Elle les coche toutes sur le programme télé.

« La seule autre femme de mon âge qui, je crois, éprouve les mêmes sentiments que moi est Odessa Collier, et elle est… enfin, il n'est pas étonnant qu'elle soit un peu fofolle et excentrique, vu qu'elle l'a toujours été. C'est une artiste, ajouta-t-elle pensivement.

— Toi aussi, tu es une artiste, répliqua Winston. Regarde donc comme tu t'occupes bien de ces roses et comme tu sais les arranger.

Il désigna les fleurs dans la cruche en terre cuite.

Vella considéra les roses un moment. Puis, prise du besoin de bouger, elle se leva et se dirigea vers le comptoir. Elle regrettait à présent d'avoir ouvert son cœur à Winston. Mais maintenant qu'elle avait commencé, elle pouvait aussi bien continuer. Après tout, qu'avait-elle encore à perdre ?

— Je ne ressemble pas à Odessa. En fait, je ne ressemble à personne, et ce que j'éprouve à mon âge ne correspond pas du tout à ce que j'imaginais. Je ne sais pas quoi faire de moi. J'ai encore envie d'accomplir tant de choses. Je *sens* encore tant de choses…

Sur ce, elle lâcha un soupir qui hésitait entre épuisement et désespoir. Elle avait l'impression d'être elle-même en équilibre précaire entre les sanglots et les hurlements.

Winston se redressa à son tour. Il commençait à craindre que Mildred ne vienne voir comment il allait, et ses os le lançaient quand il restait assis trop longtemps. Il jugea le moment venu de prendre la tangente.

— Sentir est bien, Vella. Ça prouve que tu es vivante. Et je pense qu'être un peu perdu fait partie de la vie. Ça vaut mieux, en tout cas, que ne plus rien sentir du tout, conclut-il.

C'était là une phrase qu'il s'était beaucoup répétée ces derniers temps. Mais il n'y croyait plus tellement. La mort s'était mise à lui sourire et à s'imposer à son esprit comme le terme de nombreux maux, souffrances et désagréments.

Vella releva la tête et le regarda. Il constata avec ahurissement qu'elle était pour ainsi dire en train de le viser. Aussitôt après, elle se colla contre lui et l'embrassa. Bien qu'il ait vu venir ce moment, il ne put rien faire d'autre que le vivre jusqu'au bout.

— Merci, Winston, d'être aussi gentil avec moi, murmura-t-elle contre sa bouche.

Son baiser n'était pas un simple baiser de remerciement. C'était une invite. D'ailleurs, elle demeurait serrée contre lui, le regardant avec cette invite dans les yeux, qui suscitait en lui une émotion surprenante.

Mais il se surprit encore plus lui-même en l'enlaçant de son bras libre et en lui rendant son baiser avec une passion dont il s'ignorait encore capable.

Non, songea-t-il, il n'était pas encore mort.

Le soleil était loin à l'ouest quand Vella engagea la Crown Victoria dans la contre-allée. Elle roulait si vite que le devant de la voiture rebondit dangereusement sur le bord du trottoir. Cela ne l'empêcha pas de passer en trombe derrière le poste de police avant de piler net devant la porte de service du drugstore, juste derrière la Lincoln poussiéreuse de Perry. Elle repoussa le levier de vitesses au point mort et, sans éteindre son moteur, se rua hors de l'habitacle.

Contournant le capot, elle ouvrit en grand la portière arrière droite, prit les deux valises posées sur la banquette et se mit à les tirer sur leurs roulettes si brusquement qu'elles se renversèrent. Sans se soucier de les redresser, elle les traîna sur le flanc jusqu'à la porte, puis en transporta une à l'intérieur en ahanant. Après tout, elle était une femme de soixante-six ans qui se trimballait des bagages pesant chacun la moitié de son poids. Cette pensée lui redonna du tonus, et elle lança la seconde valise jusqu'au milieu de la réserve.

Belinda apparut à la porte qui donnait sur la boutique.

— Mais qu'est-ce que… ?

— Je rapporte ses affaires à ton père.

— Tu *quoi* ?

La jeune femme se campa sur ses pieds et posa ses poings sur ses hanches, comme pour barrer l'entrée à sa mère.

— Je rapporte à ton père les affaires qu'il a à la maison, répéta Vella qui avait redressé les valises et s'était remise à les tirer. De toute façon, il est ici du matin jusqu'au soir, alors autant qu'il s'y installe pour de bon. Moi, je garde la maison.

— Mais c'est pas *possible* !

— La preuve que si, rétorqua-t-elle en se dirigeant vers la porte de la pharmacie qu'elle ouvrit brusquement. Je me suis occupée de cette maison pendant quarante ans. J'ai travaillé ici aussi, mais je préfère la maison. Et puis voilà des lustres que ton père a choisi cette pharmacie, alors… Perry !

Elle n'avait pas besoin de hurler ainsi son nom. Son mari était déjà en train de s'extirper de son vieux fauteuil, les yeux écarquillés et la bouche grande ouverte.

— Mais qu'est-ce qui te prend encore, Vella, bon sang ?

— Je suis sûre que tu m'as entendue. Tiens, voilà tes affaires.

Elle lança les valises de toutes ses forces. Dans son mouvement, elle manqua chuter elle-même et dut se rattraper au chambranle de la porte. Elle sentait sa poitrine se soulever au rythme de sa respiration hachée.

— Je retourne chez moi, annonça-t-elle plus posément. Toi, tu peux loger ici. J'irai voir Jaydee afin de mettre au point les modalités de notre séparation.

Sur ces mots, elle tourna les talons et sortit de la boutique. Belinda lui courut après.

— Maman ! s'écria-t-elle d'une voix hystérique. Arrête ! Je t'en prie, ne me fais pas ça ! Ne me laisse pas… avec papa !

Vella attendait une réaction de Perry — Dieu lui pardonne —, mais elle attendit en vain, car son mari ne la rappela pas.

La vue brouillée par les larmes, elle reprit sa voiture et poursuivit son chemin, ses pneus ne retombant sur l'asphalte de la chaussée qu'à l'autre bout de la contre-allée.

17.

Tout se complique

— Marilee ? appela Vella en entrant dans la maison.

Elle jeta son sac sur le canapé et respira profondément. Elle se sentait épuisée, donc tout à fait calme.

Il faisait chaud à l'intérieur. Marilee n'avait pas mis en marche le climatiseur. Les fenêtres étaient grandes ouvertes, et le soleil de fin d'après-midi traversait la véranda et les moustiquaires côté rue.

— Par ici.

Vella suivit le son de cette voix jusqu'à la chambre du fond, où elle trouva sa nièce assise au pied du lit, lequel était recouvert de vêtements, de boîtes à chaussures et de divers accessoires. Au vrai, la pièce entière disparaissait sous les objets les plus variés.

— On dirait qu'une tornade s'est abattue ici.

— Hein ? Oh…

Marilee, qui était en train de lire quelque chose, regarda autour d'elle comme si elle voyait ce capharnaüm pour la première fois.

— J'étais en train de me choisir une robe en vue du dîner de ce soir, quand j'ai pensé à l'anniversaire de Parker. Du coup, je me suis mise à chercher la boîte contenant les décorations d'anniversaire... pour trouver la bougie à mettre sur le gâteau, samedi. J'ai fini par sortir tellement de choses qu'il m'a semblé nécessaire de tout trier.

Elle marqua une pause.

— J'ai fait un tas des affaires à garder et un autre des affaires à jeter, mais maintenant je ne me souviens plus lequel est lequel.

— Tu as une bougie particulière pour le gâteau de Parker ? s'enquit Vella tout en dégageant un coin du lit.

Elle s'assit et se déchaussa. Elle commençait à souffrir d'arthrite au niveau des orteils et supportait mal les chaussures. Tout d'un coup, elle s'aperçut que c'était la première fois qu'elle y pensait de la journée — preuve qu'elle se sentait de nouveau en vie.

— Le chiffre quatre, répondit Marilee. J'ai gardé le quatre et me contente d'acheter l'autre chiffre au fur et à mesure. Je l'ai seulement utilisé pour mon gâteau de l'année dernière. On l'a soufflé très vite et il a l'air comme neuf.

Elle se tordit afin d'atteindre le rebord de la fenêtre où elle prit la bougie qu'elle montra à Vella.

— Tu vois... Elle est juste un peu fondue à cet endroit.

— Effectivement, acquiesça Vella tout en songeant que sa nièce savait assurément se montrer économe, à l'occasion.

Toutes les deux gardèrent ensuite le silence, comme si elles étaient à bout de souffle. La chambre semblait sombre, par contraste avec la clarté qui régnait encore dehors. Des rayons de lumière mordorés filtraient à travers les arbres et la moustiquaire de la fenêtre. Une légère brise leur apportait la voix des enfants depuis le jardin et agitait doucement les rideaux. En les contemplant, Vella pensa une nouvelle fois que sa nièce montrait un penchant marqué pour le style des années 40. Les rideaux présentaient en effet un motif à grandes fleurs semblable à celui qu'elle avait dans son séjour à l'époque, et qui ne lui disait plus rien aujourd'hui.

Peut-être le neuf devenait-il vieux pendant un temps, et puis le vieux redevenait neuf.

Reportant son attention sur sa nièce, comme pour se voir elle-même à son âge, elle nota son aspect échevelé.

— Tu pleurais ?

Elle avait depuis longtemps renoncé à espérer que Marilee serait vraiment heureuse un jour. Il y avait chez elle une mélancolie profonde qu'elle avait elle-même combattue à la quarantaine. Et dont, peut-être, elle commençait tout juste à sortir.

— Oh…, fit Marilee avant de s'essuyer les yeux. Oui, et pour une raison franchement idiote. Je venais juste de relire quelques-unes des anciennes lettres de Stuart.

Elle brandit celle qu'elle tenait à la main et indiqua une boîte à chaussures pleine de vieux papiers.

— Je les ai toutes gardées. Dieu seul sait pourquoi, mais je les ai toutes gardées. Je n'ai retrouvé la boîte qu'aujourd'hui, au fond de la penderie.

Elle contempla la lettre dans sa main, imitée par Vella. Celle-ci se rappelait encore le grand et bel homme qui avait enlevé sa nièce et qu'elle n'avait jamais apprécié. Dès le premier coup d'œil, elle avait su que Stuart James était un séducteur puéril, dépourvu de la moindre générosité.

— On s'écrivait beaucoup, même quand nous étions ensemble. Nous aimions écrire tous les deux, articula Marilee avec un sourire triste qui lui donna un air très jeune.

— C'est normal que tu les aies gardées. On aime bien revoir ces vieilleries et pleurer dessus. Ce sont des souvenirs importants, ajouta Vella d'une voix plus douce. Ils méritent d'être conservés.

Elle se demanda si elle ne se parlait pas aussi à elle-même, et tendit machinalement la main pour prendre la lettre.

— Tu ne peux pas la lire ! protesta Marilee en repoussant sa main et en serrant le carton contre elle.

— Oh, je n'y songeais même pas. Bien sûr que je ne peux pas la lire.

Elle avait simplement obéi à la curiosité que suscitait la présence du carton devant elle. Sa virée de l'après-midi lui avait complètement chamboulé l'esprit.

— Enfin, tu pourrais en lire certaines, reprit Marilee avec un sourire contrit. La plupart, en fait. Nous avions surtout des échanges théoriques sur des sujets généraux, comme l'amour. J'ai écrit la majeure partie de ces lettres à la faculté, alors que j'étais dans une phase intellectuelle bien éloignée de la réalité. L'intelligence de Stuart m'impressionnait énormément, à l'époque, et je n'étais pas loin de penser qu'il connaissait quasiment tout de la vie. Il avait vu tant de choses, visité tant de pays étrangers; il avait un air si sage. Un gourou, en quelque sorte. Il aimait s'entourer d'étudiants admiratifs. Tiens, voici une photo de notre petite bande.

— Où es-tu ? s'enquit Vella en rajustant ses lunettes pour mieux voir.

— Je suis là. Voilà ma tête.

— Oh.

Marilee, placée à l'arrière du groupe, avait le visage à moitié caché par ses cheveux. En ce temps-là, elle était plutôt introvertie, dissimulant ses sentiments et ses pensées intimes. Aujourd'hui encore, songea Vella, elle cachait une grande part de son vrai moi.

— En relisant ces lettres, commença Marilee, je me suis rendu compte que j'y avais mis bien des sentiments qui n'étaient pas. J'avais fait de Stuart et de notre amour une sorte de grand rêve qui n'a jamais existé.

Elle s'interrompit un instant, avant de conclure :

— Peut-être aimais-je moins l'homme qu'il était que l'image que j'en avais. Si bien que lorsque j'ai fini par voir l'homme qu'il était, je lui en ai voulu de me décevoir.

— Oh, c'est un phénomène courant chez les amoureux, observa Vella. On ne se marierait jamais si on ne voyait dans l'élu de notre cœur que la personne qu'il est réellement. Il faut d'abord être aveuglé par l'amour avant d'en venir à accepter la réalité. L'illusion permet l'habitude.

S'était-elle désaccoutumée de Perry ? se demanda-t-elle. A moins que, plus simplement, elle ne puisse supporter trop de réalité de sa part…

— J'ai quand même été terriblement déçue quand j'en ai pris conscience. Stuart ne voulait pas d'épouse. Ce qu'il voulait, c'était une midinette pour toujours.

— Comme la majorité des hommes, non ?

Marilee s'esclaffa.

— Oui, mais la plupart ont déjà renoncé à ce genre de désirs puérils quand ils atteignent la quarantaine.

— Hmm, peut-être.

Vella, qui se sentait de plus en plus déprimée, estimait pour sa part que ce serait bien si Perry voulait un peu plus qu'une bonne pour nettoyer après lui.

Marilee remit les lettres dans la boîte à chaussures et referma le couvercle.

— Il va falloir que je me débarrasse de tout ça. Je doute que Parker apprécie que je garde les lettres de mon ex après notre mariage.

— Tu vas l'épouser alors ?

— Oui. Et voilà la robe que je vais porter ce soir pour le lui dire. Qu'en penses-tu ?

— Elle est charmante.

Tenant contre elle la robe — encore une réminiscence des années 40 —, Marilee s'examina dans le miroir.

— Je me suis montrée incorrecte et négligente avec Parker, dit-elle, parlant plus à elle-même qu'à sa tante. Le faire attendre aussi longtemps… Ce n'était pas mon intention. Je voulais seulement éviter une nouvelle erreur.

Elle avait le regard sombre et empreint de ce soupçon d'inquiétude qui ne semblait jamais le quitter.

— Ma chérie, tu es un être humain, et l'erreur est humaine. Ne sois pas si dure avec toi-même, et ne crois pas pouvoir éviter les erreurs. D'ailleurs, ce sont les erreurs qui nous font progresser.

Marilee se tourna vers elle.

— Nous ne nous marierons pas tout de suite. Il va falloir que nous mettions au point notre vie commune, que nous réaménagions la maison de Parker… mais tu peux venir avec nous, tante Vella. Il y aura toujours de la place pour toi chez nous.

Inconsciemment, Vella avait affiché un air sérieux, que Marilee avait pris comme un signe de préoccupation.

— Oh, ma chérie, c'est très gentil de ta part, répliqua-t-elle tout en songeant que l'idée de vivre seule la préoccupait effectivement. Mais je n'aurai pas besoin d'aller habiter chez vous puisque je retourne chez moi.

Marilee parut surprise. Puis elle afficha un large sourire.

— Oh, tante Vella, j'en suis si heureuse ! Je sais bien qu'oncle Perry t'a déçue, mais vous arrangerez ça. Votre destin est de rester ensemble.

— Eh bien, je ne sais pas quel est mon destin, repartit Vella, à la fois touchée par l'émotion de sa nièce et navrée de la décevoir, mais je sais en revanche quel est mon intérêt. Je suis allée voir Jaydee Mayhall pour entamer une procédure de séparation. J'ai renvoyé Perry de la maison afin d'y revenir.

Marilee, abasourdie, suivit sa tante dans la cuisine, où celle-ci se mit à fouiller dans les placards.

— Tu as prévu quelque chose pour le dîner des enfants ? demanda-t-elle.

Marilee secouant la tête, Vella suggéra des macaronis au fromage.

— Je peux manger avec les enfants avant d'aller à la réunion du Rose Club. Comme ça, Jenny n'aura plus qu'à leur donner leur bain et les coucher. Je pense rentrer chez moi ce soir, après la réunion.

— C'est moi qui leur donnerai leur bain avant de partir, répliqua Marilee, collée à ses talons. Tu as vraiment chassé oncle Perry ? Comment as-tu pu faire ça ?

Oui, elle avait chassé Perry, répondit Vella, et cela avait été très facile.

— Je n'ai eu besoin que de deux valises pour emballer ses affaires. Il n'en avait vraiment pas beaucoup. Quant à toutes ses télés, il viendra les récupérer quand il le voudra.

— Comment peux-tu jeter ainsi à la poubelle quarante-cinq années de mariage ? Elles n'ont donc aucune importance à tes yeux ?

— Si, elles en ont beaucoup, rétorqua Vella, et je ne les jette pas à la poubelle. Au contraire, je les respecte. Elles ont fait de moi la femme que je suis aujourd'hui... Une femme qui n'est pas stupide au point de vouloir passer les quelques années qui lui restent à vivre ligotée à un lourdaud sans cœur. Tiens, râpe-moi ce fromage, veux-tu ?

Marilee râpa le fromage et coupa des carottes ainsi que des branches de céleri, tout en répétant sur tous les tons :

— Tu es sûre de toi, tante Vella ? Vraiment sûre ? Tu n'éprouves plus aucun sentiment envers oncle Perry ?

— Si, j'éprouve encore des sentiments à son égard. Je lui souhaite bonne santé et prospérité. Mais la personne que j'aime par-dessus tout, c'est moi. Dieu m'a donné une vie, et je me dois de l'honorer et de la vivre. De toute façon, mon mari ne participe déjà plus à notre vie commune. Je n'existe pratiquement plus pour lui, alors je ne vois franchement pas pourquoi je continuerais à me morfondre en sa compagnie. Je ne peux pas supporter une telle indifférence.

« J'aime aussi ma maison, ajouta-t-elle. C'est moi qui l'ai choisie, qui l'ai décorée, qui m'en suis occupée durant toutes ces années, et il est hors de question que j'y renonce sous prétexte que je veux mettre un terme à mon mariage.

Marilee n'ajouta rien, stupéfiée par toutes ces explications et l'assurance de sa tante. Une soudaine tristesse l'envahit, due autant à la situation présente qu'à l'existence en général. En cet instant, la vie lui semblait une aventure bien solitaire et des plus incertaines.

Elle confia ces pensées déprimantes à sa tante.

— Bien sûr que la vie est une aventure incertaine et solitaire, répliqua celle-ci. Ceux qui pensent le contraire se bercent d'illusions. Il n'existe aucune solution radicale et rapide à nos problèmes, sinon continuer à aller de l'avant et croire que Dieu nous guide et nous assiste à tout moment, dans nos décisions les plus sages comme dans nos coups de folie.

Marilee lui avoua qu'elle se sentait incapable d'accepter ce principe. Comment faire confiance à la folie, même sous l'égide de Dieu ?

— Eh quoi, ma chérie, repartit Vella, la folie est une des composantes de la nature humaine, et sans doute celle que Dieu gère le mieux.

L'IGA était un lieu privilégié pour rencontrer des gens et faire la causette. Tate n'était pas d'humeur à discuter, mais on ne lui laissa pas vraiment le choix.

Minnie Oakes l'aborda devant l'étalage des fruits et légumes et lui signifia de but en blanc qu'elle n'apprécierait pas du tout de tomber sur une pile de cercueils au détour d'un rayon.

— Quitte à en vendre, qu'ils les gardent dans une pièce séparée et fermée. Vous pouvez marquer ça dans le journal.

— Oui, j'entends bien. Merci, mademoiselle Minnie.

Tate prit des notes sur une fiche en bristol tandis que Minnie le saluait d'un bref hochement de tête et partait en direction des pains, son buste fluet droit comme un i. Tate se tourna vers l'étalage des fruits, choisit des bananes et quelques nectarines très parfumées, puis déposa doucement les sacs dans son chariot et poursuivit son chemin jusqu'au rayon des viandes. Il détestait faire ses courses au supermarché.

Le bœuf était en promotion ce jour-là, et le chariot de Norm Stidham était rempli d'entrecôtes et de romstecks.

— J'ai une ribambelle de petits-enfants qui débarquent à la maison ce week-end, expliqua-t-il à Tate avant de lui réciter une longue liste de prénoms. Oh, et j'aimerais vous donner mon opinion sur cette histoire de monopole de vente des cercueils, rédac'chef. Je pense que le gouvernement devrait créer un nouvel impôt afin que ce soit lui qui prenne en charge les funérailles. C'est en tout cas ce que je pense. Vous savez comment s'écrit mon nom ?

Dans le rayon des condiments, Tate tomba sur l'épouse du maire, Kaye Upchurch, qui lui demanda ce qu'il préférait comme hors-d'œuvre pour la réception du samedi soir : des artichauts froids ou des haricots en vinaigrette ?

— Des haricots en vinaigrette, répondit-il.

— Ah bon ? Moi, je penchais plutôt pour les artichauts.

— Eh bien, va pour les artichauts.

Il ne savait comment il allait pouvoir supporter la compagnie de cette femme exigeante plusieurs heures durant, en plus de la déception de n'avoir pas Marilee à ses côtés.

— Oh, et Tate, par pitié, n'abordez pas le sujet des cercueils pendant la soirée.

— Non, m'dame, comme vous voudrez.

— Et si quelqu'un d'autre en parle, détournez la conversation, d'accord ?

— Oui, m'dame, acquiesça-t-il en pensant que sa mère l'avait décidément bien élevé.

Elle lui adressa un bref signe de tête et le quitta. Avec un profond soupir, il prit une bouteille de ketchup sur l'étagère puis se rendit dans l'allée contiguë. Comme il contournait la tête de gondole, il faillit percuter un chariot qui venait en sens inverse. Leanne Overton. C'était la première fois qu'il la voyait dans d'autres habits que ses vêtements de sport. Elle portait un chemisier d'un blanc éclatant et un jean turquoise qui moulait sa silhouette fine presque aussi étroitement que son pantalon en lycra.

— Excusez-moi, dit-il. On devrait mettre un feu ici.

— Oui…

Elle sourit et poursuivit son chemin.

Tate songea un instant à engager la conversation avec elle. Peut-être devrait-il se confier à une autre femme, étant donné qu'il avait renoncé à Marilee James.

Cependant, cette idée ne l'attirait guère, et il continua à pousser son chariot jusqu'au rayon des infusions, où il resta un moment à contempler l'assortiment multicolore de paquets de tisanes. Peut-être serait-il de meilleure humeur s'il diminuait un peu sa dose quotidienne de caféine.

— Marilee donne toujours sa fête. Juice m'a rapporté que personne n'avait annulé la commande de steaks.

Tate tendit aussitôt l'oreille.

— Peut-être Leanne a-t-elle eu besoin de lui en urgence, déclara une autre voix. Ses chevaux ont eu des problèmes dernièrement.

Il continua d'écouter. Les voix, vaguement familières, étaient celles de deux femmes. Une grosse pile de gâteaux et de cookies à l'extrémité du rayon les cachait à ses yeux.

— Je me doute qu'ils en ont eu, reprit la première d'un ton entendu. Mais je me demande quel genre de besoin urgent a pu l'amener à sortir de chez Parker à 4 heures ce matin.

« Eh bien, mon vieux », songea Tate, qui se tint parfaitement coi.

— J'avais emmené Juice au travail, sa jeep étant restée à la boutique, poursuivit la même voix, et je rentrais dormir un peu avant d'aller à la poste. J'ai ma matinée de repos, le mardi. Je devrais avoir toute la journée, mais à cause du mal de dos d'Alice, je n'ai pas pu l'obtenir.

Tate comprit qu'il s'agissait de Julia Jenkins-Tinsley, la postière et l'épouse de Juice. Elle surgit à cet instant dans le rayon, poussant son chariot devant elle, suivie par une femme plutôt enveloppée que Tate reconnut sans toutefois se rappeler son nom.

Après leur avoir jeté un rapide coup d'œil, il concentra toute son attention sur les tisanes, s'efforçant plus ou moins de se fondre dans le décor.

— Eh bien, moi, je les ai vus courir ensemble le matin. Ils passent au moment où Everett hisse son drapeau.

Ah, se dit Tate, il s'agissait donc de Doris Northrupt…

— Ils n'arrivent pas du même côté, mais ils se rencontrent à l'endroit où le sentier se perd dans le pré derrière chez les Blaine. Des fois, Leanne est à bicyclette… et elle a fait tout le chemin depuis chez les MacCoy, soit huit kilomètres au moins. D'habitude, elle s'arrête au retour chez Winston. Charlene vient sans doute la chercher pour la ramener, ou bien elle va la retrouver au salon de beauté.

Tate, toujours concentré sur l'assortiment de tisanes, s'imagina Lindsey et la pulpeuse Mlle Overton en train de courir ensemble.

— Elle est sortie de son allée tous feux éteints, reprit la postière. Elle croyait peut-être qu'on ne pourrait pas la voir, mais il y a ce projecteur sur le mât juste à l'angle du parking de la clinique vétérinaire. Ça éclaire vraiment comme en plein jour. Ah, zut, il faut que je retourne prendre des feuilletés. Maman vient dîner dimanche, et elle est folle des feuilletés qu'ils vendent ici.

Tate se retrouva bientôt seul dans l'allée. Il s'empara d'une boîte de thé orange pekœ en vrac et la jeta dans son chariot. Lui aussi aimait bien les feuilletés de l'IGA, mais il se retint de continuer à espionner une conversation qu'il ne pouvait décemment pas considérer comme la source possible d'un article.

Qu'allait-il donc faire de cette information ?

Ce problème l'absorbait à tel point qu'il ne sut même pas quand et comment il se retrouva dans sa cuisine.

Le mardi matin, songea-t-il, quand Leanne Overton avait été surprise en train de sortir de l'allée de chez Parker Lindsey, ce dernier n'était pas sorti courir.

Il posa le sac de provisions sur le comptoir et mit la bouilloire à chauffer.

Leanne Overton ne s'était pas montrée ce matin-là non plus, se souvint-il.

Evidemment, si tous les deux couraient beaucoup ensemble, ils ne le faisaient pas chaque matin. Leanne Overton se contentait généralement de trois matinées d'exercice par semaine, alors que le toubib, lui, sortait tous les jours ouvrables… jusqu'à ce mardi.

La veille au soir, il avait vu le camion de Leanne Overton se diriger vers la clinique vétérinaire — qui n'était pas forcément sa destination finale. Il n'y avait aucun moyen de le savoir avec certitude. Et ce qu'il avait entendu au supermarché n'était que des ragots, pas des faits.

Cela dit, les propos de Julia Jenkins-Tinsley n'en constituaient pas moins un témoignage direct.

« Je suis engagée avec Parker », lui avait confié Marilee.

Hors de question qu'il aille lui répéter ces cancans, pensa-t-il tout en versant dans le pot en porcelaine plusieurs cuillerées de thé sans même les compter. S'apercevant qu'il en avait mis au moins cinq, il dut vider le pot pour tout recommencer.

Ce n'étaient pas ses affaires.

Oui, mais il était attaché à elle. Et, en un sens, son bien-être le regardait. Une bouffée de chaleur lui monta à la tête lorsqu'il songea que Lindsey la trompait dans son dos.

Puis il se rappela soudain qu'elle lui avait parlé de son engagement envers Lindsey la veille au soir. Il ne l'avait pas revue ensuite; peut-être Parker et elle avaient-ils rompu depuis.

Cette idée l'enthousiasma quelques secondes, jusqu'à ce qu'il redescende sur terre. S'ils avaient effectivement rompu, la nouvelle se serait certainement répandue en ville comme une traînée de poudre.

Sauf si la rupture avait eu lieu tard dans la journée, songea-t-il. D'ailleurs, il n'était pas au courant de toutes les rumeurs qui se propageaient en ville.

En tout cas, si Lindsey croyait pouvoir garder sa liaison secrète, il était le dernier des imbéciles.

Bon, il lui fallait de toute façon vérifier ça, ne serait-ce que pour savoir où en était au juste Marilee.

Il prépara rapidement un pichet de thé dans lequel il ajouta sucre, citron et glaçons, traversa le jardin qu'engloutissait peu à peu la pénombre et franchit la barrière.

Marilee lui ouvrit la porte. Elle écarquilla les yeux en le voyant, visiblement surprise.

— Oh, bonjour. Entrez.

Tate était lui-même assez surpris. Elle avait revêtu une robe du soir moulante et portait un bracelet d'argent au poignet. Une boucle d'oreille en argent à une oreille, elle s'efforçait de fixer la seconde à l'autre oreille.

Il la gratifia d'un sifflement admiratif.

— Vous sortez ?

— Oui, répondit-elle en rougissant avant de détourner les yeux. Avec Parker.

Elle revint dans la cuisine.

— Je suis désolée, ajouta-t-elle, mais je n'ai pas le temps de bavarder.

Il la suivit à l'intérieur et, ne sachant trop que faire d'autre, alla poser le pichet dans le réfrigérateur.

— Vous n'avez pas besoin de continuer à m'apporter du thé glacé. Je suis sûre que vous m'avez déjà remboursé plusieurs fois votre emprunt.

— Vous n'aimez pas mon thé glacé ? s'enquit-il, brusquement irrité.

— Oh, si. Beaucoup, même. Seulement, je ne voudrais pas que ce soit pour vous une obligation.

— Je n'agis jamais par obligation, répliqua-t-il tout en se rendant compte que sa colère était disproportionnée. Tenez, laissez-moi vous aider à mettre ça.

Il lui désigna sa boucle, qu'elle n'avait toujours pas accrochée à son oreille.

— C'est bon… Je vais aller me regarder dans le miroir.

— Mais non, je m'en occupe, insista-t-il en lui arrachant presque la boucle des mains.

Elle croisa son regard, puis ploya la nuque et tira ses cheveux en arrière. Il concentra son attention sur le trou percé dans le lobe de son oreille. Sa peau était tiède sous ses doigts.

— Tante Vella est retournée chez elle, dit-elle en battant rapidement des paupières.

Il n'y voyait pas assez pour insérer la boucle dans le trou.

— Allons à la lumière, lança-t-il en la traînant presque par l'oreille. Alors, comme ça, Vella et Perry se sont réconciliés ?

— Non… Tante Vella a mis oncle Perry dehors.

— Eh bien, plutôt têtue, votre tante.

Ayant enfin réussi à enfiler la boucle dans le trou, il relâcha son oreille.

— Tout finira par s'arranger entre eux, vous verrez. Comme toujours.

Elle le dévisagea.

— Je ne sais pas. Je l'espère.

Ils se contemplèrent un instant. Tate aurait voulu l'attirer contre lui et l'embrasser à en perdre haleine. L'embrasser et lui montrer ce qui lui convenait.

La porte d'entrée s'ouvrit, et ils baissèrent les yeux. Marilee le contourna pour se rendre dans le séjour où il l'entendit accueillir Lindsey.

Comme il franchissait à son tour le seuil du séjour, le téléphone sonna, arrachant Marilee à l'étreinte de Lindsey.

Tate le regarda droit dans les yeux. Le vétérinaire le toisa en fronçant les sourcils.

— Il paraît que vous allez au restaurant avec Marilee, déclara Tate en s'avançant.

— Oui.

— C'est chouette.

Devait-il ou non lui rapporter ce qu'il avait entendu ?

— Oui, très chouette. Qu'est-ce que vous fabriquez là ?

— J'ai apporté un peu de thé glacé. Marilee aime bien mon thé glacé, répondit-il en éprouvant l'envie de casser toutes les dents du bonhomme et de les lui faire avaler.

Le ton de Marilee attira alors leur attention.

— Oui… Merci d'avoir appelé, Ruth. J'espère que Jenny va vite se rétablir.

Elle raccrocha.

— Jenny a attrapé une gastro-entérite. Elle s'est mise à vomir il n'y a pas vingt minutes. Elle ne peut pas venir garder les enfants.

Elle soupira.

— Ah, super, marmonna Lindsey, visiblement dégoûté. Et Vella ?

— Elle est partie chercher Winston pour la réunion du Rose Club. Et puis elle a déjà remporté toutes ses affaires chez elle. Je ne voudrais pas la déranger.

Lindsey émit un claquement de langue irrité.

— On peut rester seuls, suggéra Corrine.

Elle s'était approchée en silence, comme à son habitude, et se tenait sur le seuil, l'air frêle mais déterminé.

— Je surveillerai Willie Lee.

— Oh, ma chérie, je sais très bien que tu peux veiller sur Willie Lee et que tu n'as pas besoin de baby-sitter, assura Marilee en venant la serrer contre elle, mais ça m'embêterait de te laisser ici toute seule avec lui.

— Tu n'as qu'à lui donner le numéro de mon portable, proposa Lindsey. Elle pourra toujours nous appeler en cas de besoin.

— Non.

Lindsey était bien idiot de croire qu'elle accepterait ça, pensa Tate, elle qui ne supportait même pas de perdre les enfants de vue.

— Je resterai avec eux, lâcha-t-il soudain avant même d'en avoir eu l'intention.

Mais il était cinglé ou quoi ? se demanda-t-il. Pourquoi diable irait-il aider son rival ?

Marilee et Lindsey le dévisagèrent — elle avec les yeux écarquillés, lui d'un œil méfiant.

— Je suis adulte, non ? reprit Tate. Donc, je peux les garder. Qu'en pensez-vous, mam'zelle ? On s'en sortira très bien tous les deux, n'est-ce pas ?

Corrine lui sourit timidement, puis plus franchement quand Marilee la consulta du regard. Elle fit un signe affirmatif de la tête.

— Eh bien, je crois que ça pourrait marcher, déclara lentement Marilee, encore hésitante. Mais ça ne vous dérange pas, au moins ? Vous aviez peut-être des projets pour la soirée ?

Elle le fixait de ses yeux magnifiques et vaporeux.

— Non, je n'ai pas de projet. Allez donc vivre votre vie, rétorqua-t-il en n'écoutant que son devoir.

Avant de donner son accord, cependant, Marilee alla s'assurer que cette solution convenait également à Willie Lee, et pendant deux minutes, Tate se retrouva seul avec Lindsey, à cinq pas de lui.

— Vous avez été très occupé ces temps derniers, à ce qu'il paraît, lui lança-t-il.

— Ouais... pas mal.

Il ne put pas aller plus loin, Marilee revenant dans la pièce. Elle récupéra son sac tout en le remerciant chaleureusement, puis embrassa les enfants et sortit de la maison au bras de Lindsey, tandis que Tate retenait sa langue, se souvenant qu'il avait promis à Dieu de lui laisser sa liberté.

Ils revinrent trois heures plus tard; Marilee avait une bague au doigt. Tate les félicita et embrassa la promise sur les lèvres, mais rapidement.

Au lieu de rentrer chez lui tout de suite, il resta dans le séjour pendant que Marilee allait voir les enfants, qui dormaient à poings fermés dans leur chambre.

Dès qu'elle fut sortie de la pièce, il se rapprocha de Lindsey.

— Je suppose, lui chuchota-t-il, que cette bague signifie que vous avez mis un terme à vos amourettes avec Leanne Overton.

Lindsey sursauta.

— Que voulez-vous dire ? demanda-t-il sur le même ton.

— Leanne a été vue en train de sortir de chez vous mardi matin, à 4 heures, déclara-t-il avant de le laisser digérer la nouvelle.

Lindsey le fixait des yeux, tel un daim piégé dans la lumière des phares.

— Marilee finira bien par le savoir tôt ou tard, reprit Tate, alors je vous conseille de prendre les devants et de tout lui avouer.

— Il n'y a rien entre Leanne et moi.

— C'est à Marilee qu'il faut le dire, pas à moi.

Elle les rejoignit à cet instant.

— Merci de les avoir gardés, Tate.

Elle avait l'air détendu, maintenant, et ravi — ce qui le ravit.

— C'était avec plaisir. Cela m'a rajeuni.

Il l'aurait bien embrassée encore une fois, mais quelque chose l'en retint, une sorte de prudence craintive.

Il serra ensuite la main de Lindsey, le plus fortement qu'il put.

Ce n'était pas son rôle de donner des conseils aux gens quant à leur vie. Chacun devait trouver sa propre voie… et il détestait ça. Cela lui rappela toutes les fois où Lucille lui avait répété qu'il aimait se croire imbattable et se prendre pour Dieu le Père. Il avait appris deux ou trois choses depuis, la principale étant que les gens n'aimaient pas les porteurs de mauvaise nouvelle.

Marilee ne le remercierait certainement pas s'il lui révélait la vérité au sujet de l'homme qu'elle avait décidé d'épouser.

18.

Une dure journée

Le lendemain matin, Marilee faillit s'éborgner avec sa bague lorsqu'elle porta la main à ses yeux pour se protéger des premiers rayons du soleil. Elle avait oublié de descendre le store.

Etendant le bras, elle considéra la bague en plissant les paupières. Le diamant captait la lumière, l'obligeant à cligner des yeux. Elle laissa alors retomber sa main sur le lit. « Oh mon Dieu… »

Elle avait été estomaquée quand Parker avait sorti la bague de la poche de son veston et avait entrepris de la glisser à son doigt. Le bijou lui venait de sa mère et, de fait, il flottait littéralement autour de son doigt fin.

Se poussant hors du lit, elle se rendit d'un pas traînant dans la cuisine où Corrine l'attendait. Assise à table, l'adolescente était déjà habillée et lisait un livre. Un pot de café fumant était posé à côté d'elle.

— Bénie sois-tu, mon enfant, lui murmura Marilee en l'embrassant.

Elle avala son café en tenant son bol à deux mains.

— Où est Willie Lee ? s'enquit-elle.

— Dans le jardin, en train de déménager des vers.

— De déménager des vers ?

Corrine opina.

— Il tient à ce qu'il y ait beaucoup de vers autour de ses fleurs.

Marilee jeta un coup d'œil par la fenêtre et vit son fils, les cheveux pâles ébouriffés — une bonne coupe s'imposait — en train de creuser la terre avec un bâton d'un air pénétré. Couché à côté de lui, Munro l'observait, la tête sur les pattes.

La porte d'entrée s'ouvrit à cet instant.

— Hé... on est réveillé ?

Parker ? s'interrogea Marilee. Eh bien...

— Par ici, répondit-elle d'une voix rauque tout en l'entendant traverser la maison à petites foulées.

Et il fut là, devant elle, parfaitement réveillé et sautillant sur place dans ses tennis d'un blanc éclatant. Son T-shirt sans manches et son short mettaient en valeur son corps musclé.

— Bonjour, beauté.

Il sourit et l'embrassa sur la joue en s'arrêtant à peine de courir.

— Bonjour.

Toujours sa voix rauque... Elle détestait les gens dynamiques dès le petit matin. Ne le lui avait-elle d'ailleurs pas déjà dit ? En tout cas, il devait bien l'avoir deviné, depuis le temps.

— J'ai décidé de passer...

C'était l'évidence même.

— Que dirais-tu si ta tante et moi nous nous mariions ? demanda-t-il à Corrine en se remettant à sautiller.

L'adolescente lança un coup d'œil incertain à Marilee.

— Je ne leur en ai pas encore parlé, Parker, intervint celle-ci. Je viens juste de me lever, et ils dormaient quand nous sommes rentrés hier soir.

Les sautillements de Parker faisaient vibrer le plancher. Elle éprouva l'envie soudaine de prendre la poêle en fonte sur la cuisinière et de lui en donner un bon coup pour l'arrêter.

— Bon, dit-il en l'embrassant de nouveau sur la joue. Je te rappelle plus tard.

Il tourna les talons et repartit en courant. Le regard de Marilee s'attarda sur son dos aux muscles puissants jusqu'à ce qu'il disparaisse de son champ de vision. Le martèlement de ses foulées s'éloigna, et la porte d'entrée se referma bientôt avec un claquement sourd.

Marilee avala une nouvelle gorgée de café noir, puis montra sa bague à Corrine. Celle-ci déclara qu'elle était jolie.

Une remarque qui ne surprenait pas de sa part.

Elle remplit sa tasse jusqu'au bord et l'emporta dans la salle de bains où elle prit une douche. Elle put ainsi jouir, pendant vingt minutes, d'un peu de paix et de solitude.

Parker était un lève-tôt et un sportif, alors qu'elle-même n'était ni l'un ni l'autre. Ils allaient devoir établir d'emblée quelques règles de base pour leur future vie commune, pensa-t-elle.

Comme il parcourait Main Street à bonne allure, Tate vit un coureur déboucher de Porter Street. C'était Lindsey… et il venait apparemment du pavillon de Marilee.

Il ralentit en abordant l'intersection en même temps que le vétérinaire.

— Suis passé voir Marilee ce matin, l'informa ce dernier.

Le bonhomme avait au moins commencé à protéger son investissement, songea Tate. Lui adressant un hochement de tête, il poursuivit son chemin et se mit à grimper la pente de Church Street. Il avait aimé la présentation des couleurs la dernière fois et avait décidé d'y retourner.

Parker, légèrement surpris de voir le rédacteur en chef dépasser sa propre maison et négocier le virage en pente de Church Street d'une foulée assez rapide, remarqua que la route, jusqu'à présent, était demeurée vide. Il en ressentit un vif soulagement, puis une détermination qui le propulsa avec un regain d'énergie le long de Porter Street en direction de chez lui. Il était sorti plus tôt ce matin-là afin de ne pas tomber sur Leanne. Il ne voulait pas prendre le risque qu'on le surprenne une nouvelle fois en sa compagnie.

Ils étaient assis tous les trois en rang d'oignons sur le canapé : Corrine, Willie Lee et Munro. Aucun d'eux n'avait les pieds qui touchaient le sol, et leurs trois regards étaient fixés sur Marilee : les grands yeux bleus de Willie Lee derrière les verres épais de ses lunettes, ceux de Corrine aussi noirs que des gouttes de pétrole brut et ceux de Munro à la teinte mordorée des feuilles mortes.

Les enfants n'étaient à l'évidence nullement surpris par l'annonce de son mariage imminent avec Parker. Elle ne s'attendait d'ailleurs pas qu'ils le soient. Mais on ne savait jamais ce qui pouvait passer par la tête des enfants, et elle avait un peu craint leur réaction.

Corrine parut enchantée — du moins autant qu'elle pouvait l'être — sans toutefois se départir de sa réserve coutumière. Willie Lee, quant à lui, qui avait rechigné à laisser pour un temps le déménagement de ses vers, tenait seulement à être assuré que Munro viendrait avec eux chez Parker.

— Bien sûr qu'il viendra avec nous, répondit Marilee. Munro fait maintenant partie de la famille

Le chien sembla en être soulagé, et elle lui sourit.

— Et puis Corrine et toi aurez chacun votre chambre, là-bas. La maison de Parker est bien plus grande que celle-ci.

Elle était très heureuse de leur annoncer cette nouvelle. Ce mariage serait une bonne chose pour tous les quatre et leur apporterait une plus grande maison, un plus vaste jardin et une meilleure sécurité financière. Bref, pensa-t-elle, elle avait pris la décision qui s'imposait.

Cependant, Willie Lee se renfrogna.

— Je veux que Mun-ro dorme a-vec moi si je dois dor-mir tout seul.

A l'entendre, avoir sa propre chambre était une punition.

Redressant la tête, il ajouta à l'adresse de Corrine :

— Mun-ro pour-ra al-ler a-vec toi quand je se-rai en-dor-mi, d'ac-cord ? D'ac-cord, Mun-ro ?

Puis il demanda :

— Je peux em-me-ner mes vers a-vec moi chez Par-ker ?

— Mon chéri, il y a déjà des vers dans le jardin de Parker.

Elle-même était en train de songer que, dorénavant, elle dormirait avec Parker...

Ecartant cette pensée obsédante de son esprit, elle s'aperçut que son fils la considérait avec gravité.

— Oui, repartit-il, mais je veux mes vers à moi.

— Tu pourras emmener tes vers à toi, mon chéri.

Elle ne s'intéressait guère aux vers pour sa part, mais se demandait comment elle arriverait à dormir avec un homme après toutes ces années de solitude. Elle en conçut une inquiétude croissante. Voilà des lustres qu'elle n'avait pas partagé son lit avec un autre adulte. Et si Parker ronflait ? Elle n'en avait aucune idée, pour l'instant.

Certes, elle savait depuis le début que leur vie commune nécessiterait beaucoup d'ajustements, mais ce n'était que maintenant qu'elle prenait conscience de toutes ses implications.

Enfin, conclut-elle, l'un comme l'autre apporterait sans doute des vers de toutes sortes dans cette union.

Tout en faisant son lit, elle se demanda si Parker aimait les draps bordés ou pendants afin de pouvoir sortir un pied durant la nuit. Il avait chez lui un lit surdimensionné, et elle s'en réjouissait. Ils auraient la place d'y accueillir Willie Lee ou Corrine s'ils éprouvaient le besoin de dormir avec eux à cause d'un cauchemar, d'une indigestion ou de l'orage.

Mais Parker n'aimerait peut-être pas les avoir dans son lit…

Comme elle sortait un verre du placard de la cuisine pour se verser un peu du thé glacé de Tate, elle repensa à la vaisselle que Parker conservait dans ses propres placards. Une vaisselle toute dépareillée.

Elle aimait ses assiettes à elle, dont le bord était souligné par un épais filet bleu cobalt. Avec un peu de chance, Parker accepterait de les utiliser et de jeter les siennes à la poubelle.

Elle allait décidément exiger de lui beaucoup de changements…

La bague avait besoin d'être ajustée à son doigt. Elle avait proposé à Parker de s'en charger elle-même, ce qu'elle regrettait à présent. N'aurait-il pas dû insister pour s'en occuper ? Certes, on avait besoin de son doigt à elle et non du sien. Mais ils se seraient arrangés pour aller chez le bijoutier ensemble. Encore un ajustement à prévoir : apprendre à faire les choses ensemble après avoir vécu tant d'années chacun de son côté.

La monture de la pierre avait également besoin d'être modifiée. Elle n'arrêtait pas de se prendre dans ses cheveux, dans le tissu rêche de son fauteuil de travail ou dans les torchons de cuisine.

Finalement, elle ôta la bague et la laissa dans le petit vide-poches posé sur son bureau, estimant qu'avant de la porter, il lui faudrait d'abord s'y habituer.

Le téléphone sonna à cet instant. Marilee tendit la main vers le combiné avant de la retirer.

Le téléphone sonna une deuxième fois, puis une troisième. Marilee le contemplait sans bouger.

A la quatrième sonnerie, Corrine arriva de sa chambre.

— Laissons le répondeur prendre les appels ce matin, lui proposa Marilee. J'ai beaucoup de travail et je ne veux pas être dérangée. A moins que ce ne soit Parker, s'empressa-t-elle d'ajouter alors que la machine s'enclenchait.

La voix de sa mère sortit du haut-parleur.

— J'appelais juste pour vérifier que ma fille aînée était encore de ce monde, déclara Norma. Donne-moi de tes nouvelles, veux-tu ? Je voulais aussi t'informer que Carl et moi partons à une réunion commerciale à Las Vegas ce week-end. Nous prenons l'avion vendredi après-midi. Bon… je crois que c'est tout.

Marilee se sentit coupable de ne pas avoir décroché, d'autant plus que Corrine avait été témoin de sa réticence à parler à sa mère.

En y réfléchissant, toutefois, elle jugea qu'elle avait sans doute bien fait de lui expliquer son besoin de tranquillité. Elle avait effectué un grand saut en se fiançant avec Parker. Il lui fallait maintenant reprendre son souffle.

Parker passa peu après midi afin de vacciner Munro. Marilee alla précipitamment récupérer la bague sur le bureau et la glissa à son doigt, avant qu'il remarque qu'elle ne la portait pas.

Tate repoussa son fauteuil de sa table de travail, se retenant d'envoyer son poing contre l'écran de l'ordinateur.

Pourquoi diable n'arrivait-il pas à pondre un éditorial qui le satisfasse ? se demanda-t-il. Avait-il donc un trou dans le crâne ?

S'échappant de son bureau, il se rendit au coin café pour découvrir que la cafetière était vide de même que le sachet de café. Pourquoi donc personne ne l'avait-il jeté ? C'était idiot de garder ainsi un sachet vide. Il le balança dans la poubelle, fouilla le placard à la recherche d'un sachet neuf et claqua la porte avec irritation en n'en trouvant pas.

Comme Charlotte l'ignorait ouvertement, il la héla.

— On n'a plus de café.

— Ah oui ? dit-elle, ses yeux bruns le dévisageant avec une indifférence qui accrut encore son agacement.

— Qui est responsable de l'achat du café ?

— Tous ceux qui en boivent. Aujourd'hui, c'est vous. Et de très loin.

Tate soupira.

— Il faut que nous ayons toujours du café prêt pour les visiteurs.

Il ne voulait pas que le journal semble près de ses sous. Et puis, bon sang de bonsoir, il avait besoin d'une tasse de café.

Charlotte se contenta de le regarder sans mot dire.

La seule autre personne alors présente dans les locaux du journal était June, qui s'était mise à écrire frénétiquement sur son bloc, la tête baissée. Tate réprima sa mauvaise humeur. Il avait appris à ne pas hausser la voix en s'adressant à June. Dès qu'on lui parlait un peu vivement, elle avait les larmes aux yeux.

Il jeta un coup d'œil à la porte fermée du bureau de leur comptable. Zona disposait de sa propre cafetière, et le fait qu'une de ses employées ait ainsi sa propre cafetière alors qu'il en était lui-même dépourvu le frappa par son absurdité. Certes, il pouvait toujours aller lui demander une tasse, mais il devrait pour cela frapper à sa porte et attendre ensuite qu'elle la déverrouille. C'était franchement dissuasif.

— Je vous charge officiellement de l'approvisionnement en café, annonça-t-il à Charlotte en repassant devant son bureau.

Je veux que vous vous assuriez que nous ayons toujours des sachets de café, des filtres, des tasses et tout ce qu'il faut par ailleurs.

Peut-être allait-il se procurer une cafetière personnelle, pensa-t-il. Après tout, il était le directeur et le rédacteur en chef du journal. Mais dans ce cas, ce serait à lui de se faire son propre café, or il aimait que d'autres s'en chargent aussi. Il était déjà fatigué d'avoir à préparer ses repas tous les jours, cette malédiction des célibataires.

— Et qui fera le café ? demanda Charlotte en se levant, son sac à la main.

— Moi, répondit-il puisque, apparemment, personne ne voulait s'en occuper aujourd'hui. Mais nous changerons chaque semaine de responsable.

Cette idée lui était venue spontanément à l'esprit, et il l'adorait ! Grâce à cette rotation, il n'aurait à préparer le café qu'une semaine sur six environ.

— Cela dit, la charge du stockage vous reviendra à temps plein, ajouta-t-il, estimant qu'ainsi tout était réglé.

— Bien, *chef.* Mais je pense, vu votre humeur, qu'une dose supplémentaire de caféine est bien la dernière chose qu'il vous faut.

Sur ce, elle poussa la porte et s'en fut de sa démarche altière.

Oui, il était de mauvaise humeur. D'une humeur de chien même. Mais c'était ainsi, bon sang de bois, et il ne pensait pas qu'avoir un café était trop demander pour le consoler d'être de si mauvaise humeur.

La porte ne s'était pas entièrement refermée derrière Charlotte que le shérif Oakes apparaissait sur le seuil. Tate se tenait toujours devant la porte de son bureau, tiraillé entre sa mauvaise humeur et le remords que lui inspirait son impuissance à changer de comportement.

— Viens juste de croiser Charlotte. Elle m'a dit que vous étiez là, mais que vous n'étiez pas à prendre avec des pincettes.

Cette remarque lui ôta tout remords et le replongea aussitôt dans sa mauvaise humeur.

— C'est une dure journée, répliqua-t-il, plus sèchement qu'il ne l'aurait voulu.

— Ouais. Pour moi aussi, rétorqua le shérif, l'expression lasse. Je suis venu vous tuyauter sur les gens de Tell-In Technologies.

— Entrez donc, proposa Tate en lui désignant la porte de son bureau. Je suis désolé de ne pouvoir vous offrir de café. Il nous reste de l'Orange Crush, en canette. Mais il est tiède.

Il n'avait pas mis le pack de six au réfrigérateur. Décidément, songea-t-il, il avait besoin d'une assistante.

Le shérif, après avoir eu la sagesse de refuser l'Orange Crush tiède, se laissa tomber dans le fauteuil en cuir destiné aux visiteurs. Il sortit ensuite un cure-dent de sa poche de poitrine, se le planta dans la bouche et l'humecta copieusement avant de prendre enfin la parole.

— J'ai ces gens de Tell-In qui me bousculent d'un côté et de l'autre ma femme qui me harcèle.

— Ah oui ? dit Tate qui, la curiosité éveillée, en oublia sa mauvaise humeur.

— Pour commencer par le commencement, les gens de Tell-In m'ont affirmé que ce Dan Kaplan leur avait volé une puce électronique qu'il avait inventée pour eux. Un système destiné à accroître la mémoire des ordinateurs, je crois... De toute façon, je comprends rien à tout ce bazar... Enfin, toujours est-il qu'il leur a faussé compagnie et qu'il est allé vendre sa puce à une société japonaise — d'où l'argent qu'on a retrouvé dans sa voiture. Et, naturellement, les gens de Tell-In prétendent maintenant que cet argent leur revient.

— Il me semble que c'est pousser un peu loin le bouchon.

Tate se surprit à contempler avec fascination le cure-dent que Neville arrivait à mâchonner tout en parlant, le faisant passer d'un côté de sa bouche à l'autre, comme pour souligner certains de ses propos.

— C'est aussi plus ou moins mon opinion, approuva le shérif en déplaçant une nouvelle fois le cure-dent entre ses lèvres avant de se mettre à le mordiller. Ils prétendent aussi que cette puce — ou ses plans, ou Dieu sait quoi encore qui s'y rapporte — était toujours en possession de Dan Kaplan au moment de son décès et qu'il y a des chances pour qu'on la retrouve dans ses affaires.

— Je suppose que c'est tout petit et bien caché, avança Tate.

L'œil fixé sur les allées et venues du cure-dent dans la bouche de Neville Oakes, il se préparait à bondir vers lui au cas où il s'étoufferait avec — tout en ne sachant trop ce qu'il ferait. Sans doute les techniques de secourisme s'avéreraient-elles inefficaces, l'extraction d'un cure-dent nécessitant probablement une opération chirurgicale.

— C'est ce qu'ils pensent aussi, acquiesça le shérif. D'après ce que j'ai compris, cependant, certaines informations les amèneraient à croire — ou plutôt à *espérer* — que Kaplan n'a reçu qu'une première partie de la somme prévue et qu'il s'apprêtait à livrer la puce et tous les plans en échange de la deuxième partie. Fayrene m'a effectivement rapporté que Kaplan lui avait annoncé qu'il était censé rencontrer quelqu'un à Dallas et qu'il souhaitait la prendre au passage afin qu'elle l'accompagne là-bas.

Il fit glisser le cure-dent sur la gauche.

— Enfin, à mon avis, reprit-il, ce n'est pas parce que cette puce était auparavant la propriété de Tell-In — ce qui reste encore à prouver, d'ailleurs — qu'ils ont le droit de réclamer cet argent. Et il est sûr que je ne vais pas le rendre à ces deux gommeux uniquement parce qu'ils me le demandent, pas plus que je ne leur donnerai les affaires de Dan Kaplan. Je le leur ai dit, d'ailleurs.

— J'imagine qu'ils n'ont pas été très contents d'entendre ça.

— Non, pas très, admit Neville tandis que le cure-dent circulait entre ses lèvres à un rythme accéléré. La femme m'a proposé cinq cents dollars en échange de la mallette et du fric.

— Vraiment ? s'exclama Tate qui, là au moins, tenait le début d'un article.

— Ouais, et quand j'ai refusé, elle m'en a offert mille.

Guère surpris, Tate secoua la tête. L'imposant shérif changea de position dans le fauteuil, cassa le cure-dent avec sa langue et recracha les deux morceaux.

— J'ai failli la mettre au trou recta, mais je n'avais malheureusement pas de témoin… et puis j'aimais encore mieux qu'ils déguerpissent.

« Je vais vous dire une chose : ces gens ne comprennent pas que l'argent n'est pas le maître ici. Ce sont la justice et la légalité qui l'emportent, et je les fais respecter, comme j'en ai prêté le serment. L'argent, la mallette et les effets de Dan Kaplan sont des pièces à conviction dont j'ai la garde, et tant qu'ils ne m'auront pas apporté une preuve à l'appui de leur réclamation, je n'ai affaire pour l'instant qu'à un homme mort sur le coup d'une crise cardiaque, qui n'est l'objet d'aucun avis de recherche pour vol et qui n'a ni dettes ni parents. Son ex-femme a donc parfaitement le droit d'hériter de ses biens, d'autant plus qu'il a laissé des lettres exprimant clairement son intention de se remarier avec elle.

— Est-ce que ça tiendra devant une cour ?

— Je n'en sais rien. Mais c'est comme ça que je vois les choses et, de toute façon, tant qu'un juge ne m'aura pas signifié le contraire, c'est moi qui m'occupe de cette affaire. Mon devoir est de protéger et servir les habitants de cette ville, et cela comprend Fayrene, pas des étrangers venus d'un autre Etat.

Tate hocha la tête, pensant qu'on n'en faisait plus beaucoup, des shérifs dévoués comme celui-là.

Brusquement, les épaules de l'imposant bonhomme s'affaissèrent.

— Ma femme n'aime pas ça du tout, ajouta-t-il.

— Ah bon ?

Neville secoua la tête et, probablement dans le but de se calmer les nerfs, sortit un autre cure-dent de la poche de sa chemise.

— Je prends sans doute des risques pour Fayrene, mais c'est une bonne amie. Quand je n'étais encore qu'un môme — j'avais tout juste dix-sept ans et elle, seize de plus —, elle et moi… eh bien, elle m'a appris une grande partie de cè qu'il faut savoir pour être un homme, avoua-t-il d'un air soudain attendri. Bon sang, ce que j'avais la trouille la première fois ! Et elle m'a tout appris. Je crois bien que c'était mon premier amour, mais aucun de nous deux n'y pouvait rien. A une autre époque, dans un autre lieu, peut-être… Enfin, vous comprenez.

Son visage trahissait une forte émotion qu'il ne devait révéler qu'à peu de personnes. Tate se sentit tout petit devant lui.

Il songea qu'il fallait toujours se méfier de l'eau qui dort. Et constata une nouvelle fois combien les gens, pour quelque obscure raison, avaient tendance à lui raconter les détails les plus intimes de leur vie. Dans son adolescence, déjà, garçons et filles venaient lui confier des secrets qu'il aurait préféré ne pas connaître. Il avait ainsi fini par savoir qui, dans sa ville natale, était battu par ses parents, qui avait conçu en-dehors des liens du mariage, qui avait trompé son prochain. D'après sa mère, cela tenait à son allure, qui le destinait à une carrière de pasteur; son frère soutenait pour sa part qu'il était fait pour le journalisme, étant donné que les sujets d'article se présentaient spontanément à lui.

La veille encore, n'avait-il pas surpris une conversation des plus instructives au supermarché ?

— Mon affection pour Fayrene n'a jamais été comparable à l'amour que j'éprouve envers ma femme, poursuivit Neville, l'arrachant à ses rêveries. Et puis cela remonte à si loin. Tout ce qu'il en reste, c'est de l'amitié. Et un homme ne laisse pas tomber ses amis sous prétexte qu'ils se marient, n'est-ce pas ?

— Non, assurément.

— Ma femme ne l'entend malheureusement pas de cette oreille, repartit Neville en recommençant à mâchouiller son cure-dent. Dès qu'elle a appris que j'avais fréquenté Fayrene jadis, elle est devenue terriblement jalouse, alors que ça s'est passé des années avant qu'on se rencontre tous les deux. Je lui ai expliqué la situation en long, en large et en travers, sans succès.

Il secoua la tête.

— Je vais vous dire une bonne chose, rédac'chef : les femmes ont vraiment le don de faire une montagne d'un trou de taupe.

Tate pensait quant à lui que la taille du trou de taupe dépendait du point de vue, que cela semblait nettement moins grave dans le jardin du voisin que dans le vôtre. Et qu'il était bien difficile de rester indifférent quand votre jardin était saccagé de fond en comble.

Il venait de raccompagner le shérif à la porte quand Charlotte arriva en coup de vent, l'air plus furieux qu'un chat mouillé.

Sans un mot, elle abattit son sac sur le comptoir et entreprit aussitôt de trier le paquet de lettres qu'elle avait rapporté.

Tate se demanda s'il devait ou non s'enquérir de la raison de sa colère. Il ne souhaitait guère recevoir d'autres confidences. En revanche, il voulait toujours son café, or Charlotte ne semblait pas en avoir acheté.

— Où est le café ?

— Hein ? dit-elle, étonnée, en s'arrêtant de trier les lettres pour le considérer. Oh, zut… Je suis d'abord passée prendre le courrier à la poste et j'ai discuté avec Julia. J'ai complètement oublié d'aller chercher un nouveau paquet.

Ainsi donc elle avait parlé à Julia Jenkins-Tinsley, se dit Tate. Il n'allait certainement pas l'interroger à ce sujet.

— Je vais en acheter moi-même, déclara-t-il avant de sortir.

Une fois dans la rue, il pensa que le vrai secret de la vie était sans doute de ne pas se mêler des affaires d'autrui — à condition, bien sûr, que cela ne soit pas une tâche quasi insurmontable.

Ce soir-là, Marilee se félicita d'avoir décidé d'épouser Parker. Elle trouvait même que ses efforts pour l'aimer en valaient la peine, car en retour, il faisait tout pour lui être agréable. Il leur versa à tous deux un verre de Coca-Cola et les apporta à la table de la salle à manger où ils discutèrent ensemble de l'organisation des noces.

En fait, ce ne fut pas vraiment une discussion, car Parker lui demanda d'emblée ce qu'elle souhaitait pour les épousailles. Marilee, que l'expression rendait perplexe, redressa la tête.

— Tu veux dire : au sujet des noces ?

— Oui, répondit-il avec une fermeté dont elle lui sut gré.

Elle désirait une cérémonie dans une petite église, dirigée par le pasteur Smith, en présence des enfants et de tante Vella — ainsi que de sa mère, bien sûr. Elle se laissa aller à espérer qu'Anita se joindrait à eux. Et puis elle aimerait avoir le temps d'acheter une nouvelle robe et des habits neufs pour les enfants. De même que des fleurs.

— Tout ce que tu veux, approuva Parker.

— Eh bien… Je pense qu'il nous faudra au moins deux semaines pour régler tout ça. On devra aussi choisir une date qui convienne au pasteur Smith.

Elle entreprit de tout noter sur une liste, en tête de laquelle elle inscrivit le nom du pasteur.

Puis il y eut la question de la lune de miel. Marilee déclara qu'elle aimerait bien voyager un peu, et Parker montra plus d'enthousiasme encore pour cette idée que pour la cérémonie. Restait maintenant à décider de leur destination.

— On ira où tu voudras, lui dit-il.

Au vrai, elle ne savait pas trop où elle voulait aller.

— Charlene et Mason sont partis à Cancun, et ils ont trouvé ça très bien.

La perspective de s'éloigner ainsi de ses enfants l'inquiétait, mais elle n'en souffla mot.

— Si c'est là que tu veux aller, alors c'est là que nous irons, décida Parker. Il faudra que je voie si Morris peut quitter Lawton pour me remplacer. A moins que je ne tire le Dr Swisher de sa retraite. De toute façon, je te ferai savoir quelle semaine je peux me libérer, et nous partirons ensuite où tu voudras. A toi de choisir.

Plus tard, quand les enfants furent endormis, ils s'assirent sur le canapé. Parker l'embrassa longuement et lui proposa de rester pour la nuit.

Marilee lui répondit doucement, en écartant ses mains de sa poitrine :

— Je préférerais que nous ne couchions pas ensemble avant le mariage. Je crois que c'est mieux pour les enfants. Il faut que nous procédions pas à pas. Je tiens à leur offrir un environnement rassurant.

Il garda un instant le silence.

— Très bien, lâcha-t-il enfin.

Ayant commencé à parler des enfants — sujet plus facile pour elle —, Marilee lui avoua qu'elle était réticente à abandonner leur jardin. Ils en avaient tiré tellement de plaisir. Il était trop tard pour aménager tout un jardin sur le terrain de Parker, mais les enfants et elle pourraient au moins y planter quelques fleurs. Cela les amena ensuite à réfléchir à la mise en commun de leurs biens.

— Il va me falloir du temps pour trier toutes nos affaires. On pourrait peut-être s'installer chez toi progressivement. D'accord ?

Brusquement, la peine qu'elle éprouvait à devoir quitter son pavillon, aussi petit et exigu fût-il, lui sauta au visage.

— Ça me paraît sensé, répondit Parker.

— J'aimerais acheter un lit à colonnes à Corrine et lui préparer une jolie chambre.

— Très bonne idée, approuva-t-il de nouveau en hochant la tête.

Puis il l'embrassa et la coucha sur le canapé avant de recommencer à glisser ses mains sous son chemisier. Marilee était déchirée entre le désir et les convenances. Elle aurait voulu lui expliquer ce qu'elle ressentait en tant que mère de jeunes enfants, ce qu'elle ne pouvait faire qu'en lui répétant sa décision : elle avait choisi d'attendre. Car comment lui avouer que la sexualité suscitait en elle une peur panique ?

Finalement, elle le fit presque tomber par terre.

Il afficha sa moue de petit garçon; elle repoussa du doigt ses cheveux derrière son oreille.

— Je suis fatiguée, de toute façon... et tu m'as dit que tu l'étais aussi.

— Ouais. J'ai encore un chien à ausculter à la clinique.

Il se releva.

Elle referma la porte derrière lui et alla débarrasser la table des tasses de café. Alors qu'elle nettoyait l'évier de la cuisine, elle s'arrêta et contempla son reflet dans les vitres assombries par la nuit.

Parker s'était montré prévenant pendant toute la soirée, songea-t-elle. Alors, pourquoi éprouvait-elle une telle insatisfaction ?

Elle aurait aimé qu'il ne coure pas sans cesse après son corps comme un prospecteur à la recherche d'une nappe de pétrole. Et qu'il s'implique plus dans la prise des décisions. Il semblait rechigner à participer à l'organisation de leur vie future, se contentant de lui laisser toutes les initiatives.

Elle soupira profondément. Décidément, elle était bien difficile à contenter.

Peut-être était-ce là le sens correct d'une femme comme elle.

Elle était en train de glisser dans son lit — non sans ressentir une joie coupable à l'avoir de nouveau pour elle toute seule — quand le téléphone sonna.

C'était Belinda.

— Alors, tu vas faire quelque chose pour maman et papa ? demanda-t-elle de but en blanc.

— Comment ça ?

— Maintenant, j'ai papa ici, dans mon appartement, qui regarde ma télévision, dort sur mon canapé et laisse traîner ses affaires partout dans ma salle de bains. Ça ne peut pas continuer comme ça ! Il va falloir que tu fasses quelque chose. Tu dois parler à maman et la forcer à reprendre papa à la maison.

Marilee lui répondit qu'elle avait déjà parlé à Vella et que cela n'avait abouti à rien.

— J'ai aussi parlé à ton père tantôt, sans plus de résultat. Je suis désolée, Belinda, mais j'ai bien l'impression que je n'y peux rien.

Sa cousine aurait pu s'inquiéter du sort de son père avant que la situation n'en arrive là, songea-t-elle.

— N'empêche qu'il faudra bien que quelqu'un trouve une solution. Je ne peux pas supporter ça, repartit Belinda d'une voix empreinte d'un désespoir que Marilee ne lui avait jamais connu.

Puis elle raccrocha.

Marilee ne cessa ensuite de réfléchir à des moyens de réconcilier sa tante et son oncle, de s'inquiéter du bouleversement que représenterait pour les enfants leur installation chez Parker et d'essayer d'éprouver un peu d'enthousiasme à l'idée de partir en lune de miel avec lui, même si cela l'obligeait à abandonner pour un temps Willie Lee et Corrine.

Elle ne s'endormit que très tard.

19.

Les fiançailles

Charlene l'appela peu avant 9 heures.

— Félicitations ! lança-t-elle. Parker vient juste de nous quitter après avoir donné du vermifuge aux chevaux de Leanne, et il nous a appris qu'il t'avait offert une bague. Alors, ça y est enfin ? Vous allez vous marier ?

— Oui.

Marilee songea qu'elle ne pouvait décemment pas attendre encore un jour avant d'annoncer la nouvelle. Or la première personne qu'elle souhaitait mettre au courant était sa mère, et mieux valait essayer de la joindre avant son départ pour Las Vegas. Aussi composa-t-elle son numéro dès que Charlene eut raccroché.

— Bonjour, ma chérie. Je suis en train de boucler nos bagages… Il a fallu que je sorte acheter de nouvelles valises hier soir. Les anciennes étaient si vieilles qu'elles avaient l'air miteux. Je me suis dit que ce serait une mauvaise publicité pour le magasin de Carl si on arrivait avec ça à Las Vegas. Tiens, à propos, il faut encore que j'aille chercher ses chemises au pressing… Il est parti à la boutique et je dois aller le prendre sur le chemin de l'aéroport. Je préférerais encore le laisser là-bas, tu sais. Il déteste les voyages. Ça le rend tout patraque et puis on ne sert même pas de petit déjeuner dans la navette pour Dallas. C'est un horrible petit coucou. J'espère vraiment qu'il ne pleuvra pas là-bas quand on changera d'avion. J'ai le numéro de téléphone de l'hôtel marqué quelque part… On sera au Grand. Mais tu n'auras pas besoin de nous appeler de toute façon puisqu'on n'y reste que le week-end.

Sa mère marqua enfin une pause.

— Maman, Parker et moi sommes fiancés.

Il y eut un long silence à l'autre bout du fil.

— Ah, le voilà ! s'écria soudain Norma. Eh bien, quel soulagement ! Tu te rends compte du drame si j'avais perdu cet étui de l'agence de voyage ? L'itinéraire est moins détaillé que d'habitude. Ce n'est pas Dotty qui l'a préparé — elle est en train de se faire enlever la vésicule biliaire —, mais la jeune stagiaire, et cette pauvre fille n'y connaît pas grand-chose. Tiens, notre numéro de réservation à l'hôtel. Autant le garder sur moi. La dernière fois, l'hôtel était archi-complet et ils voulaient nous envoyer à l'autre bout de la ville. Heureusement, j'avais mon numéro de réservation et j'ai refusé tout net. C'est comme ça qu'il faut réagir dans ce cas-là : refuser tout net. Et puis j'ai aussi le nom de la fille de l'agence de voyage, on ne sait jamais. Bon, il faut que je te quitte, ma chérie. Je dois terminer les bagages. Carl n'aime pas que je le fasse attendre.

— Je voulais te dire que Parker et moi étions fiancés, répéta Marilee.

— Comment ? Parker et toi ? s'exclama sa mère comme s'il s'agissait d'une surprise totale.

— Oui. Il m'a offert une bague de fiançailles. Nous n'avons pas encore décidé d'une date pour le mariage, mais il aura probablement lieu le mois prochain, sitôt que Parker se sera trouvé un remplaçant à la clinique et que j'aurai pu m'entendre avec le pasteur Smith.

— Eh bien, je suis contente que tu te sois enfin montrée raisonnable avec Parker. Tu as une sacrée chance d'être tombée sur lui, tu sais. As-tu déjà annoncé la nouvelle à Anita ?

— Non… pas encore.

— Eh bien… Oh, j'ai un autre appel… Ce doit être Carl. Tu me raconteras tout ça à mon retour, d'accord ? Au revoir, ma chérie.

Marilee raccrocha et prit une profonde inspiration. Elle pensait que Parker avait sans doute de la chance de l'avoir elle-même. Abstraction faite de l'irascibilité qu'elle montrait depuis quelque temps, bien sûr. Elle espérait d'ailleurs qu'elle n'était pas en train de devenir une mégère.

Elle resta assise deux bonnes minutes près du téléphone, la main sur le combiné, en se demandant si elle allait ou non appeler sa sœur. Anita devait être au travail, mais elle avait peut-être un répondeur. Oui, voilà : elle allait lui laisser un message. Ce serait plus facile comme ça.

Finalement, elle décida de l'appeler le dimanche afin de tout lui raconter. Entre la préparation de l'anniversaire de Parker et l'annonce de ses fiançailles, elle était tout simplement trop occupée pour l'instant.

Charlotte eut une réaction curieuse lorsqu'elle lui apprit ses fiançailles. Certes, la jeune femme ne se montrait guère exubérante même dans ses meilleurs moments, mais Marilee trouva quand même qu'elle manquait singulièrement d'enthousiasme.

Tout le monde au journal fut content pour elle, naturellement. Quand elle eut annoncé la nouvelle, tous, à l'exception de Charlotte, vinrent admirer sa bague en poussant des cris d'admiration. June se mit à pleurer, tandis que Reggie se lançait dans son numéro franchement agaçant d'animatrice de bal public et, le stylo collé sous le nez, entonnait « There is Love » avant d'entraîner Leo dans un pas de danse. Ils formaient vraiment un beau couple. Tammy versa ensuite du Coca dans des gobelets en carton et proposa un toast. Sur l'initiative d'Imperia, Zona vint voir la bague de Marilee et se joignit à la fête — du moins, presque.

— Tous mes vœux de bonheur, lui dit-elle de sa voix incroyablement douce avant de lever son verre et de tourner les talons pour se retirer aussitôt dans son bureau.

Marilee jeta un coup d'œil dans le bureau de Tate, dont la porte était ouverte. Ne le voyant pas à sa table de travail, elle en conclut qu'il n'était pas là du tout. Elle en éprouva une vive déception, ce qui était complètement idiot vu que son absence lui facilitait au contraire la tâche.

Charlotte était rapidement retournée derrière son bureau afin de se concentrer sur l'écran de son ordinateur — un comportement distant pour le moins étonnant de sa part. De tous les employés du journal, Charlotte était sa meilleure amie et sa collègue la plus ancienne. Ensemble, elles avaient vu bien des gens entrer au *Valentine Voice* et en repartir. Toutes les deux connaissaient parfaitement le fonctionnement du journal et auraient pu y remplacer n'importe qui, ce qui leur était d'ailleurs déjà arrivé en maintes occasions. Cette expérience les liait par une camaraderie née de leur collaboration en périodes de crise. Bien des fois la parution du *Voice* n'avait tenu qu'à un fil — le leur.

Marilee se demanda soudain si elle n'était pas jalouse, et en fut navrée pour elle. A trente-six ans, Charlotte n'était toujours pas mariée; elle lisait des piles de romans d'amour, allait voir toutes les comédies sentimentales qui passaient au cinéma et s'était entichée de plein d'hommes de son entourage, Leo Senior n'étant que le dernier en date. A la connaissance de Marilee, pourtant, il y avait des lustres qu'elle n'était sortie avec personne. Il était vrai, aussi, que peu de célibataires de la ville lui plaisaient, sans parler de sa taille qui avait tendance à effrayer les hommes.

Marilee alla la voir.

— On prévoit une cérémonie sans chichi, entre intimes, lui apprit-elle à voix basse, avec juste quelques invités, maman et les enfants, mais je souhaiterais que tu sois à mes côtés… comme demoiselle d'honneur.

Charlotte la considéra d'un air grave derrière ses épaisses lunettes.

— Entendu. Ce sera quel jour ? N'oublie pas l'inauguration des Arpents verts qui doit avoir lieu le premier week-end du mois. Il faudra qu'on couvre cet événement, et puis j'ai rendez-vous chez le dentiste vendredi prochain — le 9.

Marilee encaissa cette réponse plutôt mitigée.

— Nous n'avons pas encore fixé de date, répondit-elle. Je suis en train d'essayer de trouver un créneau vers ce moment-là.

De l'autre côté de la rue, devant la pompe à soda du Blaine's Drugstore, le suppléant Lyle Midgett se régalait d'un Coca-Cola et d'un sandwich à la viande grillée que lui avait préparé Nadine, la nouvelle serveuse embauchée par Belinda. Il rapportait à sa petite amie les derniers événements survenus au poste de police, où les gens de Tell-In étaient revenus en compagnie d'une troisième personne, un homme mince et taciturne qui s'était révélé une sorte d'expert en perquisition. Nantis d'un mandat de la cour leur donnant accès aux effets du mort, sans toutefois leur en céder la propriété, ils avaient immédiatement entrepris une fouille minutieuse des bagages de Kaplan, de sa mallette et de sa voiture. Lori s'était vu confier la garde des cinquante mille dollars, qu'elle serrait dans un sac en papier sous son bureau.

— C'est le juge Watkins qui a signé le mandat. Ils ne peuvent rien emporter, mais ils ont le droit de tout fouiller sur place. Et ils ne s'en privent pas, crois-moi ! assura Lyle à Belinda d'une voix étouffée par l'énorme bouchée qu'il était en train de mastiquer. Hmm, c'est bon.

Il sourit à Nadine, ce que Belinda n'apprécia que modérément. Elle se déplaça de façon à occuper tout son champ de vision.

— Est-ce qu'ils ont indiqué la taille de la puce ? s'enquit-elle.

Elle savait déjà que c'était Kaplan qui l'avait mise au point avant de la voler, ainsi que Lyle le lui avait appris en détail quelques jours auparavant.

— Ont-ils besoin d'une loupe pour la voir ?

— Chut, murmura Lyle.

Il jeta un coup d'œil furtif autour de lui.

— Je les ai entendus dire que ça avait à peu près la taille d'une pièce de dix *cents*, répondit-il à voix basse. Ou de cinq *cents*. Enfin, c'est pas plus gros. Moi, je pense qu'il a très bien pu l'envoyer aux Russes par la poste, vu que c'est aussi petit que ça.

— Aux Russes ? Pourquoi les Russes voudraient-ils cette puce ?

Lyle ne se tenait pas beaucoup au courant de la conjoncture économique, contrairement à Belinda. Elle épluchait *Today's Money* pratiquement chaque mois.

— Tu veux dire plutôt Microsoft ? suggéra-t-elle.

Lyle secoua la tête et insista sur le fait qu'il s'agissait d'un pays étranger, seulement il ne se souvenait plus duquel. La Chine, décréta-t-il finalement après avoir sollicité ses méninges.

— On n'envoie jamais des choses comme ça par la poste, objecta Belinda. Je ne vois pas pourquoi, d'ailleurs. Ou alors ça se fait, mais on ne le montre jamais dans les films parce que ce serait barbant. Cela dit, je me demande ce que le chien a à voir avec cette histoire.

— Je n'ai pas entendu parler de chien, rétorqua Lyle en haussant les sourcils.

— Moi, je t'en ai parlé, lui rappela-t-elle.

— Oui, je sais, mais…

— Et tu m'as affirmé qu'il y avait une écuelle pour chien dans la voiture de Kaplan.

— C'était peut-être une écuelle pour chien, mais il n'y avait pas de nourriture pour chien ni rien dans le coffre. Sans doute que c'était juste une vieille écuelle qui traînait là.

Et Lyle s'était bien abstenu de poser au shérif des questions sur le chien, de peur de lui révéler qu'il avait livré à Belinda nombre d'informations secrètes. Il ignorait du reste pourquoi il lui racontait tout ça; il le faisait, c'est tout. Mais il était vrai, aussi, qu'elle était la première femme qui l'ait jamais écouté.

La sonnette au-dessus de la porte d'entrée tinta, et Marilee entra dans la boutique avec ses enfants. Elle demanda à ce qu'on leur serve ce qu'ils voulaient…

— Je reviens dans une minute. Pour moi, ce sera un milk-shake au chocolat.

Tout en regardant Marilee disparaître derrière une des étagères de la pharmacie, Belinda se demanda comment elle pouvait ingurgiter autant de milk-shakes au chocolat sans grossir. Sans doute parce qu'elle était presque tout le temps sur les nerfs, songea-t-elle. Marilee avait toujours une activité ou un projet en train. Belinda avait remarqué cette tendance chez toutes les mères, et c'était précisément la raison pour laquelle elle ne désirait pas d'enfant. On lui demandait tout le temps quand elle épouserait Lyle et aurait des enfants. Elle répondait invariablement qu'elle attendait d'être riche et de pouvoir lire entièrement un magazine quand ça lui chanterait pour cela.

Son regard se posa sur les deux petites silhouettes qui s'approchaient du comptoir et s'éclaira soudain lorsqu'elle avisa le chien derrière Willie Lee. Un chien multicolore, avec des taches.

Les enfants s'installèrent sur des tabourets à la droite de Lyle. Ce dernier remarqua Munro à son tour.

— Je ne suis pas sûr que les chiens aient le droit d'entrer dans les magasins d'alimentation, avança-t-il. Je crois qu'il y a un règlement contre ça.

— Ne le regarde pas, alors, répliqua Belinda en contournant le comptoir pour mieux voir l'animal.

Corrine pivota sur son tabouret tout en étudiant d'un air hésitant le menu éclairé aux néons. Willie Lee désirait quant à lui une boule de vanille dans un cornet au sucre — en règle général, il savait exactement ce qu'il voulait, avait constaté Belinda.

— Et un bol d'eau pour Mun-ro, s'il-vous-plaît, ajouta-t-il, car il savait toujours aussi ce que son chien désirait.

Marilee revint avec un paquet-cadeau pour homme contenant un après-rasage et de l'eau de Cologne — une marque chic que Vella importait d'Allemagne et dont elle tirait un bénéfice important auprès des femmes soucieuses de bichonner leur petit mari. Belinda préférait quant à elle que Lyle se contente des marques bon marché; elle ne voyait aucune raison de jeter l'argent par les fenêtres.

Se tournant vers Marilee, Lyle déclara qu'il existait à son avis une loi interdisant la présence de chiens dans les établissements de restauration.

Marilee lui répondit qu'ils partiraient bientôt, dès qu'ils auraient consommé leurs rafraîchissements.

— J'aimerais aussi acheter quatre litres de glace à la vanille, Belinda — pour l'anniversaire de Parker demain.

— Tu n'auras qu'à la prendre dans le congélateur en partant, répliqua Belinda. Ça te coûtera sept dollars et vingt-cinq *cents.*

Si elle aimait la glace au point de vouloir en acheter, pensa-t-elle, elle pouvait aussi bien la payer au prix fort.

Pendant qu'elle lui tapait sa note, Marilee se présenta à Nadine, qui lui répondit par un bref « Salut » avant de se remettre à balayer le sol. La jeune recrue s'était révélée une travailleuse infatigable, aussi frugale que taciturne. Belinda en était enchantée.

Alors que Marilee rédigeait son chèque, Belinda remarqua la bague qu'elle portait au doigt.

— C'est une bague de fiançailles ?

— Oui. Parker et moi sommes fiancés.

— Hmm. Joli bijou. Quand a lieu le mariage ?

— Nous n'avons pas encore fixé de date. Sans doute le mois prochain.

Belinda n'eut pas le temps d'émettre d'autre commentaire, car la sonnette au-dessus de la porte d'entrée tinta une nouvelle fois. Un grand blond — celui de Tell-In — pénétra dans la boutique, puis demeura un moment sur le seuil de l'établissement, le climatiseur gouttant derrière lui. Tout raide dans ses beaux habits, il ôta ses lunettes de soleil et parut inspecter l'intérieur de la boutique. Puis il s'approcha de la pompe à soda.

— Je voudrais un tube de Motrin, demanda-t-il. Et un Coca à la pression.

— Vous devriez essayer les comprimés à croquer, suggéra Lyle.

La tête de l'homme pivota comme si elle était montée sur roulement à billes, et ses yeux scrutèrent Lyle, qui ajouta que les comprimés à croquer agissaient bien plus rapidement. Le jeune homme se montrait parfois d'une familiarité excessive, et Belinda ne fut guère surprise de voir l'homme se renfrogner, tandis que Lyle, imperturbable, précisait :

— C'est parce qu'on n'a pas besoin de les dissoudre dans de l'eau comme les cachets.

Sans répondre à ses conseils, l'homme posa la somme exacte sur le comptoir. Belinda rangea les pièces dans le tiroir de la caisse enregistreuse et le referma avec un claquement sec. En se retournant, un mouvement attira son regard, et elle vit Nadine se pencher... Elle caressait le chien qui s'était faufilé derrière le comptoir.

L'homme quitta la boutique avec son Motrin et son Coca-Cola sans même les saluer.

— Je parie que ce gars n'est pas d'ici, déclara Nadine.

— C'est l'un des envoyés de Tell-In, et il a la migraine, repartit Belinda, désireuse de montrer l'étendue de ses connaissances à sa cousine. Le soleil a dû lui taper sur la tête. Ils sont en train de fouiller la voiture de Dan Kaplan au poste de police, à la recherche d'une puce informatique.

— Belinda... tu n'es pas censée le répéter à tout le monde, lui reprocha Lyle.

— Mais je ne le répète pas à tout le monde. Juste à Marilee. D'ailleurs, elle doit déjà être au courant en tant que journaliste... Et puis c'est ma cousine.

— Quelle puce informatique ? s'enquit Marilee en les regardant tour à tour.

— L'ex de Fayrene a volé une puce informatique à son entreprise pour la vendre aux Chinois. C'est de là que viennent les cinquante mille dollars, expliqua Belinda qui se pencha par-dessus le comptoir. C'est lui qui l'a inventée, mais elle appartient quand même toujours à sa société qui espère qu'il n'a pas eu le temps de la donner aux Chinois. L'homme que tu viens de voir et une femme sont arrivés aujourd'hui avec un mandat de perquisition du tribunal. Le shérif ne t'en a donc pas parlé ?

Marilee secoua la tête.

— Ce doit être Tate qui s'occupe de cette histoire. J'ai seulement laissé une note au journal après avoir parlé à Fayrene.

Ses explications n'avaient pas l'air de l'impressionner beaucoup, songea Belinda, vexée.

— Ils sont en train de démonter toute la Mercedes, reprit-elle. Ils croient sûrement que la puce est cachée dedans, ou bien dans la mallette. Une puce informatique, c'est tout petit. C'est de l'espionnage industriel, tu sais.

Tout en faisant descendre les enfants de leur tabouret, Marilee annonça qu'elle allait s'assurer que Tate ne manquerait pas ce scoop. Lyle lui recommanda de ne surtout pas citer ses sources.

Alors que la petite famille sortait de la boutique, Belinda suivit des yeux le chien qui trottinait derrière Willie Lee. Elle était sûre qu'il s'était arrangé pour ne pas être vu du type de Tell-In.

— Tu vas finir par me causer des ennuis à force de raconter ce que je te dis à tout le monde, marmonna Lyle, visiblement abattu.

Ignorant sa remarque, elle se pencha vers lui et murmura :

— Parker a une liaison avec Leanne Overton.

Il cilla.

— Mais Marilee ne vient-elle pas de nous annoncer leurs fiançailles ?

— Si.

— Elle ne doit pas être au courant pour Leanne, alors.

Belinda soupira.

— Bien sûr que non, répliqua-t-elle sèchement.

Ce qu'il pouvait être bouché, parfois !

— Et comment tu as su au sujet de Parker et Leanne ? demanda-t-il au bout d'un moment, comme s'il la suspectait d'avoir inventé toute cette histoire.

— Julia Jenkins-Tinsley les a vus ensemble, répondit-elle avec hauteur. Et elle le répète à tout le monde. Quelle pipelette, celle-là !

Fred Grace avait installé un poney mécanique entre ses étalages de bouquets. Marilee approchait du magasin quand Willie Lee s'y précipita.

La ruse devait bien fonctionner, songea-t-elle. Sûr que le poney attirait de nombreuses mères et grands-mères à la boutique.

— Tu n'es pas trop grande pour monter dessus, n'est-ce pas, Corrine ?

L'adolescente eut un sourire timide. Marilee leur donna à chacun une pièce de vingt-cinq *cents* et leur permit de rester dehors jouer avec le poney pendant qu'elle choisissait un arrangement floral à poser sur la table d'anniversaire.

— Je surveillerai Willie Lee, lui promit Corrine comme pour mériter sa pièce.

— Je sais que je peux compter sur toi, ma chérie. Merci.

Marilee entra dans la boutique et resta immobile une minute afin de permettre à ses yeux de s'habituer à la pénombre. La première chose qu'elle vit clairement fut Tate Holloway, debout près du comptoir. Elle entendit aussi sa voix familière.

— Livrez-les cet après-midi, disait-il à Fred Grace.

En l'apercevant, Marilee éprouva une légère panique — sentiment qu'elle subissait sans le comprendre aucunement. Elle ne pouvait quand même pas tourner les talons et ressortir ! La curiosité eut cependant raison de son hésitation. A qui envoyait-il ainsi des fleurs ?

Elle s'approcha du comptoir. Comme Fred Grace la saluait, Tate se tourna vers elle.

— Bonjour, mademoiselle Marilee.

— Bonjour.

— J'ai entendu dire que Parker et toi alliez finalement vous retrouver devant l'autel, déclara Fred, sa pomme d'Adam tressautant sur son cou maigre à chacune de ses paroles.

— Oui, effectivement. Sans doute le mois prochain.

Il lui fallait vraiment fixer une date précise, songea-t-elle. Rester aussi vague l'agaçait.

— Je suis à toi tout de suite, Marilee, reprit Fred en brandissant un bon de commande. J'en finis d'abord avec Tate.

Il souleva un rideau et disparut dans l'arrière-boutique, laissant ses deux clients seuls devant le comptoir.

Marilee trouvait parfaitement idiot de se sentir aussi nerveuse en la présence de Tate. Elle commença donc à lui parler des articles qu'elle avait confiés à Charlotte, tout en tentant de trouver un moyen discret de savoir à qui il envoyait des fleurs.

C'est Willie Lee qui monta le premier sur le poney, et il ne cessa de rire et de rire. Corinne aimait le regarder. Elle était excitée et heureuse de jouer avec le poney électrique — même si elle ne se fiait pas complètement à ces sentiments. Son expérience lui avait appris à ne pas se fier au plaisir. D'une manière ou d'une autre, elle finissait toujours par le payer.

Comme pour le prouver, la principale de l'école, Mme Blankenship, apparut soudain.

— Bonjour, les enfants.

Corrine la salua, de même que Willie Lee.

Puis, à sa grande stupéfaction, la principale déclara à son cousin :

— Tiens, laisse-moi t'offrir un autre tour.

Et elle inséra une nouvelle pièce dans la fente de la machine avant d'en tendre une autre à Corrine, qui mit un certain temps à la prendre. Ensuite, sur un sourire et un hochement de tête, la principale disparut à l'intérieur de la boutique du fleuriste.

Corrine contempla la porte vitrée et se dit que, si la principale était d'aussi bonne humeur, c'était sans doute parce que l'école était finie. Pendant ce temps, Willie Lee s'esclaffait et poussait des cris de cow-boys. Corrine s'aperçut qu'elle pouvait respirer de nouveau.

Puis ce fut son tour, et elle monta sur le poney, un peu gênée malgré tout, à cause de ses onze ans.

— Willie Lee, monte avec moi, proposa-t-elle alors à son cousin.

Comme ça, si une de ses camarades de classe la voyait, elle aurait l'air d'aider Willie Lee.

— D'ac-cord !

Il se jucha derrière elle et passa ses bras autour de sa taille. Elle inséra rapidement la pièce dans la machine et le poney de métal commença à pirouetter sous eux.

— Yiii-haa ! s'exclama Willie Lee.

Corrine ne put s'empêcher de rire.

C'est alors qu'elle aperçut Munro au milieu du trottoir. Le chien reculait lentement, les babines retroussées, en laissant échapper un grognement sourd.

Corrine cilla, essayant de comprendre ce qui se passait. Elle reconnut bientôt l'homme qu'elle avait vu au drugstore un peu plus tôt — celui qui, d'après Belinda, était employé par Tell-In et avait la migraine. Une femme l'accompagnait. Corrine prit brusquement conscience que c'étaient ces mêmes personnes qui les avaient observés sur le trottoir la semaine précédente.

Tous les deux avançaient vers Munro.

— Viens, mon toutou, disait la femme.

— C'est *mon* chien, répliqua Willie Lee d'une voix alarmée.

Corrine sentit le garçon relâcher sa taille. Elle tendit le bras en arrière pour le retenir et l'empêcher de tomber du poney qui tressautait toujours.

— Il ressemble au chien d'un de nos amis, lui expliqua la femme.

— C'est *mon* chien, répéta Willie Lee.

Corrine aurait bien aimé que le poney s'arrête.

— Depuis combien de temps l'as-tu ? s'enquit la femme sans cesser de s'approcher de Munro.

L'homme bondit alors sur le chien afin de l'attraper, mais Munro, rapide comme l'éclair, se faufila sous le pare-chocs d'une voiture garée le long du trottoir.

Willie Lee bondit aussitôt du poney en hurlant :

— C'est *mon* chien !

Corrine enjamba le poney et atterrit sur le ciment.

Quand elle releva la tête, elle vit l'homme et la femme traverser la rue et Willie Lee leur courir après. Elle se remit sur ses pieds et courut après son cousin qu'elle rattrapa au milieu de la chaussée. Elle lui passa les bras autour de la taille pour le ramener sur le trottoir, le cœur battant à tout rompre dans sa poitrine. Il n'y avait qu'un seul véhicule, à l'autre bout de la rue, mais il aurait pu arriver sur Willie Lee. Et puis elle était censée le surveiller.

Le garçon pleurait. Corrine le prit par les épaules, cherchant comment le rassurer.

Munro surgit alors derrière l'étalage de bouquets.

— Mun-ro ! s'exclama Willie Lee en se précipitant vers lui.

Jetant un coup d'œil par-dessus son épaule, Corrine vit les deux étrangers arpenter le trottoir d'en face.

— Chut ! murmura-t-elle à son cousin avant de le repousser avec le chien derrière l'étalage où elle s'accroupit.

— Je vais le dire à ma-man, déclara Willie Lee en voulant entrer dans la boutique.

— Non, repartit Corrine, qui jugeait préférable de ne jamais rien dire à personne. Si Munro est bien à eux, ta mère nous forcera à le rendre.

Willie Lee la dévisagea derrière ses grosses lunettes.

Juste à cet instant, Marilee sortit du magasin. Elle était avec M. Tate. Derrière eux venait la principale Blankenship. Comme les adultes étaient en train de discuter, aucun d'eux ne remarqua que Willie Lee reniflait. Corrine secoua la tête à son adresse, et il serra les lèvres.

Tante Marilee finit par saluer la principale, et M. Tate les accompagna jusqu'à la Cherokee, garée à quelques mètres de là. Corrine chercha des yeux les deux étrangers mais ne les vit pas. Cela dit, il lui était difficile d'apercevoir quoi que ce soit au-dessus des voitures.

Ils montèrent ensuite dans la Cherokee, et Munro se coucha à l'arrière, sa tête sur la cuisse de Willie Lee. Corrine et lui demeurèrent parfaitement silencieux tandis que Marilee continuait à converser avec M. Tate par la vitre de sa portière.

Lorsque sa tante déboîta enfin, Corrine crut distinguer l'homme et la femme devant leur voiture, en face du poste de police. Elle se tassa sur la banquette.

— Corrine ? Ça va, ma chérie ? Tu te sens bien ?

— Oui, tante Marilee… Je suis juste un peu fatiguée. Je crois que j'ai envie de faire la sieste. Et Willie Lee aussi.

— Je ne di-rai rien, Cor-rine, déclara Willie Lee dans son lit, où il était couché avec Munro.

— Moi non plus. Et il faudra qu'on fasse attention pendant quelque temps pour éviter de recroiser ces gens-là.

Le garçon garda un instant le silence.

— Pourquoi ? demanda-t-il enfin.

— Parce qu'ils sont peut-être bien les vrais maîtres de Munro et qu'ils l'emporteront.

Toute cette histoire l'intriguait, mais elle ne voyait pas d'autre conduite à tenir que de rester caché. Son expérience lui avait appris que les adultes s'intéressaient rarement à ce que voulaient les petits enfants.

Marilee éteignit son ordinateur après avoir rédigé deux articles pour le journal et se frotta les paupières, songeant qu'elle devrait consulter un oculiste.

Son regard tomba alors sur la photographie de Stuart. Devait-elle l'enlever de là ? se demanda-t-elle. Willie Lee avait depuis longtemps cessé de lui poser des questions sur son père. Elle lui avait expliqué que Stuart était parti en voyage, avant de finir par lui avouer qu'il les avait quittés. Willie Lee était quelqu'un de si accommodant… Si seulement elle pouvait lui ressembler, pensa-t-elle en rangeant finalement la photographie dans le tiroir du haut de son bureau.

Puis elle se leva, éteignit les lampes et alla jeter un coup d'œil aux enfants avant de se rendre dans sa chambre. Willie Lee était endormi, bras et jambes dehors, et Corrine avait la tête enfoncée dans son oreiller, Munro allongé contre son flanc.

Elle pleurait en silence.

— Oh, ma chérie, qu'y a-t-il ? s'enquit Marilee en prenant sa nièce dans ses bras.

— Je… j'ai fait un cauchemar.

— Ce n'était qu'un mauvais rêve. Tout va bien, maintenant.

Elle continua à la serrer contre elle.

— Allez, viens dormir avec moi, lui dit-elle au bout d'un moment.

Comme elle lui prenait la main, Munro descendit de son lit pour aller se pelotonner contre Willie Lee.

Marilee coucha sa nièce dans son lit avant d'enfiler sa chemise de nuit, et se glissa à côté d'elle.

— Je suis désolée, tante Marilee, murmura Corrine, les mains serrées contre sa poitrine.

— Et de quoi ?

— Je sais que tu aimes bien avoir ton lit pour toi toute seule.

— Oh, ma chérie… Oui, c'est vrai, reconnut-elle, sachant qu'il valait mieux être sincère. Mais j'aime également t'avoir près de moi de temps en temps, et Willie Lee aussi. J'aime vous serrer contre moi. Vous m'êtes un vrai réconfort.

Comme sa nièce se détendait peu à peu, elle se détendit elle-même.

En s'éveillant peu avant l'aube, Marilee découvrit Corrine sur sa droite, Willie Lee sur sa gauche et Munro à ses pieds. Elle se prit alors à songer que Parker trouverait sans doute à redire à ces promiscuités nocturnes.

Et pourtant, en cet instant, entourée par ses enfants, la main de Corrine prise dans ses cheveux et Willie Lee respirant sur sa poitrine, elle se sentait absolument comblée. Elle retomba bientôt dans un profond et bienheureux sommeil.

20.

Juste à temps

Marilee se leva tôt et, s'extirpant doucement du lit, réussit à ne réveiller ni les enfants ni le chien. Elle se rendit dans la cuisine, prépara un café aussi fort que celui de Corrine et entreprit de se concentrer sur l'anniversaire de Parker.

Entre sa première et sa deuxième tasse de café, elle y pensa au point d'oublier un instant la perspective perturbante du mariage. Elle se soucierait de ça plus tard, après l'anniversaire de Parker.

Quand les enfants la rejoignirent dans la cuisine, elle avait déjà préparé leur petit déjeuner — à la grande surprise de Corrine, naturellement.

Les laissant manger tranquillement, elle s'activa dans la cuisine afin de rassembler tout ce qu'elle devait emporter à la fête. Elle enfila ensuite une robe d'été en chambray qu'elle gardait pour l'occasion et qui mettait ses épaules nues en valeur, se maquilla légèrement et attacha ses cheveux dans un désordre savant.

En nouant la bride de ses chaussures à semelles compensées, elle surprit son reflet dans la psyché. Elle se redressa, s'examina dans le miroir et estima qu'elle avait pris juste à temps la décision d'épouser Parker, alors qu'il lui restait encore quelques attraits et un homme qui s'intéressât à elle. A cette pensée, le souffle lui manqua, et elle se hâta de sortir de sa chambre pour entamer la journée.

A 10 h 30, tous trois transportèrent des cartons et des sacs dans la Cherokee. La quantité d'affaires l'effraya quelque peu, lorsqu'elle s'efforça de tout caser à l'arrière du véhicule.

Pendant ce temps, Tate vint à passer devant chez elle, la capote de sa voiture baissée, ses cheveux pâles brillant au soleil. Il s'arrêta dans la rue et leur souhaita une bonne journée.

— Bonne journée à vous aussi, lui lança Marilee avant de refermer le hayon arrière.

Elle se dirigea ensuite vers sa portière et demanda aux enfants de monter dans la voiture.

S'étant glissée derrière le volant, elle fit pivoter le rétroviseur comme pour se regarder, alors qu'en fait, elle observait Tate s'éloigner.

Elle émit un soupir de soulagement quand sa voiture disparut au bout de la rue, puis se sentit curieusement irritée.

Poussant le levier de vitesses en marche arrière, elle fit demi-tour et s'engagea sur la route, toutes fenêtres ouvertes. Willie Lee et Munro passèrent aussitôt la tête dehors pour présenter leur visage au vent jusque chez Parker. Le garçon se mit à chanter « Joyeux anniversaire », bientôt imité par Corrine et Marilee. Ils chantaient toujours quand ils s'engagèrent dans la longue allée menant à la maison de Parker.

Au grand étonnement de Marilee, le jardin était négligé; la maison aurait même paru déserte si le gazon n'avait pas été tondu. Etrange qu'elle n'ait pas remarqué ce manque de soin auparavant. Le jardin n'était certainement pas dans cet état la dernière fois qu'elle était venue, à l'automne dernier.

Comme Parker apparaissait sur le perron, ils s'extirpèrent tous de la voiture en s'écriant :

— Joyeux anniversaire !

Devant son sourire ravi de petit garçon, Marilee en eut le cœur douloureux et comblé à la fois.

— Tiens, prends donc cette bonbonne d'hélium et ce carton, lui ordonna-t-elle, le poussant à aider au déchargement de tous les accessoires de la fête qui encombraient la Cherokee.

— Oh là là ! fit-il en apercevant le gâteau.

Marilee, très satisfaite, sortit le gâteau de son carton pour le déposer sur le comptoir de la cuisine. Elle y planta ensuite des bougies tandis que Parker chipait du bout du doigt un gros morceau de glaçage. Les enfants s'esclaffèrent en voyant Marilee le chasser de la cuisine.

Elle s'aperçut immédiatement qu'elle avait sous-estimé le travail nécessaire pour préparer la maison en vue de la fête. Son aspect négligé la choqua un peu, ce qui lui rappela une nouvelle fois qu'elle n'était pas venue ici depuis un certain temps.

Bien que Parker fût plutôt quelqu'un de soigneux, il se révélait totalement dénué du moindre goût en matière de décoration. La maison ressemblait à un lieu de passage, et la femme de ménage qui venait une semaine sur deux, était à l'évidence peu consciencieuse. De plus, cette semaine-là était justement celle où elle ne venait pas.

Il aurait fallu des jours pour nettoyer la maison de fond en comble, mais Marilee se promit de tout terminer en deux heures. Tel un général aguerri, elle donna à chacun sa mission, chargeant Parker de gonfler les ballons d'hélium avec Willie Lee, et Corrine de dresser le buffet dans le patio. Elle montra aux hommes comment accrocher guirlandes et ballons.

Un tablier enfilé par-dessus sa robe — une vraie pin-up de magazine ! — elle s'arma d'une corbeille destinée à recueillir les affaires qui traînaient, d'une poubelle pour les ordures, de plusieurs chiffons et de l'aspirateur, puis sillonna la maison tel un commando sécurisant un lieu d'atterrissage.

Elle s'attaqua d'abord à la cuisine, la pièce qui recevrait le plus de monde durant la fête, et lui donna un aspect acceptable — quoique manquant toujours de personnalité — en quarante-cinq minutes, moyennant maints détours pour répondre aux questions de l'équipe à l'œuvre dans le patio. Avec la même concentration, elle s'occupa ensuite de la salle à manger, du séjour et, dans le fond de la maison, des deux salles de bains et de la chambre principale. Elle travaillait avec régularité et ne transpira que modérément, ayant baissé le thermostat du climatiseur à un niveau extravagant.

Tout en s'activant, elle notait dans son esprit les changements qui s'imposaient dans la décoration avant qu'elle ne vienne s'installer ici avec les enfants. La moquette, d'un bleu profond qui n'allait avec rien, devrait être remplacée. Les salles de bains avaient besoin d'être retapissées et complètement redécorées; leurs murs étaient pour l'instant d'une espèce d'orange passé totalement affligeant. Elle ne s'était jamais aperçue jusqu'alors que Parker manquait à ce point du sens des couleurs. Elle s'imagina des serviettes assorties à la place des siennes, comme sélectionnées au hasard. Elle voulait également du linge de maison en toile de lin dont la couleur irait avec les serviettes — une couleur naturelle telle que le vert d'eau, le lilas ou le bleu qu'elle avait choisis pour son propre intérieur. Cela l'obligerait à trouver aussi des draps neufs pour le grand lit, si grand comparé avec son simple lit double. Tout en tirant sur les couvertures, elle se demanda comment Parker pouvait dormir dans de tels draps — jaune vif et orange avec des bandes vertes ! Ce genre de couleurs donnait sûrement des insomnies, pensa-t-elle.

Marquant une pause, elle contempla le lit, puis s'y assit et testa le matelas en sautant légèrement dessus. Il lui plaisait assez, quoiqu'elle l'aurait préféré appuyé contre le mur opposé, ce qui leur aurait donné plus de place et permis d'éviter que la porte de la salle de bains cogne sans cesse contre la table de chevet.

Amateur de bonbons à la menthe, Parker laissait traîner leurs emballages sur la table de nuit, où s'accumulaient aussi diverses notices de médicaments pour animaux, des paires de chaussettes, une clé dépareillée, un couteau de poche et de la menue monnaie. Marilee ouvrit le tiroir afin de pousser toutes ces affaires à l'intérieur, à l'exception des chaussettes. Celles-là, elle les jeta directement dans le panier à linge sale.

Quelque chose tomba par terre.

Une boucle d'oreille.

Marilee la ramassa sur la moquette et l'examina de près. C'était un pendant en argent, turquoise et onyx noir. Et là, sur la table de chevet, reposait son jumeau, auparavant caché sous les chaussettes.

Les prenant dans sa paume, Marilee les contempla un instant, puis regarda l'oreiller près de la table de nuit avant de reporter de nouveau son attention sur les boucles d'oreilles. Une multitude de pensées tourbillonnaient dans son esprit, toutes se rapportant à une seule et même question : quelle femme était venue dans cette pièce ?

— Marilee ? s'enquit Parker en passant la tête par l'entrebâillement de la porte.

Elle sursauta.

— Oui ?

— Tu as bientôt fini ? Rick et Vickie viennent juste d'arriver… Rick est en train d'allumer le feu.

Parker avait l'air heureux et excité, et il était très beau.

— Je viens.

Elle glissa les boucles d'oreilles dans la poche de sa robe, rassembla ses ustensiles de nettoyage et se hâta de retourner dans la cuisine. Parker était en train d'y préparer les rafraîchissements. Elle lui demanda un Coca-Cola et, pendant qu'il la servait, mit ses poignets sous l'eau froide du robinet.

Evidemment, des tas de raisons pouvaient expliquer la présence de ces boucles d'oreilles sur sa table de chevet.

Parker les avait peut-être trouvées quelque part. Oui, se dit-elle, c'était encore l'explication la plus logique. Sans doute une de ses clientes les avait-elle perdues à la clinique. Elle s'imagina une femme un peu excentrique enlevant ses onéreuses boucles d'oreilles artisanales et, irritée peut-être d'avoir à attendre si longtemps d'être reçue par le vétérinaire, les jeter dans un mouvement d'exaspération sur le sol ou derrière le comptoir. A moins qu'elle ne soit devenue hystérique à la suite de la mort de son animal de compagnie et que, sous le coup du chagrin et de la colère, elle ait arraché les boucles de ses oreilles. Parker n'avait pas encore découvert à qui elles appartenaient — plusieurs animaux étaient morts récemment à la clinique.

Marilee s'aperçut alors que son imagination battait la campagne. Des soupçons innommables hantaient son esprit, des soupçons qu'elle s'efforçait de chasser mais qui revenaient sans cesse la harceler, tant et si bien que se rendant à la cuisine pour y prendre une pique, elle se retrouva en contemplation devant le contenu du réfrigérateur et finit par voler une tomate cerise dans le grand saladier. En fait, ce qu'elle voulait vraiment, c'était un morceau de chocolat. Le gâteau d'anniversaire attira son regard, et elle dut réprimer l'envie de s'en couper immédiatement une part — il y avait un fourrage au chocolat sous le glaçage à la vanille.

Et pourquoi n'irait-elle pas tout simplement demander à Parker d'où venaient ces boucles d'oreilles ?

Mais elle n'en eut pas la possibilité, Parker se tenant devant le barbecue avec Rick. De plus, le carillon de la porte d'entrée se mit presque aussitôt à sonner.

Ted et Wendy Oakes vinrent sans leurs trois enfants.

— J'ai besoin de souffler un peu, avoua Wendy en posant une main sur son ventre gonflé. J'essaie de me reposer au maximum avant que celui-là n'arrive. Tiens, voilà le cadeau de Parker. C'est un… Oh, mon Dieu, est-ce une bague de fiançailles que je vois à ton doigt ?

Marilee opina et les entraîna jusqu'au patio, où le grand bol de chips et le guacamole retinrent toute l'attention de Wendy.

Ray Horn, divorcé récemment, amena sa nouvelle amie, Heather. Tout le monde eut la politesse de ne pas la dévisager. Les cheveux sombres, des yeux de biche, elle semblait avoir quinze ans de moins que Ray, au bas mot. Elle avait amené son fils, Bobby, un petit garçon très mignon mais assez timide, qui avait hérité des cheveux sombres de sa mère et semblait déterminé à ne pas quitter ses genoux. Les deux formaient un tableau vraiment charmant.

Les Macomb — Jerry, Mary Lynn et leur fille Sarah — arrivèrent dans leur minivan, bientôt suivis par Charlene, Mason, Jojo et Leanne Overton dans une Suburban toute neuve. Tous sortirent de leur véhicule respectif en riant et en parlant, les bras chargés de cadeaux et de plats. Charlene qui s'était de nouveau coupé les cheveux, était splendide au côté de Mason. Leur bonheur était d'une évidence à couper le souffle. Mary Lynn, pressée comme à son habitude, poussait en avant son mari, toujours aussi flegmatique.

Marilee les conduisit au patio, leur indiqua où poser les plats et leur offrit à boire.

Charlene attrapa sa main afin d'admirer sa bague.

— Doux Jésus, mais c'est une splendeur ! Félicitations, Parker ! lança-t-elle à ce dernier qui avait apparemment pris racine avec Rick devant le barbecue.

Un sourire timide sur les lèvres, Parker accueillit son éloge en levant sa bière.

Les femmes s'extasièrent toutes sur la bague, prenant la main de Marilee tour à tour. Celle-ci observait Parker du coin de l'œil.

— Oh, mais vous ne vous connaissez pas encore, déclara soudain Charlene. Voici ma cousine Leanne… Leanne, je te présente Marilee, la fiancée de Parker et l'organisatrice du barbecue annuel en son honneur.

Leanne était mignonne.

— Salut, dit-elle en tendant la main.

— Salut.

Marilee lui serra la main, remarquant au passage ses cheveux oxygénés avec art, ses boucles d'oreilles en argent, son maquillage de mannequin de mode, son sourire éclatant… et son collier artisanal en argent massif, turquoise et onyx noir.

— Ravie de vous rencontrer, articula-t-elle, les yeux rivés sur le collier.

— Moi de même. J'ai tellement entendu parler de vous.

— Ah oui ?

Marilee sentait les boucles d'oreilles la brûler dans sa poche. Elle se retint de les brandir sous le nez de Leanne afin de les comparer à son collier.

— Leanne a apporté sa sauce à mourir, annonça Charlene tout en trempant une grande chips de maïs dans une mixture rouge. Tu devrais goûter ça, Marilee.

Marilee s'exécuta.

— Oh, oui, c'est bon. Très bon.

— J'en veux aussi, déclara Wendy, une chips dans chaque main. De la vitamine A, de la vitamine C et pratiquement aucune graisse. Exactement ce qu'il me faut.

— Vas-y, l'encouragea Marilee avant de s'éloigner vers la maison. Je vais chercher d'autres glaçons.

Elle prit le seau à glace, encore à moitié plein, et se réfugia dans la cuisine, où elle demeura un moment immobile, le regard perdu dans le vide. Puis elle s'approcha de la fenêtre qui donnait sur le patio et l'assemblée des invités — Heather était en train de murmurer quelque chose à l'oreille de son fils. Les deux adolescentes, Jojo et Sarah, s'étaient arrogé le monopole de la balançoire. Assise à l'écart, Corrine se contentait de les observer. Et Willie Lee ? s'inquiéta Marilee. Ah, il était là-bas sous le rosier, en train de chercher des vers dans la terre.

Tournant la tête, elle aperçut Leanne de profil. Ses cheveux étaient relevés sur sa tête comme les siens. Quant à Parker, il était encore là-bas, au milieu des mâles rassemblés autour du barbecue, tel un coq dans sa basse-cour. Marilee le vit pencher la tête comme il en avait l'habitude quand il écoutait, prêtant en l'occurrence l'oreille à une blague de Ted.

Elle sortit les boucles et les contempla.

Les remettant dans sa poche, elle remplit le seau à glace et revint dans le patio pour sourire à ses hôtes et satisfaire leurs désirs.

Les apparences étaient parfois trompeuses, se dit-elle. Mieux valait éviter les conclusions hâtives.

Puis le dénouement survint, totalement inattendu.

Elle était en train de mettre une première fournée d'assiettes sales dans la machine, tandis que Parker reprenait des glaçons dans le freezer, quand Leanne apparut dans la cuisine, les bras chargés de vaisselle sale.

— Voilà les dernières, je crois, annonça-t-elle en déposant les assiettes sur le comptoir avant d'essuyer ses mains sur son short.

— Merci.

Ils étaient là, tous les trois, dans la même pièce.

— Oh, Leanne… Je crois que j'ai quelque chose à vous.

Marilee plongea la main dans sa poche.

La jeune femme marqua une pause sur le seuil de la cuisine et la considéra d'un air intrigué.

Marilee lui présenta les boucles sur sa paume.

— Oh, fit Leanne.

Il était clair qu'elle avait reconnu les bijoux, et elle tendait la main vers eux quand elle suspendit soudain son geste, lançant un coup d'œil à Parker.

Ce dernier, qui s'était retourné vers elles, regarda aussitôt ailleurs.

— Je les ai trouvées sur la table de chevet de Parker, explique Marilee. Apparemment, elles sont assorties à votre collier.

Elle savait désormais à quoi s'en tenir, aussi sûrement que si on lui avait avoué la vérité de vive voix.

Leanne la dévisagea de ses yeux clairs, pendant que Parker contemplait le bout de ses chaussures. S'était-elle réellement attendue qu'il dise quelque chose ? se demanda Marilee. Elle savait pourtant qu'il n'était pas du genre à endosser la moindre responsabilité.

Laissant les boucles sur le comptoir, elle passa devant Leanne et sortit ôter la nappe de la table que déplaçaient Ted et Ray afin de ménager une piste de danse.

Marilee et Parker dansèrent ensemble et participèrent à la fête comme si de rien n'était. Certes, à aucun instant ils ne s'adressèrent la parole, mais personne ne parut le remarquer. Leanne, de son côté, se fit discrète, ce que personne ne sembla remarquer non plus. Tout le monde passait un bon moment.

Après la réception, une fois que la poussière de la dernière voiture fut retombée sur l'allée de gravier, Marilee rendit sa bague à Parker.

— Ça ne voulait rien dire, Marilee, lui assura-t-il, suppliant. Ça s'est trouvé comme ça, et nous n'étions pas encore fiancés à l'époque. Tu ne couchais même pas avec moi. Je t'assure que Leanne ne signifie rien pour moi. Ne le prends pas comme ça…

— Ce n'est pas à cause de Leanne, le coupa-t-elle. Je sais bien que ça n'a pas d'importance. Je viens seulement de prendre conscience que nous ne sommes pas faits l'un pour l'autre, voilà tout. Et je m'excuse d'avoir tant tardé à m'en rendre compte. J'aurais dû m'en apercevoir depuis le début. Nous nous entendons très bien en tant qu'amis, mais pas en tant que compagnons. On finira par se trucider l'un l'autre si on vit sous le même toit. Je ne peux pas supporter que tu t'accommodes de couleurs aussi mal assorties.

Il la dévisageait avec des yeux ronds — sans doute, pensa-t-elle, parce qu'elle n'avait jamais osé lui parler aussi franchement. Ni se montrer aussi franche avec elle-même.

Ramassant son sac à main et les dernières affaires à rapporter chez elle, elle se dirigea vers la porte. Il lui emboîta le pas.

— Marilee, tu ne veux pas qu'on en parle ?

Elle avait bien conscience de prendre la fuite, mais cela ne l'arrêta pas.

— On en reparlera plus tard, lui lança-t-elle par-dessus son épaule. Quand on y aura réfléchi à tête reposée.

Puis elle sortit de la maison et rejoignit la Cherokee. Corrine, à qui elle avait donné les clés de la voiture, avait démarré le moteur pour enclencher le climatiseur. Marilee s'installa derrière le volant, jeta un dernier coup d'œil à Parker, figé sur le seuil de sa maison, et s'éloigna.

Un flot d'émotions l'envahissait, telle une épiphanie retentissante.

Cet incident lui avait fourni une échappatoire, comprit-elle avec soulagement. Elle éprouvait quand même un remords insidieux pour avoir ainsi trompé Parker en se trompant elle-même. A force de n'écouter que sa peur de la solitude, son aspiration à une aisance matérielle et financière ainsi que son désir d'obtenir l'approbation de sa mère et Dieu sait quel autre envie ou besoin, elle avait fini par se faire une idée fausse d'une relation qui ne pouvait être que ce qu'elle était : une pure et simple amitié. Rien de plus.

Elle avait essayé de s'adapter à une situation qui, de toute façon, ne lui convenait pas. Pire : elle s'était efforcée de rendre Parker conforme à ses désirs.

Elle entraperçut alors son jardin négligé dans le rétroviseur.

Juste à temps, songea-t-elle. Juste à temps.

La nuit commençait à tomber. Marilee se promenait avec tante Vella dans la roseraie, où des lampes fichées dans le sol émettaient une douce lueur. Les enfants pourchassaient les premières lucioles de la saison.

— J'ai tellement honte, avoua Marilee. Je voulais faire de ma relation avec Parker ce qu'elle ne pouvait tout simplement pas être. Je voulais le transformer à mon idée.

Elle secoua la tête.

— Je crois que j'avais peur de vieillir seule…

— Oh, ma chérie, je te comprends, va, compatit sa tante en la prenant par les épaules et en la serrant contre elle. Tu n'as pas à avoir honte. Il fallait que tu subisses cette épreuve pour mûrir… C'est à ça que sert la vie. Nous acquérons de l'expérience et nous continuons à aller de l'avant sans regarder en arrière.

« Quant à la solitude, eh bien, c'est notre lot à tous. Nous sommes tous seuls sur cette terre. »

Des papillons de nuit voletaient autour des réverbères quand Marilee embarqua les enfants et Munro dans la Cherokee avant de descendre la rue et de tourner à l'angle pour rentrer chez elle.

La maison Porter — ou plutôt la maison Holloway — était sombre, et le porche sous lequel Tate se garait, désert. Ah oui, se souvint-elle, il était invité chez le maire ce soir-là.

Elle s'engagea enfin dans son allée et se retrouva devant sa propre maison. Chez elle. La lampe de sa véranda projetait une lueur chaude alentour. Elle déverrouilla la porte d'entrée et pensa qu'elle ne pourrait plus jamais rentrer chez elle sans en éprouver du bonheur. La maison était peut-être petite, mais elle était si accueillante. Et toutes ses couleurs si bien assorties.

The Valentine Voice
Dimanche 20 mai
Au sommaire de ce numéro :

— Les dépenses domestiques augmentent. Les impôts locaux ont rapporté à la municipalité 3% de plus que l'année dernière. Débat sur l'usage de l'argent public. Lire page 1.

— Mardi aura lieu l'élection pour le siège vacant du Conseil municipal. Les deux candidats à la loupe : Mayhall contre Tinsley. Lire page 1.

— La fondrière dans First Street plonge la voirie dans l'embarras. Lire page 4.

— La majorité des citoyens de Valentine désirent pouvoir acheter plus facilement des cercueils, mais pas dans les grands magasins. Vos avis page 3.

21.

Combler les trous

Tate attendit 9 heures pour téléphoner à Charlotte... Il craignait à la fois de la réveiller en appelant trop tôt et de la manquer en appelant plus tard. Il fut soulagé de l'entendre décrocher à la deuxième sonnerie.

— Non, il n'est pas trop tôt, répondit-elle d'une voix plus assurée que jamais. Mais il ne faut pas me téléphoner avant 7 heures le dimanche : je fais la grasse matinée.

Tate ne releva pas le commentaire.

— Je vais m'absenter un moment de la ville, lui annonça-t-il. Le temps de voir des copains à Houston, puis de rendre visite à ma mère à Galveston. Je serai de retour vendredi, ou samedi au plus tard. J'ai écrit les éditoriaux des deux prochaines éditions, plus quelques autres articles. Le tout se trouve sur mon bureau. Je resterai en contact avec vous par téléphone et e-mail. Oh, dites à Marilee de ne pas s'inquiéter pour la nourriture du chat. Je l'emmène avec moi.

Après avoir raccroché, il termina ses valises et alla les déposer sur la banquette arrière de la BMW dont il avait abaissé la capote. Il attrapa ensuite Bubba, le mit dans un panier qu'il avait trouvé dans la buanderie, puis l'installa sur le siège à côté de lui.

Bubba n'était pas content. Il grondait. Tout le temps.

Un homme et son chat. Voilà où il en était, songea Tate avant de jeter une serviette sur le panier, réduisant ainsi l'animal au silence.

Il tourna la clé de contact, sortit de l'allée et s'éloigna de chez lui tout en pensant qu'il se retrouverait sans doute seul avec le chat sur son petit lit avec le ventilateur du plafond pour seul spectacle pendant les trois prochains jours. Sa mère avait toujours des tas d'activités — réunion religieuse, tournoi de bridge...

Mais peu importait. Il avait besoin de rouler longtemps. Il ne pouvait plus supporter de rester ici et d'assister aux fiançailles de Marilee. S'éloigner d'elle lui donnerait une meilleure perspective. Peut-être même finirait-il par accepter que sa vie ne change jamais.

Le soleil brillait de tous ses feux quand Marilee, les enfants et Munro s'approchèrent de l'église. Devant le presbytère, la fondrière était toujours entourée du ruban jaune de la voirie. Tenant les enfants fermement par la main, Marilee alla rejoindre le petit groupe de badauds qui observaient le trou. Celui-ci s'était agrandi depuis la dernière fois; l'ingénieur de la voirie cherchait toujours le meilleur moyen de le combler.

Plongeant les yeux dans la fondrière, Marilee se prit à songer à sa vie.

Munro les accompagna jusqu'au perron de l'église, puis à l'intérieur du bâtiment où il les suivit jusqu'au banc du fond. Il faisait maintenant partie du décor.

Les yeux fixés sur les jeux de lumière qui coloraient l'autel, déterminée à garder une attitude insouciante, Marilee fut soudain arrachée à ses rêveries par des chuchotements. Les gens murmuraient en regardant un groupe passer devant leurs bancs.

C'était Winston, Ruthanne et Mildred à ses bras; Vella leur emboîtait le pas d'une démarche nonchalante, vêtue d'une robe florale aux couleurs vives et d'un immense chapeau. Ramona Stidham, qui était assise avec Norm et toute une brochette de petits-enfants, se tourna vers Marilee.

— Les gens ont beau dire, mais ta tante a vraiment l'air de revivre depuis qu'elle s'est séparée de Perry.

Revivre... L'expression était heureuse, songea Marilee tout en regardant la robe vaporeuse de Vella onduler dans son mouvement pour s'installer près de Winston Valentine. Le pauvre homme semblait un peu à l'étroit entre Mildred d'un côté et Vella de l'autre, dont le bord du chapeau le décoiffait à chaque fois qu'elle tournait la tête.

Ils se levèrent pour entonner l'hymne inaugural. Willie Lee, debout sur le banc, s'appuya sur le bras de Marilee, son regard suivant les lignes du missel pendant qu'il essayait de chanter avec l'assistance, comme s'il lisait les paroles. Corrine, le dos bien droit, tenait son propre missel ouvert devant elle, et murmurait d'une voix ténue :

— Son œil suit le pinson...

Des larmes de gratitude montèrent aux yeux de Marilee. Elle contempla d'un regard brouillé la croix au-dessus de l'autel.

« Je suis désolée, Seigneur, pour tout ce gâchis avec Parker. Je me suis mal comportée avec lui en écoutant ma peur et non ma foi. Montrez-moi le chemin, Seigneur. Je n'arrive pas à le trouver toute seule. »

Juste au moment où le pasteur Smith bénissait l'assemblée, un fracas retentit à l'extérieur. Avant même qu'il ait achevé son geste, les fidèles se ruèrent hors du bâtiment afin de connaître la raison de ce vacarme. Marilee serra contre elle Corrine et Willie Lee pour les empêcher d'être piétinés par la foule.

— Eh bien, visez-moi ça.

— Seigneur Dieu !

— Marilee, tu ferais mieux de rappliquer. Il y a de quoi écrire un article, ici.

Le pare-chocs avant de la petite Toyota verte de la femme du pasteur, qu'elle avait garée à plusieurs mètres de la fondrière, pendait maintenant au-dessus du trou qui s'était agrandi dans toutes les directions.

— Tant mieux, décréta Winston.

Tous les regards se tournèrent vers lui.

— Le terrain a dû toucher le fond, il ne descendra pas plus bas.

La perspective de devoir annoncer à tout le monde que Parker et elle avait finalement rompu l'effrayaient. Par chance, elle parvint à s'éloigner de l'église sans que personne ne l'interroge à ce sujet, et elle passa un dimanche tranquille avec les enfants. Mais le lundi venu, la menace plana de nouveau au-dessus de sa tête.

— Je ne veux pas aller en ville, déclara Willie Lee quand elle lui proposa de se rendre avec elle au *Voice*.

— Tu ne veux pas ? répéta-t-elle, surprise par la réaction de son fils, si accommodant d'ordinaire. Mais il faut que j'aille apporter mes articles au journal, mon chéri. Et puis après je vous emmènerai manger une glace. Ça ne te ferait pas plaisir ?

— Si. J'aime la glace.

— Alors, viens. Mets tes chaussures.

Willie Lee secoua la tête.

— Mun-ro et moi, on veut res-ter à la mai-son.

Il grimpa sur le canapé et demeura assis dessus, la regardant derrière les verres épais de ses lunettes.

— Tu es malade, mon chéri ?

Elle tâta son front. Il était frais.

Il leva les yeux vers elle.

— Non, je ne suis pas ma-lade. Je veux res-ter à la maison.

Marilee consulta Corrine du regard.

— Je préfère rester à la maison aussi, dit-elle, assise dans le grand fauteuil avec un livre.

Marilee appela donc tante Vella, qui accepta volontiers de venir garder les enfants.

— Ils doivent sans doute être fatigués que tu les traînes partout avec toi, déclara-t-elle.

Elle avait probablement raison, songea Marilee. Il fallait qu'elle trouve un moyen de les amener à fréquenter d'autres enfants de leur âge.

Elle décida de se rendre au *Voice* à pied et, en chemin, chercha la façon la plus naturelle d'annoncer à Tate : « Parker et moi ne sommes plus fiancés. Nous avons rompu. »

Elle n'avait revu Tate qu'une seule fois depuis le soir de ses fiançailles officielles, où il avait gardé les enfants à la maison. Il lui avait alors donné un rapide baiser pour la féliciter. Elle était déçue de ne pas l'avoir vu revenir depuis avec un pichet de thé. Peut-être avait-il trouvé une autre femme à régaler de son thé glacé, se dit-elle. Ce serait d'ailleurs aussi bien comme ça. Elle ne souhaitait nouer aucun lien particulier avec Tate Holloway — quoique… En fait, elle avait à la fois peur et envie de lui annoncer que ses fiançailles étaient rompues. Ne lui avait-il pas soutenu que Parker ne lui convenait pas ? Et maintenant elle allait devoir lui donner raison.

Contrairement à son habitude, la porte du bureau de Tate était close, ainsi qu'elle s'en aperçut dès qu'elle posa le pied dans les locaux du journal. Peut-être était-il en réunion — sans doute avec Leo, puisqu'il était le seul absent dans la salle de rédaction.

Elle se rendit à son bureau, y laissa tomber son sac à main, puis annonça d'une voix haute et claire, afin d'en finir une bonne fois pour toutes :

— Parker et moi n'allons pas nous marier. Nous avons rompu.

Les réactions surprises et affligées auxquelles elle s'était attendue fusèrent de part et d'autre de la grande salle. Reggie — bénie soit-elle — vint la serrer longuement dans ses bras.

— Je suis là si tu veux me parler.

— Merci, Regg, répondit Marilee, touchée par sa sollicitude.

La jeune femme la gratifia d'une nouvelle accolade, puis laissa la place à Imperia qui l'embrassa sur la joue. June, quant à elle, déposa une pleine poignée de barres de chocolat sur son bureau.

Marilee jeta un coup d'œil à la porte close du bureau de Zona. Ne voulant pas la laisser en-dehors du coup, elle alla frapper à sa porte.

— Entrez, lâcha Zona de sa voix menue.

Marilee se contenta de passer la tête dans la pièce pour déclarer :

— Je voulais juste que tu saches que je n'épouserai pas Parker, finalement.

— Oh ! fit Zona, ses paupières battant derrière ses lunettes.

Marilee se retira. Elle s'apprêtait à refermer la porte, quand Zona ajouta :

— Tu dois être très déçue, Marilee. J'en suis désolée pour toi.

Elle repassa la tête à l'intérieur.

— Ce n'est pas grave.

— Tant mieux.

Marilee se retira de nouveau.

— Peut-être que tu pourrais laisser la porte ouverte, suggéra alors Zona. Juste un petit peu.

— Ah, euh, oui, d'accord. Comme ça ?

— Parfait. Merci.

Marilee resta un instant à contempler l'espace entre la porte et le chambranle, première fissure dans son rempart.

Elle retourna ensuite s'asseoir à son bureau. Bon, pensa-t-elle, elle avait accompli son devoir, et maintenant tout le monde était de nouveau plongé dans son travail, preuve que sa vie privée affectait peu les autres.

La porte du rédacteur en chef était toujours fermée. Elle hésita à aller frapper au battant.

Finalement, elle prit son article sur l'élargissement de la fondrière ainsi que ses notes concernant la rubrique nécrologique et, s'approchant du bureau de Charlotte, s'enquit d'une voix détachée :

— Sa porte est fermée. Il est en réunion ?

Charlotte secoua la tête.

— Pas du tout. Il est parti pour la semaine et ne reviendra que vendredi ou samedi.

— Ah…

Il lui fallut quelques secondes pour se remettre de sa surprise.

— Je crois bien que tu vas échapper à la corvée de me servir de demoiselle d'honneur.

— Je n'ai jamais considéré ça comme une corvée. Je n'étais tout simplement pas enthousiasmée par ton mariage avec Parker, répliqua Charlotte avant de se renfoncer dans son siège et de tourner l'écran de l'ordinateur sur le côté.

Marilee la regarda droit dans les yeux.

— Tu étais au courant pour Leanne et lui.

— Oui.

— Tout le monde le savait ?

— Pas tout le monde, non, mais pas mal de gens quand même. C'est Julia Jenkins-Tinsley qui a été la première informée; elle a ensuite diffusé la nouvelle.

Marilee lâcha un lourd soupir.

— J'ai estimé que ce n'était pas à moi de te le dire, reprit Charlotte avec un air contrit. La vérité ne suffit pas toujours... eh bien, à arranger les choses.

Marilee hocha la tête, à la fois touchée par cette démonstration d'affection et blessée qu'elle n'ait pas cru bon de lui en faire part.

— Je n'ai jamais trouvé que vous alliez bien ensemble. Vous n'êtes pas assortis. Tu es une femme qui...

Charlotte s'interrompit, comme pour mieux peser ses mots.

— Une femme qui quoi ?

Une femme comme vous.

Elle haussa les épaules avant d'ajouter :

— Une femme qui a besoin de quelqu'un d'autre que Parker.

Cette réponse ne satisfit guère Marilee, mais elle préféra laisser tomber le sujet.

— Je crois que je vais aller à la poste annoncer à Julia la rupture de mes fiançailles. Si je le dis à elle et à Belinda, cela suffira à informer toute la ville.

— Je le pense aussi, acquiesça Charlotte.

Puis, comme Marilee se dirigeait vers la porte :

— Oh, à propos, lança-t-elle, ne t'inquiète pas pour le chat de Tate. Il l'a emmené avec lui.

— Eh bien, il a dû tomber amoureux de lui.

— Un homme et son chat, répliqua Charlotte en la saluant d'un geste de la main.

Sur ce, elle remit ses lunettes et se concentra de nouveau sur l'écran de son ordinateur. Se mêler de la vie privée des gens n'était décidément pas une sinécure, songea-t-elle. Elle préférait ses livres, qu'elle pouvait abandonner quand ça lui chantait.

Le téléphone sur son bureau sonna. Elle décrocha le combiné sans quitter son écran des yeux.

— Salut, dit Tate Holloway. Marilee est là ? Je viens d'appeler chez elle et Vella m'a dit qu'elle était ici.

— Elle vient de repartir à l'instant, répondit Charlotte d'une voix forte afin de couvrir le brouhaha à l'autre bout de la ligne.

— Oh.

Il y eut une pause.

— Bon, comment ça se passe, au journal ?

— Comme d'habitude... Trop de travail pour le peu que nous sommes, mais rien de renversant. Sauf la fondrière, en fait — elle a failli engloutir la voiture de la femme du pasteur hier matin, précisa-t-elle en haussant de nouveau la voix, ce qui l'agaça. Mais où êtes-vous donc ? Et quel est ce vacarme derrière vous ?

Les gens devraient savoir qu'obliger ainsi leurs interlocuteurs à parler fort était impoli.

— Oh, ce ne sont que quelques amis... Nous sommes en train de déjeuner au bar.

Comme il haussait la voix à son tour, une soudaine vision passa devant les yeux de Charlotte, suscitant en elle réprobation et inquiétude. Le stress consécutif aux changements du journal allaient-ils donc entraîner le rédacteur en chef sur la pente de l'irresponsabilité ? Après tout, il était parti à l'improviste, comme s'il prenait la fuite.

Le bruit diminua.

— Voilà, c'est mieux comme ça, reprit-il. Mettez Reggie sur cette histoire de fondrière. Qu'elle se contente d'une photo avec une légende. Pas besoin d'article. On suivra cette affaire en images.

— Marilee s'en occupe déjà.

— Ah, bon.

Nouvelle pause…

— Alors, tout le monde va bien ?

— Oui, tout le monde va parfaitement bien, confirma Charlotte.

Puis, parce qu'il semblait un peu déçu et qu'elle voulait le rappeler à son devoir, elle ajouta :

— Mais ça fait seulement un jour que vous êtes parti. N'importe quoi peut arriver en votre absence. Alors, restez sur vos gardes.

La visite qu'elle rendit à Julia Jenkins-Tinsley fut brève. Marilee passa sa tête par la porte, aperçut Julia à l'intérieur et lui lança :

— Julia, Parker et moi avons rompu nos fiançailles.

La postière écarquilla les yeux. Elle ouvrit ensuite la bouche, mais Marilee s'empressa de ressortir dans la rue et se dirigea vers le drugstore. Il lui fallait un énorme sundae au chocolat.

Comme elle s'apprêtait à entrer dans la boutique, la porte s'ouvrit devant elle et Winston apparut sur le seuil, chassé par oncle Perry. Marilee dut reculer d'un pas.

— Et je te prierai d'utiliser le nouveau Rexall sur la nationale ! s'écria Perry avant de refermer la porte.

Le vieil homme se redressa, lissa sa chemise et rajusta sa ceinture.

— Ça va, Winston ?

— Ouais, répondit-il avec un sourire enjoué. Ça va même très bien. J'ai au moins réussi à le faire bouger.

Puis il la gratifia d'un hochement de tête, lui souhaita le bonjour et s'éloigna, frappant le trottoir de sa canne.

Marilee entra à son tour dans le magasin. Comme d'habitude, son oncle était assis dans son fauteuil, sauf que cette fois, son visage montrait quelques couleurs pour la première fois depuis des années.

Elle lui demanda si ça allait.

— Autant que ça peut aller pour un homme qui a été chassé de chez lui par sa femme, folle et adultère, et dont la fille ne veut pas non plus.

Marilee chercha pendant un instant quelques paroles positives afin de réfuter ce constat. Au moins pouvait-elle lui objecter que tante Vella n'avait pas d'amant… Mais en était-elle si sûre, au fond ?

— Je suis désolée, oncle Perry, articula-t-elle finalement.

Au regard qu'il lui lança, elle comprit que sa repartie était un peu courte.

Elle opéra une retraite jusqu'à la pompe à soda. La nouvelle serveuse, Nadine, la regarda par-dessus le comptoir.

— Je voudrais un sundae…

Elle s'interrompit.

— Non, un verre de thé glacé, corrigea-t-elle, s'estimant prête au changement.

— Avec ou sans sucre ?

— Avec.

Nadine se retourna et dut se hisser sur la pointe des pieds pour attraper un verre.

— Où est passée Belinda ce matin ? s'enquit Marilee.

— En haut… M'a dit qu'elle allait se mettre un linge froid sur la tête.

— Oh.

Marilee s'assit au comptoir et contempla son reflet dans la glace.

La jeune fille déposa devant elle un grand verre agrémenté d'une tranche de citron et y plongea une cuillère avant de se remettre à astiquer frénétiquement tous les bouts d'inox et de chrome qui lui tombaient sous les yeux

Marilee sirota son thé tout en jetant des coups d'œil à son image dans le miroir. Elle ne pensait à rien ni à personne, même pas à elle-même. Elle se contentait de rester assise à savourer son thé sucré.

Quand elle eut fini, elle déposa de l'argent sur le comptoir et s'adressa à Nadine.

— J'ai un message pour Belinda. Veuillez l'informer que sa cousine Marilee et Parker Lindsey ont rompu leurs fiançailles.

Puis elle sortit de la boutique et rentra chez elle toute ragaillardie.

Elle n'avait pas le choix. Des excuses et une explication en règle s'imposaient. Et s'il ne voulait plus lui parler, eh bien, elle en resterait là.

Elle appela donc Parker et lui demanda s'il lui était possible de passer dans la soirée.

— Euh, ouais, je pense.

La nuit commençait à tomber lorsqu'il arriva. Elle l'accueillit sous la véranda.

— Les enfants regardent un film à la télévision. Installons-nous sur le perron.

Ils s'assirent côte à côte. Parker restait muet et ne cessait de se frotter les mains comme souvent quand il hésitait. Marilee dut se rappeler que c'était elle qui avait demandé à le voir. Bien qu'elle eût longuement répété les propos qu'elle comptait lui tenir, elle eut le plus grand mal à se lancer.

— Je suis désolée de la façon dont je me suis comportée avec toi, Parker.

Il parut surpris mais ne dit rien.

Elle prit une profonde inspiration et déclara qu'elle avait eu tort d'essayer de changer la nature de leur relation, qu'elle s'y était risquée pour de mauvaises raisons, et qu'elle n'avait pas compris que, si elle était réticente à partager son lit, c'était parce qu'elle était moins impliquée dans leur relation qu'elle l'avait cru. Elle lui avoua qu'elle n'était tout simplement pas prête à se marier. Là-dessus, elle se tut, doutant que Parker y comprenne de toute façon quoi que ce soit. Elle-même n'y comprenait pas grand-chose.

— J'espère que nous resterons amis, ajouta-t-elle. Comme par le passé.

Elle s'interrogeait sur les raisons qui l'avaient poussé à vouloir l'épouser, mais préféra ne pas poser de questions. S'il affirmait qu'il l'aimait, elle ne le croirait pas. En fait, elle le soupçonnait d'avoir lancé cette histoire de mariage uniquement dans le seul but de coucher de nouveau avec elle — une motivation bien étrange à ses yeux. Peut-être souhaitait-il aussi une personne pour tenir sa maison et lui préparer ses repas, songea-t-elle. Il avait en tout cas bien besoin qu'on s'occupe de lui.

Il prit finalement la parole.

— Ouais, je pense que nous sommes de bons amis.

Marilee contempla le rond de clarté que le réverbère dessinait sur le trottoir. « Juste à temps, se répéta-t-elle. Juste à temps. »

22.

Problèmes familiaux

Corrine lisait dans le grand fauteuil quand elle entendit une voiture s'arrêter devant la maison. Sa tante Marilee travaillait à son bureau. Assise devant son ordinateur, le menton sur les mains, elle avait son air des mauvais jours. Quant à Willie Lee et Munro, ils regardaient des dessins animés à la télévision.

Corrine, tel le périscope d'un sous-marin, se haussa afin de jeter un coup d'œil par la fenêtre. La voiture, chic et sombre, ne lui était pas familière; un inconnu en descendit.

Déglutissant d'un coup, Corrine se coula vers son cousin.

— Il y a quelqu'un dehors, lui chuchota-t-elle. Emmène Munro dans la chambre.

Comme il la considérait avec perplexité, elle lui fit les gros yeux.

— Dépêche-toi donc… Ils viennent peut-être pour Munro.

Depuis le jour où les deux étrangers avaient essayé d'attraper Munro dans le centre-ville, elle se tenait sur ses gardes.

Willie Lee s'empressa de se redresser, incitant tante Marilee à lever les yeux de son ordinateur pour le regarder. Corrine entendit des voix se rapprocher de la porte et secoua la tête à l'adresse du garçon afin de lui enjoindre de se taire. Munro et lui opérèrent un retrait stratégique vers la chambre tandis qu'elle fixait l'entrée des yeux.

On frappa à la porte.

Elle se dirigea vers la porte d'entrée et ouvrit lentement le battant, l'œil aux aguets, prévoyant de claquer la porte au nez des visiteurs si besoin était.

Sa mère se tenait devant elle. Sa mère, un grand sourire sur les lèvres.

— Bonjour, mon cœur. Tu me laisses entrer ?

— Maman !

Marilee traversa la pièce dans un état second pour venir accueillir sa sœur, n'accordant qu'un bref regard à l'homme qui l'accompagnait. Puis elle avisa la tête d'Anita penchée vers celle de sa fille. Deux têtes brunes réunies, songea-t-elle. Enfin...

Ensuite, Anita releva les yeux vers elle et la considéra d'un air si hésitant, si craintif, qu'elle lui ouvrit aussitôt les bras. Elles s'étreignirent.

— Oh mon Dieu ! s'écrièrent-elles en chœur. Comme je suis contente de te voir !

C'est avec une étrange rapidité que la tendresse exubérante des retrouvailles se transforma en gêne mutuelle.

Marilee prépara du café pour sa sœur. Celle-ci avait débarqué à l'improviste, sans même lui téléphoner auparavant — et cela, bien sûr, parce qu'elle était sûre de trouver cette bonne vieille Marilee fidèle au poste, comme toujours, et n'attendant que la chance de pouvoir les l'accueillir tous les deux, elle et son compagnon. Ce Louis Alvarez était si beau et si séduisant qu'une seule œillade de son œil de velours incitait sans doute les filles à enlever leur culotte.

Le premier moment de stupeur passé, Marilee admit en elle-même qu'elle attendait plus ou moins cette visite. Anita avait tendance à se montrer quand cela lui chantait. En écoutant la mère et la fille discuter à voix basse dans le salon, elle eut un sursaut de frayeur. Anita allait-elle lui enlever Corrine ?

Parker avait raison; elle ne voulait pas se préparer à cet événement. L'espace d'un instant, elle eut l'impression que son cerveau se mettait à bouillir et qu'elle allait tomber en morceaux.

Prenant une profonde inspiration, elle carra les épaules et posa sur le plateau la cafetière brûlante, ainsi que des tasses, des soucoupes, de la crème, du sucre, des verres de jus de fruits pour les enfants et ses plus belles serviettes. Elle emporta le tout à table.

— Je suis désolée, mais je n'ai plus de petits gâteaux. Je pensais aller faire les courses ce soir.

C'était l'heure du déjeuner, mais elle ne pouvait quand même pas leur proposer les tartines à la confiture et au beurre de cacahuètes qu'elle avait prévues pour elle-même et les enfants.

— Désirez-vous une pizza ? Je peux en commander une.

— Oh, nous n'avons besoin de rien, Marilee. Ne t'inquiète pas, répondit Anita en la gratifiant d'un sourire aussi éblouissant que l'éclair d'un flash.

Marilee la trouvait plus belle que jamais avec ses cheveux soigneusement coiffés et ses vêtements qui, même quand elle était au chômage, avaient toujours l'air de sortir de chez un grand couturier.

— De toute façon, Louis n'aime pas les sucreries, ajouta-t-elle avec un rire de jeune fille.

Louis, le propriétaire de la Jaguar garée dehors et d'un gros diamant au petit doigt, garda un visage de marbre.

Marilee leur tendit leur tasse en s'efforçant d'ignorer son aspect négligé — elle portait un T-shirt et un pantalon de survêtement, et avait grossièrement attaché ses cheveux par un élastique.

— Ma voiture n'aurait jamais tenu tout le trajet, reprit Anita. Mais je voulais voir mon bébé…

Elle caressa les cheveux de Corrine.

— Alors, Louis a proposé de me conduire. Nous ne restons pas longtemps… juste cet après-midi. Louis a une affaire à plaider au tribunal demain, et je dois moi-même retourner au travail.

Aucune allusion à un éventuel départ de Corrine avec eux, nota Marilee.

Elle étudia le visage de sa sœur puis, tournant la tête, vit les yeux sombres de sa nièce passer anxieusement de sa mère à son compagnon impassible.

Willie Lee arriva alors dans la pièce et montra à Anita son chien ainsi qu'un plein seau de vers qu'il venait juste de déterrer dans le jardin. Quand elle lui demanda comment il faisait pour les garder en vie, il lui répondit qu'il les relâchait tous les soirs dans le jardin.

— Mais Mun-ro reste a-vec moi, lui. Il dort dans mon lit. C'est mon chien. Des gens ont vou-lu l'enlever, mais ils n'ont pas pu l'at-tra-per.

— Eh bien… tant mieux, commenta Anita.

— Qui a essayé d'enlever Munro, Willie Lee ? s'enquit Marilee, intriguée.

Elle ne se souvenait d'aucun incident de ce genre.

— Oh, c'était le gars de la fourrière qui passait dans la rue, pendant que tu étais chez le fleuriste, intervint Corrine. Tu te rappelles ? Nous lui avons répondu que Munro était notre chien.

— Oui, ils vou-laient me prendre mon chien, renchérit Willie Lee.

— J'ai faim, enchaîna l'adolescente en se levant. Je vais préparer des sandwichs avec Willie Lee, d'accord, tante Marilee ? Vous pouvez rester là pour discuter entre vous.

Sur ces mots, elle se rendit dans la cuisine, suivie de Willie Lee et Munro. Anita se pencha en avant afin de suivre sa fille des yeux jusqu'à ce que la porte battante de la cuisine se referme derrière elle. Puis Anita, Louis et Marilee se dévisagèrent mutuellement, avec l'air de se demander de quoi diable ils allaient bien parler maintenant qu'ils étaient livrés à eux-mêmes.

Marilee attrapa la cafetière encore chaude. Elle préparait le café serré, et le breuvage était maintenant aussi épais que de la boue. Pourtant, Louis lui présenta sa tasse. Il buvait son café noir, sans crème ni sucre. Et, s'aperçut Marilee, il n'avait pas encore dit une seule phrase.

— Ainsi donc vous êtes avocat, Louis ? s'enquit-elle en guettant sa réaction.

Elle se demandait quelles manies inavouables cachaient ses habits et ses manières recherchés.

Il releva les yeux et la scruta d'un regard étonnamment direct.

— Oui. Je travaille pour le bureau du procureur du comté.

— Ah. Ça semble intéressant, commenta-t-elle, poussée par le soudain besoin de le flatter.

Sans doute cela venait-il de son regard fixe et de sa voix égale, songea-t-elle.

— Tu ne portes pas de bague, remarqua sa sœur quand elle se versa une cuillerée de sucre dans son café tiède.

Devant sa surprise, Anita précisa :

— Maman m'a appelée vendredi dernier et m'a annoncé que Parker et toi alliez vous marier. Où est donc ta bague ? Parker ne t'en pas offert une ?

Voilà donc quelle était la raison de cette visite inopinée en compagnie de monsieur Etalon, se dit Marilee.

— Parker et moi avons rompu.

Sa sœur eut l'air ahuri.

— Rompu ? répéta-t-elle. Mais vous ne vous êtes pas fiancés jeudi dernier ?

— Mercredi, corrigea Marilee. Et nous avons rompu dimanche, après son anniversaire. Nous avons vite compris notre erreur.

Elle ne sut alors ce qui lui prit, mais elle regarda Louis droit dans les yeux et lui demanda :

— Alors, Louis, Anita et vous êtes-vous mariés ?

Il secoua la tête.

— Je suis déjà marié.

Prise de court, Marilee, qui venait d'avaler une gorgée de café, faillit tout recracher.

Anita et Marilee s'en étaient allées chacune de leur côté, la première préférant la « belle vie » et la deuxième, la tranquillité. Elles se retrouvaient de temps à autre, quand Anita avait besoin d'elle. Sa sœur avait-elle jamais pensé qu'elle aussi pouvait parfois avoir besoin d'elle ? Peut-être n'y songeait-elle même pas et ne s'en souciait-elle pas plus, songea Marilee, blessée par cette indifférence.

De fait, elle ne fut guère surprise lorsque Anita lui annonça qu'elle souhaitait lui laisser la garde de Corrine. Elle le fut, en revanche, quand elle apprit que sa sœur allait s'installer avec Louis à La Nouvelle-Orléans.

— Il va obtenir une situation là-bas dans un cabinet d'avocats privé… un cabinet très important, dit celle-ci en levant le bras pour arracher une feuille à une des basses branches de l'orme.

Elles étaient seules dans le jardin et se promenaient autour des plantations. A la voir ainsi devant elle, un rayon du soleil déclinant jouant dans ses cheveux sombres, Marilee lui trouva l'air d'une femme au bord de la crise de nerfs. Sa sœur avait toujours été excessive. Trop belle, trop sensible, trop vive et trop passionnée pour son corps menu et son esprit instable.

— Et toi, que vas-tu faire ? s'enquit-elle dans l'espoir de la secouer un peu. Tu vas le suivre et quitter ton emploi au tribunal ?

— Louis va voir si le cabinet peut m'engager, répondit Anita, éludant sa question irritée. J'ai maintenant de l'expérience dans le domaine juridique, et les entreprises ont toujours besoin de secrétaires. Si le cabinet ne veut pas de moi, je trouverai bien du travail ailleurs.

— Tu ne peux pas l'épouser, mais tu fais dépendre ta vie de la sienne. A ce propos, qu'en pense sa femme ?

— Oh, ne sois pas si rigoriste, Marilee ! Sa femme l'a quitté mais ne veut pas divorcer et lui mènera la vie dure s'il se risque à entamer une procédure de son côté. Ta vie est-elle meilleure que la mienne, du reste ? Tu es coincée ici, dans ce trou perdu, à suer sang et eau afin de garder ce petit pavillon. Doux Jésus…

— Ce petit pavillon semble pourtant te convenir pour ta fille.

Anita la fusilla du regard.

— Je ne suis pas toi, Marilee, et je ne le serai jamais

Elle n'ajouta pas « Dieu merci », mais le pensa si fort que Marilee eut l'impression de l'entendre.

— J'ai besoin d'un homme dans ma vie, reprit-elle, les yeux ardents. Je ne veux plus être une femme seule. Je ne vois aucun avenir dans le célibat. Ou, du moins, aucun avenir qui mérite d'être vécu.

Tout en considérant l'allure provocante de sa sœur, Marilee songea qu'elle n'était pas loin de partager cette opinion — mais le lui avouer serait sans doute une erreur : Anita voulait tellement *ne pas* lui ressembler.

Brusquement, sa sœur se fit toute tendre, comme si s'était ouvert en elle un robinet à sentiments. Elle se mit à soutenir que le pavillon et la ville de Valentine étaient un endroit rêvé pour élever des enfants et que Marilee était une bien meilleure mère qu'elle-même le serait jamais. Marilee ne fut pas dupe de ce soudain revirement. Avec le temps, elle s'était aperçue qu'à chaque fois qu'on attendait un service de sa part, on ne manquait pas de la caresser dans le sens du poil.

— J'ai besoin d'un peu de temps pour me ressaisir, poursuivit Anita. Je vais économiser, et dans neuf mois et quelques, j'aurai peut-être une maison à La Nouvelle-Orléans susceptible d'accueillir Corrine. En attendant, je te suis vraiment reconnaissante, Marilee. Je sais que ma fille est heureuse ici… bien plus qu'elle ne le serait avec une mère qui essaierait de se trouver une situation stable.

— Très bien, mais c'est *toi* qui le lui annonceras.

— Oh, pourquoi ? Tu es bien plus douée que moi pour ça, répliqua Anita en la gratifiant de son sourire tendre de petite fille. Tu ne veux vraiment pas ?

— Non, trancha Marilee.

Et elle n'en éprouva aucun remords.

Anita et Corrine sortirent marcher un peu ensemble. Quant à Willie Lee, il retourna dans le jardin mettre ses vers au lit. Marilee se retrouva donc seul avec Louis. Ils ne surent que se dire, ce qui ne parut pas le perturber outre mesure. Sans doute rien ne pouvait-il le perturber, songea Marilee.

Juste à cet instant retentit la sonnette du marchand de glaces.

— Voulez-vous un esquimau au chocolat ? s'enquit Marilee.

A son grand étonnement, une expression de pur ravissement se peignit aussitôt sur les traits marmoréens de l'avocat.

— Oh, oui, répondit-il. Voilà longtemps que je n'en ai pas mangé.

Marilee s'empara de son sac et courut après la camionnette multicolore du glacier qui longeait lentement le trottoir en diffusant un air guilleret. Il lui apparut alors que tout son univers se mettait à tourner autour de la nourriture. Cela semblait calmer la bête humaine.

Quand elle revint chez elle, Louis était debout derrière son bureau, le téléphone à l'oreille. Il lui tendit le combiné.

— C'est pour vous.

— Merci.

Elle lui tendit son esquimau tout en prenant le téléphone.

— Un instant, s'il vous plaît, lança-t-elle dans le combiné avant d'aller mettre les autres glaces au freezer.

Lorsqu'elle reprit le téléphone, elle eut la surprise d'entendre l'accent traînant de Tate à l'autre bout du fil.

— Bonjour, mademoiselle Marilee, c'est Tate. Qui vient de me répondre à l'instant ? Il m'a dit s'appeler Louis.

— Oui, effectivement, c'était Louis.

Elle s'arrêta là, éprouvant le besoin pervers de ne pas lui fournir d'explications.

— Et… qui est ce Louis ?

Jugeant son attitude idiote, elle répondit :

— Le petit ami de ma sœur.

Elle jeta un coup d'œil à Louis, qui suçait son esquimau comme un petit garçon. Le spectacle valait le détour, songeat-elle. L'espace d'un instant, elle comprit exactement ce qu'Anita avait voulu dire par « J'ai besoin d'un homme ».

— Oh. Votre sœur est venue vous voir ?

— Oui. Elle est arrivée à midi et doit repartir ce soir.

Elle marqua une pause, prête à lâcher : « Parker et moi ne sommes plus fiancés. »

Doux Jésus, elle ne pouvait quand même pas lui annoncer ça de but en blanc ! Et pourquoi le lui dirait-elle, d'ailleurs ? Elle se sentirait complètement stupide. Ne lui avait-il pas soutenu que Parker n'était pas fait pour elle ? Admettre qu'il avait eu raison lui coûterait trop.

— Où en est-on avec l'élection du conseiller municipal ? s'enquit-il.

— C'est Tammy qui s'en occupe aujourd'hui, et j'ai rendez-vous avec chacun des deux candidats dans la matinée, après la confirmation des résultats. Tout sera prêt pour l'édition de mercredi. Vos vacances se passent bien ?

— Plus ou moins.

Il n'avait pas l'air enthousiaste. Elle en fut heureuse — ce qui était ridicule.

— Tout se passe donc bien par chez vous ? s'enquit-il. Aucun problème à l'horizon ?

— Non, pas que je sache.

Sauf si l'on considérait la rupture de ses fiançailles comme un problème, voire un changement de cap.

Elle aurait pu profiter de sa question pour lui en parler. Mais elle n'en fit rien.

De fait, à court de sujets l'un et l'autre, ils se dirent au revoir et raccrochèrent.

Pourquoi ne lui avait-elle pas annoncé la nouvelle ? songea-t-elle, irritée. Ce n'était pas grand-chose, somme toute. En quoi en aurait-il été affecté ?

Elle pensait cependant que cela l'aurait bel et bien affecté. Elle l'espérait, en tout cas, et cet espoir l'irrita encore plus.

Pendant ce temps, assis à la table de la cuisine, Louis dégustait son esquimau avec la plus grande concentration, y mettant certainement autant d'application que lorsqu'il interrogeait un témoin ou qu'il faisait l'amour à une femme.

Elle se rendit dans le jardin et appela Willie Lee afin qu'il vienne manger son esquimau. Tous les trois léchaient leur glace avec délices quand Anita et Corrine revinrent enfin au pavillon. L'adolescente ne voulut pas de son esquimau. Quant à Anita, elle ne prit qu'une bouchée du sien avant de le proposer à Louis, qui l'engloutit en quelques coups de langue.

Assise sur les dernières marches du perron, Corrine regardait sa mère s'éloigner. Tante Marilee était debout à côté d'elle, une main posée sur son épaule.

— Je t'aime, ma chérie, lui lança sa mère depuis la voiture en agitant la main.

Elle semblait sur le point de pleurer.

Corrine, elle, ne pleura pas. Elle n'allait pas pleurer pour ça.

Quand la voiture eut disparu à l'angle de la rue, elle sentit que Marilee l'observait. Elle se prit à détester le regard de sa tante, à détester le monde entier.

— Viens, Willie Lee, dit-elle.

Elle ne le détestait pas, lui. Il était la seule personne sur terre qu'elle aimait, et en cet instant, tout l'amour qu'elle gardait en elle se concentra sur son cousin avec une telle force qu'elle en eut presque le souffle coupé.

— Allons terminer de mettre tes vers au lit.

Se retournant, elle traversa toute la maison jusqu'à la porte de service, Willie Lee et Munro sur ses talons. Une fois dans le jardin, elle s'agenouilla sur le sol et enfonça ses mains dans la terre. Il faisait déjà trop sombre pour qu'elle parvienne à distinguer le moindre ver, mais elle avait besoin de remuer la terre quand même. Elle sentait le regard de Marilee se poser sur elle à chaque fois qu'elle venait les voir.

Elle comprenait que sa mère la laisse ici avec tante Marilee. Sa mère lui avait dit qu'elle voulait leur acheter une belle maison à La Nouvelle-Orléans. Elle s'en allait loin, cette fois-ci; d'habitude, elle se contentait de changer de quartier, faute de pouvoir payer son loyer ou parce qu'un de ses petits amis l'embêtait. De toute façon, songea Corrine, elle voulait rester avec tante Marilee; elle se plaisait bien, ici. Peu importait où allait sa mère et ce qu'elle faisait. Elle s'en fichait. Ça n'avait pas d'importance.

Assise à la table de la cuisine, Marilee griffonnait une liste de provisions. En réalité, cette occupation lui donnait un bon prétexte pour s'asseoir à la table de la cuisine et ne rien faire. Elle avait l'impression d'être complètement vidée de son énergie, comme si Anita l'avait emportée avec elle. Elle cherchait encore ce qu'elle allait dire à Corrine. Celle-ci paraissait parfaitement sereine. Peut-être se faisait-elle une montagne de pas grand-chose, songea Marilee.

Sa nièce, qui avait pris son bain et enfilé un pyjama propre, vint dans la cuisine lui demander si elle pouvait boire un verre de jus de fruits.

— Bien sûr, ma chérie, répondit Marilee en s'efforçant de ne pas remarquer ses cernes sous les yeux.

Corrine prit la bouteille de jus de fruits dans le réfrigérateur, la décapsula et jeta l'opercule à la poubelle. Marilee se remit à sa liste de courses.

— Tante Marilee, commença alors l'adolescente, pourquoi maman ne veut pas de moi ?

Relevant aussitôt les yeux, Marilee la contempla. Corrine se tenait debout devant elle, la lèvre inférieure frémissante.

Elle la prit dans ses bras et la tint contre elle jusqu'à ce qu'elle la repousse en hoquètant un peu. Apparemment, elle l'avait serrée trop fort, tant était grand son besoin d'absorber en elle sa souffrance et de la rassurer par un gros câlin.

Essuyant ses larmes, Corrine se retourna vers le comptoir pour y récupérer son verre.

— Je suis désolée, bredouilla-t-elle. C'est pas important.

— Si, c'est important, répliqua Marilee avec une telle vigueur qu'elles en sursautèrent toutes les deux.

« O.K., Seigneur, soufflez-moi ce que je dois dire, maintenant. »

Elle prit la main de sa nièce.

— Tu as tort de croire que ta mère ne veut pas de toi. Complètement tort. Ta mère est une femme seule, et ce n'est pas facile à gérer. Elle n'a tout simplement pas les compétences requises pour gagner un salaire qui vous permettrait à toutes deux de vivre décemment.

Corrine la scruta de ses yeux sombres.

Marilee s'interrompit le temps de trouver des paroles justes, des paroles sincères sans être blessantes.

— Corrine, ça n'a rien à voir avec le fait qu'elle veuille ou non de toi. Tu n'es en rien responsable de cette situation, même si c'est toi qui la subis. Ce n'est pas à cause de toi que ta mère a pris cette décision, mais à cause d'elle-même et de ses propres désirs. Et tu ne peux rien y changer.

« Et puis, finalement, c'est une bonne décision pour nous tous. Dieu sait que j'avais envie d'un autre enfant, et Il me permet ainsi d'avoir une fille. C'est parfait. Ta mère veut que tu aies un foyer stable, et moi, je veux te garder. Je suis tellement heureuse de t'avoir près de moi, Corrine. »

Elle la serra de nouveau contre elle, aspirant de tout son cœur à tout arranger par son amour, mais en veillant cette fois à ne pas la serrer trop fort. Corrine se laissa faire.

Devinant qu'elle n'avait pas encore dit tout ce qui devait être dit, Marilee ajouta :

— Ecoute-moi bien, Corrine : tout ce que tu ressens est important. Quand tu es en colère, c'est important. Quand tu es blessée, c'est important, et aussi quand tu es heureuse. Nous sommes importants en tant qu'êtres humains, parce que nous sommes des créatures de Dieu. Tu es importante, je suis important, Willie Lee est important, M. Tate est important… Chaque personne sur cette terre est importante.

Brusquement, avec une clarté évidente, Marilee comprit que ces mots, elle se les disait aussi à elle-même, à la petite fille qui existait toujours en elle.

— Alors, ne répète jamais que toi, ou tes sentiments, n'êtes pas importants.

— Oui, tante Marilee, répondit Corrine en battant des paupières, l'air impassible.

Marilee, autant pour elle-même que pour sa nièce, la serra une nouvelle fois dans ses bras et, après une brève hésitation, Corrine lui rendit son étreinte.

Plus tard, Marilee songea combien Parker aurait été troublé par ces événements. Avec quel bonheur elle en avait assumé le dénouement ! Elle éprouva quelque remords, car cette joie signifiait qu'elle se réjouissait qu'Anita eût renoncé à ses devoirs de mère. « Oui, telle est la vérité, Seigneur, se dit-elle. Pardonne-moi. Je suis contente. »

Il fallait qu'elle téléphone à sa mère afin de lui annoncer la rupture de ses fiançailles. Plus question de tergiverser, maintenant; elle n'avait déjà que trop attendu.

— Salut, maman. Comment s'est passé ton séjour à Las Vegas ?

— Je suis claquée. On a passé un bon moment là-bas, mais ça m'a épuisée. On n'est rentré qu'hier à midi. On a décidé de rester pendant la nuit de dimanche, parce que Carl et Charlie Linford se sont mis à jouer aux machines à sous, et que Carl a eu une série. Après, il n'a pas arrêté de gagner. J'ai joué, moi aussi, et j'ai gagné trois cents dollars. Quant à Carl, il en a gagné deux mille ! Il m'a demandé de changer nos réservations d'avion — ce que je ne voulais pas, au début. Mais finalement, je me suis ralliée à sa décision. Et quand je suis revenue au casino, Carl avait encore gagné cinq mille dollars à la machine à sous et touché le jackpot ! A ce moment-là, une lumière s'allume sur ta machine et un type arrive pour t'échanger la monnaie contre un ticket. Bref, à mon retour, il y avait toute une foule autour de la machine de Carl, et j'ai d'abord cru qu'il avait eu une crise cardiaque.

Comme elle s'interrompait pour reprendre son souffle, Marilee, plutôt impressionnée, déclara :

— Mais c'est merveilleux, maman !

— Oui, seulement tu connais Carl, il a fallu qu'il continue. Il m'a donné cinq cents dollars et a gardé le reste. J'ai joué un peu, puis je suis montée me coucher. Carl, lui, a joué toute la nuit, jusqu'à ce qu'on lui interdise les machines parce qu'il avait trop bu. Cela dit, il a encore ramassé quatre mille dollars.

Marilee était abasourdie.

— Carl a gagné onze mille dollars ?

— Eh oui. Il ne savait pas à combien s'élevaient au juste ses gains quand il est revenu dans la chambre. Il portait un seau plein de pièces, plus des plaquettes partout dans sa veste et dans ses poches de pantalon. J'en ai même trouvé une dans ses chaussures. Dieu seul sait ce qui lui avait pris, mais il en avait bel et bien mis une dans ses chaussures.

« Bref, je les ai toutes retirées de ses vêtements et je suis descendue les changer. Rien que dans ses vêtements, il en avait pour près de mille cinq cents dollars. Il ne s'en souvenait même plus en se réveillant. Il ne se rappelait que le seau. Et puis, alors que nous attendions le taxi, il est retourné au casino et il a perdu tout le contenu du seau au blackjack.

— Oh.

— Je ne lui ai rien dit au sujet des mille cinq cents dollars que j'avais trouvés dans ses vêtements. Il se souvenait seulement des cinq cents qu'il m'avait donnés et me les a réclamés. Il peut toujours rêver ! Je lui ai répondu qu'ils m'avaient servi à payer sa note au bar. J'aimerais que tu viennes avec moi les déposer à la banque de Valentine, ajouta sa mère en baissant la voix. Carl n'en saura rien. Tu pourrais m'aider à choisir un bon placement.

Marilee resta silencieuse une minute.

— La banque t'aidera elle-même à choisir un placement, répondit-elle enfin. Je voulais t'annoncer que Parker et moi n'allions pas nous marier.

Pourquoi diable chaque conversation avec sa mère lui donnait l'impression qu'elles parlaient toutes les deux une langue étrangère ? se demanda-t-elle en raccrochant.

23.

Ne laisse pas passer ta chance

Il ouvrit son cœur à sa mère à 6 heures, dans la cuisine, devant sa tasse de café matinal. Sa mère avait déjà accompli ses exercices de yoga et de méditation, et comme il n'avait que peu dormi, il l'avait entendue s'agiter depuis sa chambre.

Comme toujours en cas de crise, il était venu se réfugier auprès d'elle — cela malgré son âge. La douleur qui lui broyait le cœur l'effarait. Il ne s'était tout simplement pas rendu compte de la gravité de son état avant d'arriver chez sa mère et de s'apercevoir qu'il ne voulait ni prendre de bain ni se raser.

Et, maintenant qu'il lui avait confié son désir d'une femme qu'il ne pouvait avoir, il ne se sentait pas mieux pour autant. Il avait même l'impression d'être encore plus mal.

La réponse de sa mère ne lui fut guère d'un grand secours.

— Donc elle s'est fiancée avec l'autre et toi, tu t'es enfui, conclut-elle quand il eut fini de lui raconter sa triste histoire d'amour à sens unique.

— Je l'ai laissée libre de son choix, corrigea-t-il, un peu vexé. J'ai renoncé à lui imposer ma présence. Et elle a choisi. Je ne vais quand même pas aller jusqu'à me cogner la tête contre un mur de briques pour changer ce qui ne peut pas être changé ?

— Ah, bah ! Elle s'est fiancée ? La belle affaire ! rétorqua sa mère avant de prendre une gorgée de thé au ginseng. Laisse-la libre de son choix si ça te chante, mais reste dans le secteur pour suivre les événements et voir si la chance ne tourne pas en ta faveur. Tu as fait plus que renoncer. Tu as abandonné, et ce n'est pas du tout la même chose.

Tate fut piqué au vif. Il ne s'attendait pas à ces reproches.

— Les gens changent souvent d'avis, surtout en ce qui concerne des fiançailles, poursuivit sa mère. Comment peux-tu savoir qu'elle n'a pas changé d'avis le lendemain même de ton départ ? Non, monsieur était trop occupé à fuir pour panser sa fierté.

La fierté, pour un homme, ça comptait, songea-t-il.

— Tu es là sans aucun moyen de savoir ce qui se passe à Valentine. Tu prétends que ce Parker ne mérite pas ta Marilee. Eh bien, peut-être lui faudra-t-il un peu de temps avant de s'en rendre compte elle-même. Et si elle s'en aperçoit alors que tu es ici à t'apitoyer sur toi-même ?

— Je ne m'apitoie pas sur moi-même, protesta Tate, qui n'aimait vraiment pas l'image que lui renvoyait sa mère.

Il se lissa les cheveux et se leva afin de remplir sa tasse de café — du vrai café, pas cette mixture pour cinglés de la forme que sa mère voulait lui refiler.

A la rigueur, il voulait bien admettre qu'il s'enfonçait un peu dans l'auto-apitoiement. Jusqu'aux chevilles, d'accord.

— Tu voulais mon opinion, je te la donne. Rentre chez toi et surveille la situation.

— Je ne t'ai pas demandé ton opinion, grogna-t-il. Je voulais seulement que tu m'écoutes… et que tu m'aides à me sentir mieux.

Il était déçu et irrité, et se trouvait très puéril.

Sa mère se leva et vint l'embrasser avant de le serrer fort contre elle.

— Si tu veux te sentir mieux, lui dit-elle, va la retrouver.

Peu avant midi, la porte s'ouvrit et Charlotte, relevant la tête, vit un homme entrer dans les locaux du journal. Jeune, la vingtaine, mince comme un fil, il portait le pantalon haut sur le ventre. Sa mère aurait dû lui dire de le descendre à un niveau plus décent, songea Charlotte. C'est toutefois sa taille qui retint son attention, car elle se trouva d'abord à regarder ses cuisses et dut lever les yeux de plus en plus haut, jusqu'à deux mètres au bas mot, pour arriver à sa tête.

— Bonjour. Je suis Sandy Conroy.

— Bonjour… monsieur Conroy, répondit-elle en se levant lentement jusqu'à être droite comme un i.

Enfin, se dit-elle, enfin un homme qui la dépassait.

— Puis-je vous aider ? s'enquit-elle.

— Je désirerais voir M. Holloway.

— Je suis désolée, mais M. Holloway n'est pas en ville actuellement. Vous aviez rendez-vous ?

— Eh bien, non… enfin, si, m'dame, mais seulement la semaine prochaine. Il m'a engagé comme maquettiste. J'étais censé arriver seulement la semaine prochaine, mais j'ai décidé de venir en avance.

Le voyant rougir, Charlotte comprit qu'il devait y avoir une raison plus ou moins inavouable à cette décision, probablement une rupture sentimentale.

— J'aurais dû appeler, je crois, articula-t-il, l'air désemparé.

— Je peux toujours vous montrer votre bureau, proposa Charlotte avec une telle précipitation qu'il en cilla.

Elle n'allait certainement pas le laisser repartir.

— Oh, à propos, je m'appelle Charlotte Nation. Je suis la réceptionniste et factotum du journal.

Elle lui tendit la main, qu'il serra avec empressement

— Ravi de vous rencontrer, m'dame.

A son contact, il lui arriva quelque chose de bizarre : elle eut l'impression de perdre toute pensée cohérente.

Cherchant à retrouver sa contenance, elle s'avança d'un pas résolu vers le box où officiait leur ancien maquettiste, désignant au passage les bureaux vides.

— Le prochain numéro est à l'impression, alors tout le monde a plus ou moins filé. C'est Leo qui emporte les disquettes chez l'imprimeur. Il s'occupe également de la distribution.

Elle lui montra le bureau de Zona et lui énuméra les noms de ses futurs collègues. Elle était tout excitée de marcher ainsi à côté d'un homme qui la dépassait d'une bonne tête.

Une fois dans son box, elle dut épousseter la table de travail. C'est seulement à cet instant qu'elle remarqua la mallette renflée qu'il portait à la main — sans doute un ordinateur portable.

— Cet espace n'a pas été beaucoup utilisé depuis le départ de l'ancien maquettiste, il y a plusieurs mois de cela. June se sert parfois de la longue table.

Il déposa sa mallette sur le bureau et promena son regard autour de lui. Il avait des manières timides, ce qui intimida Charlotte à son tour. C'était pour elle une émotion si inhabituelle qu'elle ne sut trop comment la gérer. Elle ne savait plus où poser les yeux de peur de croiser son regard d'un brun tendre.

— Nous avons aussi une machine à café, ajouta-t-elle avec un geste vague. Seulement, il n'y a plus de café prêt depuis que le rédacteur en chef est parti. Mais vous pouvez aller prendre des boissons fraîches dans le réfrigérateur. Enfin, je ne sais pas s'il en reste. Je n'ai pas regardé aujourd'hui. Je préfère les mélanges de jus de fruits, mais je n'en ai pas apporté cette semaine. Des fois, le rédacteur en chef apporte de l'Orange Crush. Vous aimez l'Orange Crush ?

Elle ne savait plus trop ce qu'elle disait et n'avait trouvé que cette question à lui poser, alors qu'en fait, ce qu'elle aurait voulu lui demander, c'était : « Etes-vous libre et disponible pour une femme plus âgée que vous, et aimez-vous par hasard la cuisine chinoise, que j'adore ? »

— Oui, j'aime bien l'Orange Crush, répondit-il, visiblement surpris par sa question.

— Eh bien, ne vous gênez pas. Mettez-vous à votre aise, familiarisez-vous avec les lieux. Je vous laisse vous installer, dit-elle en opérant une retraite. Si vous avez besoin de quoi que ce soit, appelez-moi.

Elle alla ensuite se réfugier derrière son bureau, où elle s'assit avec détermination, et chercha à retrouver son comportement habituel — posé, voire distant. Bonté divine, songea-t-elle, elle était timide ! Ça ne lui était jamais arrivé auparavant. Et ce n'était pas vraiment une bonne surprise…

Essayant de se ressaisir, elle concentra son attention sur l'écran de son ordinateur. Ses yeux, cependant, étaient sans cesse attirés par le jeune homme qui arpentait son box vitré. Elle accueillit avec soulagement la sonnerie du téléphone.

— Charlotte ?

C'était le chef.

— Oui. Je suis heureuse que vous appeliez.

— A vous entendre, on ne dirait pas. Pourquoi ? Qu'est-ce qui se passe ? Y a-t-il un problème avec l'édition de mercredi ?

Cette salve d'interrogations la décontenança. M. Holloway n'avait pas coutume de parler aussi vite. On aurait presque pu croire qu'il souhaitait qu'il y eût un problème.

— Non, aucun problème avec le journal, répliqua-t-elle. De toute façon, c'était une édition allégée et elle est déjà partie chez l'imprimeur. En revanche, le jeune maquettiste que vous avez engagé — Sandy Conroy — est arrivé.

— Je ne l'attendais pas avant la semaine prochaine.

— C'est ce qu'il m'a appris.

— Bon, eh bien, installez-le. Vous pouvez toujours lui montrer son bureau et le matériel.

— C'est fait.

Craignait-il donc qu'elle l'ait fichu à la porte ?

— Il est à son bureau en ce moment même, ajouta-t-elle. Désirez-vous lui parler ?

Son chef répondit qu'il voulait effectivement s'entretenir avec « le jeune homme ».

— Monsieur Conroy, lança Charlotte, vous avez le chef en ligne !

Et elle appuya sur le bouton correspondant à son poste.

Sandy Conroy la considéra avec des yeux ronds derrière la vitre de son box. Puis son téléphone sonna et il décrocha le combiné. Charlotte pensa qu'il ne devait pas être si jeune que ça, puisqu'il avait obtenu un poste de responsabilité dans le journal.

Les deux hommes conversèrent quelques minutes, puis Sandy Conroy passa sa tête au-dessus du box pour la héler.

— Il désire vous dire encore un mot, mademoiselle Charlotte.

Elle saisit le combiné et enfonça le bouton. M. Holloway lui annonça que le jeune homme commençait immédiatement et la pria de demander à Zona de lui signer un chèque pour une semaine de paie. Il voulut ensuite savoir qui avait remporté le siège au Conseil municipal, et elle lui apprit qu'il s'agissait de Jaydee Mayhall, avec une majorité écrasante.

— Il n'arrêtait pas de s'en vanter hier soir, tant et si bien que Juice et lui en sont venus aux mains et que le shérif Oakes a dû les coffrer tous les deux pour atteinte à l'ordre public. Marilee est allée les interviewer à la prison, juste après leur relaxe. Reggie a pris également une photo d'eux à leur sortie de cellule.

— On dirait que j'ai loupé quelque chose, commenta M. Holloway. Où est Marilee, à propos ? J'ai appelé chez elle, mais personne n'a décroché. Elle n'est quand même pas partie se marier aujourd'hui, si ?

— Oh, non, dit Charlotte. Parker et elle ont rompu.

— Ils ont rompu ?

Il avait presque hurlé ces derniers mots — ce qui lui mit la puce à l'oreille. Elle était tellement occupée à trouver un biais pour demander l'âge de Sandy Conroy qu'elle n'avait pas vraiment enregistré la question de son chef. Mais maintenant qu'elle y repensait, celle-ci lui semblait très révélatrice.

— Quand ? s'enquit-il.

— Eh bien… je l'ai appris lundi.

Elle n'avait pas demandé à Marilee quand était survenue sa rupture avec Parker, et elle ne pensait pas que cela était d'une grande importance, même si elle avait désormais une vision claire de la situation.

— Pourquoi personne ne m'en a-t-il parlé ?

— Vous n'étiez pas là, et j'ignorais que vous teniez à le savoir.

« Bon, trancha-t-elle *in petto*, suffit sur ce chapitre. »

— Quel âge a Sandy Conroy ? chuchota-t-elle d'une voix rauque.

— Hein ? Euh… vingt-cinq ans. Et, mademoiselle Charlotte, ne laissez pas Marilee se fiancer de nouveau avec cet imbécile avant mon retour.

— Je doute d'avoir la moindre influence sur sa vie, répliqua-t-elle, jugeant que son chef dépassait franchement la mesure.

— Je vous charge quand même d'y veiller — et je vous charge en échange d'aider Sandy Conroy à se trouver un logement. Je serai là ce soir.

Sur ce, il raccrocha.

Charlotte resta assise à son bureau à se demander comment elle avait pu être aveugle au point de ne pas deviner l'attirance de son chef pour Marilee. Ensuite, son regard se détourna du téléphone et se porta de nouveau vers le box vitré de Sandy Conroy. Il n'avait que onze ans de moins qu'elle, songea-t-elle, ce qui n'était pas si énorme, finalement. Et puis il était plus grand qu'elle. Si grand, en fait, qu'elle pourrait de nouveau se permettre de porter des talons hauts.

Toutes ses pensées se ramenaient plus ou moins au même refrain : « Ne laisse pas passer ta chance. » Elle avait trop longtemps rêvé à Leo Senior ainsi qu'à bien d'autres hommes avant lui, des hommes trop petits pour vraiment la satisfaire et qui étaient soit mariés soit inaccessibles d'une manière ou d'une autre. Et si elle s'était jusqu'à présent contentée de ses rêves, c'était justement parce qu'elle avait peur d'effectuer le grand saut. Or voilà que surgissait la chance de sa vie, et elle était déterminée à la saisir.

Elle repoussa sa chaise, s'empara de son sac et se dirigea vers le bureau du nouveau maquettiste. Au passage, elle passa la tête par la porte entrebâillée de la comptable.

— Zona, le chef veut que tu signes un chèque d'une semaine à Sandy Conroy, déclara-t-elle. On viendra le chercher plus tard. J'arrête pour aujourd'hui. A partir de maintenant, c'est toi la responsable des locaux.

Puis elle repartit si vite qu'elle eut à peine le temps d'apercevoir l'expression choquée de Zona.

— Le chef m'a demandé de vous aider à trouver un logement. Voulez-vous venir visiter quelques appartements et, si vous êtes libre, dîner ensuite avec moi ?

Elle n'était plus timide. Elle savait maintenant ce qu'elle voulait. Son bateau était rentré au port.

— Eh bien… oui, merci, répondit-il avec un sourire timide mais franc.

Alors qu'elle se dirigeait avec lui vers la porte, elle eut la hardiesse de glisser son bras sous le sien et se redressa de toute sa taille.

Au bout de quelques minutes, Zona s'approcha de sa porte et jeta un coup d'œil à l'extérieur, parcourant du regard l'immense salle vide. Elle tira alors lentement le battant et laissa sa porte largement ouverte. La discipline se relâchait dans ce journal, songea-t-elle, et la responsabilité de garder le fort lui était apparemment échue.

Elle pouvait l'assumer, pour Mlle Porter.

— D'accord, tu avais raison, admit Tate.

Sa mère ne lui posa aucune question.

— Je ne te répondrai pas que je te l'avais bien dit, répliqua-t-elle simplement.

En vingt minutes il eut bouclé ses valises, fourré Bubba dans son panier et chargé la voiture. Sa mère lui apporta une Thermos de thé glacé rempli de glaçons, comme jadis, lorsqu'il partait travailler dans les champs de coton. L'espace d'un instant, le souvenir de la saveur fraîche et sucrée du thé sur sa langue et le long de sa gorge l'envahit.

Il embrassa sa mère sur la joue.

— Merci, maman.

— Je t'en prie, et n'oublie pas : tous tes désirs finiront par se réaliser le moment venu.

— Ce n'est pas ce que tu disais ce matin.

— Ce n'était pas le moment de le dire, vu que tu fuyais et troublais le cours de la vie. Allez, rentre donc là-bas et replonge-toi dans le courant.

Elle demeura debout dans son petit jardin à regarder s'éloigner sa voiture qui fendait l'air salin du Golfe. D'après ses calculs, il rejoindrait Valentine en moins de sept heures. D'autant qu'il avait à sa disposition les meilleurs secrets de la vie : du thé glacé et un cœur vaillant.

Lorsque Perry engagea sa voiture dans l'allée, Vella était assise sous la véranda et buvait du thé glacé aromatisé à la menthe de son jardin. S'asseoir ainsi sous sa véranda n'avait pas été le fruit d'une volonté délibérée; c'était là une tradition qu'elle laissait jusqu'alors à sa mère et aux autres vieilles dames. Cependant, elle avait eu le coup de foudre pour un nouvel ensemble en rotin en vente au Home Depot, un ensemble vraiment joli et très à la mode qui allait avec tout et ne s'affaissait jamais, ainsi que l'affirmait le prospectus.

De fait, sa véranda avait fière allure avec ce nouveau mobilier et, une fois installée dans le fauteuil, elle avait trouvé très reposant de rester assise là à regarder la rue, les oiseaux, les lapins et les pies qui harcelaient les chats. C'était en tout cas moins moche qu'elle l'avait craint. Elle ne se sentait ni plus vieille ni plus déprimée à être assise ici, sous sa véranda, plutôt qu'ailleurs. Au vrai, cela semblait même l'apaiser.

Assise sous sa véranda, donc, elle fut assez surprise de voir la Lincoln noire de Perry apparaître au bout de la rue au beau milieu de la matinée. En dix ans, depuis qu'ils avaient enterré son frère un matin, jamais elle n'avait vu son mari quitter la pharmacie avant 17 heures. Elle en éprouva une émotion fugace. De l'espoir, même — celui d'entendre son mari déclarer qu'il avait décidé de redevenir l'homme qu'elle avait épousé.

Mais, en voyant la Lincoln noire avancer avec une lenteur désespérante, elle chassa cet espoir comme on chasse une mouche. « Sois réaliste, Vella », songea-t-elle. La Lincoln noire s'engagea à si faible allure dans l'allée qu'elle parut un instant sur le point de repartir. Vella se surprit à bander ses muscles, comme pour pousser la voiture de loin. On aurait quand même dû dire à Perry que, quitte à rouler avec aussi peu de conviction, il pouvait aussi bien rester sur le bord de la route.

Quand il sortit enfin de sa voiture, il remonta son pantalon et regarda autour de lui, puis il se dirigea vers la maison. A mi-chemin, il redressa la tête et l'aperçut pour la première fois. Il eut comme un sursaut et écarquilla les yeux.

— C'est moi, dit-elle.

Qui d'autre s'attendait-il donc à trouver ici ? se demanda-t-elle.

Il ne répondit rien, ce dont elle aurait dû se douter.

Il s'approcha de la véranda et s'arrêta en bas du perron. Seigneur, comme il avait l'air pitoyable ! Elle contempla tour à tour son mari et sa voiture qui, remarqua-t-elle, était remplie d'affaires. Elle nota également que Perry semblait avoir roulé sa chemise en boule avant de l'enfiler. Il avait en plus besoin d'une bonne coupe de cheveux, et son pantalon faisait des poches aux genoux. Bref, il avait un aspect globalement miteux. Comment aurait-on pu confier une ordonnance à cet homme ?

— Ma télévision est tombée en panne au drugstore, l'informa-t-il en plissant les paupières. Je suis venu prendre celle de la cuisine.

— Elle n'est plus dans la cuisine. Je l'ai rangée dans le placard sous l'escalier. Tu peux aller la chercher si tu veux.

Il resta immobile un moment, puis commença à monter les marches, la main sur la rampe, la tête courbée, le pas lourd et chancelant.

Oh, Seigneur… Vella sentait des émotions éclore telles des bulles à la surface de sa conscience : de la pitié, de la rancœur, du regret, du remords.

Pourtant, elle n'esquissa aucun geste. Perry ouvrit la porte et entra dans la maison. La moustiquaire se referma derrière lui. Reportant son attention sur la Lincoln, Vella distingua des chemises pendues derrière la vitre arrière. Elle crut voir aussi des vêtements étendus sur le siège avant. La panique l'envahit. Vivait-il donc dans sa voiture ? En était-il vraiment arrivé là ? Pouvait-elle y faire quelque chose ?

Elle n'était pas responsable de lui, se raisonna-t-elle. C'était un adulte. S'il n'était pas capable de se rendre à un motel ou de laver son linge, tant pis pour lui. Elle n'était pas sa mère, après tout.

Elle prit son verre de thé et en avala une longue gorgée tout en luttant contre ses démons intérieurs, s'efforçant de solliciter le meilleur d'elle-même mais hésitant devant les conséquences. Cette hésitation la travaillait d'ailleurs depuis un certain temps.

« Seigneur, au secours ! »

Perry, debout sur le seuil du placard, pencha la tête, l'oreille aux aguets, attendant que sa femme le rejoigne. Il aurait bien voulu qu'elle vienne lui parler.

Avec des gestes lents, l'oreille toujours aux aguets, il se pencha à l'intérieur du placard et souleva la télévision; elle était un peu plus lourde que dans ses souvenirs. Il se demanda comment Vella avait réussi à la transporter jusque-là. Se faisant l'impression d'être une lavette, il se secoua, sortit la télévision du placard et sentit aussitôt ses reins se bloquer. Il pensa un instant qu'en la portant il allait avoir une crise cardiaque. Vella serait alors bien en peine de le flanquer dehors.

Simuler la maladie avait été une idée de Winston — comme si c'était là la seule façon qu'il remette les pieds dans sa propre maison ! Au vrai, il y avait lui-même songé, mais quand Winston le lui avait suggéré, cela l'avait rendu furieux. Il n'était pas question qu'il suive un de ses conseils.

Vella ne semblait pas éprouver l'envie de venir voir ce qui le retenait si longtemps, et il commençait à trouver la télévision lourde à force de la garder ainsi dans ses bras. Il se dirigea donc vers la porte et s'aperçut qu'il ne pouvait pas l'ouvrir avec le poste dans les bras. Il donna des coups de pied dans le battant.

— Tu n'avais qu'à demander, lança Vella en lui ouvrant la porte. Pas besoin d'ébranler toute la maison.

— Ouvre cette satanée porte plus grand, alors.

Il sortit sous la véranda et, mû par une impulsion subite, alla poser la télévision sur la rambarde. Il extirpa ensuite un mouchoir de sa poche afin de s'éponger le front.

— Comment diable as-tu fait pour transporter ce machin dans le placard ? demanda-t-il sans pouvoir s'en empêcher.

— Je l'ai mise sur une serviette et je l'ai traînée par terre. Je n'arrivais pas à la soulever.

Il se sentit idiot. De toute façon, il n'aurait jamais pu la déplacer ainsi sur la moquette du séjour. Et puis il était assez fier d'avoir réussi à la transporter jusqu'ici.

— Tu vis dans ta voiture ? s'enquit Vella.

— Ma femme m'a mis dehors, répliqua-t-il, estimant qu'elle devait savoir quel calvaire elle lui infligeait. Et il n'y a pas assez de place chez Belinda pour mes affaires.

— Tu es donc incapable d'aller te prendre une chambre au Motel 6 ? Ou de te louer un appartement ?

— Peut-être que je ne le veux pas.

Cette réplique ne le satisfit pas lui-même. Il n'avait jamais eu le verbe facile.

Brusquement, ses jambes refusèrent de le porter, et il s'assit avant même de s'en rendre compte. Il avait l'impression que, s'il quittait la véranda, tout serait perdu.

Et à moins de demander à Vella de lui ouvrir la portière de la Lincoln, il lui faudrait d'abord poser la télévision sur le toit de la voiture, ouvrir la portière, puis ménager une place pour le poste au milieu de ses affaires. D'un autre côté, si Vella acceptait de lui rendre ce service, elle verrait le désordre qui régnait à l'intérieur de la voiture et ne manquerait pas de le lui faire remarquer. Et ça, il n'était pas certain de pouvoir le supporter.

Vella s'assit dans le second fauteuil, de l'autre côté de la porte. Elle ne cessait de regarder la voiture et de se sentir coupable — ce qu'elle se reprochait et reprochait aussi à Perry.

— Où est ton petit ami ? s'enquit ce dernier. Je croyais que vous étiez de chauds lapins, tous les deux.

— Si tu veux parler de Winston, il se trouve là où il est chaque après-midi, chez lui en train de faire la sieste. Et, non, nous ne sommes pas de chauds lapins… sinon comparés à toi et moi. Même deux cadavres sembleraient de chauds lapins comparés à nous. Et Winston et moi discutons quand nous sommes ensemble. Nous ne nous grillons pas les neurones à regarder la télévision.

En vérité, Winston s'était révélé décevant. Elle s'était laissée aller à imaginer une liaison avec lui. Or Winston n'avait pas été à la hauteur de son imagination. Il n'était d'ailleurs pas impossible qu'*elle-même* ne fût pas à la hauteur de son imagination.

Ils soupirèrent alors en chœur. Vella considéra Perry; il lui rendit son regard.

— Je ne suis pas à la hauteur, Vella.

Qu'il emploie les mots mêmes de ses pensées l'abasourdit.

— Je vais t'aider à transporter la télévision, proposa-t-elle en s'apprêtant à se lever de son fauteuil en rotin.

— Non, ce n'est pas de ça que je parlais… Je voulais dire : à la hauteur des efforts qu'il me faudrait fournir pour recommencer ma vie ailleurs. Je ne suis pas capable de quitter cette maison, et je ne crois pas non plus être capable de te satisfaire en rien.

Sa voix se brisa.

— Je pense que la seule chose dont je sois encore capable, c'est de rester assis sous ce porche, ajouta-t-il sur un ton désespéré.

L'idée de rester assis là et de n'en pas repartir le traversa. Rester assis était une chose qu'il savait sacrément bien faire. Vella serait obligée appeler la police afin de le déloger de là.

Il s'aperçut alors que le fauteuil était tout neuf.

— J'aime ce fauteuil.

Il avait toujours trouvé que les fauteuils de jardin chic manquaient de robustesse pour supporter sa grande carcasse, mais celui-là lui paraissait solide.

— Je l'ai acheté cette semaine à Home Depot.

— Eh bien, j'aime être assis dedans.

— Tu as toujours aimé être assis, riposta-t-elle. Mais il n'est pas question que j'aie une télévision sous ma véranda.

— Je ne crois pas que j'en aurai besoin. Regarder la rue me suffit.

Ils restèrent assis en silence. Perry s'attendait plus ou moins que sa femme lui demande de partir. Il fut un peu déçu qu'elle n'en fasse rien. Son rêve de voir débarquer la police pour mettre fin à son *sit-in* s'éloignait, le plongeant encore plus dans l'abattement.

Au bout d'un quart d'heure, il déclara qu'il boirait bien quelque chose de frais.

— Va te servir, répliqua Vella afin qu'il comprenne qu'elle n'était pas sa bonne. Il y a du Coca et du thé glacé dans le réfrigérateur.

Au bout d'une minute, il se leva et lui tendit la main. Elle se demanda bien pourquoi.

— Veux-tu que je remplisse ton verre ? s'enquit-il.

Sa question la stupéfia, mais elle refusa d'en laisser rien paraître.

— Oui, merci, répondit-elle en lui donnant son verre.

Il rentra dans la cuisine. Il y resta si longtemps qu'elle était sur le point d'aller voir ce qui se passait quand il revint avec deux verres pleins. Il lui en donna un et se rassit dans son fauteuil.

Peu importait qu'il fût à la maison ou non, finalement, songea-t-elle. Elle n'avait pas besoin de le chasser pour mener sa propre vie. Ce qui l'en avait empêchée jusqu'alors étaient les choix qu'elle avait faits. Certes, il lui aurait été plus facile de trouver un autre homme en l'absence de Perry, mais elle avait constaté qu'aucun homme de son âge n'était capable de suivre son rythme. Elle n'allait quand même pas se rabattre sur des gens de quinze ans ses cadets !

— Es-tu au moins capable de me regarder le matin et de me remercier pour ton café ? demanda-t-elle sans le regarder.

— Oui, j'en suis capable, affirma-t-il d'une voix cassée avant de s'éclaircir la gorge. Et je peux aussi t'emmener dîner au restaurant une fois par semaine.

Elle fut de nouveau sidérée.

— Plus de télévision à la cuisine. Nous parlerons pendant les repas.

Il y eut une longue pause, et Vella sentit la moutarde lui monter au nez. Elle s'apprêtait à pivoter vers Perry afin de lui reprocher son hésitation quand elle le vit soudain se redresser, se pencher vers la télévision posée sur la rambarde et la pousser d'un geste. Le poste atterrit par terre avec un bruit de verre brisé.

Vella, qui s'était levée involontairement, fixa son mari. Lentement, elle recula et se rassit.

— Mais je tiens à en avoir une dans le séjour, déclara-t-il, ravi de l'avoir choquée autant qu'elle l'avait fait le jour où elle était partie de chez eux à moitié débraillée.

Il se rassit à son tour. Dans le silence qui suivit, il s'aperçut que cet acte lui avait redonné du tonus. Les pensées les plus étonnantes se mettaient à germer dans son esprit — des pensées d'ordre sensuel.

Au bout de vingt minutes, Vella reprit la parole.

— Autant rentrer tes affaires à l'intérieur. Mais ne compte pas sur moi pour te les nettoyer et te les repasser. On n'aura qu'à les envoyer à la teinturerie. J'ai des tas d'autres occupations.

Le soleil brillait loin à l'ouest, projetant de longues ombres, quand Marilee releva les yeux de son livre traitant des enfants inadaptés. Elle avait laissé passer l'heure du dîner. Ses yeux tombèrent alors sur la girafe en argile que Willie Lee avait faite de ses mains. Elle la prit et l'examina, émerveillée par son travail. Voilà un domaine où le garçon excellait.

Les cris et les rires des enfants lui parvenaient depuis le jardin. Elle quitta son bureau et alla se poster derrière la porte de service, regardant à travers la moustiquaire. Corrine et Willie Lee jouaient encore une fois à chat avec Munro. Le chien les pourchassait, les attrapait par la culotte, et ils roulaient ensemble dans l'herbe.

Depuis la visite de sa mère, Corrine s'était de nouveau retirée en elle-même, ne riant pas, ne souriant même plus. Et maintenant, grâce au chien, elle courait, sautait et s'esclaffait. Munro était assurément un présent de Dieu pour être ainsi capable de rendre à une enfant le bonheur qu'elle-même n'arrivait pas à lui apporter, songea Marilee.

Comme les deux enfants s'étendaient dans l'herbe, épuisés, Marilee ouvrit la porte et leur cria de venir l'aider à préparer le dîner. Ils la rejoignirent en courant, Munro sur les talons. Elle leur servit des jus de fruits et donna au chien une écuelle d'eau fraîche.

C'était agréable de les avoir ainsi tous les trois dans la cuisine. Pendant qu'elle plongeait des spaghettis dans l'eau et réchauffait une boîte de sauce tomate, Corrine et Willie Lee mirent la table.

— *Summertime, and the livin' is easy*, entonna Marilee.

Les enfants chantèrent avec elle, répétant inlassablement ce premier couplet — le seul qu'ils connaissaient.

La sonnette de la porte d'entrée retentit, comme si on l'avait actionnée plusieurs fois avant qu'ils l'entendent au-dessus de leur braillements enjoués. Corrine alla ouvrir et, quand Marilee se retourna, elle vit Parker sur le seuil de la cuisine, l'air hésitant mais plein d'espoir.

— Salut, Parker.

— Salut, répondit-il. Je me suis dit qu'il vous restait peut-être une place à table pour un ami.

Marilee sourit.

— Mets un autre couvert, Corrine.

Parker alla se laver les mains à l'évier tout en déclarant d'une voix vibrante de sincérité :

— On se fatigue vite à manger dehors ou à ne préparer la cuisine que pour soi.

24.

Ouvertures

Tate roulait en trombe sur la nationale. Il venait de dépasser le panneau de bienvenue de Valentine quand il vit des lumières rouges clignoter derrière lui. Comme il se rangeait sur le bas-côté, il reconnut le chapeau à large bord du suppléant Lyle Midgett derrière le pare-brise de la voiture de patrouille.

— Faut vraiment que vous alliez moins vite, rédac'chef.

— Oui, c'est vrai, admit-il, mais j'avais hâte de rentrer à la maison.

Du haut de la colline où il se trouvait, il contempla Valentine baignée dans la lueur mordorée du soleil couchant.

— Je ne crois pas vous avoir vu dans le secteur depuis un moment, reprit Lyle en s'appuyant sur le bord du pare-brise. Où étiez-vous passé ?

— Je suis allé à Galveston, passer quelques jours chez ma mère.

— Votre mère habite là-bas ? Mon oncle aussi vit à Galveston. C'est pas une coïncidence, ça ? Voilà des années que je ne l'ai pas revu, depuis que je me suis installé ici.

Le jeune homme avait envie de bavarder, constata Tate qui, une main sur le volant et l'autre sur le levier de vitesses, se retenait de lui filer sous le nez.

— D'ici, poursuivait le suppléant, je suis allé à Oklahoma City dans le nord et à Dallas dans le sud. Tout le monde va à Dallas. Mais je pense visiter Tunica aux vacances d'automne. Vous savez, pour voir les établissements de pari. Le shérif et sa femme s'y rendent au moins une fois par an. D'après lui, on n'a même pas besoin de payer sa nourriture, là-bas.

— Content de vous avoir vu, suppléant, le coupa Tate, mais je dois vite rentrer. Ce chat commence à en avoir assez des voyages.

— Oh, oui, bien sûr. C'est lui qui gronde comme ça ?

— Vous voulez me mettre une amende ?

— Hein ? Oh, non. Faites seulement attention à ne…

Mais Tate était déjà reparti, et les paroles de Lyle furent emportées par le vent.

Il descendit Main Street, puis s'engagea dans First Street et tourna enfin dans Porter Street, afin de passer devant chez Marilee.

Il avisa alors dans son allée la camionnette bleue de Parker Lindsey, aussi visible qu'une verrue sur le bout d'un nez.

Marilee venait juste de servir quatre assiettes de spaghettis à la sauce tomate quand la porte de la cuisine s'ouvrit, livrant passage à Tate.

— Salut, je suis revenu, lança-t-il à la cantonade.

Marilee en fut si surprise qu'elle demeura figée sur place, la poêle dans une main et la cuillère dans l'autre. Elle était seule dans la pièce, les autres étant allés regarder la télévision en attendant qu'elle serve le repas.

Il s'approcha d'elle.

— J'ai apporté du thé, ajouta-t-il en levant un pichet où tintaient des glaçons.

— Ah, euh… merci.

Puis ils se retrouvèrent face à face, Tate ayant longé le comptoir pour aller déposer le pichet à côté de la file de verres. Marilee reposa la poêle et la cuillère.

— Il paraît que Parker et vous n'êtes plus fiancés, déclara-t-il sur un ton qu'elle n'apprécia pas beaucoup.

— Non.

Elle s'en voulut de lui avoir répondu — tout en désirant qu'il connaisse la nouvelle. Après tout, sa vie privée ne le concernait pas.

— Non, vous n'êtes plus fiancés, ou non, vous l'êtes encore ?

— Non, nous ne sommes plus fiancés — puisque vous tenez tant à le savoir, répliqua-t-elle, agacée par sa manie de tout comprendre de travers.

— Bien.

Elle ne releva pas cette remarque. En fait, son attention était tournée vers l'autre pièce; elle guettait les bruits de pas en provenance du couloir. Pour quelque obscure raison, elle était terriblement gênée à l'idée que les enfants et Parker puissent revenir à tout moment.

— Parker est là, mais c'est juste pour le dîner, précisa-t-elle, ce qui l'irrita encore plus.

— J'aimerais beaucoup dîner, moi aussi. J'ai conduit toute la journée. Je meurs de faim.

Il lui jeta un regard de défi. Comment avait-elle pu oublier à quel point ses yeux étaient lumineux ? songea-t-elle.

— Je crois qu'on arrivera à vous caser.

Elle contempla les assiettes, sachant déjà qu'elle trouverait une solution malgré les difficultés évidentes à caser un convive de plus autour de la table.

— Super. Je remplis les verres.

Ce n'était que pour le dîner, se répéta-t-elle tout en volant une part des spaghettis de Parker. Ce geste la fit penser à sa mère qui volait de l'argent dans les poches de Carl. Rien à voir, se raisonna-t-elle avant de prendre des pâtes dans son assiette et un peu dans celle de Willie Lee. De toute façon, il ne terminait jamais les siennes. Et puis elle pouvait préparer plus de pain à l'ail; il lui en restait une petite miche dans le congélateur. Allez, c'était juste pour le dîner. Pas besoin d'en faire toute une affaire.

Parker arriva sur ces entrefaites.

— Hé, mon pote, ça boume ? lui lança Tate sans chercher à cacher sa joie.

— Salut, rédac'chef, répondit Parker d'une voix atone.

Tate gratifia les enfants d'un chaleureux bonjour, qu'ils lui rendirent avec enthousiasme.

Willie Lee eut une parole curieuse :

— Je suis con-tent que ce soit toi et pas le mon-sieur de la four-rière.

— J'en suis content aussi, assura Tate en s'installant à la place qu'occupait habituellement Parker. Et pourquoi pensais-tu que ça pouvait être le gars de la fourrière ?

— Ça se pou-vait, répondit Willie Lee, non sans logique. Mais ce n'est pas le cas.

Parker baissa les yeux sur l'assiette que Marilee avait déposée devant lui. Elle avait essayé de dissimuler son larcin, sans grand succès.

— Et voici le pain italien, annonça-t-elle en mettant la corbeille sur la table. J'en resservirai dans quelques minutes.

Elle vit Parker regarder tour à tour son assiette et celle de Tate.

— Baissons la tête pour réciter le bénédicité, voulez-vous ? proposa-t-elle alors.

— Moi, ce que je préfère dans le pain italien, c'est le croûton, déclara Tate en le piochant dans la corbeille.

— Beaucoup de gens se servent du croûton pour nourrir les oiseaux ou attraper les poissons, fit observer Parker en prenant une tranche du milieu.

— Alors, je suis une proie facile, car ce petit bout dur me convient très bien.

— Je pense que je préfère les plaisirs plus raffinés de la vie, rétorqua Parker avec un sourire tout en rompant sa tranche en deux.

Une bataille de nourriture était imminente, songea Marilee, ses yeux allant de l'un à l'autre. Elle était consciente que Corrine n'avait pas perdu une miette de cet échange aigre-doux.

Elle se leva, jugeant une intervention nécessaire.

— Quelqu'un veut-il encore du thé ? s'enquit-elle, plus sûre d'elle-même debout.

Comme les deux hommes levaient la tête vers elle, elle leur fit clairement comprendre du regard qu'ils ne trompaient personne avec cette comédie et qu'ils feraient mieux d'y mettre un terme tout de suite.

En se rasseyant, il lui vint à l'esprit qu'elle devrait être flattée que deux hommes se disputent ainsi pour elle. A bien y réfléchir, toutefois, elle se rendait compte que cela n'avait rien à voir avec elle mais avec les hommes eux-mêmes. A chaque fois que ces deux-là se rencontraient, il y avait des étincelles comme si un silex frappait un rocher.

Willie Lee, qui glissait des tranches de pain sous la table, déclara :

— Mun-ro, lui, aime le croû-ton *et* le mi-lieu.

— C'est un chien accommodant, commenta Tate.

Il était homme à avoir le dernier mot.

Il était plutôt le rocher, songea Marilee.

Tate se retrouva avec Parker sur les bras. Du moins, c'est ainsi qu'il considéra la situation : comme si on l'avait laissé avec un problème sur les bras, Marilee étant en train de baigner les enfants et de les coucher. Il était sûr qu'elle s'était arrangée pour les éviter tous deux, Lindsey et lui. Il ne savait trop ce qu'il espérait en rentrant en ville, mais certes pas à voir Marilee l'éviter ainsi, après six heures de route. Elle aurait au moins pu demander à Parker de regagner ses pénates.

— Vous avez eu votre repas, lui lança-t-il. Vous pouvez rentrer chez vous, maintenant.

Installé sur le canapé devant le journal télévisé, la télécommande dans les mains, Lindsey releva les yeux vers lui.

— *Vous*, vous pouvez rentrer chez vous. Je ne vous retiens nullement.

S'apercevant qu'il était lui-même debout, et donc dans une position d'infériorité, Tate alla s'asseoir au bureau de Marilee — position nettement plus solide que celle de Lindsey sur le canapé. Il examina la table de travail, parfaitement rangée comme toujours, et avisa une petite girafe en argile. Il la prit et l'étudia, puis son regard se posa sur la pile de livres posée sur le bord du bureau, tous ayant apparemment trait aux enfants en difficulté. « Hmm », songea-t-il.

Ses yeux tombèrent ensuite sur le téléphone, et il regarda tour à tour le combiné et Lindsey, qui suivait toujours le journal télévisé. Il eut alors ce qui était peut-être la plus grande idée de sa vie, et en fut si excité qu'il dut se retenir de glousser.

— Eh bien, lâcha-t-il d'une voix un peu trop forte tout en s'efforçant de réprimer sa joie, j'ai soif, moi. Désirez-vous quelque chose — thé, Coca ?

Lindsey le considéra en fronçant les sourcils.

— Non, ça va, merci.

Tate haussa les épaules et se rendit dans la cuisine. Sitôt qu'il en eut franchi le seuil, il se coula contre le mur et s'approcha du téléphone. Son cœur battait la chamade. Marilee avait-elle eu la bonne idée de noter le numéro près du cadran ? se demanda-t-il. Mais oui, il était là ! Merci, mon Dieu !

Le fait d'invoquer le Seigneur le fit hésiter un bref instant, mais il mit sa conscience de côté et composa le numéro.

— Lindsey Veterinary Clinic, lui répondit-on à l'autre bout de la ligne. Vous êtes en contact avec le service de messagerie.

Une messagerie. Alléluia ! Il mit la main en coupe sur le micro.

— Bonjour, ici le shérif Oakes. Nous avons une urgence. Un cheval a été renversé par une voiture sur la nationale 6, à un kilomètre et demi au nord du Rodeo's Rio. Demandez au toubib de rappliquer fissa s'il veut avoir une chance de le sauver.

Tate trouva qu'il imitait plutôt bien le shérif.

— Pouvez-vous me donner le numéro, shérif ?

— Pas le temps. Dites simplement au toubib de venir.

Et il raccrocha avant de s'éloigner rapidement du téléphone. Il aurait dû avoir honte d'être aussi ravi. Mais ce n'était pas le cas.

Alors qu'il se versait son verre de thé, le portable de Lindsey se mit à sonner. Il entendit le vétérinaire répondre d'une voix tendue, sans toutefois distinguer clairement ses propos.

Voyant Marilee revenir dans le séjour, Tate s'approcha de la porte. Lindsey était debout et parlait au téléphone.

— Ouais, compris, dit-il. Je pars tout de suite.

Puis, coupant la communication, il se tourna vers Marilee.

— Je viens de recevoir un appel en urgence. Un cheval renversé par une voiture sur la nationale 6.

— Oh, mon Dieu !

Il l'embrassa sur la joue et la remercia pour le dîner avant de se diriger vers l'entrée.

— J'espère que tout va s'arranger, déclara-t-elle en le suivant.

Elle referma la porte et, pivotant sur elle-même, regarda Tate qui se trouvait à l'autre bout de la pièce. Elle avait l'air si inquiet qu'il en éprouva du remords.

— J'espère que le cheval n'est pas trop gravement blessé, murmura-t-elle avant de lui expliquer la peine que ressentait Parker à chaque fois qu'il perdait un animal. Et c'est encore pire quand il doit en achever un.

— Ah…, fit Tate que sa conscience revenait tourmenter. Euh, en vérité, il n'y a pas de cheval blessé.

— Hein ?

Elle pencha la tête sur le côté et le dévisagea.

Il sentit le sol se dérober sous lui.

— Eh bien, c'est moi qui ai appelé son service de messagerie. Je me suis fait passer pour le shérif et j'ai raconté qu'un cheval… avait été renversé par une voiture, acheva-t-il lentement tout en voyant son image réfléchie dans les yeux incrédules de Marilee.

— Comment avez-vous osé ? Parker…

Elle s'interrompit, soulevée par l'indignation.

— Parker est totalement dévoué à la protection des animaux, reprit-elle avec de grands gestes. Il est en train de courir là-bas en ce moment même, prêt à tout pour sauver ce cheval. Et il risque d'avoir un accident en se dépêchant d'aller au secours d'un animal qui n'existe même pas !

Tate ne sut que répondre. Enfin, il se rendait compte de la portée de ses actes, même s'il n'était pas entièrement d'accord avec Marilee. Elle estimait qu'il avait outrepassé les limites de l'honnêteté.

— Je voulais avoir un peu de temps avec vous, protesta-t-il. Lindsey est un grand garçon, il saura bien se débrouiller.

Trop angoissée, Marilee n'arrivait pas à se rassurer. Elle se sentait horriblement coupable, car c'était à cause d'elle qu'il avait reçu ce faux appel.

— Il ne peut pas supporter de voir un animal mourir, lança-t-elle tout en allant décrocher le téléphone sur son bureau. Il ira jusqu'aux dernières extrémités pour empêcher ça.

Elle l'imaginait heurtant un autre véhicule dans son empressement à aller sauver le cheval blessé.

— Marilee, articula Tate en lui prenant le bras, il comprendra tout dès qu'il arrivera sur place. Il n'a pas besoin que vous le materniez.

Elle le considéra.

— Vous l'avez envoyé risquer sa vie sur les routes. Je ne peux pas le laisser mettre ainsi son existence en danger pour rien. Il se sentira affreusement berné quand il comprendra le sale tour que vous lui avez joué.

— C'est ça, rétorqua Tate, soudain furieux, continuez à le materner pour éviter de vous assumer vous-même. Quand j'ai appris que vous aviez rompu avec Parker, je suis revenu ici en roulant comme un fou six heures durant dans le seul but de vous revoir. Or je n'ai pas l'impression que vous vous inquiétiez beaucoup de *ma* santé. Je suis fatigué, je suis seul et je vous offre mon cœur. Alors, qu'allez-vous faire ? Vous avez devant vous un homme, ajouta-t-il en se tapant la poitrine, pas un petit garçon. Et cet homme est dingue de vous.

Marilee le dévisagea avec ahurissement. Le cœur et le corps figés dans une sorte de paralysie, elle semblait incapable de reposer le combiné ou de suspendre son geste, même si elle l'avait voulu.

— Il faut que je l'appelle. Vous ne savez pas à quel point ces choses-là le touchent.

Si elle ne prévenait pas Parker, elle ne pourrait en supporter les conséquences. Non qu'elle sût ce qui se passerait, d'ailleurs.

Non, elle avait besoin de se raccrocher à cet appel comme à ce qu'elle connaissait, car en lâchant prise, elle craignait de se perdre.

— Le croyez-vous donc bête au point de ne pas comprendre la situation quand il arrivera là-bas et verra qu'il n'y a ni cheval ni voiture de police ? reprit Tate en écartant les bras de dégoût. Avez-vous donc une si piètre opinion de son intelligence ? Il devinera que je l'ai trompé, et il m'en voudra à mort, mais comme c'est un malin, il ne se gênera pas pour réutiliser ce truc un jour contre quelqu'un d'autre. C'est d'ailleurs comme ça que je l'ai appris moi-même — on m'avait forcé ainsi à ficher le camp d'un endroit où, de toute façon, je n'avais pas ma place.

— Je ne peux pas, répliqua-t-elle, lui en voulant de la brusquer de la sorte.

— Je ne vais pas rester ici à quémander votre attention. Je ne voudrais surtout pas vous empêcher de materner Parker. Apparemment, vous en avez plus besoin que de connaître la véritable affection d'un homme.

Sur ces mots, il sortit de la cuisine à grandes enjambées.

— C'est ça, filez donc ! hurla-t-elle à sa suite. Je ne vous ai jamais demandé de venir, d'abord… et puis les hommes ne sont bons qu'à ça : ficher le camp. Mieux vaut maintenant que plus tard !

Elle referma aussitôt la bouche, craignant d'avoir réveillé les enfants.

Le claquement de la porte d'entrée faillit la plier en deux, comme si elle avait reçu un coup.

Tate avait raison, comprit-elle soudain, en proie à un désespoir si noir qu'elle en eut mal à l'âme. Elle était tout simplement incapable d'être autre chose qu'une mère. Elle avait toujours été une mère, et ce depuis l'âge de neuf ans, quand il lui avait fallu veiller sur Anita. C'était tout ce qu'elle connaissait.

Sans doute attirait-elle les hommes qui avaient besoin d'une mère — comme Stuart et Parker — et repoussait-elle au contraire ceux qui, comme Tate, ne cherchaient pas en elle une mère mais une femme et une compagne, rôles qu'elle n'arrivait pas à assumer. Et si elle ne pouvait être une femme pour un homme, c'était parce qu'elle ne savait pas comment s'y prendre. Il devait lui manquer le gène correspondant. Elle se sentait en quelque sorte inadaptée en ce domaine, tout comme l'était Willie Lee de façon plus générale.

Une voix s'échappa du combiné.

— Si vous souhaitez passer un appel, veuillez raccrocher et composer un numéro.

Elle était toujours debout, le téléphone à la main. Elle enfonça d'un doigt le bouton coupant la communication et recomposa le numéro de Parker — mais le cœur n'y était plus. Il lui semblait qu'elle serait incapable d'articuler le moindre mot tellement elle était découragée. D'ailleurs, Parker ne devait plus être très loin du lieu du prétendu accident. Encore dix minutes environ, et il comprendrait qu'il avait été joué. Il en serait furieux et se trouverait stupide, et elle ne se sentait pas la force de partager ses émotions.

Tate, une fois parvenu à la porte de la barrière, s'arrêta net. Ce fut comme si une main venait de s'abattre sur son épaule et le forçait à se retourner. Il crut même s'entendre ordonner de revenir là-bas sur-le-champ.

Il était allé trop loin pour renoncer maintenant, songea-t-il. Et puis il n'était pas question de lui laisser son thé. Bon sang de bois, il n'allait certainement pas continuer à gâcher son thé pour cette femme. Il se contenterait d'entrer et de récupérer son pichet, voilà tout.

Il remonta le perron et se rua dans la cuisine.

En entendant s'ouvrir la porte de service, Marilee s'empressa de raccrocher et de se rendre dans la cuisine. Une fois sur le seuil de la pièce, elle vit Tate se diriger vers le comptoir.

— J'ai oublié mon thé.

Tout en lui exprimait la fureur. Il attrapa le pichet posé sur la tablette.

— Je le reprends.

Il avait perdu l'esprit, se dit-elle.

La main sur le chambranle, elle s'efforça de secouer la singulière paralysie qui la retenait. N'en avait-elle pas souffert toute sa vie ?

Il a roulé six heures pour toi... pour une femme comme toi.

Le téléphone sonna, et cela la fit avancer. Elle décrocha le combiné.

Tate la rejoignit aussitôt et, s'emparant du téléphone, le lui arracha des mains.

— Allez au diable ! hurla-t-il dans l'appareil avant de le laisser tomber.

Le combiné heurta le mur tandis qu'il la prenait par les épaules et rivait ses yeux dans les siens.

— Laissez-moi entrer, Marilee. Ouvrez-vous à moi et laissez-moi entrer.

Son regard la suppliait; sa voix lui donnait des ordres.

— Je ne peux pas... Je ne sais pas.

Les larmes aux yeux, elle secoua la tête, essayant d'éviter ses lèvres, mais il parvint quand même à embrasser ses joues et ses paupières. Elle lui frappa la poitrine à coups de poing.

— Je ne veux pas me marier... Je ne veux plus... ça fait trop mal... Je ne sais pas m'y prendre.

Il trouva enfin sa bouche et la fit taire d'un baiser qui suscita en elle une réaction monumentale et instantanée. Elle se prit bientôt à lui rendre son baiser avec toute la passion d'une femme revenue à la vie, pleine d'un désir plus fort que la peur. Ils ne furent plus qu'haleine brûlante, cœurs battant la chamade et corps enfiévrés.

Lorsque Tate releva enfin la tête, elle plongea dans ses yeux gris et, vacillante, dut se raccrocher à lui.

— Voilà comment on s'y prend, chuchota-t-il contre ses lèvres.

Et il l'embrassa de nouveau en la tenant serrée contre lui.

Quand le baiser s'acheva, elle se mit à le dévisager d'un regard embrumé et prononça les premiers mots qui lui vinrent à l'esprit :

— Dès le début, j'ai eu envie de savoir ce que ça ferait de vous embrasser.

— Moi aussi, avoua-t-il en laissant échapper un profond soupir.

Il marqua une pause.

— Recommençons, proposa-t-il.

Et il l'embrassa encore une fois.

Elle eut du mal à retrouver son souffle, une fois leurs lèvres désunies.

— Je ne veux pas, réussit-elle à articuler, signifiant par là qu'elle refusait de coucher avec lui, l'épouser ou aller plus loin.

Il se contenta de rire et lui administra un nouveau baiser, profond et expert. Comment pourrait-elle jamais renoncer à cette volupté délicieuse ? Aussi l'embrassa-t-elle à son tour, jusqu'à ce qu'ils soient tous les deux sur le point de se consumer de désir.

Jamais de toute sa vie on ne l'avait embrassée avec une telle passion. Chacune des cellules de son corps semblait s'enflammer au contact de Tate.

— Alors, que disais-tu ? lui murmura-t-il à l'oreille, son haleine tiède effleurant sa peau sensible.

— Je ne m'en souviens plus.

De la confusion, voilà ce qu'elle ressentait. Jamais elle ne s'était sentie aussi désemparée avec un homme. Et elle ne savait pas si elle appréciait cela.

— Le téléphone est toujours décroché, dit-il en entendant la bande enregistrée défiler à l'autre bout de la ligne.

— Laisse-le où il est.

— D'accord.

Elle n'arrivait plus à avoir une seule pensée cohérente.

La soulevant dans ses bras, Tate la transporta jusqu'au séjour. Il s'assit dans le grand fauteuil et la prit sur ses genoux non sans quelque difficulté.

— Pourquoi pas sur le canapé ? demanda-t-elle.

— Parker et toi utilisiez le canapé.

— Oh.

Elle posa la tête contre son épaule et l'embrassa dans le cou.

— Je ne peux pas faire l'amour avec toi. Les enfants dorment dans la pièce d'à côté.

— Arrête de tout mettre sur le dos des enfants. J'attendrai que tu sois prête.

Il lui caressa la tête, et elle se sentit prête.

— Je veux t'épouser, déclara-t-il enfin. Voilà ce que je veux.

Lui-même semblait un peu désorienté par la passion, constata-t-elle.

— Je ne sais pas si je veux t'épouser. Je crois que nous ne devrions même pas y penser pour l'instant.

Dieu savait qu'elle se sentait tout simplement incapable de penser à quoi que ce soit !

— Je ne sais pas non plus si j'arriverai jamais à me remarier, ajouta-t-elle au bout d'un moment.

— J'attendrai le temps qu'il faudra.

— J'ignore comment être une épouse digne de ce nom. Je suis une bonne mère, mais je suis lamentable avec un homme.

Et elle se mit à pleurer sans pouvoir s'en empêcher. Ses émotions n'étaient plus paralysées, mais semblaient maintenant la déchirer intérieurement. Elle pleura à chaudes larmes et lui mouilla même sa chemise tandis qu'il la serrait contre lui. Il lui caressa les cheveux tout en lui chuchotant qu'elle était exactement le genre de femme qu'il lui fallait.

— Quel genre, au juste ? s'enquit-elle en reniflant. Que voulais-tu dire par « une femme comme moi » ?

Elle trouva qu'il réfléchissait bien longtemps avant de lui répondre. Elle se recula et le dévisagea. Il paraissait perplexe.

— Ce que je voulais dire, commença-t-il enfin, c'est que tu es une femme pleine de vie et de passion qui mérite un homme en mesure de la satisfaire. Je m'améliore en ta présence. Tu sollicites le meilleur de moi-même.

— Oh, Tate…

Une femme avait-elle jamais reçu un si beau compliment ? pensa-t-elle. Elle eut l'impression que son cœur se brisait en deux. Elle l'embrassa avec ferveur.

— Veux-tu être ma petite amie ? lui demanda-t-il ensuite.

— Oui, répondit-elle dans un souffle. Oui, répéta-t-elle d'une voix plus ferme, je serai ta petite amie. Mais je ne peux rien te promettre d'autre.

Puis elle se blottit dans ses bras; il l'embrassa tendrement et la tint ensuite serrée contre lui. Ils demeurèrent assis dans le fauteuil un moment — situation à la fois sensuelle et rassurante. Elle écouta battre son cœur, respira son odeur, l'imprimant dans son esprit, se pénétrant du contact de son corps à travers leurs habits. Quand il se mit à lui caresser la jambe, il le fit avec une telle douceur et une telle délicatesse qu'elle se remit aussitôt à pleurer.

Tate garda le silence, mais il avait le sentiment que Marilee n'avait jamais connu d'homme qui ait su lui faire l'amour. Elle n'était pas vierge, évidemment, mais il était fort probable qu'aucun homme ne l'avait aimée avec passion. Cette pensée l'excita, tout en le rendant un peu nerveux. Il espérait être à la hauteur. Lui donner ce qu'elle méritait ne serait pas une mince affaire. Peut-être ferait-il bien de potasser quelques bouquins auparavant.

Il était si absorbé dans ces pensées, qu'il mit plusieurs minutes à s'apercevoir qu'elle s'était endormie. Il prolongea ce moment, comme s'il avait ouvert en grand une porte secrète et pouvait maintenant contempler les profondeurs cachées de son cœur.

25.

La vie est belle

La nuit se leva, et la lumière d'un nouveau jour se répandit sur les toits et les arbres de la ville, puis à travers la campagne. Là-bas, au loin, une longue limousine blanche quitta l'autoroute pour s'engager sur la nationale et dépassa le panneau indiquant : « Valentine, 16 km ». Le chauffeur, sur ordre de son employeur qui n'aimait pas la vitesse, roulait lentement.

En ville, les bennes à ordures commençaient leur ronde; l'équipe de la voirie municipale se rassemblait en vue d'un nouvel assaut sur la fondrière; et Winston Valentine, ayant chaussé ses lunettes, jetait un coup d'œil au thermomètre par la fenêtre de la cuisine. La colonne de mercure atteignait déjà les 27°.

— L'été est là, dit-il avant de tourner les talons et de longer le mur du couloir.

Il prit ses drapeaux sur la console de l'entrée et sortit par la porte de devant. Il s'était levé tôt, estimant qu'il était désormais plus prudent de profiter de la fraîcheur relative du matin. Everett avait apparemment pris la même décision, car il sortait également de chez lui.

Tout en se dirigeant vers son mât, Winston regarda en direction de l'allée des Blaine, de l'autre côté de la pâture, et nota que la Lincoln noire de Perry s'y trouvait toujours — signe encourageant. Vella l'avait appelé la veille au soir afin de lui annoncer que Perry était revenu à la maison. Il irait leur rendre visite plus tard pour voir comment cela se passait. Bien qu'il ne se soit pas senti capable de satisfaire Vella, il était quand même un peu triste de ne plus jouir de toute son attention. Oh, bah, pensa-t-il, il s'en consolerait en allant taquiner Perry.

Plus bas, dans Porter Street, Tate, sans Bubba qui boudait, passa en courant devant le pavillon de Marilee; celui-ci était silencieux. Il préféra ne pas s'arrêter, sachant qu'elle n'était pas une matinale.

A la maison du coin de la rue, le jeune homme d'UPS descendait son allée. Il avait un œil au beurre noir.

— Eh bien, joli coquard ! s'exclama Tate avec admiration sans pour autant ralentir l'allure.

— Vous devriez voir l'autre type, répliqua le jeune homme en souriant avant de lui adresser un clin d'œil.

La sueur lui mouillant déjà les cheveux, Tate tourna à gauche plutôt qu'à droite dans First Street, et poursuivit son chemin jusqu'à l'endroit où un employé râblé de la voirie guidait une bétonnière à quelques pas de la fondrière. Visiblement, ils allaient tirer un tuyau jusqu'au trou pour ne pas risquer de voir le véhicule tomber dedans à son tour.

Tate observa avec intérêt le grand orme qui se dressait dans le jardin du presbytère : il avait l'air de pencher vers la fondrière.

— On aura raison de cette saleté, rédac'chef, lui lança le cantonnier. On va envoyer trente-cinq mètres cubes de ciment dans ce trou. Ça devrait l'arrêter.

Tate pria l'homme d'appeler tout de suite Reggie sur son portable — dont il lui donna le numéro —, afin qu'elle vienne prendre une photographie des travaux pour l'édition dominicale. Puis il suivit Main Street, saluant au passage Bonita Embree à travers la vitrine de la boulangerie. Le drapeau n'était pas encore hissé sur la façade du *Voice.* Charlotte était bien en retard, ce matin, se dit-il en se demandant pourquoi. Il contourna ensuite le poste de police et s'engagea dans Church Street tout en gardant un œil sur le haut de la pente.

Lindsey apparut bientôt dans la rue.

Ils se rencontrèrent au carrefour. Tate s'était préparé à se défendre. Voilà longtemps qu'il n'avait pas eu à se battre, et il espérait sortir du combat dans un état décent.

Lindsey s'arrêta pour s'étirer les jambes; Tate l'imita.

— J'imagine que vous vous trouvez drôle, rédac'chef.

— *Malin* serait un terme plus exact. En fait, j'ai même trouvé la manœuvre plutôt brillante, ajouta-t-il, échauffé par ses propres explications.

Tout en s'étirant, il ne cessait de surveiller le vétérinaire du coin de l'œil.

Leanne Overton apparut alors à son tour, descendant la colline sur sa bicyclette. Elle les gratifia d'un bref hochement de tête avant de s'éloigner dans Porter Street en direction de l'est, ses adorables petites fesses remuant en rythme sur sa selle.

— Si vous vous dépêchez, vous pourrez peut-être la rattraper, suggéra Tate, un peu surpris de voir Lindsey planté là, comme vidé de toute énergie.

Celui-ci secoua la tête.

— Ses apparences sont trompeuses, vous savez.

— Ah, zut, dommage, dit Tate, vaguement désolé pour lui.

Mais Lindsey carra soudain les épaules et le regarda droit dans les yeux.

— Je vous revaudrai ça, rédac'chef. Ça prendra peut-être un certain temps, mais je vous ferai payer le coup d'hier soir.

C'était une promesse ferme. Sur ces mots, il se remit en mouvement, s'éloignant d'une foulée aisée sur ses jambes puissantes et bronzées.

Tate décida quant à lui d'en rester là et contourna sa maison afin de rejoindre la cuisine. Le téléphone sonnait quand il pénétra dans la pièce.

— Ça te dirait de venir prendre ton petit déjeuner avec nous ?

C'était Marilee !

— Sais-tu que ta voix est très sexy au saut du lit ? lui susurra-t-il. Je serai là dans un quart d'heure.

La vie était belle, songea-t-il en se hâtant de monter l'escalier pour aller prendre une douche. Il avait une femme qui aimait cuisiner, et qui en plus avait une voix sexy.

Il prit une douche très froide.

La longue limousine blanche s'immobilisa devant la maison James. La voisine d'en face l'aperçut par la fenêtre de son séjour et s'agenouilla sur son canapé pour mieux la voir.

Marilee déposait dans le four des feuilletés faits maison quand la sonnette de la porte d'entrée tinta. Corinne était en train de mettre la table.

— Allons, bon, qui peut venir nous voir à une heure pareille ? se demanda Marilee à voix haute.

Pas Tate; il était encore trop tôt.

Elle écarta ses cheveux de son visage, et s'aperçut alors que ses mains étaient couvertes de farine. Elle pria Corrine d'aller voir qui sonnait. Cela l'irritait d'être ainsi interrompue au milieu de sa tâche. Voilà longtemps qu'elle n'avait pas confectionné de feuilletés, et cela requérait toute sa concentration.

La sonnette retentit une nouvelle fois. Corrine, traversant en toute hâte le séjour, vit soudain une tête apparaître à la fenêtre.

— Les gens de la four-rière ! s'écria Willie Lee qui arrivait du couloir.

Sa chemise boutonnée à la va-vite par-dessus son pantalon de pyjama, il retourna en courant dans sa chambre avec Munro et claqua la porte.

— Mais qu'est-ce qui se passe ? s'enquit Marilee en sortant de la cuisine. Qui est-ce, Corrine ?

L'adolescente s'était rapprochée de la porte mais hésitait à l'ouvrir. Elle dévisagea sa tante de ses yeux d'un brun profond en cillant.

Marilee ouvrit elle-même la porte. Elle se retrouva devant un homme aux épais cheveux blancs, vêtu d'un complet bleu pâle. Il souriait.

— Bonjour. Ai-je le plaisir de m'adresser à Mme James ?

— Oui.

— Avez-vous un petit garçon qui possède un chien à la robe tachetée — un berger australien, je crois ?

— Eh bien, oui… mais pourquoi ces questions ?

Cet homme lui était inconnu, mais elle reconnaissait en revanche le grand blond derrière lui, celui qui, d'après Belinda, travaillait pour Tell-In Technologies. De l'autre côté de l'homme aux cheveux blancs se trouvait une femme à l'allure très sophistiquée. Tous les trois la fixaient des yeux.

— Je me présente : Thomas Gerard, président de Tell-In Technologies. Pourriez-vous m'accorder quelques minutes ? Si ça ne vous dérange pas, j'aimerais entrer m'asseoir afin de tout vous expliquer.

L'homme et la femme derrière lui relevèrent alors la tête et parurent regarder quelque chose derrière Marilee.

— Bon, d'accord.

Elle ouvrit la porte en grand et les invita à entrer.

D'une démarche mesurée, l'homme alla s'asseoir sur le canapé. Elle se demanda quel âge il pouvait avoir. Son visage n'était pas vieux, mais il se tenait voûté. Corrine, qui ne la quittait pas d'une semelle, s'accroupit près du grand fauteuil où elle s'était installée. Marilee lui passa un bras autour des épaules, puis, baissant les yeux, avisa des traînées de farine sur sa robe.

— Connaissez-vous les faits relatifs à cette affaire ? s'enquit l'homme avec lenteur et beaucoup de courtoisie. Savez-vous qu'un ancien employé de Tell-In est décédé d'une attaque cardiaque juste à la sortie de la ville ?

Marilee répondit qu'elle était au courant de l'incident, et qu'elle avait cru comprendre que cet ancien employé avait sur lui un objet appartenant à l'entreprise.

— Absolument, acquiesça son interlocuteur en hochant la tête. Nous pensons également que le chien de votre fils était auparavant celui de cet homme, et nous avons des raisons de croire qu'il nous permettrait de localiser… cet objet qu'il nous a volé. Pourriez-vous me dire, s'il vous plaît, si ce chien portait un collier quand votre fils l'a trouvé ?

— Oui. Il y avait même son nom inscrit dessus.

— Et ce collier, il le porte toujours.

— Eh bien… oui.

L'homme hocha une nouvelle fois la tête.

— Nous voudrions examiner ce collier. Il est possible que l'objet en question soit dedans, voire qu'il soit implanté dans l'animal lui-même.

— Implanté dans le chien ? répéta Marilee.

Elle regarda Corrine, comme si elle voulait s'assurer de sa présence à ses côtés et avoir ainsi la certitude qu'elle n'était pas en train de rêver toute cette conversation.

— Oui, éventuellement, repartit M. Gerard avec componction. Nous permettez-vous de voir le chien de votre fils ? Je vous certifie que nous ne lui voulons aucun mal. Nous ne souhaitons pas vous le prendre, mais seulement l'examiner.

Comme elle restait assise dans son fauteuil, réfléchissant à sa demande sans quitter des yeux ses trois visiteurs, il précisa :

— C'est très important pour mon entreprise, madame James.

— Je n'en doute pas. Tout comme mon fils est très important pour moi, et manifestement, il a peur de vous. Permettez que j'aille m'entretenir avec lui un instant.

Elle alla à la porte de la chambre de Willie Lee. Celle-ci était fermée à clé.

— Willie Lee ? Mon chéri, il faut que je te parle.

— Il croit qu'ils veulent emmener Munro, déclara Corrine qui se tenait à côté d'elle.

Marilee la dévisagea d'un air perplexe.

— Ils ont déjà essayé un jour en ville, mais Munro s'est enfui, expliqua sa nièce. Il ne les aime pas, lui non plus.

Marilee héla de nouveau Willie Lee, mais ne reçut aucune réponse.

Tate arriva alors de la cuisine.

— Qu'est-ce qui se passe ici ? Willie Lee prétend que la fourrière est chez vous.

Son regard alla de Marilee aux personnes assises dans le séjour avant de se reposer sur Marilee.

— Tu as vu Willie Lee ? s'exclama-t-elle.

Elle reporta son attention sur la porte et comprit que son fils avait dû s'échapper par la fenêtre.

— Oui, mais je lui ai promis de ne révéler à personne où Munro et lui se cachaient.

Il toisa ensuite d'un œil inquisiteur les inconnus, qui étaient en train de se lever.

— Ah, fit-il en s'adressant au jeune couple. Je crois que nous nous sommes déjà rencontrés… au poste de police. Vous attendiez d'être reçus par le shérif. Je suis le rédacteur en chef du Valentine Voice, dont vous avez refusé l'aide à ce moment-là. Il me semble que je pourrais vous être utile, maintenant.

Tate alla s'entretenir avec Willie Lee.

Corrine resta en faction devant la porte de la cuisine, tandis que Marilee, postée à la fenêtre, regardait Tate traverser le jardin en direction de l'arbre dans lequel se trouvait la cabane du garçon. Levant les yeux, il se mit à parler. S'ensuivit un échange qui dura plusieurs minutes et au terme duquel un objet fut lâché de l'arbre — le collier de Munro, que Tate rapporta aux gens assis sur le canapé du salon.

Le blond le prit, et tous les trois se mirent à l'étudier. Marilee, Tate et Corrine essayaient de regarder par-dessus leurs épaules.

— La voilà ! s'exclama triomphalement le blond. Oh, et voilà les…

Il n'en dit pas plus et empocha aussitôt le collier.

— J'aimerais remercier personnellement votre fils, madame, déclara Thomas Gerard en se redressant. Je lui dois la survie de mon entreprise. Je souhaiterais l'en récompenser.

Willie Lee, assuré que Munro resterait avec lui, revint dans la maison et alla directement tendre la main à Thomas Gerard.

— Bon-jour, mon-sieur Ge-rard, articula-t-il soigneusement quand on lui eut présenté son interlocuteur.

— Bonjour, monsieur James. Je vous remercie d'avoir si bien pris soin de ce chien.

— C'est lui qui prend soin de moi, avec Cor-rine et ma-man, repartit Willie Lee.

— Euh, oui, certainement, acquiesça M. Gerard avant de considérer de ses yeux pâles l'animal assis contre les jambes de l'enfant. J'avais un chien semblable, quand j'étais un petit garçon. C'était il y a longtemps. J'aimerais en avoir un autre.

— De-man-dez à Dieu. C'est ce que j'ai fait.

— Euh, oui, je n'y manquerai pas.

Thomas Gerard sortit ensuite un papier de la poche intérieure de sa veste.

— Tenez, monsieur James. Veuillez accepter ce présent avec toute ma reconnaissance pour m'avoir rendu quelque chose de très important. Bonne journée à vous tous.

Marilee les regarda franchir la porte d'entrée et, l'espace d'un moment, suivit des yeux le gentleman aux cheveux blancs qui descendait précautionneusement le perron. Tout était mesuré chez lui, songea-t-elle.

En se retournant, elle vit Tate en train d'examiner le papier que le président de Tell-In avait donné à Willie Lee.

— Des actions, annonça-t-il à Marilee. On dirait bien que Thomas Gerard vient d'offrir à Willie Lee trente mille dollars en actions.

Marilee dut s'asseoir. Les larmes aux yeux, elle contempla son fils. « Il aura de quoi vivre quand je ne serai plus là. Merci, mon Dieu. »

Brusquement, le détecteur de fumée se déclencha et tous se ruèrent dans la cuisine où ils virent des volutes de fumée sortir du four. Les feuilletés avaient complètement brûlé.

— Allez, cours t'habiller, lui ordonna Tate. Je vous emmène tous prendre le petit déjeuner au Main Street Café. J'aimerais commencer à montrer à tout le monde que tu es ma petite amie.

Relevant aussitôt la tête, Marilee le considéra. Ses yeux lumineux lui transmirent un chaleureux sourire, et elle sourit à son tour, pensant qu'elle arriverait peut-être à devenir une femme à ses côtés.

Qu'il suffisait peut-être de tomber sur l'homme qu'il fallait pour y arriver. Et que, peut-être, elle l'avait enfin trouvé.

The Valentine Voice
Dimanche 6 août
Le billet du rédacteur en chef
par Tate Holloway

Demain débute une nouvelle année scolaire. Par conséquent, si vous devez prendre votre voiture, faites attention aux enfants qui traversent la route. La direction des Affaires scolaires de Valentine signale une nouvelle hausse des effectifs. Cette croissance démographique commence à poser sérieusement problème.

Cette année, les classes accueillent plus de trente élèves, d'après la principale de notre école primaire, Gwen Blankenship. Des classes chargées sont aussi difficiles à vivre pour les élèves que pour les professeurs. Nous voilà donc confrontés, très chers compatriotes, à la nécessité impérieuse d'agrandir nos écoles et d'embaucher de nouveaux enseignants.

Je salue à ce propos la direction des Affaires scolaires pour avoir engagé deux assistants bibliothécaires supplémentaires. Nos bibliothèques sont un atout précieux. Ce qui m'amène à vous soumettre la proposition suivante : si les revenus des impôts locaux augmentent encore l'année prochaine, pourquoi ne pas investir cet argent dans la construction d'une bibliothèque municipale ? J'aimerais avoir votre opinion à ce sujet. Passez me voir au journal ou arrêtez-moi dans la rue afin de m'en parler.

Merci également à la direction des Affaires scolaires d'avoir lancé dans les écoles de Valentine un programme d'enseignement à destination des enfants souffrant de difficultés d'apprentissage. Ces petits sont très prometteurs pour notre communauté, et il est de notre intérêt de leur apporter la meilleure instruction possible. Vous pouvez remercier Marilee James. Elle a travaillé dur cet été afin d'introduire ce programme dans nos écoles et de trouver un enseignant doté des compétences requises pour le mettre en application. Reportage page 4.

Enfin, Norm Stidham m'a attrapé dans la rue pour me prier de ne plus traiter de sujets polémiques pendant plusieurs semaines. Norm, j'y travaille, et toutes les suggestions sont les bienvenues. Passez donc nous voir.

Une fois de plus, Charlotte grogna devant cette manie qu'avait Tate d'inviter n'importe qui au journal. Elle supprima donc la dernière phrase, pensant qu'il ne le remarquerait pas.

— Remettez-la, lui demanda-t-il juste avant qu'elle envoie les disquettes chez l'imprimeur.

26.

En avant

— Tate est là, annonça Corrine.

Marilee prit son sac à main.

— O.K. Il est temps de filer.

— On y va, ma-man, déclara Willie Lee en sortant de la maison d'une démarche décidée, Munro sur ses talons.

Ils s'entassèrent dans la voiture de Tate et se rendirent à l'école, où les cars de ramassage déchargeaient des fournées d'enfants. Marilee embrassa Willie Lee, qui partit en classe avec Tate et Munro. Elle accompagna ensuite Corrine dans sa classe.

— N'hésite pas à m'appeler en cas de besoin, lui dit-elle sur le seuil de la salle.

— Promis.

— Tu vas me manquer.

— Je sais… mais tu t'en remettras.

Marilee prit une profonde inspiration, se demandant qui des deux maternait l'autre. Après l'avoir embrassée, Corrine, le dos droit et la démarche fluide, entra dans la salle de classe. Elle avait grandi, et la grâce de ses gestes était stupéfiante. Marilee, qui la suivait toujours des yeux depuis le seuil, vit nombre de garçons se retourner sur sa nièce aux cheveux sombres. Oh, Seigneur, se dit-elle, encore des soucis en perspective; Corrine promettait d'être aussi belle qu'Anita…

Elle eut beaucoup de peine à quitter les enfants. En ressortant de l'école, elle eut l'impression de laisser son cœur derrière elle.

— Comment s'est-il débrouillé ? demanda-t-elle à Tate quand ils se retrouvèrent à la voiture.

Elle avait réprimé son envie de jeter un coup d'œil dans la classe de Willie Lee, craignant d'être repérée — et plus encore d'enlever son fils de là.

— Très bien, répondit Tate. Il semble se résigner à ce que Munro ne l'accompagne qu'aujourd'hui à l'école.

Il déboîta. Les yeux fixés sur le pare-brise, elle respira profondément. Tout allait bien se passer, se répéta-t-elle. Tant que ses enfants étaient en sécurité, tout irait bien.

Une fois sur le parking du journal, Tate lui donna un rapide baiser avant de descendre de voiture. Ils pénétrèrent ensemble dans les locaux du *Voice*. Tate se rendit directement dans son bureau tandis que Marilee gagnait sa table de travail. Elle travailla pendant deux heures sans cesser de consulter la pendule. Dieu, la journée n'en finissait pas…

A la fin, sans presque en avoir conscience, elle prit son sac et se dirigea vers la porte en lançant à Charlotte au passage :

— Je dois retourner à la maison chercher des documents que j'ai laissés dans mon ordinateur.

Puis elle se retrouva dans la chaleur de cette journée de la fin août et traversa la rue avant d'emprunter Church Street. En arrivant à l'angle de Porter Street, elle était trempée de sueur. Elle pressa néanmoins le pas à l'approche de sa maison. De retour chez elle, elle referma la porte derrière elle et, s'appuyant contre le battant, écouta le silence.

Elle détestait le silence.

Se détachant de la porte, elle se rendit à son bureau, s'y assit et alluma son ordinateur.

Elle aurait aimé pouvoir au moins profiter de la présence de Munro.

Ce n'était pas possible, songea-t-elle. Elle devait reprendre le contrôle d'elle-même et de ses pensées. Son esprit semblait pour le moment un vaste chaos.

Elle alla jusqu'à la porte de la cuisine, comme ça, juste pour bouger. Le soleil filtré par les arbres tachait les marches du perron. Elle sortit s'y asseoir.

C'est là que Tate la retrouva. Il était venu voir comment elle allait après avoir appris qu'elle avait quitté le journal. C'était sans doute un peu absurde, mais il n'avait cessé de s'inquiéter depuis qu'ils avaient laissé les enfants à l'école. Il savait que c'était dur pour elle, et elle lui avait paru trop calme.

Il éprouva une légère panique lorsque, en pénétrant dans le séjour, il ne l'y trouva pas. Un silence de mort régnait dans la maison, et il s'imagina un instant qu'elle avait été enlevée. Des choses comme ça pouvaient arriver et arrivaient parfois, même dans les petites villes. Surtout que Marilee ne verrouillait jamais ses portes.

— Oh, tu es là ! s'exclama-t-il avec soulagement en sortant sous la véranda arrière.

— Oui, je suis là.

Elle lui fit une place à côté d'elle.

— Il faudra un jour que j'achète une nouvelle tondeuse, dit-elle.

— J'aime m'asseoir ici.

— Moi aussi.

Ils se sourirent.

Puis elle détourna le regard, envahie par une tristesse soudaine et craignant de trahir ses sentiments.

— Ils me manquent, avoua-t-elle au bout d'un moment.

— A moi aussi.

— Je suis vraiment heureuse de l'été que nous avons passé ensemble. Ils ont tellement progressé. Je crois que Willie Lee a un réel talent de sculpteur, et nous ne l'aurions même pas su si je ne m'étais pas occupée de lui.

— C'est vrai, il est doué. C'est tout un avenir qui s'ouvre devant lui.

— Et Corrine a gagné en assurance. Elle grandit vraiment beaucoup en ce moment. Elle devient une jeune dame.

— Oui. Une très jolie jeune dame.

Tout en devisant de ces sujets, Marilee était de plus en plus consciente du contact de la cuisse robuste de Tate contre la sienne. Et du fait qu'ils étaient seuls ensemble, pour la première fois depuis des mois. Son esprit se mit à tourbillonner, ballotté entre la joie d'avoir Tate à ses côtés et la tristesse que lui causait l'absence de ses enfants, une tristesse qui lui serrait maintenant la gorge et lui donnait envie de pleurer, ce qu'elle ne voulait vraiment pas.

— Ils n'ont plus besoin de moi comme avant, reprit-elle. Oh, ils auront toujours besoin de moi, mais plus de la même façon. Je sens comme une fondrière se creuser en moi.

Des larmes dévalèrent ses joues.

— Je suis si lasse de m'adapter. C'est ça, la vie : une adaptation incessante. Et il m'arrive d'en avoir assez de devoir m'adapter.

— Oui, je sais, acquiesça Tate en posant une main sur sa nuque avant de l'attirer contre lui. Moi aussi, ils me manquent beaucoup.

— Ah oui ?

Cet aveu la consola un peu. Tate s'était tellement investi auprès des enfants.

— Oui. Je me sens vieux sans eux.

— Oh, tu n'es pas vieux.

Elle s'efforça de lui sourire, mais un regain de désespoir s'abattit sur elle.

— Moi aussi, je me sens vieille, murmura-t-elle en séchant ses larmes. Mes bébés ont grandi. Que vais-je devenir, maintenant ?

Comme elle se mettait à sangloter contre son épaule, il lui frotta le dos en lui chuchotant des paroles apaisantes. Peu à peu, ses caresses s'insinuèrent en elle, ainsi que la conscience de sa poitrine musclée, de son odeur.

Il l'embrassa dans le cou.

— Laisse-moi te consoler… je t'en prie…

Elle leva la tête et, rencontrant ses lèvres, l'embrassa de toute son âme.

Relevant la tête, Tate s'écria, en réponse à leur baiser :

— Bon sang de bois !

Ils firent l'amour dans le lit de Marilee, sans précipitation ni fébrilité. Voilà des mois qu'ils se fréquentaient, et ils découvraient maintenant avec délices qu'ils se connaissaient très bien.

C'était un miracle, songea Marilee en pressant sa joue contre la poitrine de Tate. Elle écouta battre son cœur.

— Tout est facile avec toi, déclara-t-elle.

— Je ne vois pas pourquoi ça ne le serait pas. C'est tout à fait naturel entre un homme et une femme attirés l'un par l'autre.

Il l'embrassa partout, et elle le caressa avec un abandon voluptueux. Il la fit rire et pleurer, et hurler son nom d'une voix extatique et vibrante.

Après, ils se reposèrent dans les bras l'un de l'autre et discutèrent de ce dont ils n'avaient pas discuté au cours des semaines précédentes.

— J'ai l'impression qu'après, il est plus facile de parler de certaines choses, fit-elle remarquer en rougissant.

Il lui sourit, l'embrassa et lui assura dans un murmure qu'elle avait été très bien.

Les relations sentimentales l'avaient toujours effrayée, avoua-t-elle avant de lui raconter comment, dans sa jeunesse, elle avait pris conscience de la force de son instinct maternel.

— J'ai peur de ne jamais être une vraie femme, une épouse. J'ai déjà gâché deux liaisons.

— Mais ça t'a donné de l'expérience. Nos erreurs sont riches d'enseignement. Et je suis pas Stuart ni Parker.

— Oh, non.

Il lui raconta alors son enfance auprès d'un père ivrogne, qui avait fini par se faire écraser par un train, et d'une mère qu'il qualifia de « beauté dotée de fortes convictions religieuses ». Il lui parla également de l'échec de son mariage. Lui-même n'avait pas été capable de se remarier depuis, notamment parce qu'il ne le voulait pas.

— Sauf maintenant, ajouta-t-il. Et je veux me marier avec toi. Si tu es d'accord.

Toutes sortes de questions surgirent aussitôt dans l'esprit de Marilee. Toutes sortes de doutes, de peurs.

— Oui, articula-t-elle enfin.

Il s'esclaffa.

— Heureusement que je ne suis pas cardiaque !

Puis il l'embrassa ainsi que toutes les femmes rêvent d'être embrassées et que peu ont la chance de connaître.

Ils allèrent ensemble chercher les enfants à l'école. Marilee bouillait tellement d'impatience qu'ils se retrouvèrent devant l'école dix bonnes minutes avant la fin des classes.

Quand elle aperçut enfin les enfants, Marilee bondit de la voiture pour aller les prendre dans ses bras.

— Oh, vous m'avez tellement manqué !

Willie Lee déclara avoir trouvé l'école à son goût, mais que Munro ne voulait plus y mettre les pieds.

Corrine annonça pour sa part qu'il lui fallait un cahier de textes spécial.

— Couleur lavande, si c'est possible, précisa-t-elle.

— Il faut fêter cette première journée, décréta Tate avant d'adresser un sourire de connivence à Marilee. Allons au drugstore.

Ils furent accueillis par Vella, qui s'occupait de nouveau de la pompe à soda, mais seulement quatre jours par semaine et jamais le vendredi.

— Comment vont mes p'tits choux aujourd'hui ? leur demanda-t-elle avant de tous les embrasser, Tate compris.

Willie désirait un cône à la cerise et Munro « un bol de glace à la va-nille, s'il vous plaît ».

Corrine, après bien des hésitations, se choisit une coupe aux noix de pécan.

Tate commanda pour sa part un sorbet au thé glacé et Marilee, qui était sur le point de demander un milk-shake au chocolat, changea d'avis au dernier moment.

— Je prendrai aussi un sorbet au thé glacé.

La sonnette au-dessus de la porte d'entrée tinta, et Parker entra dans la boutique. Tate le salua.

— Viens donc que je te paie un coup, vieux frère, lui lança-t-il.

Parker passa derrière le comptoir et se servit lui-même, puis il demanda des nouvelles de chacun. Les enfants lui racontèrent leur première journée de classe et tante Vella lui décrivit ses dernières acquisitions pour le Rose Club. Bientôt oncle Perry et Winston arrivèrent ensemble de la pharmacie. Les deux hommes, à la stupéfaction générale, s'étaient mis à jouer aux échecs. Ils s'assirent à une table devant des verres de limonade et devisèrent d'une émission de télévision consacrée à leur passe-temps commun.

A un moment, le regard de Marilee se posa sur leur reflet dans le long miroir accroché au mur. Elle se vit assise à côté de Tate au milieu de leurs parents et amis.

Elle comprit alors qu'elle était en train de contempler le présent, son présent de mère *et* de femme débarrassée des hantises de son enfance.

Tate croisa son regard dans la glace. Il se pencha alors vers elle pour l'embrasser et murmura :

— Une compagnie agréable, un bon thé glacé… Que demander de plus ?

The Valentine Voice
Mercredi 23 août
La fortune sourit à un enfant du pays
par Tammy Crawford, journaliste.

Willie Lee James s'est réveillé riche ce matin : les actions qu'il détenait dans la société Tell-In Technologies ont doublé de valeur hier en fin d'après-midi.

On apprenait en début de semaine que Tell-In Technologies Corporation, une nouvelle entreprise informatique, avait lancé sur le marché un processeur révolutionnaire plus rapide et plus puissant que tous ses prédécesseurs grâce à une unité de calcul développée dans les laboratoires de la société. Depuis lors, ses actions n'ont cessé de grimper.

Au printemps dernier, Tell-In se faisait voler l'unité de calcul au cœur de son nouveau processeur. Willie Lee joua un rôle décisif dans les recherches qui permirent de la retrouver, et le président de Tell-In, M. Thomas Gerard, tint à le récompenser en lui offrant un paquet d'actions.

Au cours des semaines passées, à mesure que se confirmait la rumeur au sujet du nouveau processeur, le jeune James avait déjà vu ses actions quasiment tripler de valeur. Avec cette nouvelle augmentation, il a empoché un bénéfice virtuel de 115.000 dollars. Et les experts s'attendent que le cours des actions Tell-In monte encore dans les mois à venir.

Interrogé à ce sujet, M. Willie Lee James a déclaré : « Je vais acheter un nouveau collier à Munro. En or. »

La mère du jeune James nous a informés qu'elle comptait revendre une partie des actions afin de commencer à constituer un fonds en fidéicommis au nom de son fils et de financer également un programme d'enseignement spécialisé pour les écoliers du district de Valentine souffrant de difficultés d'apprentissage.

Thomas Gerard, président de Tell-In, a annoncé qu'il soutiendrait cette initiative au niveau national.

Cet après-midi-là, en effectuant sa tournée quotidienne, Tate veilla à ce que tout le monde prenne connaissance de l'article consacré à Willie Lee.

— Juste quand on pense que ça ne peut pas aller mieux, répéta-t-il à chacun, eh bien, bon sang de bois, ça s'améliore encore !